Ma belle Tatiame !

Un petit
pour te chang
et te faire sourire qu
tu seras rendue à Kuijjuaq
Je te souhaite bonne chance !
tu vas beaucoup me manquer
Prends soin de toi !
A bientôt
Nat
xxx

Après avoir été longtemps secrétaire intérimaire, Julie Powell est devenue célèbre en 2004 grâce au succès fulgurant de son blog. Pendant un an, elle y a tenu la chronique régulière de son odyssée culinaire et personnelle. Un an plus tard, les éditeurs américains s'arrachaient les droits de son livre. Best-seller aux États-Unis, le livre a été adapté au cinéma avec Meryl Streep et Amy Adams. Julie Powell vit toujours à New York, où elle partage un loft avec son mari, un chien, trois chats et un serpent.

Julie Powell

JULIE & JULIA

SEXE, BLOG ET
BŒUF BOURGUIGNON

ROMAN

*Traduit de l'anglais (États-Unis)
par Claudine Richetin*

Éditions du Seuil

TEXTE INTÉGRAL

TITRE ORIGINAL
Julie & Julia. 365 days, 524 recipes, 1 tiny apartment kitchen
ÉDITEUR ORIGINAL
Viking, Published by Penguin Group
© Julie Powell, 2005
All rights reserved

ISBN 978-2-7578-1383-6
(ISBN 978-2-02-091785-8, 1ʳᵉ publication)

© Éditions du Seuil, mai 2008, pour la traduction française

À Julia, dont je n'aurais pu me passer pour faire tout cela, et à Eric, dont je ne pourrais pas me passer du tout.

Note de l'auteur

Pour des raisons de discrétion, de nombreux détails de ce livre concernant l'identité de certains personnages, les lieux et les événements ont été modifiés. Les seules personnes identifiées sous leur véritable nom sont mon mari et moi ainsi que certaines personnalités publiquement connues, dont Julia et Paul Child.

Il m'est également arrivé d'inventer certains éléments.

Ainsi, les scènes de la vie de Paul Child et Julia McWilliams Child décrites dans le livre sont purement fictives, inspirées par des événements décrits dans les journaux et lettres de Paul Child, les lettres de Julia McWilliams Child et la biographie de Julia Child, *Appetite for life,* de Noël Riley Fitch. Je remercie Mlle Riley Fitch pour la qualité de son travail et la bibliothèque Schlesinger de l'université de Harvard d'avoir généreusement autorisé la consultation publique des archives de Mme Child.

Jeudi 6 octobre 1949
Paris

À sept heures, par une morne soirée sur la rive gauche, Julia entreprit de faire rôtir des pigeons pour la deuxième fois de sa vie.

La première fois, c'était le matin où elle avait pris son tout premier cours de cuisine, dans l'office exigu du sous-sol de l'école du Cordon bleu, au 129 de la rue du Faubourg-Saint-Honoré. Ce jeudi-là, elle recommençait dans la cuisine de l'appartement qu'elle louait avec Paul, son mari, en haut d'un étroit escalier, là où se trouvaient autrefois les chambres de bonne du vieil immeuble désormais divisé en appartements. La cuisinière et les plans de travail y étaient trop bas pour elle, comme partout ailleurs. Malgré tout, elle préférait sa cuisine sous les combles à celle de l'école, elle en aimait la lumière et l'espace plus aéré, la commodité du passe-plat qui allait descendre ses pigeons rôtis jusqu'à la salle à manger, et la possibilité de cuisiner pendant que son mari, assis à la table, lui tenait compagnie. Elle se disait qu'elle ne tarderait pas à se faire à la hauteur des plans de travail. Une femme qui traverse la vie du haut de son mètre quatre-vingt-cinq apprend à s'adapter à l'environnement.

Paul était justement là, et prenait de temps à autre des photos de sa femme tout en achevant une lettre à son frère Charlie. « Si tu voyais Julia farcir le trou de

11

balle d'un pigeon mort avec du saindoux et du poivre, écrivait-il, tu te rendrais compte du changement déjà opéré[1]. »

Mais il n'avait encore rien vu.

Sa femme, Julia Child, avait décidé d'apprendre à cuisiner. Elle avait trente-sept ans.

1. Extrait d'une lettre de Paul Child à son frère Charles, en 1949

La route de l'enfer est pavée de poireaux et de pommes de terre

Pour autant que je sache, la seule preuve étayant la théorie selon laquelle Julia Child a préparé pour la première fois un potage Parmentier au cours d'une période où elle s'ennuyait ferme en est sa propre recette. Elle écrit que le potage Parmentier – qui n'est que l'expression *frenchy* pour dire soupe aux pommes de terre – « sent bon, a bon goût et est la simplicité même à réaliser ». C'est la toute première recette du premier livre qu'elle a écrit. Elle concède que vous pouvez y ajouter carottes, brocolis ou haricots verts si vous le souhaitez, mais cela semble hors de propos si c'est la simplicité même que vous recherchez.

La simplicité même. On dirait de la poésie, non ? Exactement ce qu'aurait prescrit le médecin.

Pourtant, ce n'était pas ce qu'il m'avait prescrit. Mon médecin, mon gynécologue, pour être précise, m'avait prescrit un bébé.

« Il faut considérer dans votre cas les problèmes hormonaux liés au SPCO, que vous connaissez déjà. Après tout, vous approchez de la trentaine. Pensez-y : vous ne pouvez choisir un meilleur moment. »

Ce n'était pas la première fois que j'entendais ce refrain. Cela durait depuis deux ans, depuis que j'avais vendu quelques-uns de mes ovules pour 7 500 dollars, afin d'éponger mes dettes de carte de crédit. En fait, c'était la seconde fois

13

que je faisais un « don » de ce genre (drôle d'expression, puisque lorsque vous vous réveillez de l'anesthésie avec quelques douzaines d'ovules en moins, un chèque de plusieurs milliers de dollars vous attend à la réception). La première fois, c'était cinq ans plus tôt, quand, à vingt-quatre ans, j'étais impécunieuse et sans attaches sentimentales. Je n'avais pas prévu de recommencer, mais trois ans plus tard j'avais reçu un coup de téléphone d'un médecin doté d'un accent européen difficile à identifier, qui m'avait demandé si cela m'intéressait de me rendre en avion jusqu'en Floride pour remettre ça, car « nos clients ont été très satisfaits du résultat de votre premier don ». Le don d'ovules est une technologie suffisamment récente pour que notre système législatif et nos règles de conduite, qui évoluent lentement, soient très flous sur la question. Nul ne sait par exemple si, d'ici dix ans, les donneuses d'ovules ne seront pas sommées d'assumer un soutien parental. Les discussions sur le sujet sont donc souvent émaillées de pronoms vagues et d'euphémismes. Le fin mot de cet appel téléphonique, cependant, c'était qu'il y avait un petit moi qui trottait quelque part dans les environs de Tampa, et que les parents de ce petit moi étaient assez satisfaits de lui ou d'elle pour en vouloir un deuxième du même modèle. D'un côté, la voix de l'honnêteté me poussait à crier : « Attendez, non… Quand ils atteindront l'âge de la puberté, vous n'avez pas fini de le regretter ! » Mais, de l'autre, 7 500 dollars, c'est une belle somme d'argent.

Quoi qu'il en soit, ce n'est qu'à la seconde récolte (c'est vraiment le terme utilisé ; les cliniques spécialisées, apparemment, usent d'un tas d'expressions vaguement apocalyptiques) que j'ai découvert que je souffrais du syndrome polycystique ovarien, ce qui vous a l'air absolument terrifiant mais, semble-t-il, veut simplement dire que j'allais devenir grosse et velue et que je devrais prendre toutes sortes de médicaments pour

14

favoriser la conception. Ce qui signifie, je suppose, que je n'ai pas fini d'entendre ce jargon obstétrique crypto-religieux.

Voilà. Depuis qu'on a diagnostiqué ce SPCO, il y a deux ans, les médecins sont obsédés par mes projets de maternité. Jusqu'à mon vieil orthopédiste avunculaire à cheveux blancs, qui me rappelle l'approche fatidique de la trentaine (comment peut-on avoir une hernie discale à vingt-neuf ans, je vous le demande ?).

Mon gynécologue, lui, au moins, avait de vraies raisons de s'intéresser à mes parties intimes. Peut-être est-ce pour cela que je me suis héroïquement abstenue d'éclater en sanglots lorsqu'il m'a annoncé la nouvelle en essuyant son spéculum. Quand il a quitté la pièce, j'ai quand même lancé un de mes escarpins en faille bleu marine à l'endroit où se trouvait sa tête quelques secondes plus tôt. Il a atterri sur la porte dans un bruit sourd, y laissant une jolie éraflure noire, avant de tomber sur la paillasse et de renverser un pot plein de cotons-tiges. Je les ai tous ramassés, sur la table et par terre. Je commençais à les fourrer en vrac dans le bocal quand je me suis rendu compte que je les avais probablement contaminés. Alors je les ai balancés en tas à côté d'un pot rempli d'aiguilles à seringue, et j'ai péniblement enfilé mon tailleur vintage des années quarante (je n'étais pas peu fière le matin, au bureau, quand Nate m'avait dit, en reluquant discrètement mon décolleté, que ce tailleur me faisait la taille fine mais, après le trajet entre Lower Manhattan et l'Upper East Side dans un train non climatisé, il était tout fripé et maculé d'auréoles de sueur). Je suis sortie furtivement de la pièce, mes quinze dollars de participation à la main pour pouvoir m'échapper le plus rapidement possible avant qu'on ne découvre que j'avais saccagé les lieux.

Dès mon arrivée dans le métro, j'ai su qu'il y avait un problème. Avant même d'avoir atteint le portillon, j'ai entendu un sourd grondement souterrain dont l'écho se répercutait sur les murs carrelés, et j'ai remarqué un nombre de gens tournant en rond sans but apparent plus important que d'habitude. Un léger parfum de mauvaise humeur flottait dans l'air fétide. À de rares intervalles, la sono se mettait à grésiller et «annonçait» quelque chose, mais aucun de ces crachotements inintelligibles ne résulta en l'arrivée d'une rame avant un long, très long moment. Comme tout le monde, je me penchais sur le bord du quai dans l'espoir d'apercevoir les phares jaune pâle d'un train scintiller sur les rails, mais le tunnel restait sombre. J'exhalais une odeur de mouton effrayé qui a essuyé une averse. Mes chaussures à talons hauts et nœuds de satin me faisaient horriblement souffrir, j'avais mal au dos et le quai était si noir de monde que je me mis bientôt à redouter que quelqu'un ne tombe sur la voie – peut-être moi, ou la personne que j'allais pousser au cours de mon imminente crise de folie.

Mais alors, comme par magie, la foule s'est écartée. Pendant une fraction de seconde, j'ai cru que la puanteur qui émanait de mon tailleur avait atteint un nouveau seuil fatal, mais les regards amusés ou méfiants de ceux qui prenaient leurs distances ne m'étaient pas destinés. Ils visaient une bonne femme courtaude aux cheveux poivre et sel coupés dans le style généralement réservé aux handicapés mentaux, qui s'était affalée sur le béton juste derrière moi. Je voyais nettement les circonvolutions de son épi, comme une empreinte digitale, et je sentais des vibrations envahissantes m'effleurer les mollets. La femme marmonnait avec véhémence. Les banlieusards avaient évacué une portion de quai autour de la folle aussi instinctivement qu'un troupeau de gnous cherchant à esquiver une lionne. J'étais la seule à demeurer coincée dans le dangereux cercle vacant, tel le veau égaré ou le vieil animal infirme incapable de se défendre.

La folle se mit à se frapper le front avec la paume de la main. « Enculés ! hurlait-elle. Enculés ! ENCULÉS ! »

Je me demandais, sans pouvoir me décider, s'il était plus sûr de reculer dans la foule ou de ne pas bouger. Ma respiration se faisait courte et, vieux truc de caméléon habitué du métro, je détournai un regard impavide en direction du quai d'en face.

La folle posa les deux mains à plat devant elle et – CRAC ! – se tapa la tête par terre de toutes ses forces.

C'était un peu trop, même pour cette foule de New-Yorkais endurcis qui savaient tous, évidemment, que les fous sont aussi indissociables du métro que la confiture de la tartine. Le bruit atroce du crâne sur le béton sembla se répercuter dans l'air moite, comme si elle se servait de sa boîte crânienne, dont la résonance aurait été spécialement développée, à la manière d'un instrument pour rameuter les fous au fin fond des voies souterraines les plus éloignées de la ville. Tout le monde sursauta, jetant des coups d'œil inquiets alentour. Dans un cri étouffé, je bondis en arrière pour me fondre à nouveau dans la multitude. La folle avait une écorchure sale au milieu du front, comme la trace qu'avait laissée ma chaussure sur la porte du cabinet de mon gynéco, mais elle n'arrêtait pas de hurler. Le train entra en gare, elle monta dans une voiture et je parvins à me faufiler dans une autre.

Ce n'est qu'une fois dans le métro, coincée épaule contre épaule avec tous les passagers suspendus à la barre au-dessus de leur tête, telles des carcasses de vaches dans les chariots de l'abattoir, que l'idée me frappa, comme si un dieu de la Ville omnipotent m'avait soufflé la vérité à l'oreille : les deux seules raisons qui m'avaient empêchée de me joindre sur-le-champ à la folle aux cheveux gris pour me taper la tête par terre en criant « enculés » sur un rythme syncopé et primal étaient que, premièrement, je n'avais pas osé et que, deuxièmement, je ne voulais pas salir davantage mon joli tailleur vintage. Le trac et la note du teinturier étaient les deux seuls remparts qui me protégeaient de la folie furieuse.

C'est à ce moment-là que je me suis mise à pleurer. Quand une larme tomba sur les pages du *New York Post* que lisait le type assis en dessous de moi, il se contenta de soupirer par le nez et se plongea dans la page des sports.

En sortant du métro après ce qui me sembla des années, j'ai appelé Eric d'un téléphone public au coin de Bay Ridge et de la Quatrième Avenue.

« Dis-moi, tu as acheté quelque chose pour le dîner ? »

Je l'entendis aspirer l'air entre ses dents – c'est le bruit qu'il fait quand il se croit en difficulté :

« J'étais censé le faire ?

– Enfin, je t'avais bien dit que je rentrerais tard à cause de mon rendez-vous chez le médecin…

– D'accord, d'accord. Excuse-moi. C'est juste que je n'ai pas… Tu veux que je commande un truc, ou…

– Ne t'en fais pas. Je trouverai quelque chose.

– OK. Je me mets à faire des cartons dès que j'ai fini l'article du *NewsHours,* promis juré ! »

Il était presque huit heures, et le seul supermarché encore ouvert dans Bay Ridge était le traiteur coréen au coin de la soixante-dixième rue et de la Troisième Avenue. Je devais avoir une allure à faire peur dans le rayon légumes, avec mon tailleur tout fripé, mes rigoles de mascara sur les joues et mon regard fixe. Je n'avais pas la moindre idée de ce que je voulais manger. J'ai pris au hasard quelques pommes de terre, une botte de poireaux et une plaquette de beurre. J'avais l'impression d'être dans le brouillard et dépourvue de volonté, un peu comme si je faisais les courses en suivant la liste de commissions de quelqu'un d'autre. J'ai payé, je suis sortie du magasin et me suis dirigée vers l'arrêt de bus, mais j'ai raté d'un cheveu le B69. À cette heure tardive, il n'y en aurait pas d'autre avant trente bonnes minutes. J'ai donc fait à pied les deux kilomètres qui me séparaient de la maison, chargée d'un sac en plastique empanaché de mes sombres bouquets de poireaux. C'est seulement un quart d'heure plus tard, en passant devant l'école catholique pour garçons de Shore Road, à quelques centaines de mètres de notre immeuble, que je me suis rendu compte que j'avais, sans le faire exprès, acheté très exactement les ingrédients nécessaires à la réalisation du Potage Parmentier de Julia Child.

Quand j'étais petite, mon père adorait raconter comment, un jour, il avait trouvé une Julie de cinq ans pelotonnée à l'arrière de sa Datsun ZX couleur cuivre, plongée dans la lecture d'un vieil exemplaire de l'*Atlantic Monthly*. Il racontait cette histoire à tous ses collègues de bureau, à tous les amis avec qui ma mère et lui allaient dîner, et à tous les membres de la famille qui n'étaient pas pentecôtistes et auraient pu désapprouver (l'*Atlantic*, pas les voitures Z).

Je crois qu'au fond cela signifiait pour lui que j'étais une enfant précoce et dotée d'une intelligence supérieure. Après tout, comme j'étais nulle en danse classique et en claquettes, et toujours la plus lente à grimper à la corde en cours de gym, que j'étais une gamine ni svelte ni particulièrement charmante avec mes petites lunettes rondes à monture rouge, je me rabattis sur ce que je pouvais pour flatter mon ego. Mais la vérité, peu glorieuse, c'est que la lecture était une façon de me faire remarquer.

Pour soutenir ma réputation d'intello, je passai à Tolstoï et Steinbeck avant d'être capable de les comprendre, alors que je préférais lire en cachette d'horribles romans gothiques, genre *Les Cavaliers du dragon de Pern*, *Les Fleurs du grenier*, *Le Clan des ours de la caverne*, comme d'autres planquent une pile de *Playboy* sous leur matelas. En colo, j'attendais que ma monitrice quitte la chambre pour piquer le V. C. Andrews qu'elle cachait derrière sa boîte de Tampax. J'avais fauché le bouquin de Jean Auel de ma mère et j'en étais déjà arrivée à la moitié quand elle s'en aperçut ; il ne lui restait plus qu'à espérer, non sans une grimace crispée, que j'y trouverais quelque valeur éducative… mais désolée, jeune fille, *La Vallée des chevaux*, ce n'est pas pour toi.

Puis vint l'adolescence proprement dite et la lecture comme source d'émotions se trouva reléguée sur le siège arrière avec les vieux magazines. Je n'ai pas retrouvé depuis longtemps cet émoi de délicieuse incompréhension avec lequel je parcourais ces livres. Punaise, même faire l'amour aujourd'hui n'est pas aussi excitant que de découvrir le sexe dans les livres à l'époque. J'imagine que de nos jours, au Texas, n'importe quelle gamine ordinaire de quatorze ans a une connaissance exhaustive de l'utilisation sexuelle des piercings linguaux, mais je doute que l'information la passionne autant que mes révélations sur le sexe au Néandertal.

Savez-vous quel est le sujet dont une ado texane ignore absolument tout ? La cuisine française.

Quinze jours après mon vingt-neuvième anniversaire, au printemps 2002, je retournai au Texas pour voir mes parents. En fait, c'est Eric qui me força à y aller.

« Il faut que tu te sortes d'ici », dit-il.

Le tiroir de la cuisine, qui s'était cassé deux semaines après notre emménagement et n'avait jamais été réparé correctement, venait pour la ixième fois de sortir de ses glissières, répandant les couverts dans toutes les directions. Je sanglotais au milieu des fourchettes et des cuillers qui scintillaient à mes pieds. Eric m'étreignait, mi-câlin mi-prise de judo, ce qui est sa façon d'essayer de me réconforter quand en réalité il meurt d'envie de me coller une beigne.

« Tu viendras avec moi ? demandai-je sans lever les

yeux de la tache de morve que j'imprimais sur sa chemise.

– J'ai trop de boulot au bureau en ce moment. En plus, je crois qu'il vaut mieux que tu y ailles seule. Sors un peu avec ta mère. Achète des fringues. Fais la grasse matinée.

– Mais je travaille.

– Julie, tu es intérimaire. À quoi ça sert de faire de l'intérim si tu ne peux pas t'arrêter et partir quand tu veux ? C'est bien pour ça que tu le fais, non ? »

Je n'avais pas envie de réfléchir aux raisons qui m'avaient poussée à faire de l'intérim. Ma voix se fit aiguë et se fêla.

« Mais je ne peux pas me le permettre.

– Nous pouvons nous le permettre, à nous deux. Ou alors, demandons à tes parents de payer. »

Il me prit le menton et le releva jusqu'à son visage.

« Julie, sérieusement ? Vas-y. Je ne peux plus vivre avec toi dans ces conditions. »

Je suis donc partie. Ma mère m'offrit le voyage comme cadeau d'anniversaire, à retardement. Une semaine plus tard, j'arrivais à l'aéroport d'Austin, assez tôt pour déjeuner sur le pouce chez Poke-Jo.

C'est alors qu'au beau milieu d'un sandwich au poulet-gombo, moins d'un mois après mes vingt-neuf ans, ma mère lâcha pour la toute première fois la bombe de la trentaine menaçante.

« Voyons, maman !

– Quoi ? » Elle avait ce ton joyeux, cet air sévère et souriant à la fois dont elle use quand elle veut me forcer à regarder les choses en face. « Je veux seulement dire que te voilà, mal dans ta peau, tu ne peux plus te supporter à New York, tu emménages dans un appartement nul avec Eric, et tout ça pour quoi ? Tu ne rajeunis pas, tu ne profites aucunement de la ville, pourquoi tu t'infliges ça ? »

C'était précisément pour ne pas parler de ce sujet que j'étais venue à Austin. J'aurais dû savoir que ma mère creuserait immédiatement dans cette direction, avec son maudit flair de terrier maternel.

J'étais partie à New York pour les mêmes raisons que tout le monde : tout comme la première étape, essentielle, pour une pomme de terre destinée à la soupe est de se faire éplucher, le point de départ inévitable pour une actrice en herbe est d'aller à New York. J'avais privilégié les emplois qui ne nécessitaient pas d'auditions ce qui, vu que je ne ressemblais pas à Renée Zellweger et n'étais pas non plus une comédienne exceptionnellement douée, s'était révélé problématique. J'avais donc surtout fait de l'intérim, pour (je n'en citerai que quelques-uns) une boîte qui assurait la maintenance des photocopieurs à l'ONU, le secteur asiatico-américain de garantie de la compagnie d'assurances internationales AIG, le vice-président d'une entreprise d'équipement de technologie haut débit – dans un bureau sensationnel avec vue sur le pont de Brooklyn – qui avait plié bagage environ quinze jours après mon arrivée, et une compagnie d'investissements bancaires spécialisée dans les finances des couvents. Récemment, j'avais commencé à travailler dans une agence ministérielle en ville. On allait semblait-il proposer de me garder – en fait, tous ceux qui emploient des intérimaires finissent par leur proposer de devenir permanents – et, pour la première fois, j'envisageais d'accepter, en désespoir de cause. Ce qui aurait suffi à me donner des idées de suicide avant même que ma mère ne commence à me dire que je vieillissais. Elle aurait dû le savoir, mais au lieu de s'excuser de sa cruauté elle se contenta d'ingurgiter une autre bouchée de gombo avant d'ajouter : « Allons faire des courses… Tu es fagotée comme l'as de pique ! »

Le lendemain matin, je m'attardai devant la table de cuisine longtemps après que mes parents furent partis travailler. Je sirotais mon café, enveloppée dans une vieille robe de chambre de flanelle grise dont j'avais oublié l'existence. J'avais fini les mots croisés du *Times* et lu toutes les rubriques, sauf les pages Affaires et Tourisme, mais je n'avais pas encore absorbé assez de caféine pour envisager d'aller m'habiller. (J'avais un peu abusé des margaritas la veille au soir, ce qui n'avait rien d'inhabituel à Austin quand on allait voir la famille.) La porte de l'arrière-cuisine était entrouverte et mon regard se posa machinalement sur les étagères garnies de livres aux reliures familières. Quand je me levai pour remplir ma tasse une dernière fois, je fis un détour et pris un ouvrage intitulé : *L'Art de la cuisine française,* vol. 1, de Julia Child. C'était la vieille édition de 1961 de ma mère, un livre qui occupait déjà la cuisine familiale avant ma naissance. Je me rassis à la table à laquelle j'avais goûté des milliers de fois dans mon enfance et commençai à le feuilleter, juste pour le plaisir.

Quand j'étais gamine, je regardais très souvent ce bouquin. D'une part à cause de ma fascination pour tout ce qui se trouvait entre deux couvertures, mais aussi pour une autre raison. C'est que ce livre avait le pouvoir de choquer. Il est encore capable de provoquer des sensations d'inconfort aussi profondes qu'inexplicables. Prenez la jeune la plus branchée, blafarde, perverse et fière de l'être, khôl et piercings compris, et demandez-lui de préparer le Pâté de canard en croûte, uniquement avec l'aide des illustrations des pages 571 à 575. Je vous promets que, en moins de temps qu'il ne faut pour le dire, elle rentrera dare-dare à Williamsburg, où personne ne l'obligera à désosser un canard entier.

Mais pourquoi ? Qu'est-ce que *L'Art de la cuisine française* a de si particulier ? Ce n'est qu'un vieux bouquin de cuisine, punaise. Et pourtant les végétariens, les nutritionnistes et autres fêlés de South Beach froncent le nez à la subtile puanteur d'apostasie qui émane de ses pages.

Ceux qui se prennent pour des gastronomes avertis se laissent aller à un sourire de condescendance avant de revenir à leur livre de cuisine *Chez Panisse*. Normalement, je devrais réagir de la même façon. Après tout, ne suis-je pas ce pur produit d'urbanité branchée et d'hypocrisie bon genre qu'est l'actrice new-yorkaise ?

En fait, je crains de ne pouvoir l'affirmer, car je n'ai jamais eu de véritable emploi d'actrice. Et à dire vrai – il est temps de regarder les choses en face –, je n'ai même jamais vraiment essayé. Mais si je ne suis pas une actrice new-yorkaise, qui suis-je ? Je suis une femme qui prend tous les matins le métro en banlieue pour se rendre dans un bureau de Manhattan, qui passe ses journées à répondre au téléphone et à faire des photocopies, et qui rentre chaque soir chez elle tellement démoralisée qu'elle n'a d'autre ressource que de s'effondrer sur le canapé pour s'endormir, hébétée, devant des *reality shows*.

Mon Dieu. C'était donc ça la réalité ? J'étais vraiment secrétaire.

Quand, au bout d'une demi-heure, je levai pour la première fois le nez de l'*ADCF*, je pris conscience que, tout au fond de moi, je m'étais résignée depuis des mois, peut-être des années, à être secrétaire.

Voilà pour la mauvaise nouvelle. La bonne, c'était qu'un bourdonnement dans ma tête et une crispation bizarre mais excitante au creux de l'estomac me rappelaient que j'avais encore des chances, après tout, de devenir autre chose.

Vous connaissez *L'Art de la cuisine française ?* Vous devez au moins en avoir entendu parler. C'est un événement culturel qui a fait date, pourtant. Même si cela vous évoque uniquement le livre de cette dame qui ressemble à Dan Aykroyd et saigne beaucoup, vous en avez forcément entendu parler. Mais connaissez-vous le livre proprement dit ? Essayez de vous procurer l'une des premières éditions cartonnées, elles ne sont pas particulièrement rares. À une époque, toute ménagère américaine sachant faire bouillir de l'eau en possédait un exemplaire, à ce qu'on m'a dit.

Ce n'est pas un livre luxueusement illustré. Aucune photo sur papier glacé de l'auteur aux mèches scintillantes mordant dans une fraise bien juteuse, ou souriant fixement devant une magnifique tarte campagnarde, armée d'un couteau à découper, comme une sorte d'inquiétante blonde dominatrice. Les plats sont désespérément démodés, les temps de cuisson atrocement longs, l'utilisation de beurre et de crème totalement hors normes et on n'y trouve pas une seule référence à la pancetta, à la fleur de sel ou au wasabi. Ce livre a disparu depuis des décennies de la liste des best-sellers des gourmets. Mais, en le prenant ce matin-là, avec sa couverture ornée de fleurs de lys couleur tomate, en feuilletant ses pages jaunies, j'avais l'impression d'avoir enfin trouvé quelque chose d'important. Pourquoi ? Je me penchai à nouveau sur le livre, cherchant la cause de cet étrange sentiment. Il ne s'agissait pas seulement de nourriture. En y regardant de plus près, cela ne semblait même plus être la question. Non, il y avait quelque chose de plus profond, une sorte de code au-delà des mots, peut-être un secret dissimulé dans le papier lui-même.

Je ne me suis jamais tournée vers la religion pour y trouver du réconfort. La foi n'est pas inscrite dans mes gènes, tout simplement. Mais à lire *L'Art de la cuisine française* – sa simplicité enfantine et sa complexité troublante, incantatoire, réconfortante –, je me suis dit qu'on devait éprouver la même impression en priant. La sustentation mêlée à l'anticipation et au désir. Lire *L'Art de la cuisine française*, c'était comme lire des versets pornographiques de la Bible.

Donc, quand je repris l'avion pour New York en ce joli mois de mai, on aura compris que j'avais planqué dans mes bagages l'exemplaire de ma mère.

Ce qu'on apprend avec le Potage Parmentier, c'est que «simple» n'est pas exactement la même chose que «facile». La différence ne m'avait jamais frappée jusqu'au moment où, assise avec Eric sur notre canapé, le soir de mon rendez-vous chez le gynécologue, trois mois après avoir piqué le bouquin de cuisine quarantenaire de ma mère, nous avons goûté le potage aux pommes de terre de Julia Child.

J'avais préparé des repas plus faciles, certes. Comme placer sous le gril un morceau de viande après l'avoir sorti de son emballage cellophane, si je prends le premier exemple qui me vient à l'esprit. Ou commander une pizza et, en attendant qu'elle arrive, se soûler en buvant des cocktails, ce qui était une de mes autres spécialités. Le Potage Parmentier ne pouvait même pas prétendre rivaliser, en termes de facilité.

D'abord, pelez et coupez deux pommes de terre. Détaillez des poireaux en rondelles, rincez-les abondamment pour éliminer les graviers – rien de pire que les poireaux pour emmagasiner de la terre. Mettez ces deux ingrédients dans une casserole avec de l'eau et du sel. Faites bouillir à petit feu pendant environ quarante-cinq minutes, puis vous avez le choix entre «écraser les légumes à la fourchette dans le bouillon» ou les passer au moulin à légumes. Je n'avais pas de moulin à légumes et je n'allais quand même pas les écraser avec une *fourchette*. J'avais un presse-purée.

D'accord, techniquement, c'était celui d'Eric. Avant notre mariage, plusieurs années avant qu'Atkins ne sévisse avec ses théories nutritionnistes, la purée de pommes de terre était la spécialité d'Eric. Pendant un certain temps, avant de comprendre la valeur de l'espace de rangement d'un appartement à Brooklyn, j'avais coutume de lui offrir d'obscurs gadgets de cuisine, la plaisanterie (pas spécialement hilarante) étant qu'il ne cuisinait pas du

26

tout, exception faite de la purée de pommes de terre. Le presse-purée est le seul rescapé de cette époque. C'était son cadeau de Noël l'année où nous habitions l'appartement ferroviaire sur la Onzième Avenue, entre la septième et la huitième rue, avant que le prix des locations ne nous chasse définitivement du quartier de Park Slope. J'avais fabriqué pour nous deux chaussettes en feutrine, rouge bordée de blanc pour lui, blanche bordée de rouge pour moi, selon un patron diffusé dans le numéro spécial Noël du magazine *Martha Stewart Living*. Nous les avons encore, bien que, comme je suis nulle en couture, elles soient assez monstrueuses, avec leurs revers décoratifs tout froncés et de guingois. Elles sont également trop étroites pour contenir un presse-purée. Mais je l'y avais fait rentrer de force. Suspendue au manteau de la cheminée condamnée de la chambre, la chaussette avait une forme étonnante, on aurait dit que le père Noël avait apporté un Luger à Eric. Je n'ai jamais été très douée pour garnir les chaussettes de Noël.

Une fois que les poireaux et les pommes de terre ont mijoté pendant environ une heure, vous les écrasez donc avec une fourchette, un moulin à légumes ou un presse-purée. Les trois options sont beaucoup moins pratiques que le mixer que nous avons reçu en cadeau de mariage (de dimensions astronomiques et qui prend une place folle), mais Julia Child laisse entendre qu'un mixer va produire une soupe «non française et monotone». Toute suggestion comprenant l'expression «non française» est discutable, mais si vous faites un Potage Parmentier, vous comprendrez son sens. L'utilisation du presse-purée génère une soupe qui contient des *morceaux*, verts, blancs et jaunes, au lieu d'être parfaitement lisse. Après avoir écrasé les légumes, il ne vous reste plus qu'à ajouter à la soupe un bon morceau de beurre, et c'est fini. Julia Child suggère de parsemer de persil haché, mais ce n'est pas obligatoire. C'est déjà très joli comme ça, et ça sent délicieusement bon, ce qui est curieux quand on y pense. Il n'y a dedans que des poireaux, des pommes de terre, du beurre, de l'eau, du poivre et du sel.

Pendant qu'on prépare cette soupe, la pomme de terre fournit un intéressant sujet de réflexion. Ce n'est pas désagréable d'éplucher une pomme de terre. Je ne dirai pas exactement que c'est amusant, non. Mais gratter la peau, rincer la pomme de terre, la couper en cubes avant de la plonger tout de suite dans l'eau froide – sinon les morceaux vont rosir à l'air libre –, tout ça vous procure un sentiment positif. Vous savez exactement ce que vous faites et pourquoi. Les pommes de terre existent depuis très longtemps et on les a toujours traitées exactement comme ça, uniquement dans le but de faire de la soupe. L'épluchage d'une pomme de terre est un acte clair, qui permet d'aboutir à une vérité première. Et même si vous utilisez ensuite un gadget sophistiqué pour l'écraser, l'épluchage fait encore partie du processus fondamental dont il est le geste initial.

J'aurais dû en principe passer mes dix dernières années soit : a) à bosser quatre-vingt-dix heures par semaine dans un emploi très rémunérateur et éthiquement très discutable, à boire sec et à avoir des relations sexuelles effrénées avec une bonne vingtaine d'hommes différents ; b) à me réveiller tous les jours à midi dans mon loft de Williamsburg pour m'atteler à ma peinture, ma poésie, mon tricot ou ma représentation théâtrale, émergeant sans problème des effets des drogues branchées, des clubs les plus cool et des relations sexuelles effrénées avec une bonne vingtaine d'hommes différents (et de femmes si je pouvais) ; ou encore : c) à poursuivre des études supérieures, à baver des ronds de chapeau sur d'obscures dissertations, tout en ponctuant mes efforts intellectuels d'un peu de shit et de relations sexuelles effrénées avec des professeurs et des étudiants. Voilà quels étaient les modèles de comportement de quelqu'un dans mon genre.

Mais je n'ai rien fait de tout ça. En revanche, je me suis mariée. Sans le faire vraiment exprès. Ça s'est seulement trouvé comme ça.

Eric et moi flirtions déjà ensemble au lycée. Attendez, il y a pire. Nous avions fait du théâtre ensemble au lycée. Notre histoire sortait tout droit d'un des films les plus ringards scénarisés par John Hughes, *Cœur et Trio*, par exemple, avec malentendus, amoureux jaloux et baisers fiévreux. En d'autres termes, le genre d'amours lycéennes classiques dont les gens de notre génération sont censés se remettre pour les cacher par la suite. Sauf que, je ne sais comment, nous n'avons jamais réussi à franchir le cap de la rupture. À l'âge de vingt-quatre ans, alors que nous couchions toujours ensemble et avions adopté un *modus vivendi* raisonnablement satisfaisant en ce qui concernait par exemple le siège des toilettes ou le bouchon du tube de dentifrice, nous avons sauté le pas et décidé de nous marier.

Qu'on me comprenne bien : j'aime mon mari autant qu'il se peut, voire davantage. Mais dans le milieu où je vis, avoir été marié depuis plus de cinq ans avant de souffler ses trente bougies avoisine, sur l'échelle des tares sociales, la honte de suivre les championnats de stock-cars ou d'écouter Shania Twain. J'ai l'habitude d'entendre des questions du genre : « Tu n'as jamais couché avec quelqu'un d'autre ? » ou, encore plus insultant : « Tu veux dire qu'il n'a jamais couché avec quelqu'un d'autre ? »

Tout ça pour dire que parfois, je suis un peu sur la défensive. Même avec Isabel, que je connais depuis la maternelle, ou Sally, ma colocataire en première année de fac, ou Gwen, qui vient déjeuner chez nous tous les week-ends et qui *adore* Eric. Je n'avouerais à aucune d'elles ce qu'il m'arrive parfois de penser, à savoir : « Eric peut être un peu autoritaire. » Je ne pourrais pas supporter l'expression de consternation accompagnée du haussement de sourcils condescendant qu'elles s'empresseraient de dissimuler, genre « qu'est-ce que je t'avais dit ? ». Je sais que mes copines imagineraient un truc à mi-chemin entre *Et l'homme créa la femme* et un psychodrame conjugal à la Jennifer Lopez. Je ne parle pas de scènes de ménage brutales ni de dîners tyranniques. Je veux simplement dire qu'il a tendance à me mettre la pression. Il ne peut pas se contenter de me dire que je suis la plus belle et la plus talentueuse de la planète, par exemple, ou qu'il ne pourrait pas vivre sans moi, en me préparant un Stoli gimlet sec. Non, il faut qu'il m'encourage. Qu'il me fasse des suggestions. Ce qui peut être énervant au plus haut point.

J'avais donc fait cette soupe, ce Potage Parmentier, selon une recette tirée d'un livre de cuisine quarantenaire que j'avais piqué à ma mère au printemps précédent. Et elle était bonne, inexplicablement bonne. Nous l'avons dégustée assis sur le canapé, nos bols en équilibre sur les genoux, dans un silence religieux interrompu seulement par l'éclat de rire que nous arrachait de temps à autre la petite lycéenne blonde et futée qui chassait les vampires à la télé. En quelques instants, nous étions déjà en train de vider notre troisième bol. (Il s'avère que l'une des raisons pour lesquelles nous sommes si bien ensemble est que nous mangeons tous les deux plus et plus vite que tous les gens de notre connaissance. En outre, nous savons tous deux reconnaître le génie de *Buffy contre les vampires*.) Un peu plus tôt dans la soirée, après ma visite chez le gynéco, pendant que j'errais dans la boutique coréenne à la recherche d'une éventuelle idée de menu, je me disais : « J'ai vingt-neuf ans, je n'aurai jamais d'enfants ni de véritable carrière, mon mari va me quitter et je mourrai seule dans un taudis de banlieue avec vingt chats, et on ne me trouvera pas avant quinze jours, le temps que la puanteur arrive jusqu'au couloir. » Mais après trois bols de soupe aux poireaux-pommes de terre, à mon grand soulagement, je ne pensais plus à rien de particulier. Allongée sur le dos, je digérais tranquillement. La soupe de Julia Child m'avait rendue vulnérable.

Eric le vit et saisit l'occasion.

«C'était bon, mon petit loup.»

Je soupirai en guise d'assentiment.

«Très bon. Et il n'y avait même pas de viande dedans.»

(Eric est un garçon du XXIe siècle, doté d'une grande sensibilité, mais il n'en est pas moins texan et l'idée d'un repas sans protéines animales le panique un tant soit peu.)

«Tu es une cuisinière géniale, Julie. Tu devrais peut-être suivre des cours de cuisine.»

J'avais suivi des cours de cuisine en première année de fac, essentiellement pour impressionner Eric. Depuis, cependant, tout ça avait pris des proportions un peu exagérées. Je ne sais si Eric était fier d'être à l'origine de ma passion culinaire, ou s'il avait peur que mon désir de satisfaire son innocent penchant pour les escargots et la rhubarbe ne se soit transformé en obsession malsaine. Toujours est-il que cette histoire d'école de cuisine était devenue une impasse récurrente dans nos conversations. J'étais dans une torpeur trop délicieuse après ma soupe pour prendre la mouche et je me contentai d'un reniflement sceptique. Mais cette simple indication que je l'écoutais était en fait une erreur stratégique. Je le compris en émettant mon reniflement. Je m'empressai de fermer les yeux, feignant une somnolence ou une surdité soudaine.

«Sérieusement. Tu pourrais entrer à l'Institut culinaire! On pourrait s'installer dans l'Hudson Valley, et tu pourrais passer tout ton temps à apprendre le métier de chef.»

Je n'avais pas plus tôt résolu de ne pas tomber dans

le panneau que je commis l'erreur stratégique numéro deux : « Ils ne me prendront jamais sans expérience professionnelle. Je serai obligée d'éplucher des patates pendant six mois à deux dollars cinquante de l'heure. Tu veux m'entretenir avec ton super salaire pendant ce temps-là ? »

Céder à l'irrésistible tentation d'émasculer son mari est toujours, toujours une erreur.

« Peut-être une autre école pour commencer, alors ? Ici, à New York ?

– On n'en a pas les moyens. »

Eric ne répondit pas. Il était tranquillement assis sur le bord du canapé, la main posée sur mon tibia. Je songeai à le repousser d'un coup de pied, mais le tibia semblait une zone plutôt neutre, après tout. L'un des chats sauta sur moi, renifla mon haleine, puis s'éloigna dignement, les pattes toutes droites, la bouche ouverte en signe de vague dégoût.

« Si je voulais apprendre à cuisiner, il me suffirait de suivre toutes les recettes de *L'Art de la cuisine française*. »

C'était une affirmation difficile à faire déborder d'ironie sarcastique, mais j'y réussis néanmoins. Eric ne bougea pas.

« Je ne vois pas à quoi ça me servirait, de toute façon. Ce n'est pas ça qui me donnerait un boulot.

– Au moins, nous mangerions bien pendant un certain temps. »

Ce fut mon tour de ne rien dire, car évidemment il avait raison.

« Je serais tout le temps épuisée. Ça me ferait grossir. On serait obligés de manger de la cervelle. Et des œufs. Je ne mange pas d'œufs, Eric. Tu sais que je ne mange pas d'œufs.

– Oui, c'est vrai.

– C'est une idée idiote. »

Eric resta silencieux un moment. *Buffy* était terminé et les infos avaient commencé. On voyait un journaliste dans une rue inondée de Sheepshead Bay, racontant je ne sais quoi à propos d'une canalisation d'eau qui avait éclaté. Assis sur notre canapé, dans notre living-room exigu de Bay Ridge, nous fixions l'écran comme si nous étions passionnément intéressés, au milieu des cartons empilés qui nous rappelaient avec insistance notre déménagement imminent.

En revoyant la scène, j'ai l'impression d'entendre le crissement du moulinet d'un pêcheur qui lâche un tout petit peu de ligne au moment où Eric dit : « Tu pourrais commencer un blog. »

Je lui lançai le regard irrité du gros requin blanc qui agite la queue après avoir été ferré.

« Julie. Tu sais ce qu'est un blog, quand même, non ? »

Évidemment non, je ne savais pas ce qu'était un blog. Nous étions en août 2002. Personne ne parlait de blog, sauf quelques mecs comme Eric qui passaient leurs journées à utiliser les ordinateurs de leur entreprise à la recherche de la tendance du moment. Aucun sujet de politique intérieure ou internationale n'était trop vaste, aucun site culturel trop obscur. De *War on Terror* à *Fear Factor*, tout ça n'était pour Eric qu'une grande et belle rampe de lancement.

« Tu sais, comme une sorte de site Web. Sauf que c'est facile. Tu n'as pas besoin de connaître quoi que ce soit.

– Ça me paraît parfait en ce qui me concerne.

– Aux ordinateurs, je veux dire.

– Alors, tu me le prépares, ce cocktail, oui ou non ?

– Tout de suite. »

Et il s'exécuta. Me laissa tranquille. Il pouvait se le permettre, maintenant que l'hameçon était accroché.

Bercée par la musique des glaçons dans le shaker, je me mis à réfléchir. Cette vie que nous menions, Eric et moi, c'était exactement l'inverse du Potage Parmentier. Assez facile à mener avec un travail qui vous bouffait l'âme. En tout cas, ça vous évitait de faire un choix. Mais pendant combien de temps pourrais-je supporter une vie aussi facile ? Les sables mouvants aussi, c'était facile. Merde, la mort aussi était facile. C'était peut-être la raison pour laquelle mes synapses avaient commencé à exploser à la vue des poireaux et des pommes de terre dans l'épicerie coréenne. Peut-être que c'était ça qui me pinçait tout au fond du ventre quand je pensais au livre de Julia Child. Peut-être qu'il fallait que je fasse la pomme de terre, que je m'épluche soigneusement pour réintégrer quelque chose qui n'était pas facile, mais simple.

À ce moment précis, Eric ressortit de la cuisine, deux Stoli gimlets à la main. Il me tendit un des verres, avec précaution, pour ne pas mouiller les bords givrés, et je bus une gorgée. Eric prépare les gimlets comme personne, bien glacés, bien secs, avec à peine une trace de chartreuse qui s'attarde dans les profondeurs légèrement huileuses de la vodka.

« OK, dis-je en buvant une deuxième gorgée tandis qu'Eric s'asseyait à côté de moi. Si tu m'en disais un peu plus sur ton histoire de blog ? »

Si bien que, tard dans la soirée, une petite ligne est tombée dans l'océan infini du cyberespace, le plus ténu des appâts dans les eaux les plus sombres.

Le livre

L'Art de la cuisine française. Première édition, 1961. Louisette Bertholle. Simone Beck. Et, bien sûr, Julia Child, la femme qui a appris à l'Amérique à faire la cuisine et à manger. Nous croyons aujourd'hui vivre dans le monde créé par Alice Waters, mais à l'origine de tout il y a Julia Child, et personne ne peut l'égaler.

La candidate :
Fonctionnaire peu motivée le jour, gastronome amateur le soir. Trop vieille pour le théâtre, trop jeune pour avoir des enfants et trop aigrie pour tout le reste, Julie Powell se cherchait un défi. Elle le trouva dans le projet Julie / Julia. Risquant sa vie de couple, son emploi et le bien-être de ses chats, elle a signé pour un contrat insensé. 365 jours. 524 recettes. Une fille dans une minable cuisine de banlieue. Jusqu'où ira-t-elle, nul ne peut le dire...

Ce n'était pas grand-chose. Presque rien en fait. Même pas une recette de soupe aux pommes de terre. Quelques mots accrochés les uns aux autres, c'est tout. Mais ensemble, tout là-bas, ils avaient l'air de scintiller. Faiblement. Juste assez.

La mayonnaise, tout comme la sauce hollandaise, est basée sur le procédé consistant à incorporer par émulsion dans du jaune d'œuf une substance grasse, dans ce cas de l'huile, et de l'y maintenir en une suspension épaisse et crémeuse.

L'Art de la cuisine française, vol. 1

Il est difficile de faire une mayonnaise selon la méthode essai / erreur.

Les Joies du sexe

Les joies de la cuisine

Tous les soirs en rentrant du travail, la première chose que faisait mon père était de sortir sa monnaie des poches de son costume et de la mettre dans une grande tasse en plastique bleu ornée d'une pointe de flèche blanche (le logo de mon camp de vacances) qu'il gardait dans son placard, à droite de son lavabo, dans la salle de bains principale. Ma mère avait exactement le même placard à gauche de son lavabo. Elle y rangeait sa trousse de maquillage et ses bijoux, et de vieux foulards qu'elle n'avait jamais portés depuis sa sortie du lycée. Dans le sien, en plus de sa monnaie, Papa rangeait sa montre, son bain de bouche, sa lotion Mennen et des mouchoirs de rechange. Et le livre.

Je le trouvai un mardi après-midi, en cherchant des pièces de vingt-cinq cents. J'avais onze ans et, les mardis et jeudis, je suivais des cours d'art dramatique dans un local de la rue North Burnet, derrière le café Nighthawk. J'emportais toujours cinquante cents pour m'acheter un Coca au distributeur en sortant. D'habitude, je prenais la monnaie dans le bocal sur l'étagère au-dessus de la machine à laver, mais ma mère venait de l'emporter à la banque, si bien que je m'étais rabattue sur le placard de mon père.

C'était juste un livre avec une couverture ordinaire de toile noire, tout au fond du placard, et posé de telle sorte qu'on ne pouvait pas lire le titre du dos. La jaquette illustrée avait été enlevée. Je l'avais déjà remarqué, mais je me disais qu'il devait y avoir une très bonne raison pour que mon père le cache si soigneusement. C'était peut-être, avais-je pensé, un truc vraiment ennuyeux. Genre factures de téléphone, par exemple. Mais j'étais seule à la maison cet après-midi-là et la question me vint soudain à l'esprit : pourquoi papa cacherait-il un livre ennuyeux ?

À la minute même où je sortis le bouquin de sa cachette et vis le titre en lettres d'or gravées, je compris que je ferais mieux de le remettre immédiatement à sa place. Mais évidemment, il était déjà trop tard.

Les premières pages contenaient une série de grands tableaux en couleur sur papier glacé, comme dans un livre d'art. Sauf que les images représentaient un homme et une femme, qu'ils étaient nus et qu'ils se livraient à des ébats sexuels. Mais ce n'était pas comme le sexe au cinéma… Ça, j'en avais vu plein – nous avions Cinemax et, certains soirs où mes copines venaient dormir à la maison, nous nous faufilions dans le salon pour regarder en douce *Friday After Dark*. Non, cette femme-là avait du poil sous les bras, et l'homme avait du poil, eh bien… *partout,* et on voyait nettement son *pénis*, qui *rentrait* en elle. C'était du *hard core*, apparemment, comme les vidéos que le père d'Isabel cachait derrière les films ordinaires et auxquelles je ne pouvais même pas jeter un coup d'œil tellement j'étais gênée. Sur les images, l'homme et la femme n'étaient même pas spécialement beaux. Ils étaient *vieux*. En fait, ils ressemblaient un peu à mes parents. Mais cette idée me faisait un drôle d'effet, si bien que je m'efforçai de l'oublier.

Après les images en couleurs, il y avait une longue partie de texte, avec des croquis en noir et blanc et des rubriques comme dans un dictionnaire. Voilà ce que c'était, un *dictionnaire* de sexe. Beaucoup d'expressions étaient en français. D'autres étaient des mots simples, comme *bottes* ou *train*, mais je ne comprenais pas pourquoi ils étaient dans un livre de ce genre. C'était ça le pire : est-ce que *botte* voulait dire quelque chose de complètement différent de ce que je croyais ? À chaque fois que je suppliais ma mère de m'acheter une paire de bottes mauves à fermeture éclair pour aller avec mon pull Miss Piggy, est-ce que je disais des grossièretés sans le faire exprès ?

La porte d'entrée de la maison était juste à côté de la chambre de mes parents. Quand j'entendis la clé tourner dans la serrure, j'eus à peine le temps de plonger vers le placard pour y remettre le livre avant que ma mère ne me trouve.

« Tu es prête, Jules ? Qu'est-ce que tu fais ?

– Je cherchais de la monnaie pour mon Coca. »

Je songeai : *Elle a compris !* mais elle se contenta de répondre : « Bon, allons-y… Tu vas être en retard », avant de ressortir directement par la porte de devant.

Pendant tout le cours, je ne cessai de m'inquiéter. Et si je l'avais mal remis à sa place ? Je me rappelais comment, dans *1984*, le personnage principal pose un cheveu sur le dessus de son journal, de façon à savoir si quelqu'un y a touché. Je savais que mon père avait lu *1984*, c'était lui qui me l'avait offert. Le prof de théâtre me faisait jouer une scène avec Caleb, qui ressemblait comme deux gouttes d'eau à Jason Bateman dans *À vous de jouer*, mais je ne pouvais pas le regarder sans penser aux images du livre. Je n'arrêtais pas d'avoir des trous de mémoire alors que je n'en avais jamais – j'étais celle qui savait le mieux son texte de toute la classe, d'habitude. Après le cours, je bus mon Coca en attendant que ma mère vienne me chercher, mais j'en sentais à peine le goût. J'avais la bouche qui me picotait comme si j'avais mâché du chewing-gum à la cannelle. À son arrivée, cependant, elle se comporta normalement. En rentrant à la maison, mon père était dans son fauteuil, comme d'habitude, en train de faire des mots croisés.

C'était très, très mal, de lire ce livre à mon âge. Je le savais. Je trahissais la confiance de mes parents. J'agissais mal. Chaque fois que je me glissais en douce dans leur chambre, je me chuchotais : «C'est la dernière fois, la dernière, la dernière.» Mais je savais que je me mentais. J'étais tombée dans un puits, irrémédiablement souillée par la corruption, jamais plus je ne serais innocente. En plus, quelle mine d'informations ! Le bouquin était plein de trucs que je n'aurais pu trouver ailleurs, même pas par Isabel, qui en savait plus sur le sexe que tous les gamins de onze ans du monde, bien qu'elle n'en eût que dix. Le mal était déjà fait, alors autant en profiter pour assurer mon éducation.

Ma mère était généralement à la maison quand je rentrais de l'école, mais parfois elle conduisait mon frère Heathcliff à son entraînement de foot, ou faisait des courses. Ces après-midi-là, je prenais ma réserve de biscuits au chocolat (je m'étais établi une règle stricte, enfin, assez stricte, de ne pas en manger plus de dix dans l'après-midi), une serviette en papier et je me faufilais dans la salle de bains de mes parents. Il y avait un petit tableau sur le mur, représentant une femme en déshabillé. J'aimais assez cette toile, même si j'étais plutôt contente qu'ils aient choisi de la mettre dans la salle de bains. Mais à présent que je savais ce qu'il y avait dans le livre du placard de Papa, le tableau semblait une allusion claire à des penchants que je ne leur avais jamais imaginés.

Le livre, quand je le sortais, avait comme une odeur de fumée, astringente, secrète. Je supposais que cette odeur venait de ce que mes parents l'utilisaient quand ils avaient des relations sexuelles, peut-être que ma mère mettait un gilet en caoutchouc ou des bottes de cuir, par exemple. (Il me fallut des années pour comprendre que l'odeur était simplement celle du bain de bouche, de la laque et des cigarettes que je n'avais pas encore découvertes et que mon père cachait dans son placard pour en fumer une de temps en temps sur la terrasse quand j'étais couchée.) Je me laissais glisser le long du mur, sous le tableau, jusqu'au tapis blanc à bouclettes et je lisais, le livre posé sur mes genoux remontés. Je posais les biscuits sur la serviette en papier, à côté de moi, et je les mangeais l'un après l'autre en les ouvrant en deux avant de lécher la crème blanche, puis de sucer les gaufrettes jusqu'à ce qu'elles se transforment en membrane de chocolat qui me fondait dans la bouche, pendant que je lisais des trucs comme *cassolette*, *postillonnage* et *gamahuche*. Certaines définitions étaient franchement répugnantes, toutes ces histoires d'odeurs corporelles et d'aisselles non rasées, mais d'autres me provoquaient des élancements dans l'entrejambe. Puis j'entendais la porte du garage. Je bondissais pour remettre le livre à sa place, refermais le placard, saisissais les biscuits qui restaient et me précipitais dans la cuisine afin d'y être quand ma mère arrivait et m'appelait de la porte d'entrée pour que je l'aide à porter les sacs d'épicerie.

Si *Les Joies du sexe* fut ma première expérience du péché, *L'Art de la cuisine française* fut la seconde.

Pour le réveillon de Noël, ma mère préparait habituellement des haricots rouges et du riz, en faisant cuire séparément le chili de bœuf cramoisi, car je ne mangeais jamais de haricots. Jamais. Cette année-là, cependant, le directeur de l'entreprise de mon père venait dîner et, après un moment de panique, ma mère avait décidé de préparer un menu spécial. En entrant le matin dans la cuisine, je la trouvai déjà occupée à couper des légumes. Sur la table trônait un vieux livre de cuisine, ouvert à la page 315 : Bœuf bourguignon.

Il était sur l'étagère de l'office depuis aussi longtemps que je me le rappelais, mais je n'avais jamais vu ma mère sortir ce volume particulier, épais, de couleur crème. En fait, il y avait deux tomes, avec une couverture identiquement parsemée de formes florales. Quand je l'interrogeai, ma mère me dit qu'il s'agissait de *« floor-dayleez »*. Le volume qu'elle avait sorti était orné de *« floordayleez »* rouges. Sur celui qui restait sur l'étagère, elles étaient bleues.

Les livres de cuisine n'étaient pas ma littérature de prédilection et, même dans cette catégorie, ces deux-là étaient loin d'être les plus intéressants de la collection maternelle. Je préférais de beaucoup les séries de *Time-Life*, deux volumes pour chacune des cuisines du monde, l'un à spirale, avec les recettes proprement dites, et le deuxième, plus grand, avec des références historiques et des photos magnifiques. (Celui sur la cuisine viennoise, avec tous ces sublimes gâteaux blancs, était mon favori. Je les montrais souvent à ma mère, dans l'espoir qu'elle m'en prépare un, mais elle me faisait remarquer à chaque fois qu'il contenait de la noix de coco, ou des noisettes, ou de la confiture, or je ne mangeais jamais de noix de coco, ni de noisettes, ni de confiture. Jamais.) Mais, même si ce n'étaient pas mes préférés, j'avais toujours aimé la façon dont ces deux livres semblaient solidement plantés sur l'étagère, parmi les livres de la Junior League et le vieil exemplaire du livre de cuisine de Betty Crocker. Ils avaient l'air démodé et majestueux de ces ouvrages anciens qui coûtent une fortune chez un antiquaire.

J'étais encore en robe de chambre, que j'avais enfilée sur le pull à capuche bleu délavé de ma mère, celui aux rayures ondulantes qui ressemblait à un pull de ski. Aux alentours de Noël, j'aimais bien me faire croire qu'il allait peut-être neiger. Pendant mes moments de calme, dans la baignoire ou avant de sortir du lit le matin, j'imaginais les flocons qui voltigeaient dehors, alors que je me pelotonnais au milieu des coussins devant un feu de bois avec Jason Bateman, dont les demi-sourires entendus suggéraient des trucs du style *Joies du sexe,* mais plus sympas, avec moins de poils sous les bras. Le pull à capuche de ma mère m'aidait énormément à rêvasser.

Je pris un bonbon dans la boîte de fondants à la guimauve et m'assis devant le livre. Ma mère était en train de gratter des carottes au-dessus de l'évier.

« Je me demande pourquoi il faut que tu portes ce pull, il fait au moins vingt degrés dehors.

– J'ai froid.

– Ne perds pas ma page. »

Un doigt marquant la page, je feuilletai le livre en essayant de prononcer à mi-voix tous les mots français. Une odeur un peu moisie montait du papier, mais différente de celle des livres de la bibliothèque. Ça sentait un peu le chien, ou le sous-bois, une senteur humide, chaude et vivante. Mots et odeur me rappelaient quelque chose, mais je ne compris pas tout de suite ce que c'était.

La plupart des expressions que je lisais n'avaient pas de sens pour moi, mais je voyais bien que les recettes étaient pleines de trucs que je n'aimais pas, des champignons, des olives, des épinards. Même une chose qui s'appelait *ris de veau,* qu'est-ce que ça pouvait bien être ? Une sorte de gâteau de riz ? Parce que j'avais horreur du gâteau de riz. Je commençais à m'ennuyer un peu quand mon regard tomba sur un croquis représentant un membre animal. Un gigot d'agneau, disait la légende. Il était disposé, la queue en l'air, presque comme une personne allongée sur le ventre. Je revins en arrière et trouvai un autre dessin. Cette fois, c'étaient deux jolies mains avec des ongles ronds et bien nets qui appuyaient sur quelque chose d'apparemment mou. De la pâte. Les mains montraient ce qu'était le *fraisage.* « Avec le talon de la main, pas la paume qui est trop chaude, pétrir rapidement la pâte par touches successives, en avançant sur la planche, pour l'étaler sur une quinzaine de centimètres. »

Ça avait l'air bizarre. Et même, bon… un peu cochon. Je pris soudain conscience de ce à quoi le livre me faisait penser. Je rougis et jetai un coup d'œil rapide à ma mère, mais elle avait fini les carottes et s'occupait des oignons. Elle n'avait pas la moindre idée de ce qui me passait par la tête. Évidemment. Ce n'était pas comme si elle pouvait lire dans mes pensées. Avant, c'était ce que je croyais, mais ces derniers temps je m'étais rendu compte que si c'était vrai elle ne m'aurait plus jamais laissé regarder *À vous de jouer*.

« Tu ne perds pas ma page, hein ?

– Je t'ai dit que non. »

Comme c'étaient les vacances, je n'avais pas eu l'occasion de regarder le livre du placard de papa depuis des semaines. D'une part, mon père et ma mère étaient plus souvent à la maison, et en plus ils veillaient à ce que je ne fouine pas à la recherche des cadeaux cachés. Je m'efforçais de ne pas le faire, parce que ce qui comptait le plus à Noël, c'était la surprise. En outre, je ne voulais rien trouver qui prouve de façon définitive que le père Noël n'existait pas. Je le savais, naturellement, mais je ne voulais pas l'admettre. Que serait Noël sans le père Noël ? Mais je risquais quand même de céder à la tentation de savoir, alors il valait mieux éviter complètement la chambre de mes parents. Donc, pas de *Joies du sexe* pour le moment, pas avant le nouvel an, probablement. Néanmoins, ce livre-ci était pratiquement aussi bien. Il contenait des mots français, lui aussi, et tout un tas de trucs incompréhensibles sur lesquels méditer. Il n'y avait pas de hippies nus, d'accord, mais ça ne me gênait pas. En fait, les hippies nus, ça ne me branchait pas vraiment.

Peut-être qu'au lieu de rester devant une cheminée avec Jason Bateman, en pull-over, je pourrais lui préparer un bon petit plat. Je n'y avais jamais pensé. Quelque chose de sexy. Comme… voyons, pourquoi pas une Pièce de bœuf à la cuillère ? Ça vous avait un petit air cochon. « Bœuf haché, braisé et servi en croûte de bœuf. » Même en anglais, ça semblait scabreux.

« Mais qu'est-ce que tu fais ? »

Je tombai pratiquement de la chaise en osier et métal chromé, comme si j'avais été surprise en pleine masturbation à la table du dîner. Non que j'aie eu l'habitude de me masturber, d'ailleurs. Je ne savais ce que voulait dire ce mot que parce que Isabel me l'avait appris. Beurk.

« Ne mets pas tes pieds comme ça quand tu t'assois, je viens de faire refaire le cannage des chaises. Tu peux m'apporter le livre ? J'ai les mains toutes grasses. »

Je revins à la page que j'avais gardée avec mon doigt et apportai le livre à ma mère. Elle me lança un regard bizarre quand je le posai sur le comptoir jaune.

« Je ne vois pas ce qui t'intéresse tant, de toute façon. Tu ne voudrais pas manger une seule chose de ce qu'il y a là-dedans. Tu ne veux même pas de cheeseburger.

– Le fromage, c'est sur les pizzas que ça doit être, pas dans les hamburgers. »

Ma mère leva les yeux au ciel et revint à sa préparation. Je la regardai faire un moment, par-dessus son épaule. Elle avait coupé du lard en dés et le faisait frire dans une poêle. Quand il fut complètement doré, elle commença à faire revenir les morceaux de viande.

« Ça sent bon.

– Oui, hein ? »

Elle ôtait maintenant les morceaux de viande dorée qu'elle remplaçait par les carottes et les oignons. Je ne mangeais jamais de carottes. Jamais. Mais que ça sentait bon ! Je me demandais si Jason Bateman était homme à aimer le bœuf bourguignon.

« Tu pourras peut-être y goûter un peu, ce soir, dit ma mère.

– Ouais. Peut-être. »

Évidemment, je n'en fis rien, pour ce réveillon de Noël. Ma terreur des carottes, champignons et autres oignons grelots se révéla impossible à surmonter et, comme les autres enfants présents ce soir-là, j'optai à la place pour la pizza au pepperoni et les bonbons fondants. En fait, il me faudrait encore attendre dix-huit ans avant de goûter le bœuf bourguignon selon la recette de Julia.

Le bœuf bourguignon est à la fois classique et confortable, il fait de l'effet tout en restant simple à réaliser, c'est donc le plat idéal si votre réputation en dépend. C'est ce que prépara Julia Child pour la toute première émission de sa série télévisée. Ce que fit ma mère pour impressionner le directeur de mon père. Et, dix-huit ans plus tard, c'est ce que je fis pour une certaine personne très importante qui, je l'espérais, allait me sortir de mon minable boulot de secrétaire pour m'offrir le succès et la fortune. En fait, j'ai fait deux fois du bœuf bourguignon pour cette importante personne, mais j'y reviendrai plus tard. Pour l'instant, disons seulement que le bœuf bourguignon, comme la mayonnaise, nécessite un certain nombre d'essais et d'erreurs (en fait, je trouve qu'il en faut bien plus pour la mayonnaise), mais une fois que vous avez pris le tour de main, vous disposez d'un talent non négligeable. Si, par exemple, Jason Bateman passait par hasard en cherchant à se faire inviter à dîner, je pourrais désormais, grâce à Julia, lui cuisiner sans difficulté un bon petit ragoût de bœuf à la française.

Je pourrais même préparer le bœuf bourguignon de Jason Bateman vêtue du pull-over de ski bleu de ma mère. Je l'ai encore et éprouve pour ce pull un attachement irrationnel qui lui a permis de survivre aux découvertes conjointes que, *primo*, je ne serai jamais la sylphide que mettent en valeur les gros pulls à capuche et, *secundo*, que les gros pulls à capuche ne sont plus sexy depuis au moins la fin des années quatre-vingt. Mais pour Jason Bateman comme pour le bœuf bourguignon, parfois, rien ne vaut les bonnes vieilles méthodes.

Janvier 1944
Arlington, Virginie

Après toutes les incertitudes, cela allait enfin arriver. Son sac était prêt, la voiture en route. Il embarquait. Il serait bientôt vraiment à pied d'œuvre, à New Delhi, avec Lord Mountbatten. Cela allait arriver, comme l'avait prédit Jane Bartleman. Avec précaution, Paul sortit son journal d'une caisse contenant ses papiers, qu'il avait préparée pour que son frère Charlie l'emporte dans le Maine, et revint s'asseoir sur son lit étroit déjà débarrassé de ses draps. Il tourna les pages jusqu'à celles où il avait noté les prédictions de l'astrologue au mois d'avril précédent.

« Une nouvelle entreprise vous attend. Elle se présente à portée de main comme un fruit sur son arbre. »

On peut dire ce qu'on veut de l'astrologie, mais on ne peut en contester les résultats. Paul continua à feuilleter les pages couvertes de sa petite écriture nette.

« Des portes vont s'ouvrir. Dont vous n'imaginiez même pas l'existence. »

Au moment où Paul essayait de remettre le journal à sa place dans la boîte, un petit morceau de papier s'en échappa et tomba en voltigeant sur le sol. En se penchant pour le ramasser, il le reconnut et fut surpris de sentir les larmes lui monter aux yeux. C'était une lettre, ancienne et jaunie, écrite par Edith, datant de l'époque où ils étaient ensemble à Cambridge.

« Mon Paul chéri, tes poèmes m'émeuvent toujours

de la même façon, et pourtant j'en suis toujours surprise... »

Elle s'en était allée un peu plus d'un an plus tôt, mais un simple regard à son écriture lui faisait revivre ces derniers mois avec une insupportable clarté, les longs après-midi affligeants où il voyait celle qu'il aimait chercher une respiration qui lui faisait de plus en plus défaut. En lisant le poème, il se rendit compte que tout au fond de lui, en quittant le pays, il la quittait aussi.

Au printemps d'avant, Bartleman lui avait prédit qu'il y aurait une autre femme dans sa vie, qui viendrait rompre sa solitude glacée. Cela semblait impossible, malgré tout son désir d'être réconforté par une femme douée d'intelligence, d'humour, d'équilibre et de sensibilité. Il avait déjà eu de la chance d'en rencontrer une.

Dehors, une voiture klaxonnait. Concentre-toi sur ton livre, se dit Paul. Il tira la fermeture éclair du sac et le hissa sur son épaule. Au diable les femmes, et le mariage. Un homme ne peut pas tout avoir.

On ne fait pas d'omelette…

C'est à l'automne que j'ai toujours fait les choses les plus stupides. J'appelle ça mon syndrome de rentrée, une nostalgie ancrée dans mes os qui remonte à une époque où l'automne avait un sens. Quand j'avais onze ans, le syndrome se révéla sous la forme d'une décision vestimentaire tragiquement personnelle d'assortir des bottes de cuir mauve à un pull Miss Piggy. À l'automne de ma trentième année, il se manifesta par l'élaboration du projet absurde de cuisiner une année durant, ajouté à l'épreuve biblique d'un déménagement new-yorkais.

Je vous avais bien parlé du déménagement, non ?

J'aurais dû soupçonner que j'étais en train de sombrer dans une de mes crises de folie saisonnière à la façon dont ma mère réagit quand je lui parlai du projet.

« Hmm.

– Est-ce que tu aimes Julie/Julia, comme titre de projet ? Je trouve que ça fait un peu penser à Frankenstein, à une sorte de savant fou, qu'est-ce que tu en penses ? Tu as reçu le lien que je t'ai envoyé ?

– Oui… ? Tu crois… ? »

Toutes ses réponses se terminaient en questions hésitantes, sa voix haut perchée.

« Ne t'inquiète pas, c'est juste pour un an. Je vais cuisiner tous les soirs et écrire tous les matins. Ce sera comme une espèce de régime.

– Hmm ? Et encore une fois, pourquoi tu fais ça ?

– Que veux-tu dire ? »

Quelle question stupide. Mais je me rendais effectivement compte que je ne me l'étais pas vraiment posée. Je notai que ma voix était devenue un peu aiguë.

« Enfin… Je veux dire, ce n'est peut-être pas le meilleur moment pour te lancer dans un nouveau projet comme celui-là ? Alors que tu essaies de déménager ?

– Oh… non. Non, non, ça ira très bien. Il faut bien que je mange, de toute façon, non ? De plus, le projet est déjà lancé. Sur le Net, où tout le monde peut le voir. Je ne peux plus reculer, maintenant. Ça se passera très bien. Ça sera super ! »

À mon âge, je devrais savoir que lorsque mon timbre de voix atteint une tonalité joyeuse aussi insupportable, c'est que les ennuis ne sont pas loin. Je devrais le savoir, mais je ne m'en souviens jamais avant qu'il ne soit trop tard.

Tout avait si bien commencé. Le lendemain du jour où j'écrivis pour la toute première fois dans mon blog, je fis des Biftecks sautés au beurre et des Artichauts au naturel, c'est-à-dire respectivement les deux premières recettes des chapitres viande et légumes de *L'Art de la cuisine française*. Je fis simplement sauter le steak dans une poêle avec du beurre et de l'huile – beurre et huile parce que non seulement je n'avais pas de graisse de rognon, l'autre option, mais surtout je ne savais même pas ce qu'était la graisse de rognon. Puis je fis rapidement une sauce en déglaçant la poêle avec du vermouth qui traînait à la maison depuis une éternité parce que Eric s'était aperçu que boire du vermouth, même dans le martini, le rendait malade, et j'ajoutai encore un peu de beurre. Pour les artichauts, je me contentai de les parer en rognant les queues et en coupant le bout piquant des feuilles avec une paire de ciseaux, avant de les cuire dans de l'eau salée jusqu'à ce qu'ils deviennent tendres. Je servis les artichauts avec un beurre au citron, que je réalisai en faisant réduire un jus de citron avec du sel et du poivre, dans lequel j'incorporai, au fouet, un bon morceau de beurre. Trois recettes en tout juste un peu plus d'une heure.

«Je pourrais faire ça avec une main attachée dans le dos!» Je fanfaronnais en m'installant avec Eric à la table du dîner, au milieu des piles de cartons de plus en plus hautes, pour mordre à belles dents dans les feuilles d'artichaut trempées dans le beurre au citron. «Heureusement qu'on déménage, sinon ce serait trop facile. Comme de piquer sa tétine à un bébé!»

Quand nous eûmes terminé nos steaks, très bons et très beurrés, et débarrassé la table de l'énorme tas de feuilles d'artichaut grattées, je me mis à écrire. Je fis une ou deux astuces sur les artichauts, par exemple: «C'était la première fois que je mangeais des artichauts et, plutôt que de dire si j'aime ou n'aime pas ça, je suis surtout impressionnée par le crétin préhistorique affamé qui a pensé le premier à en manger.» Puis j'envoyai mes quelques paragraphes sur mon blog.

Le lendemain, j'eus trente-six lecteurs. La raison pour laquelle j'en connais le nombre exact, c'est que ce jour-là, au bureau, je me branchai douze fois pour vérifier. Chaque contact représentait une nouvelle personne lisant ce que j'avais écrit. Comme ça, tout simplement! En bas de la page d'entrée, il y avait un endroit prévu pour les commentaires, et quelqu'un dont je n'avais même jamais entendu parler disait qu'il aimait ma façon d'écrire!

J'allais manger plein de cuisine française, rédiger mes commentaires, et je récolterais des compliments de gens que je ne connaissais ni d'Ève ni d'Adam. Eric avait raison. Ça allait être génial!

Le deuxième jour, c'était Quiche lorraine et Haricots verts à l'anglaise.

Le troisième jour, je dus aller distribuer des formulaires et installer des chaises pliantes pour une réunion des familles de victimes qui avaient péri dans l'attentat du World Trade Center. La réunion était organisée par le gouverneur du New Jersey, qui voulait s'assurer que tous les gens avaient bien compris que s'ils avaient un problème c'était à cause de l'agence ministérielle pour laquelle je travaillais. Le gouverneur du New Jersey était un peu lourd. Je ne cuisinai donc pas ce soir-là. Je mangeai une pizza et rédigeai cet échantillon impromptu de prose étincelante.

À l'époque victorienne, les riches servaient des fraises Romanoff en décembre. Aujourd'hui, nous démontrons notre supériorité en servant nos fraises biologiques encore humides de rosée, et uniquement pendant la période de deux semaines où elles peuvent être cueillies sur pied à deux pas de chez nous, à la ferme bio de notre banlieue branchée new-yorkaise. On entend les gens se vanter de glaner dans les marchés bio le plus frais ceci, le plus fin cela, le plus vert, le plus ferme ou le plus tendre je ne sais quoi, comme s'ils effectuaient un acte purement généreux d'un goût rare et d'une attention consommée, alors qu'ils se livrent à l'activité privilégiée de celui qui n'a pas besoin de travailler pour vivre.
Julia Child n'a rien à voir avec tout ça. Julia Child veut que vous – oui, vous, qui habitez un mobil-home dans une banlieue proliférante, qui avez un boulot d'adjoint de direction sans aucune perspective de carrière et rien d'autre qu'une supérette à des kilomètres à la ronde pour faire vos courses –, vous appreniez à faire de la bonne pâtisserie et à donner un goût acceptable aux haricots verts en boîte. Elle veut vous rappeler que vous êtes humain et qu'en tant que tel vous reviennent les plus élémentaires des droits de l'homme, en particulier celui de bien manger et de prendre plaisir à vivre.

Ce qui vaut toutes les tomates cerises et autre huile d'olive ombrienne première pression, je vous prie de le croire.

À la fin de la première semaine, j'étais passée aux Filets de poisson Bercy aux champignons, au Poulet rôti, aux Champignons à la grecque, aux Carottes à la concierge et même à la Crème brûlée. Enfin, plutôt Soupe à la crème brûlée. J'avais tout relaté, mes erreurs et mes petits triomphes. Des gens, c'est-à-dire deux amies, deux inconnus et même ma tante Sukie de Waxahachie, avaient écrit dans le blog pour me contacter. Désormais, chaque soir, je quittais mon bureau du centre-ville d'un pas empreint d'une insouciance nouvelle, ma liste de courses à la main, en projetant non pas d'arracher du mur cet affreux téléphone (ou peut-être de tordre le maigre cou de je ne sais quel bureaucrate), mais de préparer mon prochain repas français, ma prochaine chronique pleine d'humour.

Eric et moi nous avions désormais sérieusement commencé notre déménagement. Pendant le week-end, nous avions empli nos cartons dans le séjour avant de les charger dans notre vieille Bronco bordeaux, pour les hisser jusqu'à notre nouvel appartement, un soi-disant loft dans Long Island City qui, en réalité, ne se trouve pas dans le quartier de Long Island (comme on pourrait s'y attendre) mais dans celui de Queens. (Lequel est, il est vrai, techniquement situé sur la longue portion de terre entourée d'eau connue sous le nom de Long Island, mais surtout ne dites jamais à quelqu'un de Queens ou de Brooklyn qu'il habite Long Island. Faites-moi confiance. C'est une mauvaise idée.) Nous déménagions là-bas parce que le bureau d'Eric s'y installait, et les allers-retours de Bay Ridge à Long Island City nous rappelaient malencontreusement le fait divers des immigrants clandestins d'Amérique latine poignardés à mort par des fanatiques alors qu'ils se rendaient en camionnette à l'un de leurs trois emplois quotidiens à deux heures du matin. Nous allions donc désormais vivre dans un «loft». C'était un pas en avant, une expérience courageuse, le rêve de l'urbanisme moderne. Et je continuais à faire la cuisine, gaiement, avec humour et aisance. Cette histoire de cuisine française était d'une facilité! Je me demandais pourquoi, depuis tout ce temps, tout le monde en faisait tout un plat.

C'est alors que, au cours de la troisième semaine, nous en sommes arrivés aux œufs.

«Julie, je veux que tu arrêtes.

– Je ne peux pas. Je ne peux pas.

– Ma grande, c'est uniquement un truc que tu as décidé de faire. Tu peux décider de ne pas le faire, si tu veux. Tu n'as qu'à décider d'arrêter, c'est tout.

– Non! Tu ne comprends donc pas? C'est tout ce que j'ai. Il y a des gens qui lisent ce que j'écris. Je ne peux pas M'ARRÊTER comme ça, merde!»

J'ai eu la même conversation toute ma vie avec ma mère. Comme cette fois où, à six ans, je *devais* porter ma robe bain de soleil préférée pour la fête de l'école le jour de la Saint-Valentin; ma mère me répétait qu'il faisait trop froid et, pour lui prouver qu'elle avait tort, je restai pendant deux heures à grelotter sur le balcon en sous-vêtements. Ou le jour où je voulus passer le concours d'entrée dans l'équipe de majorettes uniquement parce que je savais que je n'y arriverais pas, et qu'après avoir réussi je refusai d'abandonner et me retrouvai pendant les huit mois suivants avec un groupe de copines débiles, que j'en devins boulimique et me mis à serrer si fort sous le menton la ficelle de ce stupide chapeau de cow-boy qu'à la fin des soirées d'entraînement je devais arracher la lanière de cuir incrustée dans ma gorge. Ou quand, quinze jours avant mon mariage, je décidai, en pleine crise à cause du traiteur qui nous lâchait et du fiasco des robes des demoiselles d'honneur, que je *devais* fabriquer des miniatures de femmes nues en pâte à modeler pour les menus des deux cents invités. On pourrait appeler ça «l'adieu du haut du précipice». Parfois ça marche. Parfois non.

Ma voix se fit calme et glacée.

«Il faut que j'y aille, maman. Je t'aime.

– Julie, attends.» Panique au bout du fil. Ma mère se rendait compte que je lui échappais. «Je t'en prie. Ma chérie. *Arrête de cuisiner*.

– Au revoir, maman.»

Je raccrochai. Je sentis une douleur dans le cou. Je tournai la tête et mes tendons se relâchèrent. Rien que pour traverser en sens inverse le salon jonché de haricots de polystyrène, ce fut la marche de la mort de Bataan.

«On va prendre les choses calmement», avait dit Eric. «Rien ne sert de courir…», avait dit Eric. En conséquence de quoi, Eric et moi déménagions depuis deux semaines et demie.

C'était l'enfer. Pendant deux semaines et demie, nous n'avons fait que transporter des cartons. Puis, un samedi, nous avons réussi à déménager le sommier et le matelas. Nous avons laissé les chats dans l'ancien appartement cette nuit-là, pendant que nous découvrions avec angoisse qu'à trois heures du matin notre loft résonnait comme s'il était sur le parcours d'un rallye de semi-remorques. Le dimanche, nous avons amené les chats. En route, l'une vomit partout dans son panier, et le deuxième se chia dessus. Le troisième tomba simplement dans la torpeur abyssale des orphelins de guerre et des rares survivants d'invasions de hordes étrangères et, sitôt arrivé dans son nouveau domicile, se faufila sous le faux plafond duquel il refusa de ressortir, mais nous l'entendions y rôder et émettre, par intervalles, des miaulements déchirants. De temps en temps, nous soulevions une dalle du plafond pour lui glisser un bol de croquettes biologiques.

Eric et moi traversions depuis quelques semaines des passes critiques répétées, que j'avais intitulées «crise des réparations de dernière minute», «crise du boulot merdique qui ne mène nulle part», «crise du mari qui vient d'avoir vingt-neuf ans et à qui je n'ai rien offert», «crise de délire de la femme schizophrène que j'ai épousée». Nous nous étions coupés, avions saigné, crié, laissé choir diverses racines potagères épluchées sur le parquet pourri de notre loft de «jeunes cadres prometteurs» avant de les ramasser et de les jeter dans la soupe. Donc, même si on pouvait dire que nous vivions désormais dans Long Island City, le terme *vivre* paraissait un cruel euphémisme. Nous avions plutôt l'air de morts-vivants.

La cuisine évoquait une scène de crime. Le sol était jonché de coquilles d'œufs qui craquaient sous les pas. Ce qui ressemblait à une vaisselle de trois jours était empilé dans l'évier et des cartons non déballés avaient été poussés aux quatre coins de la pièce. Invisibles dans l'orifice obscur de la poubelle, et pourtant aussi évidents que des cadavres assassinés recouverts d'une bâche, gisaient les restes mutilés des œufs. Si les traces de jaune strié de mauve qui maculaient les murs avaient été des éclaboussures de sang, un médecin légiste aurait connu une journée mémorable. Mais Eric n'était pas devant la cuisinière pour déterminer la position du tireur, il était occupé à pocher un œuf dans le vin rouge. Deux autres œufs attendaient sur une assiette près de la cuisinière. Je les avais moi-même pochés juste avant qu'Eric et moi ne rejouions inopinément la scène de *Y a-t-il un pilote dans l'avion?* dans laquelle tous les passagers se mettent en rang pour, chacun leur tour, gifler et secouer la fille hystérique, avec Eric dans le rôle des passagers et moi dans celui de l'hystérique. Ces trois œufs étaient les seuls survivants d'une douzaine complète que j'avais entamée trois heures plus tôt. Un gargouillis incohérent de désespoir m'échappa à la vue de ces deux misérables choses, aussi tordues et bleues que les lèvres d'un cadavre :

« Nous allons mourir de faim, hein ?

– Comment va ta mère ? Elle t'a remonté le moral ? »

Sans sourciller, Eric sortit du vin le dernier œuf et le posa à côté de ses tristes frères bleus.

« Je n'en sais rien. Je suppose. Tu sais que tu es comme ce foutu Charles Bronson ?

– Comment ça ?

– Oh, tu sais, tu gifles ta femme suicidaire pour qu'elle retrouve ses esprits, et tu fais régner l'ordre dans la gent alimentaire. Merci d'avoir fait le dernier œuf.

– Je n'ai pas trop bien réussi.

– Du moment que ce n'est pas moi qui ai raté, pour une fois. »

Je me blottis dans ses bras et me remis à pleurer, mais doucement. Simple contrecoup.

« Ma puce, chuchota Eric en déposant un bisou sur mes cheveux humides. Je raterais n'importe quoi pour toi. Tu le sais ?

– Oui. Et je t'en remercie. Je t'aime.

– Tu m'aimes ? Qui t'aime, toi ? »

(Vous vous souvenez de cette scène de *Superman*, quand Margot Kidder tombe d'un hélicoptère et que Christopher Reeves la rattrape et dit : « Pas de souci, je te tiens », ce à quoi elle répond : « Tu me tiens ? Qui te tient, toi ? » C'est de là que vient cette repartie familière d'Eric. Un truc qu'il dit tout le temps. Impossible d'exprimer à quel point ça me donne l'impression d'être aimée et en sécurité, comme si j'étais serrée entre une paire d'imposants biceps gainés de Lycra bleu. Quiconque ayant vécu avec quelqu'un d'aussi longtemps que moi avec Eric comprendra le pouvoir de ce verbiage absurde.)

Si la scène s'était passée dans un film, l'intensité de la musique aurait augmenté, mais nous n'avions pas le temps de faire dans le sentimental. Parce que préparer des œufs à la bourguignonne, ça n'était pas seulement gâcher une douzaine d'œufs en essayant de les pocher dans le seul vin rouge dont nous disposions dans l'horrible appartement où nous avions eu la bêtise de nous installer. Je saisis un paquet de pain de mie sur le dessus du frigo et en sortis trois tranches. Je découpai un cercle blanc bien net à l'aide d'un moule à biscuits qui faisait partie d'une énorme série que m'avait offerte la mère d'Eric pour un Noël et que j'avais failli balancer pendant le déménagement. Je débarrassai l'un des trois brûleurs en état de marche de la cuisinière (s'il y a une chose que doit toujours faire un locataire new-yorkais avisé, et que j'oublie toujours, c'est de vérifier les brûleurs avant de signer le bail), y posai une poêle où je mis à fondre une demi-plaquette de beurre.

« Alors, dis-moi ce que t'a raconté ta mère ?

– Elle voulait savoir si j'avais réservé une table chez Peter Luger. »

Mes parents montent à New York presque chaque année à l'automne pour l'anniversaire de mon père, parce que mon père adore aller voir un spectacle à Broadway avant de finir au Steak House de Peter Luger, dans le quartier Williamsburg de Brooklyn, pour s'y faire servir des épinards à la crème, le Steak pour Six et plusieurs martinis dry. Ce n'était qu'une malencontreuse coïncidence si, cette année, il allait également passer la journée à aider son hystérique de fille à terminer le déménagement de son appartement de Bay Ridge.

« Ils vont vraiment passer la nuit ici ? »

Je jetai à mon mari un regard qu'il connaissait bien.

« Ouais. Pourquoi ? »

Eric haussa les épaules puis hocha la tête.

« Pour rien. »

Mais il ne me regardait pas en face.

Ma mère est une maniaque de la propreté, mon père est peu soigneux mais en voie de réforme. À eux deux, ils ont réussi à élever deux rejetons, un pour qui la propreté est fondamentalement le dernier des soucis, mais dont l'environnement et la personne sont toujours à peu près au-dessus de tout reproche, et un deuxième qui ressent comme une humiliation irrémédiable qu'on puisse seulement le soupçonner de ne pas être d'une hygiène irréprochable, corporelle ou ménagère et qui cependant, malgré une préoccupation névrotique quasi constante à ce sujet, vit presque toujours dans le désordre le plus complet. Devinez lequel je suis.

J'ai longuement essayé par le passé de tuer ma mère en emménageant dans des endroits en contradiction totale avec la mode et souvent, à l'évidence, avec l'hygiène la plus élémentaire. C'était il y a des années, mais ma mère décrit encore mon premier studio new-yorkais comme le « trou » d'une prison khmère rouge. Et, bien sûr, impossible d'oublier le jour où elle découvrit le bâtiment centenaire en adobe croulant, au milieu de nulle part au Nouveau-Mexique, que nous avions loué l'été où nous nous sommes mariés. Elle était restée plantée sur le seuil, fouillant l'obscurité de sa torche électrique dont elle balayait le sol à la recherche de crottes de souris ou de cadavres de plus grosses bestioles, voire d'humains. Elle avait les yeux écarquillés, pleins de larmes. Aussi longtemps que je vivrai, je n'oublierai jamais l'horreur absolue dans sa voix quand elle avait chuchoté : « Julie, sérieusement… *tu vas mourir dans cet endroit.* »

Devant ma poêle, je piquais le beurre avec ma fourchette. « Fonds, merde ! » J'étais censée clarifier le beurre, c'est-à-dire écumer le dépôt blanchâtre qui apparaît quand le beurre fond, puis le faire chauffer sur feu vif avant d'y dorer les rondelles de pain. Ces temps-ci, il y avait beaucoup de choses que j'étais censée faire et que je ne faisais pas. Je jetai le pain dans le beurre dès qu'il se liquéfia. Naturellement, les canapés – ce que j'étais en train de faire avec les rondelles de pain – ne dorèrent pas mais se ramollirent en se gorgeant de beurre jaunâtre.

«Fait chier! Il est onze heures du soir et j'en ai rien à foutre de ce putain de pain de merde», dis-je en les sortant pour les poser sur deux assiettes.

– Julie, franchement, tu es obligée de parler comme ça?»

J'étais en train de faire bouillir le liquide vineux qui m'avait servi à pocher les œufs pour le réduire en sauce.

«Putain, tu te fous de ma gueule?»

Eric émit un petit rire inquiet.

«Je plaisante. Juste une petite blague. Marrant, hein?
– Hum.»

J'épaissis la sauce avec de la maïzena et du beurre. Puis, sur chaque canapé ramolli, je posai un œuf en équilibre avant de le napper de sauce. «Les œufs étaient en bleu, la sauce était en gris», marmonnai-je dans ma meilleure imitation de Bogart, qui n'était pas bonne du tout. J'ai toujours été nulle pour les imitations. Quoi qu'il en soit, la sauce était réellement mauve. La blague n'était pas bonne et nous n'avons ri ni l'un ni l'autre.

Nous avons dîné en silence, au milieu des détritus et des cartons en cours de déballage. Les œufs avaient le même goût que le médiocre vin que nous buvions, en un peu plus beurré.

En fait, ce n'était pas mauvais du tout.

«C'est bon, ma puce, tenta Eric.»
Je ne dis rien.

«Imagine! Il y a une semaine, tu n'aurais même pas mangé un œuf normal, et aujourd'hui tu manges ça. Combien de gens, dans leur vie entière, ont jamais mangé des œufs pochés dans le vin rouge? Nous faisons des choses que personne d'autre ou presque ne fait!»

Je savais qu'il faisait de son mieux pour me réconforter, alors je lui ai souri, les larmes aux yeux. Mais il ne pouvait pas me faire oublier la question, cette question non formulée qui planait au-dessus de notre dîner silencieux en écho au son discret de notre mastication : « Pourquoi, Julie ? Pourquoi Julia ? Pourquoi *maintenant* ? »

Quand Julia et Paul s'installèrent à Paris en 1948, Julia n'était là que pour le plaisir de l'accompagner, et pour manger, bien sûr. Elle ne connaissait rien à la cuisine, pas encore. Mais elle avait bon appétit. C'était la seule personne que connaissait Paul capable, à part lui, d'ingurgiter autant de nourriture.

Paul était triste de voir comment le Paris où il avait longtemps habité avant la guerre avait été abîmé. Les immeubles bombardés et la présence militaire pesante l'oppressaient. Mais Julia n'avait jamais connu la ville autrement, c'était donc moins sensible pour elle. En fait, de son point de vue, la vie n'avait jamais été aussi belle.

Leur appartement rue de l'Université était glacial, chauffé seulement par un poêle à bois pendant l'hiver. Il avait une étrange forme en L. Paul, en se penchant à l'une des fenêtres du séjour, pouvait prendre une photo de Julia à la fenêtre de la chambre, environnée par les toits de Paris. C'est dans cet endroit excentrique, qui sentait le renfermé, que Julia apprit à faire la cuisine, et elle l'adorait.

Et pourtant. Sa mère était morte depuis longtemps quand Julia s'installa avec Paul dans l'appartement parisien, c'était bien avant qu'elle ne se marie ou même ne rencontre Paul. C'est triste évidemment. Mais au moins Julia n'avait pas à se soucier de la réaction de sa mère devant un appartement sombre, malodorant, avec une cuisine perchée en haut d'un escalier grinçant et une baignoire bizarre et plutôt sinistre.

En fait, j'ignore tout de leur baignoire. Elle était peut-être très bien. C'est la nôtre qui était effrayante.

Notre nouvelle cuisine était assez grande, selon les critères new-yorkais en tout cas. C'était une pièce à part entière, avec un plan de travail à côté de l'évier et des installations de bonne taille, éclairée par une lampe fluorescente de type industriel. La première chose que nous avions entreprise en arrivant avait été d'arracher trois couches d'abominable carrelage accumulées au cours du siècle passé, pour laisser apparaître le parquet. Qui était noir, humide et légèrement pourri. Nous ne savions pas encore très bien ce que nous allions faire à ce sujet. Mais j'aimais bien la cuisine, et c'est pourquoi j'avais pris l'appartement, sans voir les jalousies défectueuses, l'étrange baignoire noire et tout ce qui n'allait pas du tout.

La baignoire était en porcelaine noire et placée sur une plateforme surélevée, si bien qu'il fallait monter deux marches pour y accéder. Si ça vous paraît sexy, un peu dans le genre Las Vegas, ce n'était pas du tout le cas. D'abord, la baignoire était pleine de rouille et salement ébréchée, avec un entourage fait d'une espèce de plastique moulé utilisé dans les motels dans les années cinquante, tout fendillé. Les marches étaient en contreplaqué couvert de revêtement caoutchouté collé et antidérapant, peint d'un gris couleur navire de guerre. Le fait d'être deux marches plus haut ne faisait que vous rapprocher du plafond en cours de désintégration et du trou pratiqué pour le passage d'une douille électrique, qui pendouillait. La lampe ne fonctionnait pas, ce n'était guère qu'un trou noir béant par lequel on ne pouvait s'empêcher d'imaginer que d'horribles bestioles allaient vous tomber dessus pendant que vous preniez votre bain.

L'appartement était long et bas de plafond ; le sol de toutes les pièces était couvert de linoléum peint de la même couleur gris navire de guerre que les marches de la baignoire, ce qui donnait l'impression d'être à l'intérieur d'un sous-marin. Sur le devant, il y avait un grand panneau vitré encadré de jalousies, ces persiennes qu'on voit partout aux fenêtres dans les petites villes du Sud. Ça aussi peut vous sembler sympa, mais ça ne l'était pas non plus, parce que Long Island City n'a rien d'une petite ville du Sud.

Quand ma mère découvrit la baignoire, elle éclata de rire. Mais ce n'était pas un rire joyeux. Quand elle vit les fenêtres à jalousies, ses yeux s'écarquillèrent de nouveau. « Julie, elles ne ferment même pas correctement. Vous allez *mourir de froid*. » À cet instant, un semi-remorque passa sur une plaque d'égout juste devant l'immeuble avec un fracas qui résonna dans toute la pièce. « Enfin, si vous n'êtes pas sourds avant. »

Nous avions réservé pour dîner dans un restaurant italien du centre-ville. Dès que j'en eus la possibilité, je hâtai le départ et emmenai tout le monde dans un bar, histoire d'encourager l'atmosphère la plus festive qui soit en buvant et mangeant. J'y réussis si bien que, à la fin de la soirée, j'avais du mal à tenir debout lorsqu'il fallut nous mettre tous dans un taxi. Mais ce ne fut pas suffisant.

Vers minuit, nous étions tous au lit dans le loft pour ce qui devait se révéler la nuit la plus longue de ma vie. Chaque voiture qui passait avait perdu son pot d'échappement, chaque semi-remorque prenait le virage en épingle à cheveux juste au-dessous de l'appartement à cent vingt kilomètres heure dans un lugubre crissement de pneus, et le moindre souffle ou froissement du matelas pneumatique me faisait grincer des dents ou battre le cœur. Je sais que je finis par m'endormir uniquement parce que je me réveillai en sursaut à cinq heures : ma mère, debout en chemise de nuit, le front contre les jalousies, marmonnait rageusement en levant le poing vers ce qui se révéla être une grue de quatre-vingts mètres de haut. L'engin passait lentement devant la fenêtre, en reculant et en émettant une sonnerie d'alerte insistante, sans doute pour éviter que les nombreux passants qui, à cinq heures du matin, se bousculaient sur les trottoirs de Long Island City ne se précipitent inconsidérément sous les roues d'une grue de quatre-vingts mètres qui se déplaçait au pas !

La première crise de la matinée survint quand U-Haul, sans que cela surprenne qui que ce soit, égara la réservation de notre camion. « Exactement ce à quoi on peut s'attendre à New York », comme le fit remarquer Heathcliff. (Mon frère ne s'appelle pas réellement Heathcliff, naturellement. Des Texans d'origine irlando-écossaise ne prénomment pas leur fils, roux de surcroît, Heathcliff. C'est seulement que je trouve amusant de l'appeler comme ça, parce que ça l'énerve, d'une part, et que Heathcliff évoque assez bien le côté sardonique et secret du personnage.)

Heathcliff est le genre de garçon que vous voudriez avoir comme second dans un duel, ou pour protéger vos arrières dans une fusillade, comme colistier si vous êtes candidat à une élection, ou comme partenaire dans n'importe quel *reality show* où il serait nécessaire de parler des langues étrangères, de sauter d'une falaise ou de manger des insectes. Il est impossible de l'imaginer en train d'engueuler des employés au téléphone ou de piquer de catastrophiques crises d'angoisse dans le métro, deux activités auxquelles je m'adonne fréquemment. C'est pour cette raison, et aussi parce que Eric soignait une gueule de bois dont je me sentais responsable, que j'emmenai Heathcliff avec moi pour régler le problème du camion de location perdu, lequel fut résolu avec une facilité remarquable. (Si Eric avait été avec moi, nous aurions fini la journée à remonter un moteur diesel sur un plateau de télé, en public et en direct, au rythme pressant d'un chronomètre, pendant que des mécaniciens hindous désapprouvant mon style vestimentaire se seraient moqués de nous en nous jetant des pierres. Ou un truc de ce genre.)

Tout se passait comme sur des roulettes, jusque-là. La seule question non résolue concernait Sally.

Pendant l'été, ma copine Sally avait habité avec son dernier boy-friend en date, un Anglais qui travaillait à son mémoire de thèse et essayait de trouver un job à l'ONU. Mais il venait de «retraverser la mare aux canards», selon son expression agaçante, dans des conditions suspectes. Sally réemménageait donc dans son ancien appart, qu'elle occupait par intermittence depuis plusieurs années. Sally était à l'école rabbinique et, apparemment, l'un des principaux avantages d'être étudiant de l'école rabbinique de New York, c'est que même quand vous en sortez, vous avez encore droit aux superbes anciens appartements d'avant-guerre dans l'Upper West Side. Il y a toujours des candidats pour partir dans un kibboutz ou suivre des études supérieures, si bien qu'on cherche toujours un colocataire. Sally avait déjà occupé cet appartement-là deux ou trois fois. Les seuls inconvénients de cet arrangement, c'est qu'elle était obligée d'habiter dans l'Upper West Side et que, avec toutes les allées et venues, les appartements avaient tendance à être de moins en moins personnels et de plus en plus mal meublés. Sally avait donc prévu de venir avec des déménageurs à notre appartement de Bay Ridge pour nous débarrasser du grand canapé-lit de Jennifer, le dernier meuble que nous y avions laissé. Je n'arrêtais pas d'essayer de la joindre sur son portable, mais elle ne répondait pas. Puis, en sortant, nous avons entendu la radio annoncer une fusillade dans une banlieue du Maryland, en fait précisément celle où habitait Sally.

« Oh non ! haletai-je.

– Je suis sûre qu'ils n'ont rien, ne t'inquiète pas, dit Eric.

– J'espère bien. Si ses parents ont été tués, je ne sais pas ce qu'on va faire de ce putain de canapé.

– Mais, dis-moi, pourquoi tu fais ça ?» soupira ma mère alors que nous prenions la sortie soixante-neuf vers le périphérique pour traverser des quartiers calmes aux maisons entourées de pelouses, puis suivre la belle coulée de verdure du parc, avec le panorama somptueux qu'on découvre : le Verrazano Bridge (où le copain de John Travolta se suicide dans *Saturday Night Fever*), le port de New York et Staten Island.

C'était la même question, exactement, qu'elle m'avait posée sur mon projet cuisine, et la réponse était la même. La même, et également inexprimable. Comment expliquer l'impression de malaise existentiel que j'éprouvais tard le soir, quand j'attendais un train depuis quarante minutes et qu'il y avait autant de monde sur le quai qu'aux heures d'affluence ? Comment expliquer à quel point je me sentais coupée de tout, à faire la navette enfermée dans un tube pneumatique qui me crachait chaque matin sur un trottoir grouillant d'hommes d'affaires en complet veston et me recrachait le soir dans la banlieue éloignée de Brooklyn, paisible, isolée et désespérément normale ? Comment expliquer pourquoi je croyais qu'encore une année comme celle qui venait de s'écouler allait me détruire, et peut-être détruire mon couple ? Je ne pouvais pas l'expliquer parce que, je suppose, il n'y avait pas d'explication.

Ma mère était parfaitement consciente de ce qui l'attendait dans l'appartement, d'abord à cause de vingt-neuf ans et demi de passé commun, mais aussi en raison d'un incident qui avait eu lieu quinze jours plus tôt. En effet, notre propriétaire à Bay Ridge – une petite dame adorable avec un terrible accent de Brooklyn, dont le passe-temps favori était de prendre des vieilles photos et de les transformer en cartes de vœux en y ajoutant des blagues désuètes sur la vieillesse et la vie sexuelle des couples mariés – avait vu l'état de l'appartement. Ce qui, bien entendu, n'était absolument pas notre intention, du moins pas avant d'avoir engagé une femme de ménage pour nettoyer la cuisinière, ou rebouché tous les trous de vis et recollé le porte-serviettes en céramique que j'avais cassé. Mais la propriétaire avait fait usage de sa clé et pénétré dans l'appartement avant que tout ceci ne soit fait, et elle avait laissé un message sur notre répondeur. Elle était horrifiée. Allait devoir remplacer le four (qui marchait parfaitement). Je vous en prie, ne prenez pas la peine de nettoyer. Prenez vos affaires et PARTEZ. En gros.

Ma mère avait eu droit à la conversation téléphonique sanglotante, incohérente et demi-hystérique qui avait suivi et avait duré presque une heure. Elle savait donc qu'elle allait probablement être confrontée à un problème.

Ce n'était pas si grave que ça. Il n'y avait pas d'odeur, ni de rats, ni d'asticots. (Les asticots viendront plus tard, beaucoup plus tard.) Humiliée mais fière, j'avais, en dépit de l'injonction de la propriétaire, pris une femme de ménage pour nettoyer la cuisinière. (Que puis-je dire pour ma défense ? J'ai été élevée à proximité d'une cuisinière avec four autonettoyant et n'ai jamais pu me faire à l'idée que, de mon plein gré, je puisse me mettre à genoux, la tête dans une boîte émettant des fumées cancérigènes, pour en retirer des poignées de saleté gluante et noirâtre.) Mais si nous voulions nous conduire en locataires responsables et non en romanichels, il nous restait encore une foule de choses à faire. Donc, pendant des heures, nous avons gratté, frotté, repeint, rangé et balayé. Ma mère a même nettoyé le réservoir d'écoulement du dégivrage sous le frigo. Je ne savais même pas qu'il y avait un réservoir d'écoulement à cet endroit. Enfin, l'appartement était vide, à l'exception de l'affreux canapé convertible. Il était trois heures et demie et – j'avais oublié de mentionner ce détail de l'histoire – nous avions des billets de théâtre pour ce soir-là. Pour voir Edie Falco et Stanley Tucci dans *Frankie and Johnny in the Clair de Lune*. À quatre-vingts dollars la place.

« Alors, qu'est-ce qu'on fait de ce foutu canapé ?

– Tu n'as toujours pas de nouvelles de Sally ? demanda mon père.

– Non. »

Je m'efforçais de ne pas trop me mettre en colère. Si jamais la mère de Sally avait reçu une balle dans la tête lors de l'attaque de la station-service, je me sentirais mal de lui en vouloir à propos d'un canapé.

« Bien, dit ma mère d'un ton sans réplique, je crois qu'elle a raté sa chance. Je propose qu'on l'emmène chez Emmaüs et qu'on n'en parle plus. »

En transférant dans notre vieille Ford Bronco brinque-balante de 1991 beaucoup plus de cartons qu'il n'était raisonnable, mon frère, mon père et Eric réussirent à faire entrer le canapé dans la camionnette de déménagement. Les garçons s'entassèrent ensuite à l'avant du véhicule. Le projet était qu'ils trouvent un dépôt d'Emmaüs, puis aillent rendre la camionnette chez U-Haul, pendant que ma mère et moi irions directement à Long Island City dans la Bronco. Après l'avoir déchargée, nous aurions largement le temps de nous changer avant le spectacle. Ma mère et moi grimpons donc dans la voiture, démarrons, et en route.

La vue que l'on a depuis la rampe de l'autoroute de Brooklyn-Queens, juste avant l'entrée du Battery Tunnel, est magnifique, avec le port scintillant, la ligne des gratte-ciel de Manhattan et les pittoresques jardins Carroll qui s'étendent en contrebas. Mais ce n'est pas le souvenir indélébile que j'en garderai. Je n'oublierai jamais en revanche à quel point, dans le meilleur des cas, le trafic est intense à l'endroit où se rejoignent les deux autoroutes Gowanus et Prospect, ni que la rampe est haute et pentue, et ne comporte qu'une voie, sans accotement. Je n'oublierai jamais que c'est exactement le genre d'endroit où vous ne voulez pas tomber en panne.

Dommage.

Pour faire court, ma mère et moi avons donc dit adieu à nos places de théâtre. Après nous être fait remorquer de l'autoroute jusqu'à une station-service d'Atlantic Avenue tenue par de nombreux Indiens sikhs très polis mais peu efficaces, je fourrai ma mère couverte de cambouis à l'arrière d'un taxi, puis attendis plusieurs heures la dépanneuse qui devait me ramener à Queens avec ma Bronco en rade. Ma mère rentra à l'appartement pour se retrouver dans l'entrée, face à un canapé dressé qui bloquait l'escalier. La recherche d'Emmaüs avait apparemment été vaine. Ce fut la goutte d'eau qui fit déborder le vase chez cette femme naturellement peu douée de patience, mais qui avait néanmoins traversé toutes les épreuves de cette journée ardue sans se plaindre. Elle était épuisée, avait mal à la hanche, elle était sale. Elle s'appuya contre le canapé levé et se mit à pleurer.

Par chance, Eric avait choisi de rester à la maison et de nous attendre, tandis que mon père et Heathcliff faisaient usage d'au moins deux des tickets hors de prix de Broadway. En entendant le pied du canapé cogner en rythme contre le mur de l'entrée, il descendit pour voir ce qui se passait et trouva ma mère en train de sangloter sur le tissu gris des coussins, imperméable aux taches. Il déplaça le canapé sur le côté et elle réussit tout juste à se faufiler pour monter jusqu'au premier, où elle s'effondra promptement dans le fauteuil initialement blanc qu'elle avait acheté à ma naissance afin de s'y installer pour me donner le sein, et dont elle m'avait fait cadeau quand j'étais venue à New York.

« Mon Dieu ! gémit-elle. Je ne me relèverai pas.

– Elaine, demanda Eric, vous trouvez cet appartement vraiment affreux ?

– Oui.

– Je suis désolé. C'est ma faute. Je suis désolé d'avoir entraîné votre fille là-dedans. »

Les mains posées sur son visage, Elaine regarda autour d'elle à travers ses doigts. Le panneau vitré de la fenêtre avec les jalousies cassées, le plancher pourri de la cuisine, l'espace bizarre à l'autre bout de la longue pièce ouverte, comme la petite barre d'un L. Elle scruta l'ensemble d'un air songeur, puis adressa à Eric un petit sourire. Mais affectueux.

« Vous n'avez pas entraîné ma fille là où elle ne serait pas allée d'elle-même. En plus, nous allons faire en sorte que ça marche. Et maintenant, question primordiale, *avez-vous du jus d'orange* ? »

La Bronco et moi sommes finalement revenues à Long Island City aux alentours de neuf heures du soir. Après avoir terminé de décharger la camionnette, puis l'avoir rendue, je rentrai à l'appartement. Ma mère avait pris un bain et, un grand verre de gin orange à la main, faisait les cent pas en tirant des plans sur la comète. « La pièce du fond est trop réduite pour faire une chambre. Pourquoi ne pas mettre le lit de l'autre côté et transformer cet espace en une sorte de salle à manger bonbonnière ? Ça pourrait faire une pièce superbe. Je t'enverrai des tentures à suspendre, ça adoucira l'ensemble. Tu vas avoir besoin de miroirs. Et peut-être qu'un tapis flokati ne serait pas mal. »

Ce soir-là, à onze heures, nous nous sommes tous retrouvés chez Peter Luger pour le dîner d'anniversaire de papa. Mon père et Heathcliff avaient passé une bonne soirée au spectacle. (Mon père est un grand fan d'Edie Falco.) Ils avaient même réussi à trouver une copine d'Heathcliff – en fait, une de ses ex, Heathcliff est le genre de garçon qui peut toujours faire appel à une de ses anciennes copines en cas de besoin – pour utiliser une des places de théâtre et elle vint dîner avec nous. Nous avons pris le Steak pour Six et les épinards à la crème, et nous avons, à grand renfort de martinis, réussi à trinquer avant la fin officielle de l'anniversaire de papa. Ma mère commença à faire un croquis sur une serviette pour me montrer comment elle allait monter des rideaux spéciaux antibruit sur la fenêtre de devant, et se mit à parler d'un super revêtement de sol pas cher du tout pour cacher les lattes pourries du plancher de la cuisine.

« Vous voyez, maintenant c'est génial… soupirai-je en regardant la lumière à travers mon verre de martini, un peu bourrée, digérant confortablement.

– Oui, acquiesça Eric en repoussant sa chaise. Si seulement nous avions des œufs pochés au vin rouge… »

Ma mère leva les yeux de sa serviette et le fusilla du regard en le menaçant de son stylo.

« Non. Même pas pour rire. »

Et voilà… ce fut minuit. Mon père avait soixante ans, et nous habitions Long Island City, au lieu d'y rôder comme des morts-vivants. Ce ne serait peut-être pas si mal que ça, après tout.

Avril 1944
Candy, Ceylan

« *Donc, au bout d'environ une heure, nous avons presque rempli un pichet. Alice a des écailles jusqu'aux coudes, je suis couverte d'yeux de poisson jusque dans les cheveux, et nous écrasons toutes deux consciencieusement une truite (ou quelque chose d'approchant) dans chaque main, en jetant un œil oblique sur le pichet pour voir si nous avons assez de liquide. Qui est d'une couleur rosâtre un peu nébuleuse. L'odeur est, disons, puissante, à tout le moins.* »

La nouvelle secrétaire était assise dos au mur, tenant dans son énorme main un verre qu'elle agitait, soit pour illustrer son propos soit parce qu'elle était pompette. Elle avait un large visage joufflu qui respirait la gaieté et des cheveux ébouriffés comme un halo couleur de rouille. Autour d'elle, des hommes et des femmes à divers stades d'ébriété et d'hilarité serraient à l'unisson le pied de leur verre de martini de contrebande, alors que d'autres riaient tellement qu'ils tenaient à peine sur leur chaise. Paul se disait qu'il ferait mieux de se joindre à la liesse générale. Mais le vacarme était dissuasif et il se contentait de siroter son gin orange dans un coin, assis à une petite table recouverte de toile cirée, en les observant de loin. Le bâtiment qui, ici à Ceylan, abritait les services secrets ne comportait pas de véritable bar, mais quelqu'un s'était empressé d'aménager hâtivement le salon à l'aide de quelques tables et chaises dépareillées pour ces Américains assoiffés. La pièce était petite et, avec tout ce monde, dans la lumière jaune et indistincte des lampes à pétrole, Paul pouvait aisément passer inaperçu.

« Bon ! » dis-je. La secrétaire plaqua ses grandes mains sur la table, se pencha, cligna des yeux vers la gauche en haussant les sourcils. « Bon », dit Alice. Elle lança un coup d'œil à droite, les yeux écarquillés d'abord, puis plissa les paupières avec un air de suspicion comique. Autour de la table, on gloussait d'anticipation tandis que la secrétaire faisait durer l'instant jusqu'à l'insupportable, se baissant pour lancer des regards à droite et à gauche. « Qui boira le premier cocktail ? »

Les rires fusèrent comme un tir d'artillerie, dominé par celui, aigu, de la secrétaire.

« Dites donc ! J'ai tellement faim que je commence à voir double ! » cria-t-elle. La foule hennit un acquiescement général. Paul fut surpris de ressentir un gargouillement, pour la première fois depuis des semaines de crampes d'estomac dues à la nourriture de Dehli.

« Je sais ce que nous allons faire ! Descendons dîner en ville ! Je suis passée l'autre jour devant un restaurant qui sentait incroyablement bon. »

Bateson leva la main, sans conviction.

« Julia, tu crois que ton estomac va résister à...

– Oh, voyons ! Gregory ! rétorqua joyeusement la secrétaire. S'il y a quelque chose à quoi mon estomac ne peut plus résister, c'est aux pommes de terre en conserve. Allons ! Et si on mangeait comme les Cinghalais ? »

On trinqua encore et les convives se levèrent dans un fracas de chaises. Ils sortirent dans la nuit.

Était-il intrigué par cette géante dont l'enthousiasme agaçant avait quelque chose de bizarrement attirant ? Ou avait-il faim, tout simplement ? Paul n'en savait rien et il n'y réfléchit pas très longuement, au demeurant. Il se contenta de les suivre.

Comment extraire de la vie
la substantifique moelle

Figurez-vous que pendant la Seconde Guerre mondiale Julia Child travailla pour une agence de services secrets intitulée OSS – Office of Strategic Services –, une appellation bien anodine pour une unité de cape et d'épée, vous ne trouvez pas ? C'était au temps où elle n'était encore que Julia McWilliams, quand elle avait trente-deux ans et ne savait pas ce qu'elle voulait faire de sa vie. Elle se disait qu'elle ferait peut-être une bonne espionne, bien qu'il soit difficile d'imaginer comment une rousse d'un mètre quatre-vingt-cinq peut espérer passer inaperçue dans un pays comme, disons, le Sri Lanka. Naturellement, elle ne fit pas d'espionnage. Toutefois, si tel avait été le cas, je suppose qu'elle ne nous le dirait pas.

J'étais un peu dans le même bateau qu'elle, d'une certaine façon. Moi aussi je travaillais pour une agence gouvernementale – pas vraiment de cape et d'épée, d'accord – à un moment historique. Mon agence avait de longues semaines de travail devant elle, car l'essentiel de son activité consistait à combler le gouffre laissé par les tours jumelles effondrées. Une tâche passionnante pour une agence gouvernementale, qui dépasse de loin la rédaction des permis de construire, par exemple, ou des trucs de ce genre. Ce qui est probablement l'une des raisons pour lesquelles j'ai cédé et ai pris un emploi permanent en mai 2002. Mais voilà, près d'un an après les attaques, ou les événements tragiques, comme vous voulez – même à l'agence gouvernementale, les gens avaient encore du mal à choisir et optaient généralement pour « le 11 Septembre », qui a l'avantage d'être neutre et mieux que « 9/11 », qui évoque un déodorant ou un truc approchant –, il y avait des cérémonies commémoratives à organiser, des initiatives courageuses à annoncer, des données publiques à collecter et des maires ou des gouverneurs à solliciter pour obtenir de l'argent.

Un concours avait eu lieu au bureau afin de trouver une devise porteuse pour l'agence. Le lauréat gagna un déjeuner (avec le président de l'agence, choix étonnant, pour le moins). La devise figurait sur le papier à lettres, le site Web, la porte vitrée du bureau. C'était une belle devise, très émouvante. Mais j'étais secrétaire. Et quand vous êtes secrétaire dans une agence gouvernementale chargée de reboucher le trou à l'emplacement des tours, pendant les semaines précédant le premier anniversaire du 11 Septembre, ce n'est pas une devise qui peut vous aider à grand-chose.

Le problème n'était pas un excès d'émotion qui nous aurait gênés. Le personnel était bien trop occupé pour avoir le temps d'être triste. En outre, comme l'endroit grouillait de républicains, l'émotion sincère n'était pas une denrée tellement encombrante. De plus, l'agence était située dans un immeuble juste en face de ce que le monde entier a appelé Ground Zero et que nous appelions simplement « le site ». De la fenêtre de la salle de conférences, on avait une vue directe sur le trou. Après avoir regardé ça tous les jours pendant deux mois, on s'habitue, tout bêtement. On peut s'habituer à tout, du moment qu'on accepte de fermer un certain nombre de recoins de son cerveau pour y enfouir ce qu'on a envie d'oublier. C'est facile. Pas simple, peut-être, mais facile.

Quand on me proposa un poste permanent au printemps, les camions jaunes avec les énormes bennes dentées continuaient à gratter délicatement parmi les sillons de débris, à la recherche de restes humains. De temps en temps, quand on était en centre-ville, ou même quand on n'y était pas, on trouvait encore un morceau de papier déchiré qui voletait dans le caniveau. Des pages de registres, des feuilles de commandes, d'inventaires, toutes déchiquetées de façon bizarre, comme le glaçage d'un gâteau qui a été enveloppé dans de la cellophane, et maculées d'une étrange poussière claire, comme si on les avait enduites de poudre pour une recherche d'empreintes. On savait toujours exactement d'où ça provenait.

Le directeur de l'agence me convoqua un jour dans son bureau. C'était un homme un peu bourru, M. Kline, pas particulièrement jeune mais pas vieux non plus, avec un visage pas vraiment laid mais aux traits trop fins et bizarrement ratatinés. Si je lui trouvais un air un peu porcin, c'est peut-être uniquement parce que je savais qu'il était républicain. Il était pourtant assez sympa, en particulier quand il me proposa un poste définitif.

Pourquoi ai-je accepté, après avoir dit non pendant des années ? Je l'ignore. Peut-être à cause de Nate. C'était en quelque sorte le bras droit non officiel de M. Kline. Il avait un visage poupin, assez beau si on aime le genre mauvais génie, et deux ans de moins que moi, si on peut se fier à sa parole, ce qui est naturellement impossible. Ses compliments brusques, ses insultes désinvoltes – juste assez méchantes pour laisser une sensation de piqûre agréable –, ses apartés hypocrites et ses sous-entendus sexuels entre copains m'avaient attirée, me donnant l'illusion de travailler dans l'univers d'une version alternative de *À la Maison Blanche*, avec le président Bartlet de l'autre côté de la barrière politique.

Voici la situation :

Comme je sortais du bureau de M. Kline après m'être vu offrir le poste et avoir répondu que j'y réfléchirais, je faillis percuter Sarah, la vice-présidente aux relations gouvernementales, qui entrait en trombe. (Cette agence ministérielle grouillait littéralement de vice-présidents et il en surgissait un nouveau tous les jours.) Sarah était une fille incroyablement effrontée, avec des taches de rousseur et des yeux énormes aux cils aussi épais qu'un personnage de dessin animé. (C'était aussi, comme je m'en aperçus après avoir remplacé sa secrétaire pendant un mois et demi, une foldingue, selon une opinion personnelle qui, je le reconnais, n'a rien de très professionnel.) Elle s'arrêta net et me saisit par l'épaule en me fixant au fond des yeux comme si elle voulait m'hypnotiser.

« Julie, demanda-t-elle. Êtes-vous républicaine ? »

Je reprenais à peine mes esprits quand Nate, qui se trouvait justement là, comme s'il attendait précisément que je sorte du bureau de M. Kline en annonçant la proposition d'emploi qui m'avait été faite, me lança un petit clin d'œil et minauda :

« Vous voulez rire ! Les républicains ne portent pas des fringues *vintage.* »

Ce qui, en y réfléchissant par la suite, me parut un critère qui en valait bien d'autres.

Donc, c'était peut-être à cause de Nate. Ou c'était peut-être la tentation de faire partie de l'Histoire qui s'écrivait sous nos fenêtres. Ou alors seulement que j'avais presque trente ans et la trouille.

Quelle qu'en soit la raison, cette fois j'avais dit oui, et à présent, quatre mois plus tard, au début de septembre, j'étais dans mon box – le quatrième depuis que j'étais entrée à l'agence – et je tournais sur mon fauteuil de bureau pivotant en me creusant un sillon dans le front avec les ongles et en marmonnant comme un robot dans mon casque téléphonique : « Oui, monsieur. Je comprends votre inquiétude que notre organisation soit en train de chier sur la tête de l'élite new-yorkaise. Pourriez-vous nous envoyer vos commentaires par écrit, je vous prie ? »

À mesure qu'approchait la date anniversaire, les dignitaires, les familles des victimes et des reporters se mirent à affluer par vagues de plus en plus envahissantes. La grande salle où se tenaient les conférences de presse se trouvait juste en face de mon bureau. Je savais que j'étais censée afficher une allure professionnelle mais, franchement, je m'en moquais éperdument. D'une part, parce que je ne suis pas très professionnelle, mais aussi, plus immédiatement, à cause du téléphone.

Lorsque Julia Child travaillait à Ceylan, elle n'avait sans doute même pas de téléphone sur son bureau. Il n'y avait pas beaucoup de lignes internationales à Candy à cette époque, j'imagine. Alors que mon téléphone est constamment en activité. Il y a huit lignesavec des lumières rouges qui clignotent sans arrêt. Parfois, j'ai quatre ou cinq personnes au bout du fil en même temps. Je parle à des gens qui hurlent, à d'autres qui expliquent patiemment, à des personnes âgées et seules, qui sont les pires – car je ne sais jamais comment dire gentiment à la vieille dame qui ne peut pas bouger de chez elle à Staten Island et qui est sûre que son idée de mémorial a été piquée par un architecte parce que la photo qu'elle a vue dans le journal ressemble exactement à la collection de presse-papiers de cristal qu'elle garde dans son meuble vitrine : « Merci de m'avoir appelée, vieille folle, salut ! » Et il y a aussi le courrier à parcourir, les croquis d'énormes clochers qui ressemblent à des mains en prière, des modèles réduits fabriqués avec des manches de sucettes, des gobelets en polystyrène et des boules de coton trempées dans le badigeon. Chacun d'eux, bien sûr, est soigneusement archivé et catalogué, sans doute pour une exposition d'art ringard excentrique dans un lointain avenir.

Parfois, quand ça se gâte vraiment, je me demande si je ne vais pas éclater en sanglots. C'est exactement le genre de connerie sentimentale à laquelle ils s'attendent de la part d'une démocrate. Peut-être qu'avec un peu de chance ils hocheront la tête en me suggérant de rentrer chez moi avec une compresse froide. Mais j'ai une réputation à soutenir. Je ne suis pas une pleurnicheuse. Enfin, pas au bureau, en tout cas. Je cultive une image de nana coriace, genre époque Weimar, toute en coupures de journaux, hystérie ironique et cernes sous les yeux. Alors, au lieu de pleurer, je soupire quand on me demande de fournir une boîte de Kleenex à une veuve inconsolable, ou je me tape la tête sur le bureau au milieu de l'appel téléphonique d'une bonne femme qui ne peut plus marcher et n'est pas sortie de son appartement depuis une semaine alors qu'elle était danseuse et avait même eu sa photo dans les journaux, mais maintenant elle ne peut plus payer ses frais médicaux et pense que la seule construction qui conviendrait sur Ground Zero, ce serait la reproduction de la Foire internationale de 1939. Au lieu de pleurer, j'éreinte les petits vieux qui envoient des poèmes intitulés «Les anges du 11 Septembre». Ça passe le temps. Mais le cynisme vous laisse un goût maussade dans la bouche et l'abus peut provoquer au cœur des dommages durables.

Quatre jours après leur arrivée, je remis mes parents dans l'avion à destination d'Austin, où la vie est facile. Nous souffrions tous, à ce stade, de migraines constantes et de douleurs en vrille au niveau de l'estomac, qui sont le résultat inévitable des visites parentales à New York. On se rend compte que quelque chose ne va pas dans son mode de vie quand on a hâte de revenir au régime purificateur de Julia Child. Le soir suivant leur départ, nous avons mangé un Poulet à l'estragon accompagné d'une salade de mesclun sortie d'un sachet, et j'eus l'impression d'être très vertueuse en utilisant moins d'une plaquette de beurre dans la préparation d'un dîner pour trois.

Heathcliff restait quelque temps à New York parce qu'il avait trouvé un emploi. Je n'avais pas bien compris comment ça s'était passé. Au cours des jours précédents, il recevait constamment des coups de téléphone sur l'un ou l'autre de ses portables (il en avait deux). Il ne nous avait jamais rien confié de ses conversations mais, à l'issue de l'une d'elles, il m'avait attirée à l'écart pour me demander s'il pouvait rester un peu plus longtemps en dormant sur le canapé. Il allait tenir un stand à un congrès sur les cosmétiques au Javis Center, ce qui ne ressemblait pas du tout à un truc qu'il pourrait faire habituellement. Sauf qu'il allait vendre des savons et des lotions fabriqués à partir du lait des chèvres du Cachemire qu'il avait gardées pendant un an en Toscane. C'est du Heathcliff tout craché.

À part ça, il semblait que mon absence avait été remarquée dans le monde virtuel. Une certaine Chris envoya un commentaire sur le Poulet poêlé à l'estragon, objet de mon premier message depuis près d'une semaine. «Oh! Dieu merci vous êtes de retour! Je vous croyais morte!!! Vous m'avez tant manqué!» Je passai une demi-journée tout excitée à l'idée d'avoir une lectrice régulière prénommée Chris, alors que je ne connaissais personne portant ce prénom, avant de me rendre compte que le commentaire de Chris était, bon… un peu inquiétant. C'était sympa de se sentir appréciée, quand même, et après l'intermède provoqué par mes parents et par notre infernal déménagement je revins à toute vapeur au projet Julie/Julia. Je commençai doucement, des œufs pochés, de la soupe. Mais bientôt je me sentis prête pour un défi plus important. Un défi comme, par exemple, le Steak à la moelle.

Le premier obstacle dans la confrontation avec un os à moelle consiste à organiser le rendez-vous. Peut-être qu'en 1961, quand Julia Child publia *L'Art de la cuisine française*, les os à moelle étaient suspendus aux arbres, tels des ornements de Noël un peu graisseux. Mais je ne vivais pas en 1961, ni en France, ce qui aurait simplifié les choses. Non, je vivais à Long Island City et, à Long Island City, il est tout simplement impossible de se procurer un os à moelle.

Dans Lower Manhattan, ce n'était guère mieux. Il y avait des cavistes, des fromagers et de jolis bistros, mais étant donné que la plupart des gens branchés qui habitent si près du centre-ville préfèrent, comme les vampires, la nourriture qu'ils peuvent prendre au passage et consommer en route, on ne trouve de boucherie nulle part.

Je mis donc Eric sur le coup. D'abord il se rendit à Astoria, un soir après son travail. L'idée, c'était qu'à Astoria il y aurait des boutiques dont la clientèle d'immigrants authentiques apprécierait la valeur d'un bel os de bœuf. Mais les immigrants authentiques avaient apparemment changé de coin. Eric fit chou blanc. Heathcliff ne finissait pas à son palais des congrès avant au moins sept heures du soir et, de mon côté, je ne rentrais pas avant neuf heures. Le menu du dîner comportait du Poulet rôti à la Julia Child. J'étais censée hacher le gésier pour faire la sauce d'accompagnement, mais il s'avéra que j'ignorais ce qu'était un gésier. Je savais que c'était un des trucs contenus dans le sachet de papier fourré dans le trou de balle de la volaille. Je savais que ce n'était pas le foie, mais parmi les autres abats, lequel était le gésier ? Mystère.

(Après avoir lu mon post à ce sujet, le père d'Eric m'appela pour éclairer ma lanterne : le gésier est ce qui ressemble à deux cœurs collés ensemble. Le cœur est ce qui ressemble à la moitié d'un gésier.)

Le lendemain soir, Eric et Heathcliff firent une tentative d'approche en tenaille, mon mari prenant le train en sortant du bureau pour aller dans l'Upper East Side tandis que mon frère en prenait un autre en direction de West Village. Mais Lobel et Ottomanelli, les deux bouchers visés, avaient déjà baissé leur rideau quand mes deux fidèles retrievers de moelle se pointèrent à leur porte. Les bouchers doivent vraiment avoir besoin de sommeil pour être en forme. Mon frère réussit cependant à arriver à l'animalerie avant la fermeture pour acheter la ration de souris nécessaire à Zuzu, mon serpent. (Chaque fois que Heathcliff vient à New York, j'en profite pour lui laisser prendre le relais de mes responsabilités d'approvisionnement du serpent. Je me dis que puisque c'est lui qui m'a offert un python d'un mètre cinquante lorsque j'étais à la fac et qu'il pensait que j'avais besoin de compagnie, il devrait un peu partager la dette karmique accumulée en dix ans de sacrifice de rongeurs.) J'arrivai à la maison juste avant dix heures et commandai une pizza avant de m'effondrer sur le canapé. Eric dut m'obliger à rester éveillée le temps de m'enlever mes lentilles de contact. Ce n'est pas une partie de plaisir pour qui que ce soit de me réveiller quand je me suis endormie sur le canapé.

Ce fut ensuite le mercredi 11 septembre 2002. J'étais levée à cinq heures et fus à mon bureau à sept. Je passai la matinée debout. D'abord au fond d'une salle de conférence de presse pleine à craquer, à écouter des discours gentiment émouvants de politiciens en me demandant si Nate me dévisageait ou regardait fixement dans le vide. Puis debout sur la terrasse en béton qui entoure notre immeuble. De l'autre côté de la rue, dans le trou où se dressaient naguère les tours jumelles, un cercle de parents de victimes se recueillait en silence dans la poussière soulevée par le vent. Ils lisaient au micro les noms de tous les disparus. Dans l'après-midi, je m'occupai de l'équipement de la salle des Familles.

La salle des Familles était en fait une salle de conférences convertie en une sorte de funérarium pour ceux dont les maris, les sœurs et les fils n'avaient jamais été retrouvés. Les fenêtres, au vingtième étage, donnaient directement sur le trou. Les murs étaient placardés du sol au plafond de photos, poèmes, fleurs et souvenirs en tout genre. Il y avait un livre pour recueillir les signatures, deux canapés et des jeux pour les enfants. La salle des Familles était le seul endroit où ces gens pouvaient se rapprocher de ceux qu'ils avaient perdus sans être assaillis par des camelots proposant des casquettes des pompiers de New York ou du papier toilette à l'effigie d'Oussama Ben Laden, ou des touristes qui se faisaient photographier devant la clôture comme s'ils visitaient le barrage Hoover. Jusqu'à une date récente, on avait encore trouvé des corps, je suppose que c'était donc normal qu'ils veuillent encore venir, bien que je n'aie jamais été très portée sur les cimetières, personnellement. Quand je regardais en bas, je ne pensais pas vraiment à Dieu ni aux anges ni aux visages sereins des disparus. En fait, j'imaginais surtout des débris humains. Je ne voyais pas comment quelqu'un ayant perdu un être cher dans cet horrible trou pouvait réellement en supporter la vue.

Après la commémoration du matin, ils affluèrent tous dans la salle des Familles pour regarder encore le trou par la fenêtre. Ils apportèrent d'autres photos, d'autres poèmes pour punaiser sur les murs, déjà tellement encombrés que si quelqu'un venait pour la première fois et voulait accrocher quelque chose, il avait besoin qu'on l'aide à trouver un espace libre. C'était moi qui m'en chargeais, je déplaçais soigneusement un souvenir de deux centimètres à gauche, un autre de deux centimètres à droite pour coincer entre les deux un instantané qui était la seule photo que cette petite femme équatorienne avait du fils qui avait lavé la vaisselle au restaurant Windows of the World. C'était très dur pour les nouveaux, pas seulement parce qu'il n'y avait plus de place sur les murs, ni parce qu'ils n'avaient pas pu créer de liens avec les visiteurs plus réguliers, mais aussi parce que, s'ils venaient pour la première fois un an après les tragiques événements, c'était peut-être qu'ils n'étaient pas d'ici et ne parlaient pas anglais, ou que leurs relations avec la victime avaient été problématiques. Je tendais donc des Kleenex à des frères allemands homosexuels, de l'eau minérale à des tantines anglaises à demi gâteuses, et tapotais maladroitement le dos de l'ex-mari de Belize, qui éclatait en sanglots. Voilà la tâche dont étaient chargés les jeunes employés pendant les cérémonies d'anniversaire du 11 Septembre. Enfin, certains jeunes employés. Les secrétaires, mais pas les ingénieurs urbanistes, les filles du service des relations publiques, mais pas les garçons du programme de développement. Les femmes, pour être précis, et pas un seul homme, passèrent la journée à fournir les punaises, les stylos, l'eau, les Kleenex et les clés des toilettes du hall. Peut-être qu'en tant que républicains les cadres plus âgés avaient une notion des valeurs familiales selon laquelle les femmes possèdent par nature délicatesse et sensibilité, en dépit des preuves évidentes du contraire au sein de leur organisation. Ou alors ils savaient que les mecs qui sortent des grandes écoles à vingt ans et quelques ne tiennent pas spécialement à être enrôlés dans le sale boulot à caractère émotionnel.

En attendant, le problème de l'os à moelle restait entier. Il vint à l'idée d'Eric que Sally était la personne tout indiquée pour cette quête, mais comme nous ne savions toujours pas avec certitude si ses parents avaient été assassinés par un malade mental armé d'un fusil à pompe, on risquait un désastre à lui demander son aide.

« Mes parents quoi ? Quoi ?! Mon Dieu, je ne vous ai pas appelés ? » Il y avait de l'accablement dans la voix de Sally.

Eric n'avait jamais par inadvertance annoncé à personne l'épouvantable nouvelle du meurtre de ses parents, mais tout au fond de lui, il avait toujours craint, et même présumé que ça lui arriverait un jour.

« Non, non, tout va bien. Les gars qui étaient censés me déménager le canapé ne se sont pas manifestés, c'est tout. Ils devaient venir du Rhode Island avec un camion, mais je ne les ai pas vus. Je suis désolée, j'étais persuadée que je vous avais appelés. Ils sont tchèques, et je crois qu'ils prennent du crack. Les déménageurs, je veux dire. Si jamais j'arrive à les faire revenir, je peux encore avoir le canapé ? »

Eric ne pensa même pas à demander à Sally pourquoi elle avait engagé deux déménageurs tchèques du Rhode Island drogués à la méthadone. En revanche, toujours sous le coup de la catastrophe téléphonique évitée de justesse, il lui dit qu'effectivement elle pouvait encore disposer du canapé, qui attendait en équilibre sur champ dans la cage d'escalier de notre appartement, mais uniquement si elle les aidait à trouver un os à moelle. « Pas de problème, ça me paraît un plan rigolo. C'est quoi, un os à moelle ? »

Sally et moi avions réussi à rester très bonnes amies depuis que nous avions habité ensemble pendant notre première année de fac, bien que je sois du genre, quand je m'ennuie ou suis malheureuse, à boire pour oublier ou à cuisiner des trucs des plus indigestes. Sally, elle, est du genre, quand elle s'ennuie ou est malheureuse, à aller faire du jogging, à nettoyer la salle de bains avec une brosse à dents ou à s'inscrire à l'école rabbinique. Sally ne tenait apparemment pas à s'étendre sur le départ de son bel Anglais, mais son ton – qui trahissait un froncement de narines quand elle parla de la dissertation dudit boy-friend sur les racines préhistoriques du féminisme –, ainsi que l'enthousiasme avec lequel elle accepta de participer à la chasse à l'os à moelle, conduisirent Eric à soupçonner que la danse avec le British était terminée.

Eric quitta son bureau très tôt, Heathcliff passa la responsabilité du stand de cosmétiques à quelqu'un autre, et Sally s'aventura hors de l'Upper West Side. Ils se retrouvèrent tous trois devant chez Ottomanelli à six heures moins cinq. La boucherie était encore ouverte, mais tout juste, et dépourvue d'os à moelle. Ils poursuivirent donc leur grand tour des épiceries du West Village, passant de traiteur gourmet en jardin de délices. Ce n'est qu'après cinq arrêts pour cause de tentatives de flirt au-dessus d'étals de boucherie (flirt mené par Sally, ou éventuellement Heathcliff, s'ils tombaient sur d'avenantes bouchères, mais certainement pas Eric, qui était nul en flirt. Pour le séduire, il avait pratiquement fallu que je l'emmène de force à un bal de promo en lui administrant un punch assaisonné de GHB, la drogue du viol), qu'ils parvinrent enfin à se procurer leurs quinze centimètres de fémur de bœuf.

Ils sortirent tous les trois du marché Jefferson en brandissant triomphalement l'os à moelle dans son sac à carreaux bleus. Victoire, enfin ! Eric avait l'impression d'avoir évité le désastre. Il n'aurait jamais soupçonné, un mois plus tôt, l'importance que pourrait prendre un morceau d'os de vache dans sa vie conjugale.

Son extase fut cependant quelque peu rabattue quand Sally annonça qu'elle ne reviendrait pas avec lui comme prévu à Queens pour manger le Bifteck sauté Bercy que j'allais garnir avec la moelle de bœuf.

« Je ne crois pas que ce soit une bonne idée, dit-elle.

– Allons, voyons… » renchérit Heathcliff.

Non parce qu'il nourrissait un penchant secret à son égard, bien que ce soit mon plus cher désir. Je caresse depuis longtemps l'espoir que ces deux-là forment un couple. Ce qui, si vous connaissiez Sally et Heathcliff, vous semblerait immédiatement une très, très mauvaise idée. J'ai sûrement quelque chose qui ne tourne pas rond.

« Je crois que je ne peux pas envisager l'idée de me cogner le retour en métro, c'est tout. Dites à Julie que je suis désolée. »

Elle était loin d'être la première invitée à refuser de venir se perdre dans les profondeurs de la banlieue pour manger de la cuisine française dans un loft à la limite du sordide, mais à chaque fois que ça se produisait, c'était en même temps une déception et une espèce d'obscure humiliation. Socialement parlant, nous aurions aussi bien pu habiter dans le New Jersey.

Pendant ce temps, j'avais remis en ordre la salle des Familles après le départ des derniers affligés et j'étais rentrée chez moi. Alors que mes amis passaient encore au crible les rues du West Village à la recherche de mon tronçon d'os, j'étais déjà en train de séparer les gousses de deux têtes d'ail afin de réaliser ma Purée de pommes de terre à l'ail. Un délice, mais qui nécessite un nombre certain de plats et casseroles.

(Avez-vous déjà vu des photos de la cuisine de Julia ? Les murs sont entièrement couverts de rangées de casseroles suspendues, avec silhouette dessinée au marqueur sur le tableau pour se souvenir de la place de chacune. C'est Paul, son mari, qui lui avait aménagé ce système. Peut-être l'avait-il fait pour sa propre tranquillité d'esprit, car il était très méthodique. Ce genre d'installation pourrait parfois me rendre service, comme par exemple quand je me rends compte au dernier moment que je dois ajouter du lait bouillant à mon roux en train de brunir à toute vitesse alors que je n'ai pas fait chauffer le lait. En des moments pareils, ce serait sûrement pratique d'avoir à ma portée une toute petite casserole, plutôt que de farfouiller d'une main à tâtons sous le comptoir tout en continuant à tourner frénétiquement le roux de l'autre. Mais je n'aurai jamais d'installation de ce genre, car la dernière chose au monde que l'on peut dire de moi est que je suis méthodique.)

La réalisation de la Purée de pommes de terre à l'ail est lente et exigeante ; pourtant, malgré une mise en route tardive, j'avais fini avant le retour de l'expédition de chasse à l'os à moelle, ou de ce qu'il en restait. Je commençais à être un peu inquiète. Pour passer le temps, je me connectai pour prendre connaissance de mon courrier électronique.

Ma copine Isabel habite au Texas avec son mari, Martin, et sa mère, qui est spécialiste en communication animale. Isabel est… Zut, je ne peux pas la décrire. Voyez par vous-même :

Nancy vient de me raconter un rêve EXTRAORDINAIRE, étonnamment visionnaire, un mélange de références à Truman Capote et Burroughs, dans lequel je faisais la chorégraphie d'une émission spéciale Pâques avec comme acteurs une équipe de tamias détraqués. Ce qui m'a rappelé un rêve que j'ai fait le week-end dernier, dont je suis quasiment sûre qu'il est prémonitoire. Je suis en train de relire *Du rêve à la réalité*, et celui-ci contient tous les signes révélateurs.

Or, je n'ai jamais rencontré Nancy, je ne comprends pas (et ne souhaite pas vraiment comprendre) comment un rêve de tamias danseurs peut évoquer Truman Capote, William S. Burroughs ou une prémonition, et je n'ai jamais entendu parler d'un bouquin intitulé *Du rêve à la réalité*. Vous devez également savoir qu'Isabel a envoyé ce message à la totalité de sa liste de correspondants, c'est-à-dire au minimum plusieurs dizaines de personnes. Voilà comment elle est. À notre époque de brièveté, Isabel est d'une prolixité embarrassante. Ce message vous paraîtrait plus amusant si vous connaissiez sa voix, car Isabel a la voix d'une gamine de cours élémentaire qui aurait oublié de prendre ses médicaments contre l'hyperactivité. De l'imitation gutturale de gens dont vous n'avez jamais entendu parler aux trilles les plus aigus, avec allers-retours inopinés. Parfois à vous percer les tympans. Elle a une voix, j'y pense soudain, assez comparable à celle de Julia :

> Je marche sur des pavés le long d'une rivière. Je passe près d'une terrasse de café et, à l'une des tables, est assis Richard Hell.

(Ah bon, lui aussi ? Je n'ai aucune idée de qui est Richard Hell. Pas la moindre.)

Il boit du thé glacé et porte un vieux pull jacquard avec un pantalon en cuir, et sur les yeux un épais trait d'eye-liner violet, ce qui lui donne bizarrement un air très sexy. Alors je lui dis : « Tu te souviens de moi ? Isabel ? Je voulais seulement te dire que j'ai fini de lire *Et maintenant, trouve-le*, et que c'était superbe. » Son livre est intitulé *Et maintenant, va-t'en* mais dans le rêve je l'appelais *Et maintenant, trouve-le*, non pas parce que je faisais une erreur, mais parce que, dans le rêve, c'était son VÉRITABLE titre. Et Richard me dit : « Prends donc du vrai thé anglais. » Mais quand je tends la main pour prendre la tasse, je m'aperçois que je tiens un pénis rose. Il est minuscule, juste à la taille de ma paume. Je sais qu'il ne grossira que dans le bain, comme une éponge, mais en plus dur.
Tout de suite après, je frappe à une porte d'appartement peinte d'une drôle de couleur écarlate, un peu passée, qui porte le n° 524. Ma copine Julie – vous savez, Julie, celle qui fait un blog cuisine dont je vous ai à tous envoyé le lien ? – ouvre la porte. Elle a les cheveux en bataille et derrière elle, son mari, Eric, lance en l'air des ronds de pâte à pizza en chantant d'une voix magnifique. Julie m'invite à manger mais je lui tends le pénis et dis :

« Merci pour le gode que tu m'as offert, mais je ne peux pas m'en servir. »

Julie me demande pourquoi, l'air très vexé, et je réponds : « Je ne prends plus de bains, seulement des douches. » À quoi Julie répond, avec cet air pincé qui ne lui ressemble pas du tout : « Eh bien, c'est ton problème, non ? »

Voilà qui est gênant, et ma tante Sukie va avoir une attaque en lisant ça, mais Isabel n'a pas inventé l'histoire du gode que je lui ai envoyé. Nous avions échangé des e-mails, *privés*, pourrais-je ajouter, concernant la vie sexuelle d'Isabel, qui n'était pas franchement satisfaisante, ce qui, bon… ce qui peut arriver à n'importe qui, non ? Et ce n'est pas comme si j'étais une fana du gode, mais il m'était arrivé de passer quelque temps à San Francisco. Je suppose que je voulais avoir l'air branché côté sexe, ou quelque chose de ce genre, parce que parfois quand vous êtes copine avec Isabel, c'est bien d'en connaître plus qu'elle sur au moins un sujet. Alors j'ai plus ou moins évoqué les joies des *sex toys*, connaissances glanées en plusieurs années à surfer sur le Web plutôt que par véritable expérience. Et j'imagine que j'ai dû être très convaincante, parce que Isabel a fini par être littéralement enthousiasmée par le concept. Si bien qu'en fin de compte je ne pouvais guère éviter de lui envoyer un gode pour son anniversaire. Ce que j'ai fait.

Mon Dieu. J'espère que son mari n'est pas sur sa liste de destinataires.

Comme je ne savais pas trop comment répondre à sa missive, je me suis déconnectée avant de revenir à la cuisine. Je décidai de voir un heureux présage dans l'heure d'arrivée tardive d'Eric, Heathcliff et Sally, et ouvris le Livre à la page de l'extraction de la moelle.

« Poser l'os debout et fendez-le avec une feuille couperet », écrivait Julia pleine d'une confiance allègre.

Je détectai immédiatement un premier frémissement d'inquiétude : je n'avais pas de couperet de boucher. Quelques autres doutes plus ou moins précis me trottaient aussi dans la tête.

À cet instant, la porte s'ouvrit. Eric et Heathcliff franchirent le seuil tels des explorateurs venant de l'Arctique. Eric brandissait son sac plastique comme un échantillon de glace d'une valeur inestimable. Il espérait sans aucun doute un baiser de remerciement, au minimum, peut-être beaucoup plus.

« C'est qui le héros ? hurla-t-il.

– Vous l'avez trouvé, alors ?

– Évidemment que je l'ai trouvé ! » chanta-t-il triomphalement, en exécutant même quelques pas de danse.

Heathcliff fit un sourire en coin et, indulgent, s'abstint de lever les yeux au ciel.

« Vous avez été obligés de vendre Sally pour l'avoir ?

– Quoi ? »

Heathcliff expliqua :

« Elle n'a pas pu. Elle ne voulait pas rentrer en métro. »

Je soupirai. Je n'avais pas embrassé Eric pour lui dire bonjour et il commençait à craindre que ses espoirs de gratitude soient vains.

« Enfin, ça vaut peut-être mieux.

– Qu'est-ce que tu veux dire ?

– Il est temps d'extraire la moelle de bœuf. »

Le regard que je leur jetai était quelque peu accablé.

« Pas sûr qu'elle aurait voulu voir ça. »

Mon plus grand couteau de cuisine était un couteau à découper d'environ vingt-cinq centimètres de long avec une lame dentée de près de quatre centimètres au point le plus large. J'avais toujours cru que c'était un super couteau, plutôt impressionnant, mais dès la première tentative, je vis que ce n'était pas l'outil à la hauteur de la tâche.

« Julia devait avoir la force de dix secrétaires, marmonnai-je. Elle aurait dû faire les croisades, je la vois bien en train de découper les infidèles en tranches. "Fendez-le avec une feuille." Tu parles ! »

Eric et Heathcliff se penchèrent un instant sur l'os, sans rien dire. Eric se tenait le menton, l'air songeur. Mon frère se gratta la nuque.

Il y a quelques années, Heathcliff a habité New York. L'idée était qu'il dorme quelques semaines sur notre canapé tout en cherchant un appartement. Il a fini par rester chez nous une année entière. Ça peut paraître l'horreur absolue pour un couple marié d'avoir le beau-frère comme locataire permanent du salon, mais en fait ça avait plutôt bien marché. Nous faisions souvent la cuisine ensemble – les seules spécialités de Heathcliff sont les épinards, les saucisses et les pâtes à la crème –, nous avons vu des quantités de films et, en fin de compte, nous avons bien rigolé. Le côté négatif, c'est qu'Eric et moi avons dû faire l'amour à peu près douze fois cette année-là. (Mais je ne crois pas que nous puissions en imputer l'entière responsabilité à Heathcliff.) Côté positif, j'avais des tas d'occasions de laisser mon mari et mon frère régler divers problèmes domestiques, ce qui était amusant à voir et en plus m'évitait de le faire moi-même. En les voyant évaluer la question de la moelle, j'en éprouvais presque un peu de nostalgie.

« Vous avez une scie égoïne ? » demanda Heathcliff.

Pendant vingt minutes, ils scièrent à tour de rôle avec la scie qu'Eric avait dégottée dans le placard de l'entrée, jusqu'à ce qu'ils dégoulinent de sueur tous les deux. Ils réussirent à entailler la chose sur environ deux centimètres. La matière rosâtre et suintante qui coulait sur la lame était réellement terrifiante, même si c'était exactement le but de notre recherche. Les garçons avaient l'air un peu verdâtre.

« Putain, donnez-moi ça. »

Je jetai l'os dans une casserole d'eau bouillante. J'avais le sentiment que ce n'était pas du tout ce qu'il fallait faire et que Julia ne m'approuverait pas, mais je ne voyais vraiment pas comment faire autrement. Je ressortis l'os de la marmite au bout de quelques minutes et m'y attaquai derechef, cette fois avec mon plus petit couteau à éplucher, qui ne faisait pas plus de dix centimètres de long et était assez étroit pour pénétrer dans le tunnel central de l'os. Lentement, péniblement, je me frayai un chemin vers l'intérieur. J'extirpai la moelle miette rose par miette rose, jusqu'à ce que mon couteau disparaisse dans le fémur jusqu'à la garde, avec d'épouvantables grattements que j'avais l'impression de ressentir dans mes propres os. Il me vient une métaphore sur les explorateurs des profondeurs sauvages de l'Afrique qui ne me paraît pas du tout hors de propos. Il y avait dans cet acte un aspect très conradien, très *Au cœur des ténèbres*. Peut-on vraiment aller plus profond qu'au fond des os, après tout ? C'est le centre du centre des choses. Si la moelle était une formation géologique, ce serait le magma qui roule sous l'écorce terrestre. Si c'était une plante, ce serait la mousse délicate qui ne pousse que dans les crevasses les plus élevées du mont Everest et fleurit en minuscules fleurs blanches au printemps népalais. Si c'était un souvenir, ce serait le premier de tous, le plus douloureux et le plus enfoui, celui qui vous a fait ce que vous êtes.

J'étais en train de gratouiller dans le centre du centre des choses, me disant surtout que cette moelle était une saloperie merdique. Rose, comme je crois l'avoir dit. Très molle. Pas liquide, mais pas vraiment solide non plus, en espèces de caillots gluants qui tombaient sur la planche à découper avec un bruit écœurant.

Les garçons regardaient, fascinés. « Un jour, dit Eric en avalant sa salive, notre bateau va aborder. Nous quitterons New York et nous aurons notre maison à la campagne, comme nous l'avons toujours voulu. »

Je pensais qu'il était juste en train de me raconter mon histoire préférée pour me faire rêver, mais il avait une idée derrière la tête et, quand il eut fini d'avaler sa bile, il s'expliqua.

« Ce jour-là, il faudra qu'on sauve une vache. On l'achètera à l'abattoir. Et après, on la traitera comme une reine.

– Oui, acquiesça Heathcliff. T'as vachement raison. »

C'est vrai. Je suis une carnivore convaincue. Mais la moelle de bœuf m'apparut comme quelque chose que je n'avais pas le droit de voir, pas comme ça, crue et tremblotante sur ma planche à découper. Spontanément, le mot « violer » me vint à l'esprit.

« J'ai l'impression de violer un os. Quoi, j'ai parlé à haute voix ? »

Après avoir extirpé de l'os environ une cuillerée à soupe et demie, nous avons décidé que ça suffirait. Eric et Heathcliff durent aller dans le salon pour trouver un match de foot afin de chasser la vision d'horreur. En grognant « On arrête, putain, ça va bien ! », je passai à l'étape suivante et entrepris de faire sauter les steaks.

Mais une fois qu'on a mis la tête dans un cauchemar de ce genre, il peut être difficile d'en sortir. Et ce n'est pas en lisant « dès que vous voyez perler un jus rouge à la surface de la viande » que je pouvais me sentir mieux, même si ce conseil vous garantit effectivement la préparation d'un excellent steak. La vue de la boue rosâtre sur ma planche à découper me donnait encore mal au cœur, mais j'eus l'impression de détecter une autre sensation, plus profondément enfouie. Comme une sorte d'obscur frisson.

Quand les steaks furent cuits, je les posai sur un plat et mélangeai la moelle et un peu de persil haché aux sucs et au beurre de cuisson. La chaleur résiduelle du déglaçage est censée être suffisante pour cuire légèrement la moelle. En outre, m'assura Eric, on ne peut absolument pas contracter la maladie de la vache folle en mangeant de la moelle et, de toute façon, la cuisson ne ferait aucune différence – un problème de prion ou de je ne sais quoi –, mais je n'étais pas vraiment rassurée, alors je décidai de la laisser quand même sur le feu un peu plus longtemps. Puis je garnis chaque steak d'une cuillerée de sauce à la moelle et complétai avec la Purée de pommes de terre à l'ail et des Tomates grillées au four, c'est-à-dire simplement arrosées d'huile d'olive et rôties au four pendant quelques minutes. Le dîner était servi.

J'avais pu penser que la moelle de bœuf impliquerait beaucoup de complications pour pas grand-chose, mais je n'aurais pas dû m'inquiéter. La moelle a une saveur riche, un goût de viande presque trop intense. Dans mon état de plus en plus dépravé, il ne me vint d'abord d'autre idée que *ça a un vrai bon goût de sexe.* Mais il y avait même quelque chose de plus. (Et pourtant que demander de plus ? Je pourrais gagner mon premier million en vendant des steaks pornos.) Non, le goût était celui de la vie, d'une vraie vie bien vécue. Évidemment la vache dont j'avais récupéré la moelle avait eu une vie de misère, dans des élevages surpeuplés, bourrée d'antibiotiques et de nourriture insipide qui contenait peut-être quelqu'un de ses parents. Mais tout au fond de ses os, il y avait une vraie capacité de joie sauvage retrouvée. Je le sentais.

L'une des théories sur les cannibales est qu'ils mangent les organes de leurs ennemis abattus pour s'approprier leurs qualités, leur force, leur courage. Et il y a aussi ce truc qu'on fait en Allemagne. Vous en avez sûrement entendu parler, non ? Il y a un type là-bas qui a demandé à un autre de lui couper le pénis, de le faire cuire, puis *de le lui faire manger.* Putain, qu'est-ce que ça peut bien vouloir dire ? Que croyait-il donc que le goût de son zizi sauté aux petits oignons allait lui révéler sur lui-même ? Est-ce qu'il cherchait à exprimer une dernière goutte de plaisir de son machin ? (Bon, je crois que ceci est une métaphore inutilement imagée.) Mais d'une certaine façon, et c'est ce que je disais en dînant ce soir-là, ce steak à la moelle de bœuf, c'était un peu la même chose.

« C'est comme de manger la vie. J'ai presque l'impression de manger ma propre vie, vous voyez ?

– Non, pas vraiment. Mais c'est un super bon steak, frangine. »

Si je tentais de faire une déclaration de ce genre à qui que ce soit à l'agence ministérielle, je ne recevrais en retour que des regards vides et serais ensuite soumise à une enquête. Surtout à l'occasion du premier anniversaire des tragiques événements, certains pourraient penser qu'une discussion sur le cannibalisme spirituel est de mauvais goût. Sally, la seule ancienne étudiante rabbinique et maniaque du sexe que nous connaissions, pourrait le comprendre, à condition de pouvoir supporter le traumatisme d'un voyage en métro dans la grande banlieue. Julia aussi, peut-être.

Allongée dans mon lit au petit matin du 12 septembre, redoutant le moment où il me faudrait rejeter les couvertures et me lever pour aller bosser, je pensais au travail de Julia dans son agence. Comme l'OSS existait avant l'invention des box et de tout ce que ça implique, Julia n'était pas obligée de travailler dans un box. Elle ne devait pas non plus répondre au téléphone, réconforter des gens en larmes, ni prendre le métro pour rentrer chez elle. Elle devait traiter des renseignements infiniment plus top secret que ceux dont on m'abreuvait quotidiennement : les bureaucrates sont des connards, une minorité non négligeable d'Américains d'une stupidité crasse, ou carrément dingues et/ou d'une nullité totale comme concepteurs de mémorial. Sous tous ces aspects, elle était mieux lotie que moi dans ses activités de secrétaire.

Mais, d'un autre côté, elle n'avait pas encore son Paul, me dis-je en me pelotonnant contre le dos d'Eric pour un dernier petit somme. Et, songeai-je en savourant le fugace goût de bœuf d'un dernier petit renvoi, elle ne connaissait pas encore la moelle de bœuf non plus. J'avais donc quelques avantages sur elle, moi aussi.

Juin 1944
Candy, Ceylan

L'unique ampoule de vingt-cinq watts était insuffisante pour voir avec précision en plein midi par une belle journée ensoleillée. À la tombée de la nuit, quand il pleuvait, cela devenait pratiquement impossible. Paul se pinça l'arête du nez entre le pouce et l'index, puis appuya les paumes sur ses orbites. Ses intestins étaient une fois de plus en rébellion et il aurait dû être au lit, mais le travail n'allait pas se faire tout seul. Quand on est l'unique membre de la division de Présentation, on ne peut pas se permettre de congé de maladie.

Il regarda distraitement par la fenêtre. À travers les rideaux de pluie tiède, il voyait les jeunes éléphants qu'on sortait des jardins botaniques pour leur repas du soir. Le pas lent et tranquille des animaux, leur petite queue en chasse-mouches et leurs longs cils de vamp lui remontaient toujours le moral, et les jardins étaient magnifiques quel que soit le temps. Sur le mur de la hutte en feuilles de cocotier tressées où il travaillait perchait un lézard vert émeraude qui faisait le bruit d'une spatule raclant le fond d'une poêle en fonte. Paul introduisit les doigts dans sa chaussette pour gratter en vain cette saloperie de mycose qui le démangeait, puis retourna à sa table de travail, avec la ferme intention de finir au moins un tableau.

C'est alors que, juste au moment où il s'était installé

et se replongeait dans son travail, l'unique lampe qu'il avait s'éteignit. Évidemment.

« Merde. » Il tendit la main pour dévisser avec pré-caution l'ampoule nue, la secoua en guettant le bruit du filament cassé, mais n'entendit rien. Il la remit en place, se leva et passa le nez par la porte. Il n'y avait de lumière nulle part. Il s'en était douté. À cette heure tardive, le courant ne serait probablement pas rétabli.

Dire qu'il avait cru naguère qu'il serait sensationnel et passionnant de travailler avec l'OSS. Bon, peut-être qu'il pourrait au moins organiser quelques idées pour les tableaux qu'il devrait mettre en place demain matin à la première heure. Il referma sa porte.

« Paul ! Qu'est-ce que vous fabriquez tout seul dans le noir ? »

C'était Julia, bien sûr. Impossible de confondre cette voix avec une autre. Il ne vit pas tout de suite d'où elle lui parlait. Il scruta l'obscurité trouble du hall mais ne vit personne.

« Paul ! Derrière vous ! »

Jane et elle avaient le visage collé aux fragiles per-siennes de son unique fenêtre et rigolaient comme deux gamines de douze ans. Jane agitait l'index pour lui faire signe de venir et Julia cria :

« Venez avec nous voir la toilette des éléphants. Ne dites pas que vous n'en avez pas envie !

– Il faut que je finisse ce travail, je le crains. Je suis déjà en retard, ils veulent les tableaux complets pour demain au plus tard.

– Quelle foutaise ! S'ils veulent vous faire travailler, ils devraient d'abord vous donner de la lumière, non ? »

Jane leva un sourcil en direction de Paul, d'une manière qui aurait pu être attirante si elle n'était pas si évidemment destinée à séduire.

« Vous voyez la mauvaise influence que vous avez sur

notre petite Julia ? Elle a la bouche aussi sèche qu'un marin, ces temps-ci. »

Paul soupira. Les filles n'avaient pas tout à fait tort. Quelle foutaise, en effet. Il posa son stylo.

« J'arrive tout de suite. »

… sans casser des œufs

« Pourquoi n'appelles-tu pas quelqu'un pour faire enlever ce foutu machin, tout simplement ? »

J'étais assise dans le salon, la cheville droite – ayant doublé de volume et virant à une teinte inquiétante de jaune verdâtre – posée sur le divan. Eric était allé dans la cuisine me chercher de la glace. Heathcliff était planté devant moi, les bras croisés.

« J'ai dit à Sally que je le lui gardais. Elle traverse une période difficile.

– Bon, mais toi tu ne peux pas rentrer dans ton appartement sans t'estropier grave. Je dirais que ce n'est pas mal non plus, question difficulté. »

Je haussai les épaules.

« Avec qui vient-elle de rompre, au fait ? Un David ?

– Évidemment. »

Depuis dix ans que je la connais, Sally est sortie avec une bonne douzaine de David. Ce qui a quelque chose d'anormal.

Eric sortit de la cuisine avec de la glace dans un Ziploc à congélation.

« Qu'est-ce que tu veux que je fasse pour dîner ?

– Je m'en occupe. Il faut que je prépare les artichauts. De toute façon, j'ai vraiment pris du retard sur le planning.

– Tu ne devrais pas t'appuyer sur ce pied. Maintiens la glace dessus. »

Mais déjà je me levais pour retourner en sautillant à la cuisine.

« Je n'ai fait que dix recettes la semaine dernière. Et celle d'avant, avec les parents à la maison, pas une seule ! Mes lecteurs ont besoin de moi ! »

J'avais lancé cette dernière phrase comme une plaisanterie, même si ce n'en était pas tout à fait une. Eric ne s'y laissa pas prendre.

« Tes lecteurs ? Voyons, Julie.

– Quoi ?

– Je crois que la douzaine de personnes qui cliquent sur ton site en prenant leur café réussiront à tenir le coup même s'ils n'ont aucune information sur tes foutus légumes sautés au beurre pendant un jour de plus.

– Va te faire foutre. »

Eric et moi nous dévisagions avec une bonne humeur fielleuse destinée à faire croire qu'il s'agissait d'une tendre parodie de dispute. Heathcliff grimaça un sourire en évitant de nous regarder, pas convaincu le moins du monde par notre comédie.

Mon frère a gardé la maison d'un gangster en Crète. Il a été passé à tabac par des policiers en Hongrie. Il a mâché des feuilles de coca que lui offrait un serveur au Pérou. Il a quitté une île au large de la côte sicilienne parce qu'il était le premier rouquin que les habitants croisaient et que les vieilles dames n'arrêtaient pas de se signer en l'apercevant. En outre, la fille avec qui il vit quand il n'est pas en train de se faire voler son portefeuille à Budapest, de garder des chèvres en Italie ou de vendre des savonnettes à New York, est le genre de personne capable de décider tout de go, un soir, de faire une tarte aux pommes de A jusqu'à Z. Ensemble, ils font la crème glacée pour accompagner la tarte en mettant du lait, de la crème, du sucre et de la vanille dans une boîte à café placée à l'intérieur d'une vieille boîte à biscuits ronde en fer-blanc remplie de glaçons et, assis en diagonale chacun dans un coin de la cuisine, ils font rouler la boîte entre eux. Il est clair qu'il est très doué pour la félicité conjugale, autant que pour l'aventure débridée.

Donc, lorsque je me dispute avec Eric devant Heathcliff, c'est un aveu humiliant de mon insuccès relatif sur ces deux fronts. Mais pas seulement. C'est aussi une manière de me rappeler que je vais inévitablement finir comme ma mère, soit martyr, soit chiante, soit irrationnelle, soit juste grincheuse à cause de mes problèmes articulaires. Sautiller dans la cuisine avec une cheville enflée tout en disant des méchancetés à son mari, par exemple, c'est exactement ce que ferait ma mère. J'aurais pu calmer l'irritation provoquée par cette horrible prise de conscience avec une bonne vodka-tonic si Eric n'avait pas laissé tomber sur le quai du métro – et cassé – la bouteille de Stoli qu'il rapportait à la maison. Se mettre en colère pour ce motif serait une autre réaction trop typiquement maternelle, je me contentai donc de grincer des dents et de me lancer dans la préparation de l'étrange menu que j'avais prévu pour le dîner : Omelette gratinée à la tomate (avec crème et fromage) et Quartiers de fonds d'artichauts au beurre.

Chris – celle qui avait écrit de manière un peu suspecte que je lui manquais quand je n'envoyais pas de message et qui croyait que j'étais morte – avait trouvé sidérant qu'avant le début du projet Julie/Julia je n'aie jamais mangé d'œufs. « Comment avez-vous réussi à vivre sans manger un seul œuf ? Comment est-ce POSSIBLE ??? !!! », interrogeait-elle.

Évidemment, ce n'était pas littéralement exact. J'avais déjà mangé des œufs dans les gâteaux. J'en avais même déjà mangé brouillés une ou deux fois, à la mode texane toutefois, avec des piments *jalapeños* et une livre de fromage. Mais lorsque j'avais consommé des œufs, je m'étais toujours assurée qu'ils n'en avaient ni l'aspect, ni l'odeur, ni le goût. À ce titre, je suppose que mon expérience dans ce domaine est en effet un peu inhabituelle. Chris n'était pas la seule personne à s'offusquer de cette particularité. Des gens dont je n'avais jamais entendu parler me firent part de leur stupéfaction et leur consternation. Ce que j'avais du mal à comprendre. Enfin, ce n'est sûrement pas une manie plus bizarre que de détester, disons, les croûtons, comme certains maris que je pourrais nommer.

Par chance, les œufs préparés à la façon de Julia ont généralement un goût proche de la sauce à la crème. Prenez les œufs en cocotte, par exemple. Ce sont des œufs avec du beurre et de la crème cuits au four dans des ramequins posés dans un plat rempli d'eau. C'est délicieux. En fait, la seule chose qui soit meilleure que les œufs en cocotte, ce sont les œufs en cocotte avec sauce au cari, quand vous vous réveillez avec une gueule de bois de tous les diables, après une de ces soirées où, à minuit, quelqu'un a finalement décidé d'acheter des cigarettes et où les filles se retrouvent toutes à fumer, à boire et à danser dans le living-room jusqu'à trois heures du matin sur la musique que le mec a téléchargée de iTunes sur son nouvel ordinateur G3 incroyablement classe et branché. Par une matinée comme celle-là, les œufs en cocotte avec sauce au cari, une tasse de café et un gigantesque verre d'eau, c'est comme le repas que vous serviraient les filles voilées d'une tribu nomade de Bédouins après qu'un de leurs membres vous a retrouvé les bras en croix dans les dunes infinies d'un désert d'Arabie, à l'article de la mort. C'est aussi bon que ça.

Mais je crois que c'est la rubrique Omelettes qui m'a vraiment réconciliée avec les œufs.

Les croquis de *L'Art de la cuisine française* sont toujours passionnants. Vous pouvez vous imaginer en train de maîtriser une technique vraiment audacieuse, comme la lithographie, la fusion à froid ou un truc de ce genre. À moins qu'il n'y ait une autre analogie là-dedans :

« Tenez la poignée de la poêle à deux mains, pouces sur le dessus, et commencez immédiatement à secouer la poêle vigoureusement vers vous en la maintenant à un angle de vingt degrés au-dessus du feu, au rythme d'une secousse par seconde.

C'est en secouant fermement la poêle vers vous que vous envoyez les œufs contre le bord, puis que vous les ramenez par le fond. Il faut être assez brutal sinon les œufs ne se détacheront pas du fond de la poêle. Après plusieurs secousses, les œufs commenceront à épaissir. »

Il n'y a pas que moi, quand même ? Vous pensez immédiatement vous aussi, j'en suis sûre, à une pratique sexuelle japonaise très ancienne et probablement très douloureuse décrite dans un bouquin que vous vous rappelez vaguement avoir lu quand vous étiez à la fac ?

OK, je suis peut-être la seule.

Julia Child écrit : « Une manière simplette mais parfaite de maîtriser le mouvement est de vous entraîner devant la maison avec une poignée de haricots secs. » J'imagine très bien le petit rire amusé qu'elle avait dû avoir en écrivant ceci, en pensant à toutes ces ménagères américaines du début des années soixante, avec leur twin-set et leurs ondulations permanentées, en train d'éparpiller des haricots secs dans toutes les directions sur leur pelouse manucurée. Comme je suis simplette de nature, j'ai suivi son conseil, sauf que, à défaut de pelouse, mes haricots s'éparpillèrent sur les trottoirs sales de Jackson Avenue. Les routiers me klaxonnèrent. Les prostituées me dévisagèrent. Un minibus immatriculé en Virginie s'arrêta devant moi. La conductrice, ayant reconnu quelqu'un de sensé et de bien élevé en la personne de Julie dispersant des haricots sur le trottoir à l'aide d'une poêle à frire, me demanda comment se rendre dans le New Jersey.

«Putain, ma bonne dame, mais vous n'êtes pas vraiment dans le secteur du New Jersey. »

Mes manières ne sont pas toujours irréprochables, je le reconnais, et ce n'était pas en faisant sauter sans succès des haricots secs dans une poêle devant tout le monde et n'importe qui qu'elles s'amélioraient.

(Quand je relate cet incident, mon ancien petit copain de lycée, Henry, avec qui j'avais rompu pour sortir avec Eric et qui ne me l'a pas vraiment pardonné pendant au moins dix ans, écrit : «Donc, maintenant, il y a dans votre quartier une folle aux haricots. C'est trop cool… » De plus, quelqu'un que je ne connais ni d'Ève ni d'Adam prend la peine de se lamenter sur mon usage très fréquent du mot p**ain. Les gens qui critiquent mon langage utilisent toujours beaucoup d'astérisques.)

Réaliser cette technique avec de véritables œufs peut provoquer une certaine griserie. Un peu comme réussir à nouer une queue de cerise avec la langue. La première fois que j'y parvins – ou presque, en tout cas – c'était un dimanche matin, pour Eric et Tori, une de ses copines de bureau. Je ne connaissais pas très bien Tori. À part que c'était une artiste, qu'elle passait ses journées dans un bureau avec mon mari et qu'elle était jolie. Pour ce que j'en savais, elle était peut-être capable de réaliser avec la langue des nœuds papillons sur queues de cerises, et en plus de faire sauter des omelettes comme un derviche tourneur. J'étais donc un peu inquiète.

Quand on fait une omelette selon la méthode de Julia, tout va très vite. C'est idiot d'essayer de déchiffrer les dessins et les légendes – qui, en plus d'être générale- ment impressionnantes, sont rédigées pour les droi- tiers, ce qui nécessite de ma part un certain jonglage de synapses – pendant qu'on cuisine. Je ne réussis pas du tout à faire sauter la première. Elle se recroquevilla sur le côté de la poêle en éclatant quelque peu au niveau de la pliure. Mais une fois que je l'eus fait glisser sur une assiette, elle se referma assez bien sur la garniture – des champignons mijotés dans une sauce à la crème au madère, un régal – et ressemblait plus ou moins à une omelette digne de ce nom. J'ai donc décidé qu'elle était réussie. La deuxième, cependant, ne pouvait passer pour un succès qualifié, quel que soit le point de vue. Elle a commencé par coller à la poêle et quand j'ai donné une secousse plus forte, les œufs sont passés par-dessus bord en inondant la plaque de cuisson et, après une autre saccade, une bonne portion à moitié solidifiée a atterri sur le plancher. J'ai abandonné la partie et balancé ce qui restait sur une assiette en me l'attribuant. À la troisième, avec des soubresauts de plus en plus terrifiés, j'ai réussi à amorcer le processus de roulement décrit par Julia, enfin, presque. Je suis du moins parvenue à ne pas en faire sauter davantage sur la plaque de cuisson, et l'omelette est restée en un seul morceau. Je pense qu'on ne peut pas en demander plus. Nous avons mangé nos *omelettes roulées* en buvant du *prosecco* que Tori avait apporté. J'adore trouver une excuse pour boire avant midi.

Quoi qu'il en soit, au moment où je boitillais vers la cuisine afin de préparer des cœurs d'artichauts et des omelettes à la tomate pour mon mari, mon frère et moi, je commençais à me sentir à l'aise dans la pratique de l'œuf sauté. Le résultat final avait une apparence d'omelette, sans éclaboussures sur la cuisinière, et le dîner ne tarda pas à être servi. Tout aurait dû aller pour le mieux, mais je suppose que le manque d'alcool et l'embarrassante dispute conjugale m'avaient énervée.

C'est le canapé de Sally qui a tout déclenché. De fil en aiguille, à force de discuter de la raison pour laquelle, en équilibre instable, il bloquait encore notre entrée, nous en étions arrivés tout naturellement à parler de sa vie amoureuse, sujet de conversation toujours intéressant.

« Ce n'est pas comme si ce mec était super. D'accord, il est mignon, si on aime ce genre… » Le genre de Sally, c'est le beau mec musclé, fort en gueule, drôle et arrogant. Je préfère le genre mince, discret, brun, drôle et timide. Depuis le temps que dure notre amitié, nous n'avons jamais été attirées par les mêmes garçons. «Mais il est carrément frimeur. En gros, il lui a dit qu'elle devait demander son inscription et aller avec lui à Oxford pour qu'il n'ait pas honte d'elle. Lui, avoir honte d'elle! Ce con n'est pas digne de lécher ses Manolos.» Sally était la seule personne de ma connaissance qui possédait des pompes Manolos, elle les avait achetées sur eBay et elles lui donnaient l'impression d'être délicieusement sexy. Et quand Sally se sentait délicieusement sexy, tous les mecs dans un rayon de trois rues la trouvaient aussi délicieusement sexy. C'était comme une émission de phéromones, elle ne pouvait pas s'en empêcher.

Heathcliff piquait ses artichauts d'une fourchette prudente, comme s'ils risquaient encore d'être agressifs. Mais s'il est vrai que lorsqu'on attaque des artichauts ils ont la possibilité de se défendre, les bienfaits de l'évolution n'avaient pas servi à ces spécimens particuliers. Malgré ma cheville foulée, ils n'avaient pu me résister. Je leur avais brisé la queue et arraché les feuilles, je les avais coupés et épluchés jusqu'à les réduire en tendres disques jaunes avec un cœur mauve et piquant comme une fleur exotique, avant de les tremper dans un bol d'eau vinaigrée pour raviver leur couleur, de les égoutter, d'extirper impitoyablement leurs pétales durs et colorés, leur dernière défense d'artichaut, pour les transformer ni plus ni moins en accueillants réceptacles à beurre fondu.

«Alors, s'il était con à ce point-là, quel est le problème?

– Le problème, c'est qu'elle a besoin de quelqu'un. Ou en tout cas c'est ce qu'elle croit. Si elle ne veut pas entendre qu'elle n'arrête pas de se trouver des connards, qu'est-ce que je peux lui dire?»

Je suis avec Eric depuis que je connais Sally et, pendant tout ce temps, Sally n'est jamais sortie avec un garçon plus de six mois. C'est à double tranchant. Parfois, elle nous en présente une rafale d'un seul coup. Resto cubain avec un le mercredi, film de Ben Stiller avec un deuxième le vendredi, brunch le dimanche avec un troisième. Ils sortent ensemble de la douche, tout roses après les dernières étreintes matinales. Elle vous a une lueur joyeuse et polissonne dans le regard, et quand le garçon se lève pour aller aux toilettes, elle se penche vers vous avec un sourire et chuchote : « Qu'est-ce que vous en pensez ? Il est mignon, hein ? » Ces renouveaux périodiques de la vie érotique de Sally me laissent parfois pantoise. Il faut dire que quand on épouse son petit copain de lycée, votre vie amoureuse y perd un peu côté diversité. Mais ça fait toujours du bien de voir Sally si sûre d'elle, si fière, tenant d'une main le zizi d'un de ces mecs et de l'autre le monde comme un ballon au bout d'une ficelle.

Mais un jour une de ses copines d'école est enceinte, ou bien la mère de Sally donne à sa petite sœur, qui est affreusement conventionnelle et qui se marie, un livre de cuisine des recettes familiales préférées et refuse d'en donner un à Sally parce que ce n'est que pour les « femmes mariées de la famille ». Alors Sally commence à ne sortir qu'avec un seul garçon, un des trois précédents, ou un nouveau. Et cette fois il y a dans son regard comme une supplication un peu désespérée, et quand elle demande : « Il est mignon, hein ? », c'est plus un appel au réconfort qu'une expression de fierté conquérante. Elle se met ensuite à poser des questions révélatrices. « Tu sais, dit-elle par exemple, les yeux écarquillés d'inquiétude, il ne veut faire l'amour que trois fois par semaine. C'est mauvais signe, hein ? » Ou alors elle demande simplement : « Et toi, qu'est-ce que tu crois que je dois faire ? »

Sally attend mon conseil habituel d'« amie mariée » : « Il y a toujours des hauts et des bas dans une relation », « tiens bon », etc. Mais je n'ai pas envie de le lui donner.

En général je n'aime pas le mec, d'abord, et ensuite je n'aime pas la personne que devient Sally quand elle me pose cette question. Celle que je préfère, je dois le dire, est la Sally capricieuse, névrosée, joyeuse et folle de sexe. La Sally qui ne tient pas à être mariée comme son ennuyeuse petite sœur, qui sait fort bien que tous les garçons qu'elle nous amène pour nous les présenter ne lui arrivent pas à la cheville, pas assez intelligents, ni assez généreux, sans aucune des qualités comparables à son rire explosif, sa voix qui peut se répandre en bulles de champagne dans une pièce pleine d'inconnus.

Eric touillait gaillardement son dernier quartier d'artichaut dans l'assiette qu'il avait posée en équilibre sur mon pied enflé – lui-même posé sur ses genoux – pour récupérer les dernières gouttes de beurre fondu.

« Ce n'est pas comme si Sally était une sainte, quand même. »

Juste au moment où il se fourrait dans la bouche le dernier triangle kaki dégoulinant de beurre, je lui filai une bonne claque sur l'épaule. Bonne performance, étant donné que je devais atteindre mon but la jambe tendue.

« Ne sois pas salaud.

– Allons. Tu sais que j'adore Sally. Mais elle est… *chiante*. »

Il est vrai que la docilité n'est au nombre des qualités d'aucune de mes copines. Gwen a un jour pris part à une bagarre à coups de poing dans le métro après avoir dit à un groupe de lycéennes glapissantes de la fermer. (L'une d'elles lui a écorché la joue avec un faux ongle de six centimètres, et la plaie a mis des semaines à cicatriser.) Il est notoire que la voix de bébé étrangement rauque d'Isabel, ainsi que son sens de l'humour capricieux, ont déjà fait péter les plombs à plusieurs hommes. Et Sally est la plus éprouvante de toutes. Si c'était une actrice de cinéma, ce serait Rosalind Russel dans *La Dame du vendredi,* de Hawks. Si c'était un légume, ce serait un

113

artichaut. En fait, c'est Sally, c'est-à-dire une nana extra-ordinaire à qui il est vachement difficile de trouver un partenaire si vous organisez une soirée.

« Tu sais, a ajouté Heathcliff, peut-être que Sally n'est pas faite pour le mariage, c'est tout… Aïe ! Qu'est-ce qui te prend ? »

Peut-être que si les hommes de ma vie n'étaient pas tout le temps en train de faire des commentaires crétins, ils n'auraient pas autant de bleus.

Quand nous étions enfants, Heathcliff avait un jouet, un truc tortillé en verre soufflé, avec deux bulles à chaque bout connectées par un tuyau torsadé. Ça ressemblait à un de ces gadgets de cuisine que Julia aurait pu rapporter de ses voyages, sauf que c'était rempli d'un mystérieux liquide rouge. Le principe, c'est que lorsqu'on tenait dans la paume une des bulles pleine de liquide, la chaleur corporelle suffisait à le faire bouillir et passer dans l'autre. Sauf que pour moi, ça ne marchait pas. Lorsque je tenais la bulle vide, le liquide rouge de l'autre semblait revenir vers ma paume, comme si la loi de physique ou de chimie, quelle qu'elle soit, qui régissait le fonctionnement de cet objet ne s'appliquait pas à moi. Encore un des nombreux indices inquiétants tendant à prouver que j'étais une sorte de phénomène à part. Un autre étant ma propension à perdre mes affaires – clés de voiture, lunettes, agenda, billets de vingt dollars – à un rythme qui dépassait largement la simple étourderie et confinait au paranormal. Autre exemple : plus tard, alors que j'étais ado et que je rentrais seule chez moi à une heure tardive après une soirée non dépourvue d'activité sexuelle, j'avais grillé, au sens propre, tous les feux rouges du boulevard. Ils s'éteignaient devant moi l'un après l'autre à mesure que j'arrivais à leur hauteur.

Quand j'ai commencé à suivre les cours de cuisine à

la fac, je me suis rapidement aperçue que je possédais une incapacité surnaturelle à réaliser toute préparation nécessitant de fermenter, coaguler, lever ou gélifier. Que ce soit du pain, une mayonnaise ou une gelée à la vodka. S'il faut mélanger un liquide et un solide pour obtenir une autre texture, aérée, soufflée ou crémeuse, inutile de compter sur moi.

J'ai également un effet létal sur toutes les plantes que je touche.

Je n'avais jamais lu de bandes dessinées quand j'étais gamine, si bien que j'ignorais tout des X-Men avant qu'Eric ne m'en parle à l'âge adulte. Sinon, j'aurais compris beaucoup plus tôt que je suis un mutant. Quelque chose comme un croisement entre Magneto et Rogue, avec peut-être une touche de Lucille Ball. Il est possible que ce soit lié à mes troubles hormonaux, malencontreux cadeau héréditaire dont mon frère, dans son agaçante perfection, n'aura jamais à s'inquiéter, puisque c'est un garçon. Héritage qui fait la fortune de l'esthéticienne qui m'épile et un jour, je suppose, du gynécologue qui rédigera mes ordonnances pour les médicaments sans lesquels je ne parviendrai pas à être enceinte, à supposer que ce ne soit pas définitivement hors de ma portée. La panique qui me submerge quand j'y pense prouve, primo, que l'horloge biologique existe, secundo, que j'en possède une, et tertio, qu'elle fonctionne.

C'est comme si, toute ma vie, il y avait eu autour de moi de minuscules explosions, des petites révolutions, des conspirateurs à l'intérieur de mon propre corps qui me tendaient des pièges. Si bien que quand Heathcliff a prononcé les mots « pas faite pour le mariage », j'ai reconnu le grondement sourd de la bombe qui s'amorçait tout au fond de mes entrailles.

« Qu'est-ce que ça veut dire ? Pas faite pour le mariage ? »
Eric et Heathcliff se frottaient maintenant le bras tous les deux.

« Qu'est-ce qu'il y a de mal à ça ? Le mariage n'est pas obligatoire pour tout le monde ! »

Évidemment non. Le mariage n'est pas plus obligatoire pour tout le monde que l'hétérosexualité ou la cuisine française. Mais le spasme bizarre qui m'avait traversée quand il avait dit ces mots était bel et bien réel, et refusait de disparaître.

« Ce n'est quand même pas une caractéristique de naissance, qu'on a ou qu'on n'a pas.

– Alors là, je n'en sais rien. Peut-être que si. »

Heathcliff n'a jamais manqué de femmes – tout comme Sally n'a jamais manqué d'hommes –, il est pourtant toujours resté fondamentalement célibataire. Il se contente de peu pour vivre, possède peu de choses, garde une certaine distance. Une sorte de Dernier des Mohicans. Rouquin. En général, ça ne me gêne pas.

« Alors quoi, tu veux dire que toi, tu es au-dessus du mariage, c'est ça ?

– Quoi ? »

Il haussa les sourcils d'un air de stupéfaction sardonique qu'il est le seul à réussir.

« Ne me regarde pas comme ça.

– Comme quoi ?

– Comme si tu valais mieux que moi, voilà. »

Soudain, le sang me battait dans les oreilles et je me rendis compte que j'étais sur le point de dire quelque chose que je regretterais par la suite. J'allais révéler LE secret.

Quand j'étais au cours moyen et Heathcliff au cours préparatoire, nos parents se séparèrent. Notre père partit vivre dans un lointain appartement du sud d'Austin et pendant presque un an nous ne le vîmes que deux fois par semaine, une fois quand il venait nous chercher pour aller manger un hamburger et jouer à des jeux vidéo, et une deuxième fois quand il passait prendre ma mère pour se rendre à la consultation conjugale. Ils se réconcilièrent,

Papa revint à la maison et tout le monde vécut heureux, non sans parfois quelque mauvaise humeur et ressentiment. Tout ceci était de l'histoire familiale ancienne. Mais il y avait une chose que je savais et que Heathcliff ignorait.

Cela s'était passé quand nous étions dans la voiture de mon père (la ZX). Mon père conduisait, ma mère était assise côté passager et moi j'étais derrière. Ma mère pleurait.

« Ça va, maman ? demandai-je.

– Non, chérie, ça ne va pas.

– Tu as mal à la tête ? (Ma mère avait des problèmes de sinus et de fréquents maux de tête.)

– Non. C'est au cœur que j'ai mal. »

C'était nouveau.

« Pourquoi as-tu mal au cœur ?

– Parce que ton père est amoureux d'une autre femme ! »

Ma mère et moi partageons depuis toujours le même talent pour la déclaration mélodramatique cinglante. J'avais vaguement conscience, même en cet effroyable instant, que je venais de lui offrir une superbe occasion. Au moment même où les larmes me venaient aux yeux, je pensais tout au fond de moi qu'il ne fallait pas que j'oublie ces répliques. Je connaissais la valeur d'une bonne histoire qui fait pleurer.

Tout ça était si passionnant et si dramatique qu'il me fallut plusieurs jours pour que l'idée de l'existence de l'Autre Femme commence à prendre son poids. Mais, une fois le processus enclenché, cette idée se fit de plus en plus lourde. Je me mis à dévisager les femmes dans la rue ou au centre commercial, me demandant si c'était l'une d'elles. Je commençais à me fatiguer pour un rien. J'avais de tels cernes sous les yeux que les profs me renvoyaient à la maison (même si, pour être honnête, mes tendances histrioniques congénitales me poussaient à en rajouter un peu). Lorsque ma mère me supplia à genoux de ne pas révéler ce que je savais à Heathcliff, je le lui promis. Pourquoi répandre ce genre de souffrance ?

Apparemment, la promesse tenait encore car, lorsque je la rompis ce soir-là au milieu de nos artichauts et de nos omelettes à la tomate, en annonçant tout à trac à Heathcliff, comme pour me venger, que lorsqu'il était au cours préparatoire son père avait couché avec une autre femme et que ses parents étaient quand même restés ensemble, non pas parce qu'ils étaient « du genre à se marier » mais parce qu'ils avaient fait tous les efforts possibles et s'aimaient plus qu'ils ne s'étaient fait souffrir, je me mis à trembler et une boule d'angoisse, petite mais dure comme du fer, menaça de me bloquer la gorge, comme si mon corps estimait qu'il valait mieux mourir étouffée que de révéler un secret.

Qu'est-ce que je m'imaginais ? Qu'au moment où je rompais le silence, mon frère allait redevenir le garçonnet de six ans que je devais protéger, accroupi en pyjama près de la petite table vert bouteille de mes parents, ses cheveux éclatants encore humides après le bain, le visage ravagé par des larmes d'incompréhension ?

Eh bien, il n'en fit rien. En revanche, il reprit un morceau d'omelette. « Je ne savais pas ça », dit-il. Il planta sa fourchette dans la dernière bouchée et la fit tourner dans son assiette pour récupérer le reste de sauce. « Mais ça n'a rien de surprenant, tu sais ? Tout s'est bien fini, alors je suppose que ce n'est pas grave. »

Il émit un rot discret. « Je trouvais ça bizarre de manger une omelette pour dîner, mais c'était super bon. »

Et voilà. J'avais trahi ma parole, n'avais pas réussi à garder le seul secret qu'on m'ait sans doute jamais confié. Et le sol ne s'ouvrait pas pour m'engloutir. Il semblait même que tout ça n'avait guère d'importance. J'ignorais si je devais me sentir soulagée ou déçue.

Il y a dans *L'Art de la cuisine française* un chapitre entier consacré à la préparation des œufs. Mais, en réalisant les différentes recettes, je ne pouvais m'empêcher d'être dévorée de curiosité à propos d'un détail qui n'y figure pas : le premier œuf de Julia. Je veux dire, elle n'a certainement pas fait sauter allègrement des omelettes parfaites du premier coup, non ? Même la grande JC avait besoin d'un peu d'entraînement. À quoi ressemblait donc le premier œuf de Julia ? Était-il brouillé, selon la version classique ? Était-ce un œuf de Pâques qu'elle s'était fait durcir pour attendre le jambon rôti du copieux dîner traditionnel ? Ou était-elle déjà une jeune femme, gênée d'avouer qu'elle n'y connaissait rien et qui, ayant essayé de préparer une douzaine d'œufs Bénédictine dans son premier appartement new-yorkais, avait fini par en jeter la moitié, de ces œufs pochés ratés, pendant que ses copines avaient le dos tourné ?

Était-il possible qu'elle se soit mariée avant d'avoir maîtrisé l'art de l'œuf ? Julia a convolé tardivement, à trente-cinq ans. Peut-être s'était-elle demandé, elle aussi, si elle était du genre à se marier. Ce soir-là, tandis qu'Eric faisait la vaisselle, que Heathcliff s'empiffrait de glace Ben & Jerry à même la boîte et que je m'habituais à l'idée que révéler un secret vieux de vingt ans n'était pas en réalité un événement extraordinaire, je me posais cette question. Pour je ne sais quelle raison, ça me réconfortait de penser que le premier œuf de Julia avait été préparé dans son appartement parisien, sous les combles, où elle tissait un cocon dont elle allait bientôt éclore sous la forme d'une nouvelle Julia, celle qu'elle deviendrait.

Désastre et Dîner
Dîner et Désastre
Une étude de dualité

Le 1ᵉʳ janvier 1660, un jeune fonctionnaire londonien commença à tenir un journal. Il y écrivit qu'il était allé à l'église, où le pasteur avait parlé de la circoncision, puis qu'il avait ensuite déjeuné. Il y nota que sa femme s'était brûlée à la main en réchauffant un reste de dinde.

Pendant les neuf années qui suivirent, ce type écrivit *tous les jours*. Il fut témoin du grand incendie de Londres et de plusieurs rôtis trop cuits. Il assista à des centaines de pièces de théâtre, jura de cesser de boire puis changea d'avis. Il mangeait beaucoup – quel que soit l'état de l'union, une bourriche d'huîtres était toujours appréciée –, travaillait beaucoup et lutinait toutes les jeunes filles qui daignaient le lui permettre. Et il notait tout, honnêtement, sans retenue. Il était souvent divertissant, souvent incroyablement ennuyeux, et de temps en temps d'une vivacité resplendissante. Le Sid Vicious des diaristes du xviiᵉ siècle. Puis, le 31 mai 1669, il s'arrêta.

Certains blogueurs diraient sans doute que Samuel Pepys était une sorte de proto-blogueur, mais comme nous ne sommes pas une espèce très modérée, je ne suis pas sûre qu'à votre place je nous écouterais. Certes, Pepys a décrit jusqu'à l'obsession les hauts et les bas de sa décoration intérieure et noté le nombre de fois qu'il s'est masturbé dans le bateau-mouche. Certes, il écrivait en pyjama. Mais, même s'il a soigneusement conservé tous les volumes de son journal jusqu'à la fin de ses jours, il ne les a jamais fait lire à âme qui vive. Aujourd'hui, quand nous rédigeons des blogs concernant nos problèmes de perte de poids, notre tricot ou notre opinion sur le QI du président, nous le faisons en supposant allègrement que ça va intéresser quelqu'un, alors que nos chroniques doivent être atrocement chiantes en comparaison de celles du gars coincé à Bagdad qui tient un blog, ou de l'assistant d'un employé du gouvernement de Washington qui monnaye ses faveurs sexuelles auprès d'agents républicains et le raconte sur le Web. De nos jours, n'importe qui possédant un ordinateur portable merdique et un accès à Internet peut émettre ses élucubrations les plus barbares sur n'importe quoi. Mais la surprise, c'est que pour chaque personne ayant quelque chose à dire, il semble qu'il y en ait au moins quelques autres pour s'y intéresser. Parfois même sans qu'ils soient de la même famille.

Ce que je crois, c'est que Sam Pepys a noté tous les détails de sa vie pendant neuf ans parce que le simple fait de les écrire les rendait importants, ou du moins singuliers. Observer les peintres qui travaillaient dans les pièces du premier étage était sans doute plutôt ennuyeux, mais le *raconter* faisait *paraître* son observation intéressante. Il y a de quoi se sentir un peu mesquin et penaud d'avoir menacé de tuer le chien de sa femme car il a pissé sur le tapis neuf, mais écrivez-le et vous en faites une anecdote domestique hilarante pour les siècles à venir. Imaginons que Pepys ait eu, par exemple, la possibilité de faire imprimer un pamphlet, anonyme pour plus de sécurité, et de le distribuer dans les rues de Londres. N'aurait-il pas aimé entendre parfois, dans une taverne, un gars raconter dans l'hilarité générale sa propre histoire adaptée à l'épagneul du roi chiant sur la péniche royale ?

Il y a un sentiment d'excitation dangereuse proche de celui que procure la confession à ouvrir au monde entier votre vie et votre cerveau éminemment fascinants, accentué par le fait que l'Internet rend tout tellement plus rapide, fiévreux et passionnant. Mais je me demande si nous aurions encore les histoires de masturbation de notre ami Samuel, ou les récits de ses disputes conjugales s'il avait été blogueur plutôt qu'auteur de journal. C'est une chose de relater ses mésaventures sexuelles et sociales pour satisfaire à ses exigences masochistes intimes, mais de là à les partager avec le monde entier ? Il doit y avoir des limites, non ?

Je voulais faire un Bavarois à l'orange pour Heathcliff pendant qu'il était avec nous. L'orange est son parfum préféré. Mais mon handicap de mutante concernant la gélification me faisait hésiter. Jusqu'ici, dans le chapitre des desserts, ma Crème brûlée s'était transformée en soupe et ma Plombières avait varié du lisse mais liquide au solide mais granuleux. Le Bavarois, contrairement à la Plombières, contenait de la gélatine. J'ignorais si c'était un bon présage. La perspective de servir à mon frère un dessert raté, lui qui improvisait sans effort des sorbetières à partir de boîtes en fer-blanc, m'angoissait terriblement.

Le dernier samedi matin où Heathcliff devait être avec nous, je fus tirée du sommeil par les gémissements d'Eric. Je compris immédiatement que nous allions vivre encore une de ses journées « Blanche »[1]. Tout le monde a un gène maudit. Celui d'Eric le faisait parfois vomir

---

1. Allusion au fragile personnage de Blanche Dubois, dans *Un tramway nommé Désir* (la pièce de Tennesse Williams portée à l'écran par Elia Kazan), qui fut incarnée au cinéma par Vivien Leigh (*NdT*).

tout une journée, passant le reste du temps au lit, un bras sur les yeux, accablé d'une migraine atroce. Ce n'est pas très gentil de dire ça, mais je supportais très mal ses jours de Blanche, étant donné qu'il ne voulait pas en parler à un médecin et invoquait au contraire «l'estomac de la famille» ou «l'abus de vodka gimlet». Ces jours-là, à part gémir et vomir, Eric transpirait aussi abondamment et sentait mauvais. Ce n'était tout simplement pas drôle d'être dans les parages. Si je décide un matin que finalement je ne suis pas faite pour le mariage, je sais que ce sera un de ces jours-là.

Je me levai très tôt, dans l'espoir de noyer les premiers bruits de nausée avec de la musique et les gargouillis de la machine à café. Sally appela à huit heures pile.

«Oh merde. Je te réveille?

– Non, j'étais levée.

– Tu es sûre? Punaise, je n'en reviens pas de t'appeler si tôt. Je ne peux pas dormir ces temps-ci.

– Pas de problème. Je lisais le journal. Qu'est-ce qui se passe?

– J'ai eu Boris au téléphone.

– Qui est Boris?

– Boris! Mon déménageur croate.

– Tu m'avais dit qu'il était tchèque…

– Oui, je m'étais trompée. Il est croate. Enfin, bon, lui et son frère doivent venir de Providence aujourd'hui. Ils partent à neuf heures, donc je suppose qu'ils seront à Queens vers douze heures trente. Est-ce qu'on peut venir chercher le canapé à ce moment-là?

– Euh, oui. Je dois aller faire des courses, mais je peux m'arranger pour être rentrée à cette heure-là.

– Tu es sûre que ça ne t'embête pas?

– Non. Je veux dire, oui.

– OK, à tout à l'heure, midi et demi, alors.»

Le temps que je pose le téléphone, les vomissements avaient commencé, comme prévu. Je jetai un coup d'œil vers la baignoire, sur les marches de laquelle Eric était maintenant effondré.

« Sally va venir aujourd'hui chercher le canapé.

– Ah bon ?

– Oui. Vers midi et demi.

– Bon, d'accord. »

Sa voix était empreinte d'une détermination un peu baveuse. À midi et demi, il ne serait pas sur les marches de la salle de bains en train de vomir violemment de la bile, Dieu en était témoin, il n'y serait pas ! J'avais déjà vu ces vaillantes bravades. En un jour de Blanche, Eric surpasse les plus belles scènes de bravoure de Vivien Leigh. Ce qui ne change rien, malheureusement.

« Je vais tout de suite au Western Beef, comme ça je serai rentrée à temps.

– Tu prends la Bronco ?

– Je crois que je ne peux pas faire autrement.

– Sois prudente. »

(Après le désastre du jour de notre déménagement, la Bronco marchait à nouveau, grâce à un alternateur neuf, mais en partant du garage j'avais surpris dans l'unique rétro qui restait sur le break le regard atterré du gars qui avait fait la réparation. Il est vrai que les freins semblaient terriblement mous.)

Ce que le Western Beef de Steinway Street a de mieux, c'est son nom, mais il présente d'autres avantages. Par exemple, le magasin possède des appareils de recyclage très pratiques, ce qui pourrait se révéler utile si un jour je perds mon calme et insulte un salaud de bureaucrate républicain, que je me fais licencier et que je me retrouve obligée de ramasser des cannettes vides pour vivre. On y trouve en outre des produits de qualité correcte, un rayon étonnant et fascinant d'herbes antillaises, y compris un truc qui ressemble à d'épaisses algues roses, dans un sac de cellophane étiqueté « Virilité », et une grande salle réfrigérée de produits surgelés. On ne vous y propose pas de vestes isolantes comme à l'hyper Freeway de l'Upper West Side, à ce qu'on m'a dit, mais on peut y acheter dix-huit œufs pour moins de deux dollars, de la crème en bidons de trois litres et il y a des rayons entiers de bas morceaux de viande. Comme je faisais un Pot-au-feu pour le dîner, il m'en fallait beaucoup. Hélas, ce qu'il n'y a pas au Western Beef, c'est le sucre en morceaux dont j'avais besoin pour le Bavarois.

(Je parie que le sucre en morceaux était bien plus facile à trouver en 1961. Maintenant, évidemment, il n'y a plus que des sachets, sans parler de ces poudres abominables qui me font toujours penser à une scène de *Comment se débarrasser de son patron,* quand Lily Tomlin croit qu'elle a accidentellement empoisonné Dabney Coleman. Voilà un film qui pourrait donner des idées à une secrétaire d'agence ministérielle. Mais là n'est pas la question. C'est dommage pour le sucre en morceaux, c'est tout. Les morceaux de sucre ont une sorte d'intégrité, de netteté pure. Quand nous étions petits, Heathcliff et moi laissions toujours sur la table, à côté des biscuits destinés au père Noël, des morceaux de sucre pour le renne, le soir du 24 décembre, empilés en un joli petit igloo cristallin. Qu'est-ce qu'on va faire maintenant? Lui laisser des sachets de sucre basses calories?)

Je ne trouvai pas non plus de sucre en morceaux au supermarché Key Food de la trente-sixième rue, à Astoria, mais j'y pris en revanche les betteraves et les pommes de terre – nécessaires à la confection de la Salade à la d'Argenson – que j'avais complètement oubliées au Western Beef parce que je les avais notées à la dernière minute au dos de ma liste de courses. J'essayai donc le Pathmark. Je n'y étais jamais allée et, croyez-moi, je n'y retournerai pas. Il n'y a rien dont je pourrais avoir besoin à ce point-là. Les portes coulissantes du Pathmark s'ouvrent sur un immense couloir blanc et vide dépourvu de tout signe de vie ou de produits alimentaires. À tout moment, je m'attendais à voir un commandant aryen buriné surgir pour m'escorter : « *Ja*, je vous prie, par là, prenez un chariot, les produits sont de ce côté. » Je parvins enfin non dans une chambre à gaz, mais dans un gigantesque supermarché de la taille d'un stade, où en contrepartie de l'horreur existentielle que je ressentis en voyant des familles acheter deux chariots remplis de Coca-Cola générique et de sacs de croquettes au fromage, ainsi qu'un vieil homme solitaire faire l'acquisition de trois douzaines de paquets de nouilles et de quatre bidons de jus d'orange sans pulpe, je réussis à me procurer du sucre en morceaux.

Heureusement, la Bronco marchait. Après toutes ces épreuves, rien qu'à charrier mes provisions au premier étage après avoir contourné le canapé branlant, j'étais à cran, prête à me prendre pour une victime. Si j'avais dû tout rapporter à pied à la maison, j'aurais sûrement fini par estourbir Eric dans son lit avec une épaule de porc.

Bien entendu, il était encore hors d'état à mon retour.

« Tu as besoin d'aide, chérie ? gémit-il pendant que je suais et soufflais dans l'escalier avec mes sacs de viande.

– C'est bon, tais-toi. Rendors-toi.

– OK, je ne vais pas tarder à me lever. Promis.

– Comme tu veux. »

Sur le chemin du retour, j'avais soudain eu des angoisses à propos de la salade de pommes de terre et de betteraves. Ce qui m'avait fait transpirer sous les bras et rendue encore plus irritable. Après avoir balancé la viande dans le frigo, je me précipitai pour consulter *L'Art de la cuisine française*. C'était bien ce que je craignais. Les pommes de terre et les betteraves devaient mariner ensemble pendant « au moins douze heures, de préférence vingt-quatre. »

Le Bavarois nécessitait un temps de prise de trois ou quatre heures, voire une nuit.

Quant au Pot-au-feu, vous deviez «commencer la cuisson cinq heures avant de servir».

Il était dix heures et demie du matin, et j'étais déjà en retard. Ce qui n'est pas absolument exceptionnel, mais m'énerve toujours autant.

Sam Pepys donnait des dîners dans sa jeunesse. Comme il appréciait la bonne chère autant qu'il aimait impressionner les gens, il était dans son élément. Mais bien entendu, ce n'était pas lui qui cuisinait, il avait une femme et une servante, ou alors il faisait un saut au coin de la rue pour aller chercher des pâtés à la viande, des bourriches d'huîtres, ou autre chose. En outre, dans l'Angleterre de la Restauration, il n'y avait pas tant de motifs d'inquiétude quant à la nourriture. La vie présentait un assez grand nombre de risques, que ce soit à cause de la peste, des opérations de calculs vésicaux sans anesthésie ou des occasionnels renversements de trône, si bien que la nourriture n'était pas en tête de liste des angoisses des gens. Sam n'avait pas à se soucier des régimes basses calories, de la maladie de cœur de son père ou du nouveau mode alimentaire végétalien de son voisin. On ne piquait pas les poulets aux antibiotiques, en ce temps-là. Il n'y avait pas de maladie de la vache folle. Et il ne se prenait pas non plus la tête avec la composition du menu. «Le ministre de la Marine en aura-t-il ras le bol de manger des crevettes au fromage ?» En tout cas, s'il se le demandait, il ne l'a pas écrit. Et c'était un homme qui décrivait par le menu ses mésaventures sexuelles avec des filles de cuisine.

Bon, si Sam racontait ses déculottées, il me semble que je ne peux faire moins que de rapporter un ou deux de mes désastres culinaires.

Voici ce qui s'était passé : j'avais reçu un coup de téléphone d'un journaliste du *Christian Science Monitor*, rien que ça, qui avait eu l'idée totalement démente de me faire préparer un Bœuf bourguignon pour l'éditrice de *L'Art de la cuisine française*.

Je ne vous cacherai rien. Quand j'ai commencé mon blog, il m'arrivait de caresser d'improbables rêves de gloire et de fortune. Après tout, n'étais-je pas tout là-haut, suspendue à l'Internet comme au drugstore de chez Schwab, en pull moulant, à mâcher mon chewing-gum tout en improvisant des bons mots culinaires ? Mais, comme nous l'apprenons tous à nos dépens dès l'âge de onze ans, ce genre de choses n'arrive jamais réellement. Et de toute façon, mettre Julia Child sur le même plan que mes propres tentatives aurait été pure hérésie. Il est possible que des chrétiens blogueurs croient que Jésus-Christ lit leur journal en ligne. Mais je n'avais pas le culot d'envisager seulement la possibilité que Julia, ou un de ses délégués, puisse lire le mien.

Et pourtant Judith Jones venait dîner. Judith Jones, qui avait gagné le gros lot, celle-là même qui avait su reconnaître la dimension historique d'un manuscrit de cuisine française en pelure d'oignon, celle qui avait mis au monde Julia Child.

Je ne partage le naturel optimiste ni de Samuel Pepys ni de Julia Child et pour moi, inviter Judith Jones à dîner – « Comme la Vierge Marie, sauf qu'elle est mieux habillée et qu'elle a un bureau en centre-ville ! », criai-je à mon mari interloqué – fut l'occasion de quelques débordements hystériques.

Et il y avait aussi le blog, ne l'oublions pas. Ce bon vieux Sam pouvait écrire ce qu'il voulait puisque personne ne le lirait jamais. Mais j'avais une audience, si réduite et désincarnée fût-elle. Je ne craignais pas vraiment d'écrire quelque chose qui me fasse paraître lamentablement incompétente, ni de me faire attaquer en justice. Mais je ne voulais à aucun prix, vous comprenez, avoir l'air de *me vanter*. Car, abstraction faite de la simple terreur que j'éprouvais, j'étais vachement fière de moi. Après tout, j'avais quand même réussi à faire accepter une invitation à dîner à la célèbre Judith Jones. Ou, en tout cas, le journaliste du *Christian Science Monitor* y était parvenu. Mais pas question d'avoir la grosse tête. D'autre part, je ne pouvais quand même pas ne pas en parler. J'allais préparer un Bœuf bourguignon, le plat français par excellence, le premier que Julia Child avait cuisiné dans son émission de télé *Le Chef français*. Les gens le remarqueraient si je faisais l'impasse sur ce grand classique. Or je ne voulais pas non plus jouer les fausses modestes.

Et le pire de tout, c'est que ça pouvait me porter malheur.

Une vraie corde raide dans le cyberespace, je ne vous dis que ça.

La tempête de curiosité qui s'ensuivit lorsque je laissai entendre que quelqu'un d'important venait dîner me prit par surprise. Les suppositions les plus variées affluaient dans ma boîte à lettres – tout le monde et n'importe qui depuis le P-DG Kaga du magazine *Iron Chef* jusqu'à Nigella Lawson, en passant par David Strathairn, l'acteur-avec-lequel-j'ai-le-plus-envie-de-coucher, jusqu'à Julia Child en personne fut soupçonné de se rendre à Long Island City un mercredi soir pour dîner avec moi. Ces hypothèses semblaient dans certains cas émises avec un degré d'appréhension extatique quasi religieux. «Qui est-ce ?????? écrivait Chris, que je commençais, pour je ne sais quelle raison, à imaginer sous les traits d'une femme du Minnesota d'un certain âge, avec une coupe de cheveux de lutin et un problème thyroïdien. JE N'EN PEUX PLUS ! JE DOIS SAVOIR !!!! Je vous en supplie, dites-le-nous tout de suite, C'EST INSUPPORTABLE !!!»

Il était étrangement stimulant de voir les grandes ambitions que ces inconnus avaient pour mon dîner. Voilà des gens qui estimaient Julie Powell, avec son projet culinaire d'un an, suffisamment intéressante pour attirer les plus grands noms de la gastronomie, et peut-être même quelques stars de cinéma mineures, dans son minable appartement de grande banlieue. Merde, c'était peut-être vrai, alors. Mon Bœuf bourguignon – quatre-vingt-dix-neuvième recette des cinq cent vingt-quatre que je me mettais au défi de réaliser en un an – était peut-être fascinant. Sûrement, en fait. Car même si ce n'était pas Julia Child qui venait dîner, c'était son éditrice. Ceci n'était qu'un début. J'allais devenir célèbre. Célèbre, vous dis-je !

Heureusement, on peut toujours compter sur un nouveau désastre pour ravager son estime de soi avant d'avoir la tête qui enfle trop dangereusement.

Je commençai mon premier Bœuf bourguignon à environ neuf heures et demie du soir, la veille du dîner D. D'abord, je débitai en lardons une épaisse tranche de lard. Lorsque ma mère avait fait le sien pour le réveillon de Noël de 1984, à Austin, Texas, elle avait pris des lardons tout prêts Oscar Mayer. Elle n'avait pas le choix. Mais en 2004 à New York, je n'avais aucune excuse. Certainement pas quand celle qui a découvert Julia Child vient dîner. Je fis ensuite frémir les lardons dans l'eau pendant dix minutes pour qu'ils ne donnent pas « le goût de lard à l'ensemble du plat ». Je n'y voyais personnellement aucune objection, mais je ne suis pas Julia Child et, dans une situation aussi grave que celle-ci, il convient de présumer que c'est l'opinion de Julia qui est la bonne.

Je fis tour à tour revenir le lard, la viande et les légumes, puis les mis ensemble dans la cocotte avant de recouvrir de vin rouge et d'ajouter une cuillerée de concentré de tomate, de l'ail écrasé et une feuille de laurier. J'amenai doucement à ébullition sur la cuisinière, puis mis la cocotte dans le four à cent soixante degrés.

C'est à ce moment-là que les choses commencèrent à se gâter. Car le Bœuf bourguignon est censé cuire trois ou quatre heures, et il était déjà dix heures du soir. Je pris donc la décision fatidique (honnêtement, je ferais mieux de dire tout de suite «très mauvaise») de boire une ou deux vodkas tonic pour passer le temps. Après environ deux et demie (vodkas, pas heures), je pris la décision fatidique (ou très mauvaise) numéro deux. C'est-à-dire de mettre le réveil à sonner à une heure et demie afin de me lever, sortir la cocotte du four et la laisser refroidir jusqu'au lendemain matin. Je me penchai par-dessus Eric, déjà affalé sur le lit après sa dose de vodkas tonic et la pizza piment-bacon que nous avions mangée pour le dîner, et m'emparai du réveil. C'était l'un de ces trucs à pile conçus par la Nasa dont on hérite en général de la part de cousins éloignés qui ne savent pas quoi vous offrir pour Noël. Je m'assis sur le bord du lit pour le régler. Pas moyen de comprendre comment marchait ce foutu bazar. Tout en tripotant les boutons, je m'aperçus que c'était dans la position allongée, la joue posée sur les fesses nues de mon mari, que je distinguais le mieux les minuscules boutons et les hiéroglyphes presque indéchiffrables de la procédure inutilement baroque de l'affichage de la sonnerie. Mais les boutons étaient tellement petits. La méthode tellement compliquée. Les réglages interminables…

Je repris conscience à quatre heures du matin. J'avais la nuque paralysée d'être restée appuyée sur les fesses d'Eric, mes lentilles de contact collées aux iris. Le Bœuf bourguignon, inutile de le préciser, était cramé.

Ce qu'il y a de bien quand on se réveille à quatre heures du matin le jour du dîner le plus important de sa vie en découvrant dans son four un ragoût de bœuf complètement irrécupérable, c'est qu'il est sûr qu'on ne va pas aller travailler. Une fois cette idée éclaircie, je me sentis libre de me rendormir quelques heures avant de téléphoner pour me porter malade et de retourner au supermarché afin de refaire provision des ingrédients nécessaires à un second Bœuf bourguignon. Et la seconde fois que je réalisai mon Bœuf bourguignon, je vous signale qu'il était parfaitement réussi. Il faut parfois procéder par essai et erreur, c'est tout.

Je rédigeai donc mes messages du jour et cuisinai mon second Bœuf bourguignon tout en me remettant de ce que j'avais décrit à mon patron comme une gastro-entérite mais qui était en fait moins innocent. Par un miracle plus que mineur, le repas était sur les rails vers dix-sept heures trente. Juste au moment où j'envisageais de prendre une douche – ce qui est chez moi l'ultime expression de l'assurance de l'hôtesse –, le téléphone sonna.

Ce n'était même pas Judith. Je n'ai jamais parlé à Judith et on dirait bien que je n'entendrai jamais le son de sa voix.

« Je suis *vraiment* navré », gémit le journaliste. Il était bouleversé. « Je sais que vous vous faisiez une joie de ce dîner. Mais elle ne veut pas s'aventurer jusqu'à Queens avec le temps qu'il fait. »

Évidemment, comme il était journaliste free-lance, et jeune, je n'étais pas la seule à avoir perdu une chance de promotion. Je fis vaillamment bonne figure, pour lui.

« Ma foi, elle a quatre-vingt-dix ans, après tout, et il commence à neiger. Ce sera pour une prochaine fois. Mais vous devriez venir quand même, vous. Nous ne réussirons jamais à tout manger à nous deux.

– Oh... vous êtes sûre que ça ne vous dérange pas ? J'adorerais... Ce serait super ! »

En bonne fille courageuse du Sud, je ne me mis à sangloter à chaudes larmes qu'une fois sous la douche.

Ce soir-là, les petits pois étaient délicieux, la conversation intéressante et variée. Et le Bourguignon fabuleux. Finalement, qui avait raté quelque chose, sinon Judith ?

Samuel Pepys a décrit un de ses dîners désastreux : « ... et W. Bowyer s'en vint donc dîner avec nous. Mais quel ne fut pas notre étonnement de voir qu'il ne pouvait supporter les oignons dans la sauce du gigot, et la seule vue l'en accablait tant qu'il fut obligé de se contenter d'un œuf ou deux pour tout dîner. » On dirait que les invités sont toujours décevants. Mais lorsqu'un convive dédaigna la sauce de Pepys, est-ce qu'un inconnu bienveillant est venu le réconforter en disant : « W. Bowyer n'a qu'à aller se faire voir ! » ? Non.

J'avais donc, comme je l'appris le lendemain après avoir informé mes lecteurs de ma cruelle infortune, un avantage sur Samuel Pepys. Ce qui me fit le plus grand bien.

Espérons seulement que Judith Jones n'est pas une grande lectrice de blogs.

Certains dîners sont gâchés par les invités, d'autres le sont par les hôtes et il y a des cas où tout le monde contribue au désastre. Je craignais que la soirée Pot-au-feu Bavarois ne participe de cette troisième catégorie.

Sally me rappela vers midi.

« Tu vas m'en vouloir à mort.

– Qu'est-ce qu'il y a ?

– Tu sais, les déménageurs croates ? Ils quittent Providence à neuf heures *du soir*.

– Tes déménageurs viennent en camion du Rhode Island à neuf heures du soir un samedi ?

– Je te l'ai dit, ils sont au crack.

– Alors quoi ? Ils vont venir déménager le canapé à minuit et demi ?

– Est-ce que c'est possible ? Je suis *vraiment* désolée...

133

– Non, ça ne fait rien. En réalité, putain, je serai probablement encore en train de cuisiner.

– Au fait, tu en es où de ton truc de cuisine ? Tu es dingue, tu sais.

– C'est *moi* qui suis dingue ? »

Sally gloussa.

« Touché.

– Pourquoi ne viendrais-tu pas dîner avec nous, au fait ? Tu verrais notre nouvel appart. Et j'ai trois fois trop à manger pour nous trois.

– Bonne idée. Oh, et tu sais, je peux amener le type que je viens de rencontrer. Je crois que tu le trouveras sympa. Il est roux, il a une moto et il s'appelle… attends !… David.

– Tu rigoles, Sally. Franchement, ça devient vraiment anormal, ton rapport aux David !

– Oui, je sais. Et devine ? C'est un maniaque du sexe. C'est à cause de lui que je ne dors plus. Alors, tu es d'accord pour que je l'amène ?

– Bien sûr. Plus on est de fous…

– OK. Vers huit heures, alors ? Tu veux que j'apporte du vin ?

– Oui, bonne idée. Tu m'appelles si tu te perds en route. »

L'eau bouillait à présent. J'y jetai les pommes de terre, les laissai cuire jusqu'à ce qu'elles soient tendres, fis cuire les betteraves pendant que je pelais et tranchais les pommes de terre. Puis j'épluchai et coupai les betteraves en cubes, les mélangeai avec les pommes de terre, ajoutai des échalotes émincées et assaisonnai d'une vinaigrette à l'huile d'olive avec du poivre, du sel et de la moutarde. C'était fini de ce côté-là. Il était presque une heure. Je commençai à écraser les morceaux de sucre dans le jus d'orange avec une fourchette. Ce qui est vachement difficile, en fait. Quand on appuie les dents sur le morceau de sucre, il s'échappe et s'envole et la fourchette s'écrase sur le fond du bol avec un grincement qui vous fait mal aux dents.

Au beau milieu de cette lutte, le téléphone sonna à nouveau.

« Salut.

– Salut. Alors, ça se vend bien, les savonnettes ?

– Oui, pas mal. » Heathcliff a parfois exactement la même voix que mon père au téléphone. « Dis-moi, est-ce que tu serais d'accord pour que j'invite Brian à dîner ? »

Brian était l'un des plus vieux copains de Heathcliff, ils se connaissaient depuis le cours préparatoire. C'est un super génie souriant, avec de bonnes joues et de grosses lunettes nunuches. Vous vous souvenez de Nate, le mauvais génie de l'agence ministérielle où je bosse ? Eh bien, Brian est comme Nate, mais côté forces du bien. Heathcliff m'avait dit qu'il était à New York, pour préparer je ne sais quel diplôme d'études supérieures en mathématiques à Columbia, mais je ne l'avais pas vu depuis des années.

« Bien sûr. Sally vient aussi, elle veut nous présenter son nouveau mec.

– Sally a un nouveau mec ? Elle n'a pas perdu de temps.

– Comme tu dis. »

J'essayai de déceler une nuance de désespoir dans la voix de mon frère, mais rien à faire.

« OK, nous serons là vers sept ou huit heures. Tu veux qu'on apporte à boire ?

– Bonne idée.

– D'accord. À plus. »

Les morceaux de sucre à l'orange étaient enfin écrabouillés. J'entrepris ensuite de prélever le zeste et le jus des oranges, de ramollir la gélatine, puis de séparer les blancs des jaunes d'œufs, exactement comme Meryl Streep dans *The Hours,* en les faisant passer d'une main dans l'autre et en laissant glisser le blanc entre mes doigts dans le bol. Je me disais que c'était comme ça que ferait Julia, j'avais l'impression d'être très cordon bleu. De façon générale, je me sentais très cordon bleu, en fait, très cool, très concentrée, jusqu'au moment de «former le ruban». On dirait un de ces anciens euphémismes asiatiques pour décrire des évolutions aquatiques, mais c'était exactement ce que je devais faire avec les jaunes d'œufs et le sucre. Les jaunes doivent «blanchir, prendre une teinte crémeuse et épaissir suffisamment pour qu'une petite quantité soulevée avec le batteur retombe dans le bol en formant un ruban qui se dissout lentement». Mais il faut cesser de «battre à partir de ce moment sinon les jaunes d'œufs peuvent devenir granuleux».

Granuleux ? *Effrayant.*

J'ai battu et rebattu, puis, jugeant la consistance correcte un peu à l'aveuglette, ajouté le lait bouillant en continuant à battre avant de verser le mélange dans une casserole. J'étais censée porter ce truc à une température de soixante-quinze degrés. Mais surtout ne pas dépasser soixante-quinze degrés, sinon les œufs allaient «coaguler». *(Terrifiant.)* Mesurer la température d'un liquide à vue de nez et en y plongeant les doigts est une science inexacte, c'est le moins que l'on puisse dire, mais je fis de mon mieux. Je retirai ensuite la casserole du feu et ajoutai en tournant le jus d'orange avec la gélatine. Après avoir battu les blancs d'œufs en neige très ferme, je les incorporai dans le mélange jaunes d'œufs-jus d'orange-gélatine, avec un peu de kirsch et de rhum. J'aurais dû utiliser une liqueur d'orange, mais je n'en avais pas, et je m'étais dit qu'en cas de nécessité un alcool en valait un autre. Je fourrai l'ensemble dans le frigo. Je commençais à avoir des doutes sur le résultat.

Je ne connais pas grand-chose à la gélatine, mais je m'y connais un peu en mauvaise humeur. Et si seulement le Bavarois à l'orange était comme la mauvaise humeur, je pourrais vous dire exactement comment le faire durcir comme le roc. Il suffit de lui faire prendre une douche dans notre appartement un jour d'hiver. Quand on veut se laver les cheveux.

« Aah ! Putain !

– Chérie ? Tout va bien ? »

Eric se leva en titubant du lit sur lequel il était encore affalé.

« Il n'y a plus d'eau chaude !

– Quoi ?

– PLUS D'EAU CHAUDE ! Putain ! »

Je finis de me doucher en miaulant de froid puis sortis en toute hâte, les cheveux à moitié rincés, et me frictionnai vigoureusement avec une serviette pour me réchauffer. J'enfilai une hideuse robe de chambre en flanelle écossaise que j'avais achetée à Eric quand nous étions à la fac – à l'époque, je trouvais la flanelle rigolote et typiquement Nouvelle-Angleterre –, puis revins en vitesse et en grelottant dans la cuisine pour battre de la crème fraîche jusqu'à une certaine consistance, la mélangeai à la crème anglaise du frigo, versai l'ensemble dans le moule à gâteau Bundt qui était le seul ustensile de moulage que je possédais, et remis le tout au frigo. Je me sentais moins cool et moins calme à présent. C'était peut-être pour cette raison que j'avais incorporé la chantilly trop tôt à la crème anglaise, avant qu'elle n'ait commencé à prendre. Tout ça allait être complètement raté. Enfin, tant pis. Une petite soupe en guise de dessert n'a jamais fait de mal à personne.

J'étais sur le point de commencer le Pot-au-feu quand le téléphone sonna une troisième fois.

« Salut, Julie. C'est Gwen. »

(Gwen s'annonce toujours au téléphone comme si elle

n'était pas absolument sûre que j'allais me rappeler qui elle était.)

« Salut, ma puce.

– Qu'est-ce que vous faites ce soir ?

– Je mange un Pot-au-feu avec Heathcliff et son copain Brian et Sally et son nouveau mec. Eric est en pleine crise, on verra s'il réussit à se lever pour dîner.

– Sally a déjà un nouveau mec ? Putain, c'est une rapide.

– Ouais.

– J'aurais besoin qu'elle me file des tuyaux.

– Tu n'es pas la seule.

– J'ai besoin d'un mec, ma fille.

– Oui. Tu veux venir ce soir ?

– Pourquoi pas ? Tu veux que j'apporte à boire ?

– Bonne idée. Tu viens vers huit heures ?

– Je serai là vers huit heures. »

Après avoir raccroché, et avant de découper la viande pour le pot-au-feu, j'allai voir Eric, toujours à plat ventre sur le lit.

« Ça va mieux ?

– Mmm. »

Sans lever l'avant-bras posé sur ses yeux.

« On a des invités pour le dîner.

– Ah oui ? »

Il s'efforçait d'avoir l'air ravi.

« Gwen et Brian, le copain de Heathcliff, et Sally avec son nouveau mec.

– Sally a un nouveau mec ?

– Ils arrivent vers huit heures. Et les déménageurs croates viennent ce soir à minuit et demi chercher le canapé.

– Tu rigoles.

– Pas du tout.

– Je croyais qu'ils devaient venir à midi ?

– C'était un malentendu.

– Je croyais qu'ils étaient tchèques.

– Sally s'est trompée.

– OK. Quelle heure est-il maintenant ?

– Deux heures.

– OK. »

Eric s'employa à dissiper sa migraine avec un enthousiasme renouvelé, bien que totalement inopérant, tandis que je m'attaquais au Pot-au-feu.

Tout d'abord, la viande. Je passai une bonne demi-heure à essayer de débarrasser l'énorme épaule de porc que j'avais achetée de sa couenne épaisse aux larges pores. Quand j'y parvins enfin, j'obtins un accessoire spectaculairement horrible. « Regarde, Eric ! » Je me penchai par la porte de la cuisine en serrant sur mon cœur la couenne arrachée. *« S'il ne s'enduit pas la peau de lotion, la carapace se reformera. »*

« Hein ? Quoi ? »

Il ne bougea pas les bras qui lui cachaient les yeux.

« Eric ! Il faut que tu me regardes ! *"S'il ne s'enduit pas la peau…"*

– Qu'est-ce que c'est que ça ?

– C'est la couenne de l'épaule de porc.

– Non, ce que tu disais, à propos de la lotion ? »

Vous connaissez ce sentiment déprimant qui vous envahit quand vous vous rendez compte que la personne à qui vous parlez pourrait aussi bien venir de Jupiter, vu la chance que vous avez de lui faire comprendre ce que vous dites ? J'ai horreur de ça.

« Tu n'as pas vu *Le Silence des agneaux* ? Comment est-ce possible ?

– Ouais, on devrait le télécharger sur Netflix ! »

Je ne l'avais pas vu aussi animé de la journée. Ce qui n'était pas beaucoup dire, au demeurant.

Après l'avoir dépiautée, je coupai l'épaule en deux morceaux, emballai la partie avec l'os pour la congeler et gardai l'autre pour la faire cuire, en la ficelant pour tenter de corriger approximativement son apparence de bidoche déchiquetée par une meute de chiens enragés. Je taillai ensuite le poulet en deux avec les ciseaux de cuisine et en ficelai également une moitié. (Je divisais la recette par deux, ce qui me forçait à des découpages assez étranges.)

Les poulets ficelés ressemblent toujours à des victimes d'abus sexuels, pâles, molles et muselées. Il s'avère que c'est deux fois pire pour les demi-poulets ficelés.

Ce qu'il y a de super avec le Pot-au-feu, bien que ça mette des années à cuire, c'est que ça n'est pas compliqué. Je collai le tout dans mon plus grand faitout, versai dessus du bouillon de poulet et portai à ébullition. Julia suggère, avec une précision tatillonne et inhabituelle, quasi digne de Martha Stewart, d'attacher à chaque morceau de viande un bout de ficelle dont on noue l'autre extrémité à l'anse du faitout, de façon à vérifier aisément le degré de cuisson de la viande. C'est ce que j'ai fait, mais ça ne m'a pas beaucoup plu.

Histoire de me reposer un peu, je suis allée vérifier mes e-mails. Tout en écoutant l'affreux grincement précédant l'ouverture de la boîte à lettres, je songeai que ma vie serait infiniment plus supportable si j'avais les moyens de me payer l'ADSL.

Juste au moment où j'obtenais la connexion, le téléphone a sonné et l'a interrompue. C'était Sally.

«Je viens de me rendre compte que je n'allais pas à Bay Ridge. Comment on fait pour aller chez toi?»

Une tentative de connexion plus tard, nouveau coup de téléphone. C'était Gwen.

«Salut. Dis-moi, comment on fait pour aller à votre nouvel appart?»

Le temps d'en finir avec elle, il était l'heure de retourner à la cuisine et d'ajouter les légumes au pot-au-feu: carottes, navets, oignons et poireaux. (Julia voulait que je ficelle ces derniers en bottes avec de la toile à fromage, mais je décidai que non. Non… un point c'est tout.) Mais au fait, le Bavarois ! Je devais tourner ce maudit Bavarois, et j'avais oublié ! Je me ruai sur le frigo mais c'était trop tard. Le Bavarois était pris, dur comme le roc. Enfin, ce n'était pas de la soupe, c'était déjà ça, même s'il avait l'air un peu bizarre, un peu plissé.

« Merde, dis-je.

– Tu disais quoi, chérie ?

– Rien, putain ! »

Comme ça se passe toujours dans ces cas-là, de sondage de viande en vérification d'e-mails en passant par mes angoisses sur le dessert, il était sept heures du soir avant que j'aie eu le temps de m'en apercevoir. Avec beaucoup d'efforts, Eric se tira du lit et passa sous la douche. Il en sortit avec l'air d'un homme qui, avec un peu de chance, va peut-être survivre encore cinq minutes. Tandis que je jetais quelques tranches de *kielbasa* (saucisse fumée) dans le Pot-au-feu, Heathcliff arriva avec deux bouteilles de vin italien et son ami Brian.

« Brian ? Mon Dieu, Brian ! » Je l'embrassai, plus pour me prouver la réalité de son existence que pour une quelconque autre raison. Car Brian s'était transformé en Adonis. Un Adonis à la voix grave, sorte de super génie qui émettait des théories en chapelet, incroyablement musclé, fabuleux et gay. Je ne l'aurais pas reconnu. Enfin, jusqu'au moment où il me sourit. Quand il souriait, il avait à nouveau cinq ans. C'était un sourire à vous faire fondre si vous étiez en colère, un sourire à vous faire croire qu'il ne serait jamais malheureux de sa vie. La maturité avait seulement injecté une bonne dose de charisme sexuel dans son espièglerie d'antan. Un sourire génial.

Les autres n'allaient pas tarder à arriver. Mais, horreur, j'avais oublié de faire la mayonnaise pour la salade de pommes de terre et betteraves. Peut-être le fait que le

Bavarois ait pris une consistance qui n'avait rien du bouillon m'avait-il enhardie, mais je décidai de la réaliser à la main. Je n'avais jamais fait de mayonnaise, mais comme il en existe neuf recettes différentes dans *L'Art de la cuisine française*, je me dis que, de toute façon, il faudrait que je me lance. D'ailleurs, était-ce vraiment si difficile ?

Heathcliff, Brian et Eric m'observaient tandis que je battais du jaune d'œuf puis, en tremblant, commençais à y fouetter de l'huile d'olive que je versais avec un verre doseur en Pyrex. Je continuai à fouetter en ajoutant l'huile goutte à goutte, exactement comme le disait JC, presque tout le temps, disons. Difficile d'éviter de trembler de temps en temps et d'en renverser un peu, compte tenu de mon passé désastreux en matière d'émulsion. Lorsque j'eus obtenu une consistance assez compacte, j'ajoutai en tournant un peu d'eau chaude, afin « d'éviter les grumeaux », et la mayonnaise retomba illico. Tant pis, elle avait bon goût. Goût d'huile d'olive, surtout. Je la mélangeai aux betteraves et aux pommes de terre, désormais résolument roses. La sauce prit aussitôt la même teinte violente.

Gwen, Sally et son mec David arrivèrent bientôt tous ensemble. Gwen prépara des vodkas tonic pour tout le monde, un de ses talents majeurs, pendant que je m'activais avec des plats et des fourchettes pour sortir le pot-au-feu de la marmite. J'essayai de le présenter bien proprement, disposant chaque légume en tas aux quatre coins d'un grand plat carré, avec les diverses variétés de viande empilées au milieu. Mais il y a des plats qu'on ne doit pas essayer de rendre jolis, et les potées en font partie. Mes efforts résultèrent en un tas de viande d'allure médiévale : la séparation bien nette d'avec les légumes en accentuant encore l'aspect fondamentalement barbare.

Non, les potées ne sont pas faites pour être regardées,

mais pour être mangées. Une fois tout le monde servi, tout avait l'aspect, l'odeur et le goût qu'il fallait. Nous avions tous des taches de sauce sur nos plastrons, ce qui est une façon de mettre les gens à l'aise.

La salade de betteraves et pommes de terre était vraiment d'un rose inquiétant.

«Peut-être que ce n'est pas naturel de manger des aliments roses, pour notre espèce, je veux dire, supputa Brian en se servant timidement une petite portion. J'éprouve comme une sorte d'angoisse primale à ce sujet.

– Mais alors, et la barbe à papa? rétorqua Gwen, qui chargeait son assiette avec davantage de libéralité.

– D'accord. Pas d'aliments roses aqueux, alors?

– Et la glace à la fraise? suggéra bravement le copain de Sally, malgré son manque de hardiesse à se servir.

– Pas d'aliments roses aqueux et salés, disons.»

Puis tout le monde goûta et décida d'un commun accord que les angoisses primales étaient faites pour être vaincues.

«C'est super, les betteraves. Je croyais que tout le monde détestait ça? observa Eric, qui avait l'air nettement plus rose, lui aussi, et se resservait.

– Comme les choux de Bruxelles, c'est vrai.

– J'adore les choux de Bruxelles.

– Moi aussi!

– Bien sûr, bien sûr. Mais ça ne change rien au fait que les choux de Bruxelles sont censés être dégoûtants.

– Je mangeais des betteraves rouges en conserve quand j'étais petite», dis-je. Je n'y avais pas pensé depuis des années. «Maman croyait que j'avais quelque chose qui clochait. Ensuite, évidemment, j'ai arrêté d'en manger, parce que ça ne se faisait pas d'aimer les betteraves, OK? Mais vous savez quoi? Les betteraves, c'est très beau. Quand elles sont cuites, qu'on les a épluchées et qu'on les coupe en tranches, c'est magnifique à l'intérieur, comme du marbre écarlate. Vous le saviez?»

Plus tard, quand tout le monde eut vidé plusieurs verres et se fut resservi deux ou trois fois, j'éprouvai un petit pincement au cœur à voir mes amis autour de la table, assis sur des poufs, des caisses, dans notre appartement minable et mal éclairé de Long Island. Il y avait Sally et son nouveau boy-friend, beau ténébreux rigolo qui ne pouvait s'arrêter de la toucher. Brian, invraisemblable beauté, qui souriait de toutes ses dents en expliquant des super plans à Eric, qui semblait n'avoir jamais été malade de sa vie. Heathcliff, qui partait le lendemain retrouver son amie en Arizona et serait Dieu sait où le jour suivant, et flirtait gentiment avec Gwen comme deux copains qui savent qu'ils ne formeront jamais un couple. Et Gwen, qui repoussait son assiette avec un rire rauque et allumait sa première cigarette.

« Mais, demanda-t-elle en levant le doigt vers le plafond, est-ce que j'entends quelque chose qui bouge dans votre plafond ?

– Oh, c'est simplement le chat.

– Lequel ? Cooper ?

– Oui.

– Dingue. »

J'avais l'impression tout à coup d'être une héroïne de Jane Austen (sauf qu'évidemment, les héroïnes de Jane Austen ne sont jamais aux fourneaux) regardant confusément tous les gens qu'elle aime et leurs multiples alliances imprévisibles. Il n'y aurait pas de mariage à la fin de ce roman de Jane Austen, cependant, pas de *happy end*, pas de fin du tout. Juste des rires, des amitiés, des aventures sentimentales et de délicieuses déclarations d'indépendance. Et je m'aperçus que, ce soir-là du moins, je me moquais bien de savoir qui était du genre à se marier ou pas, même pas moi. Qui pouvait le dire ? Aucun de nous ne savait avec certitude quel était son genre, exactement, mais du moment que nous étions du genre à dîner ensemble et à passer une soirée super sympa, c'était suffisant.

Ce qui montre, je suppose, que les dîners sont comme le reste, moins fragiles que nous le pensons.

Le Bavarois à l'orange se révéla, disons, bizarre. Quand, d'une secousse, je le fis glisser de son moule Bundt, je constatai qu'il s'était séparé en deux couches, celle du dessus, claire et mousseuse, et celle du dessous, gélatineuse et d'une couleur orange plus foncée. Cependant, après l'avoir coupé en tranches que je servis sur des assiettes, c'était vraiment du meilleur effet, presque comme si je l'avais fait exprès. Au lieu d'une fusion de gélatine et de crème fouettée, j'avais produit deux entités séparées, interprétations originales mais complémentaires de l'orange. Ce n'était pas ce qu'avait prévu Julia. Mais peut-être, malgré tout, était-ce exactement ce qu'il fallait.

Mai 1945
Kunming, Chine

« *Dieu merci, la nourriture est meilleure ici, c'est tout ce que j'ai à dire.*

– Ma foi, tu as raison. J'ai adoré notre repas dimanche dernier, pas toi ?

– Délicieux. »

Paul était assis sur sa couchette et tentait de finir sa lettre à Charlie à la lueur d'une bougie, car il y avait à nouveau une panne d'électricité. Que ce soit à Ceylan ou en Chine, il semblait que certaines choses ne changeaient pas.

Julia, perchée sur la chaise près de son petit bureau, une de ses longues jambes repliée, buvait du gin chinois dans un grand verre en lisant Le Tropique du Cancer, *qu'il lui avait prêté. Elle poussa un profond soupir et s'étira. Il semblait à Paul qu'elle était devenue plus calme depuis un an qu'il la connaissait, plus réfléchie. C'était un plaisir d'être en sa compagnie pendant ces soirées tranquilles. Même si, bien sûr, ses éclats de rire pouvaient encore faire trembler les vitres.*

« *C'est une vraie forêt de pénis là-dedans, tu ne trouves pas ? remarqua-t-elle.*

– Je suppose, oui. »

La timidité de Julia à propos du sexe l'irritait un peu, mais il ne voulait pas l'avouer. Ce n'était pas sa faute, de toute façon. Elle était seulement inexpérimentée, et jeune pour son âge.

146

« Mais c'est quand même stupéfiant. Merci de me l'avoir prêté.

– Oui », murmura-t-il distraitement.

Il était en train de peiner sur un passage de sa lettre. Charlie lui avait fait part des nouvelles prédictions de Bartleman concernant sa vie sentimentale, cet avenir merveilleux que Paul pouvait s'attendre à voir à tout moment à sa portée. Le mélange d'espoir insensé et de cynisme croissant lui brouillait tellement les idées qu'il ne parvenait pas à réfléchir.

« Paulski, quand essayerons-nous le restaurant dont nous a parlé Janie ? Elle dit qu'il s'appelle le Ho-Teh-Foo. Oh, si je pouvais avoir du canard à la péki-noise, là, tout de suite !

– Je pourrai peut-être me libérer une demi-journée un de ces samedis après-midi, bientôt.

– Magnifique. Et on pourrait aller visiter un des monas-tères, qu'en penses-tu ? Maintenant qu'il fait beau. »

Avec un soupir satisfait, elle se replongea dans son livre, se penchant pour distinguer les mots dans la maigre lumière.

Paul, d'une écriture hachée, notait à quel point il avait besoin d'amour. Plusieurs années après, il relirait sa lettre et ajouterait dans la marge des commentaires rageurs, regrettant son manque de discernement, les années perdues à cause de son incapacité à voir ce qui était juste sous son nez, en train de lire Le Tropique du Cancer.

Mais, pour l'heure, il se contenta de lécher la colle de l'enveloppe de poste aérienne pour la fermer.

La loi des rendements décroissants

— Hé, tu es là ?

— Oui.

— J'ai un problème.

— Tu as un problème ? Moi j'en ai un, en chair et en os, au bout du fil !

C'était une de ces journées horribles. Entre les bons de commande, les républicains et les appels téléphoniques débiles, je commençais à me dire que le couvercle s'était refermé pour de bon sur mon box, jusqu'au moment où j'entendis ce bruit super génial et qu'apparut la fenêtre de messagerie au centre de mon écran. C'était Gwen, qui m'avait initiée à la messagerie instantanée. Dieu la bénisse.

— Qu'est-ce qu'elle dit ?

— C'est un type, en fait. Il veut construire un stade de foot sur Ground Zero. Avec une tribune spéciale pour les familles des victimes. C'est classe, hein ?

— Putain.

Vous n'imaginez pas à quel point ça fait du bien, quand on est au service d'un public qui vous prend la tête, d'avoir la possibilité de dénigrer au moment même ledit public par messagerie instantanée.

– Alors, quel est ton problème ?

– Tu te rappelles que je t'ai parlé d'un certain Mitch du bureau de L.A. ?

Gwen travaille pour une agence de marketing alternatif qui produit des vidéos et des films publicitaires. Apparemment, on pourrait croire que c'est un job assez cool, ce qui n'est pas totalement faux. Elle est tout le temps sur des tournages, ou va écouter des groupes tellement branchés que je n'en ai jamais entendu parler, et un jour elle a traité Jimmy Fallon de « connard débile », ce qui doit procurer une certaine satisfaction. Toutefois, elle passe aussi sa journée à répondre au téléphone ou à courir au magasin Le jardin d'Éden à chaque fois que quelqu'un dans le bureau fait un scandale parce que la seule sauce soja qu'on trouve dans le frigo est « de la Kikkoman, c'est pas vrai ! On se fout de ma gueule ! ». Elle a pour patron un cocaïnomane névrosé, assez sympa, bien qu'il ait tendance à faire des trucs bizarres, comme se pencher au-dessus de Gwen quand elle est assise à son bureau pour lui mordre l'épaule, par exemple, puis dire : « Aïe ! J'espère que je ne vais pas me faire poursuivre pour harcèlement, quand même ? » Ce n'est pas ce qui la préoccupe le plus, pourtant. Ce qui la préoccupe, c'est Mitch.

Comme l'a dit Gwen, Mitch travaille dans l'agence de Los Angeles, à un poste de direction, plus ou moins. Je ne savais rien de lui, en fait, sauf qu'il était expert en messagerie instantanée. Aux dires de Gwen.

– Oui. Alors ?

– C'est de pire en pire. Il doit venir ici. Pour un « voyage d'affaires ». Soi-disant.

– Ouah ! Super !

– Oui. Sauf que…

– Mon Dieu ! Quoi ?

– Il est plus vieux que moi. Il a trente-cinq ans.

149

Gwen n'essayait pas de me faire passer pour un vieux croûton. Absolument pas. Elle n'a que vingt-quatre ans. On a parfois l'impression d'entendre une gamine qui demande à sa grand-mère de lui donner la monnaie de son billet de cinéma puisqu'elle a une réduction pour personnes âgées.

– Il n'en est quand même pas à sucrer les fraises…
– D'accord, mais il n'y a pas que ça.
– Quoi d'autre ? Quoi ? ? ! ! ! !
– Eh bien, apparemment il est marié.

Grand Dieu, c'est tout ?

Je suppose que Gwen avait l'impression de faire une révélation fracassante. Mais la messagerie instantanée a un étrange pouvoir, celui de télescoper tout ce qu'on transmet, si bien que chaque événement peut prendre une distance rassurante et devenir irrésistiblement sinistre en même temps. En outre, ce mec était de L.A. Tout le monde ne couchait-il pas plus ou moins avec tout le monde, là-bas ? J'avais toujours cru que c'était l'attraction principale de cette ville, avec les piscines et les stars de cinéma.

Enfin, je ne voulais pas avoir l'air d'être trop cynique. Gwen tenait vraiment à ce gars. Elle était déçue.

– Quel salaud ! Quand l'as-tu appris ?
– Oh, je le sais depuis le début.

Bon. Et moi qui voulais préserver la délicate sensibilité de ma copine.

– Mais s'il vient à New York, je vais vraiment être obligée de coucher avec lui. Julie, tu m'en voudras si je couche avec lui ?
– Putain, mais pourquoi je t'en voudrais ?
– D'être immorale et adultère ?

À quel moment suis-je devenue garante du caractère sacré du mariage ? Uniquement parce que je suis en couple depuis plus longtemps que Gwen n'a le droit de vote, toutes mes copines célibataires semblent me prendre pour je ne sais quelle autorité morale. Je ne fais pas profession de sainteté. Gwen, mieux que personne, devrait le savoir.

– Ferme-la et laisse-le se faire du souci pour son mariage. Je veux dire, s'il a envie d'envoyer des messages érotiques à quelqu'un qui n'est pas sa femme, c'est son problème.

Je sais, je sais, je ne vaux rien comme copine et je trahis l'institution matrimoniale. Je serais la pire conseillère du courrier du cœur. Je n'ai rien à proposer pour ma défense, à part insister sur le fait que j'ai quand même réfléchi une bonne minute avant de suggérer cet avis hautement contestable. Je me suis demandé comment je réagirais si Eric se voyait donner la même recommandation par un de ses copains. C'était un peu difficile à envisager car je n'imaginais pas Eric, primo, tenté par l'infidélité, secundo, capable de l'avouer à quelqu'un et, tertio, doté d'un copain susceptible de lui donner ce genre de conseil. Enfin, j'ai fait ce que j'ai pu. Je n'ai pas éprouvé le plus petit sentiment d'angoisse. Tout ce que j'ai ressenti, c'est un peu de jalousie. Comment se fait-il que personne ne m'ait jamais envoyé le moindre message sexuellement suggestif, à moi ?

– Enfin, le cas ne se posera sans doute pas.

D'accord, j'ai compris. Maintenant, Gwen va sortir avec ce mec et ils vont faire l'amour comme des bêtes mais elle ne m'en soufflera pas mot parce qu'elle ne veut pas me donner des regrets, à moi la vieille dame mariée qui a une vie sexuelle à l'avenant.

Super. Vraiment super.

Autre chose que Sam aurait pu servir à un de ses dîners, hormis les huîtres et l'agneau en sauce à l'oignon, ce sont les œufs en gelée. L'œuf en gelée est un œuf poché en aspic. Techniquement, si je dois en croire Julia – et, en matière d'aspics, je suppose que je n'ai pas le choix – le terme « aspic » fait habituellement référence au plat réalisé, alors que « gelée » ne désigne que la matière dans laquelle l'œuf ou n'importe quoi d'autre est immergé. Dans le cas des Œufs en gelée, mon tout premier aspic, la gelée est obtenue grâce à un pied de veau, ce qui, j'imagine, est exactement la façon dont Sam l'aurait préparée. Ou, plus exactement, l'aurait fait préparer. Je ne vois tout simplement pas ce bon vieux Sam confectionner lui-même de la gelée avec des pieds de veau. Premièrement, comme je l'ai constaté, confectionner de la gelée à partir de pieds de veau donne à votre cuisine l'odeur d'une tannerie. Deuxièmement, la gelée, selon mon expérience – limitée je l'admets –, a également un goût de tannerie.

Voilà la recette : vous faites bouillir à petit feu ces pieds de veau (que vous avez fait tremper, et brossés, et essayé de rendre moins toxiques de façon générale) en compagnie d'une couenne de porc dans un bouillon de bœuf (maison évidemment) pendant très, très longtemps, jusqu'à ce que toutes les propriétés gélatineuses des pieds et de la couenne et de je ne sais quoi encore se soient déposées dans le bouillon. À ce stade, le bouillon doit, en refroidissant, se transformer en une gelée très ferme capable d'emprisonner un œuf poché (ou des foies de poulet, ou du bœuf braisé, ou ce que vous voulez) comme une poche de caoutchouc.

Je pense pouvoir dire sans me tromper que personne – ni moi, ni les lecteurs du blog, et certainement pas Eric – ne songeait aux œufs en aspic en prenant la décision de s'embarquer dans ce voyage culinaire. Et c'est heureux, car les œufs en gelée sont de nature à faire défaillir les cœurs les mieux accrochés.

Les croix d'estragon décorant le centre des œufs pochés blancs comme la neige ressemblaient aux négatifs des marques de craie sur les portes des maisons frappées de quarantaine. Mais, prenant notre élan, Gwen, Eric et moi avons ouvert d'un seul coup de fourchette nos Œufs en gelée. Je soupçonne que l'aspic n'était pas aussi solide qu'il aurait dû l'être, car il a glissé et s'est répandu dans nos assiettes avec une hâte indécente – un peu comme de la lingerie de soie, si la lingerie de soie était repoussante. Quand nous avons coupé nos œufs pochés (froids et coulants), leurs entrailles ont inondé les restes de l'aspic. La scène de carnage qui en résulta n'était pas, il faut le dire, du style de ce que l'on voit en couverture du magazine *Gourmet*.
En outre, on décelait comme un léger goût de sabot.

Chris fut la première à protester contre cette chronique envoyée après la réalisation de mes tout premiers aspics. « Vous ne pourriez pas tout simplement faire l'impasse sur les aspics ? ! ! ! Je ne crois pas que j'en supporterai davantage ! ! ! » Dans le cadre du projet Julie/Julia, Chris a désormais la réputation d'être un peu hystérique. Mais en ce qui concerne l'aspic, elle avait de nombreux adeptes.

Isabel suggéra que, plutôt que de manger l'aspic, je pourrais le démouler et le conserver dans le polyuréthane. RainyDay2 me fit remarquer : « Quand Julia s'essayait à l'art de la cuisine française, l'aspic était le fin du fin. Recouvrir n'importe quoi avec ce truc-là était branché (comme, à l'époque, tout ce qui était français, ìà *la mode* de n'importe quoiî, les caniches aussi étaient cool…) Pourquoi se prendre la tête ? »

Stevoleno lança la motion et les lecteurs du blog – que

je commençais à appeler secrètement mes «bloteurs» – la soutinrent quasi unanimement : Plus d'aspics, s'il vous plaît.

Ce n'était pas comme si j'avais commencé ce projet à la recherche de l'Œuf en gelée parfait. Certes non. À dire vrai, je ne me rappelais plus exactement pourquoi j'avais commencé. Quand je repensais à ma vie avant le Projet, je me revoyais en train de pleurer dans le métro, je me rappelais des bureaux dans des box, des rendez-vous médicaux, et d'un nombre menaçant qui approchait, avec un zéro à la fin. Je me souvenais de cette impression d'errer dans un interminable couloir, comme une enfilade de portes fermées. Puis j'avais tourné une poignée qui avait cédé sous mes doigts. Tout était devenu noir, et quand j'avais repris conscience j'étais en train de rigoler à minuit devant une plaque de cuisson dans une cuisine brillamment éclairée, toute luisante de beurre et de sueur. Je n'étais pas une personne différente, pas vraiment, juste la même, transplantée dans un autre univers qui tournait autour de Julia Child. Je ne me souviens pas de la transition. Je suppose que j'avais la mémoire un peu vermoulue, mais il était clair que je me retrouvais dans un lieu différent. Mon ancien univers avait été subjugué par tyrannie entropique. Avant, j'étais juste une confédération d'atomes en forme de secrétaire, qui combattait la médiocrité et la déchéance inéluctables. Mais ici, dans l'univers Julia, les lois de la thermodynamique avaient été inversées. Ici, l'énergie ne se perdait jamais, elle ne faisait que se convertir d'une forme à une autre. Ici, avec du beurre, de la crème, de la viande et des œufs, je préparais des nourritures délicieuses. Ici, par simple alchimie, je transformais ma colère, ma rage et mon désespoir en espérance et délire extatique. Ici, grâce à un ordinateur portable, je transformais quelques mots qui me venaient à l'esprit à sept heures du matin en quelque chose que les gens attendaient avec envie, et dont ils finissaient peut-être même par avoir besoin.

Je ne comprenais pas l'origine des forces qui m'animaient. Ce ne pouvait être ce défi arbitraire que je m'étais fixé. Je n'avais jamais répondu à un défi de ma vie. Ce n'était certainement pas Julia Child. Un an auparavant, à cette époque, Julia avait moins d'importance pour moi que Dan Aykroyd, et ce n'est pas peu dire. Désormais, c'est vrai, elle semblait être l'étoile polaire de mon existence, mais Julia elle-même ne peut quand même pas être la force motrice de tout un univers. Pendant un certain temps, jusqu'au Grand Commandement de l'Aspic, je me contentai de subvenir aux besoins de mes bloteurs. C'était suffisant pour me faire tenir jour après jour sans remettre en question les nouvelles circonstances étranges dans lesquelles je me trouvais. Étonnant à quel point il est facile de s'habituer à n'importe quoi.

Mais alors intervint le verdict : plus d'aspics. En s'aventurant avec moi à la lisière des grandes landes inconnues de l'Aspic – neuf recettes en tout –, les bloteurs m'avaient donné une restriction de sauf-conduit :

« Lande interdite. »

Ils l'entendaient comme une gentillesse. Et cependant, je me retrouvai face à un horrible dilemme. Mes bloteurs me resteraient fidèles si je ne faisais plus d'aspics. En fait, leur loyauté était mise à rude épreuve à la perspective d'interminables chroniques sur les pieds de veau bouillis et le moulage de divers aliments dans la gelée. Mais je savais que je devais le faire. J'étais implacablement poussée à poursuivre, non par ma propre volonté (qui peut avoir la *volonté* de faire un aspic ?) ni par des gens qui avaient besoin de moi (car je commençais à me dire que, dans cet univers alternatif, ces bloteurs étaient des gens qui avaient besoin de moi, pour des raisons encore obscures), mais par quelque autre impitoyable force gravitationnelle, par-delà l'horizon ou le centre de la Terre. Qui m'effrayait, mais à laquelle il m'était impossible de résister.

Les œufs en gelée qui provoquèrent ce mouvement de révolte des bloteurs et le tumulte existentiel qui s'ensuivit furent servis en entrée prétendument apéritive pour un souper de Thanksgiving, qui, Dieu merci, s'améliora par la suite. Leur préparation m'avait valu plusieurs jours de travail, non parce qu'il faut tout ce temps, mais parce que avant chaque étape je devais me remotiver sérieusement. J'avais d'abord fait la gelée proprement dite, dont l'odeur mentionnée plus tôt avait réussi à me chasser de la cuisine et à me dégoûter de préparer quoi que ce soit pendant au moins vingt-quatre heures. Ensuite, il avait fallu laisser refroidir la préparation, écumer la graisse, et la clarifier, ce qui est une procédure absolument dingue. D'abord, vous mélangez du blanc d'œuf battu avec le bouillon et vous tournez lentement sur feu doux, jusqu'au premier frémissement, pour que les blancs blanchissent ; puis vous mettez le faitout en équilibre sur un côté du brûleur afin qu'une seule partie du bouillon continue à frémir. Vous tournez la marmite d'un quart de cercle toutes les cinq minutes, jusqu'au tour complet. Vous passez ensuite le bouillon dans une passoire garnie d'une gaze et, en principe, les blancs d'œufs restent dans la passoire en retenant toutes les impuretés.

Ça ressemble à ce qu'aurait pu tenter notre ami Sam quand il se retrouvait avec un peu trop de plomb et pas assez d'or dans ses cassettes, mais ça a effectivement marché. Cependant, pour pratiquer ce genre d'exercice de prestidigitation, j'aimerais bien au moins ne pas avoir à manipuler de substance ayant une odeur de bétail incinéré. Tout ça m'avait mise d'une humeur tellement massacrante qu'il m'avait fallu acheter quelques vêtements vintage sur eBay pour m'en remettre.

En outre, il y avait les œufs à pocher. Je suis encore loin

d'être une pocheuse experte, et ces œufs n'étaient pas destinés à être nappés de sauce Béchamel, ils devaient être bien en vue, aux yeux de Dieu et de tout un chacun, uniquement revêtus d'une couche cristalline de gelée de pied de veau. Il fallait qu'ils soient impeccables. Ce qui prit donc également un certain temps.

Après ça, il y a la composition des œufs en gelée proprement dits. Tout est une question de couches. Vous commencez par verser une fine couche de gelée, réchauffée jusqu'à consistance liquide, dans chacun des quatre ramequins. C'est le principe, en tout cas. En fait, j'ai utilisé des petits bols transparents en Pyrex qu'on m'avait offerts une année pour Noël, des petits plats de *mise en bouche*, si vous voulez tout savoir. J'aurais bien utilisé mes ramequins, mais l'un des quatre que je possédais avait été détourné par Eric, qui s'en servait pour mettre son savon à barbe, car Eric se rase avec de la mousse à raser et un blaireau, sur les conseils lus dans *GQ* et, quand il s'agit de rasage, Eric obéit docilement à *GQ*. Sauf qu'en réalité c'est désormais moi qui utilise le savon à barbe pour me raser les jambes, car le Duane Reade ordinaire à un dollar cinquante n'est plus assez bien pour Eric, qui est passé au niveau supérieur avec le savon Kiehl, un produit haut de gamme.

Donc, après avoir versé cette première couche de gelée dans les plats, je les ai mis à refroidir, puis j'ai fait bouillir de l'eau dans une petite casserole où j'ai jeté les feuilles d'estragon pendant quelques secondes avant de les égoutter, de les sécher et de les mettre également dans le réfrigérateur. Une fois les feuilles refroidies et la gelée presque prise, j'ai commencé à déposer les feuilles en croix sur la gelée. Ça m'a tellement énervée de tripoter ces feuilles d'estragon que, quand j'ai eu fini, j'ai dû coller les plats dans le frigo et aller regarder deux épisodes de *Buffy* – celui ou Xander est possédé par un démon, *et en plus* celui où Giles régresse jusqu'à redevenir l'adolescent outrageusement sexy qui a des relations sexuelles avec la mère de Buffy – avant de réussir à me calmer.

Je me suis levée à six heures le matin de Thanksgiving afin de finir l'assemblage de ces petites cochonneries. J'ai réchauffé la gelée et placé un œuf poché sur chaque croix d'estragon dans chaque ramequin refroidi. La partie la moins jolie de l'œuf doit être sur le dessus. C'était purement théorique dans le cas de mes œufs. Puis j'ai versé le reste de la gelée et mis les œufs au frigo pour leur phase finale de refroidissement. Il était déjà huit heures, et même s'il me restait encore un repas entier de Thanksgiving à préparer – oie rôtie, choux, oignons, haricots verts et soufflé –, j'étais ivre de soulagement. Comparé à ces foutus œufs en aspic, le reste de la journée serait une partie de plaisir, genre pique-nique victorien avec parasols, robes en crêpe georgette, jeux de croquet et domestiques pour porter les paniers.

Et tout se passa en effet comme sur des roulettes. Ou en tout cas aussi bien qu'on pouvait l'espérer. Ou peut-être pas, mais grâce à tout le Pepsi One que j'avais ingurgité et au soulagement d'avoir fini mes aspics, j'étais aux anges, à six heures, quand Gwen est arrivée. Affamée, mais aux anges.

Gwen n'est pas seulement polie, elle est d'une parfaite délicatesse. Si bien que, tout en ayant le bon sens de ne pas aller au-delà de la bouchée qui prouvait indubitablement que les œufs en gelée ne feraient plus partie de ses menus jusqu'à la fin des temps, elle eut quand même la gentillesse de dire : « Julie, ce n'est pas de ta faute. C'est à cause de la recette. » La bonté même, cette Gwen. J'aurais voulu la croire, mais, tout en hochant la tête comme si j'étais d'accord, j'entendais mentalement une voix familière qui claironnait qu'un aspic peut être *d'une élégance incroyable*, et j'avais honte.

Ce qu'il y a de bien à commencer un festin de Thanksgiving par des œufs en gelée, c'est que tout ce qui suit paraît absolument délicieux par comparaison… Après nous être goinfrés d'oie moelleuse et croustillante, de pruneaux farcis à la mousse de foie de canard, de chou aux marrons, de haricots verts et d'oignons à la crème, les aspics étaient complètement oubliés et personne ne fut vraiment choqué que j'aie commencé mes préparatifs de Thanksgiving avec l'intention démente de faire un soufflé au chocolat pour le dessert quand nous aurions fini de dîner. Lubie évidemment née d'un cerveau malade et donc, après avoir donné les aspics aux chats, qui ne semblèrent pas cracher dessus, nous nous sommes simplement installés sur le canapé pour regarder, comme chaque année, notre vidéo de *True Romance* – tradition qui avait commencé l'année où mon frère habitait avec nous à Bay Ridge, quand nous avions décidé d'en faire un jeu et de boire une gorgée à chaque fois que quelqu'un disait le mot *fuck*. (Ce qui ne fait plus partie du rituel. Si vous avez vu le film, vous savez pourquoi.) Assommé par les calories et le vin, Eric s'endormit environ vingt minutes après le début du film, en plein milieu de la scène très tumultueuse de la mort de Gary Oldman, mais Gwen et moi avons tenu jusqu'à celle, tout aussi impressionnante, de James Gandolfini. Nous étions tellement bourrées toutes les deux que Gwen dut rester dormir sur le canapé et manger des œufs en cocotte le lendemain pour s'en remettre.

S'il y a deux catégories d'amis en ce monde, ceux qui vous tirent vers le haut et font s'exprimer tout ce qu'il y a en vous de bon et de noble, et ceux qui préfèrent s'accroupir pour se mettre à votre niveau et faire des pâtés de sable, Gwen appartient sans aucun doute à la deuxième catégorie. Je l'appelle le démon de mon épaule gauche. Sally m'encourage à trouver ma noblesse intérieure, à m'aimer et à traiter mon corps comme un temple. Elle voudrait que j'arrête de trop boire et me conseille une thérapie. Je devrais probablement passer plus de temps en sa compagnie. L'ennui, c'est que, surtout pendant les moments difficiles, les jours d'aspics et de pluies verglaçantes, je n'ai pas la moindre envie de devenir meilleure, de retrouver l'espoir et de faire de la gym avec une copine. Non, je rêve simplement d'une bouteille de bière, d'un paquet de Marlboro et de quelqu'un avec qui me goinfrer de sauce au beurre en regardant un vieux film à la télé. Il est heureux pour moi, mais peut-être dommage pour Gwen, que je sois une simple secrétaire solitaire de grande banlieue, avec un penchant pour la vodka et les cigarettes, plutôt que, je ne sais pas, une strip-teaseuse bisexuelle légèrement portée sur la coke. J'ai l'impression qu'avec un vrai potentiel de désastre à exploiter, Gwen révélerait au grand jour les dimensions shakespeariennes de son talent de corruptrice.

Je ne voudrais pas donner une fausse impression. Ce n'est pas comme si Gwen était une libertine irrépressible, une sorte de Falstaff dans la peau d'une petite blonde remarquablement cynique avec un vrai sens de la mode (et je dis ça me sachant dotée de réserves quasi insondables de cynisme). Non, en réalité, elle est *accommodante*. Si j'ai envie de boire comme un trou, de manger à m'en rendre malade et de regarder quatre épisodes de *Buffy*, de fumer tant de cigarettes que le lendemain j'aurai l'impression d'être un cendrier, eh bien, elle aussi, merde. Il est probable que si elle fréquentait Sally, elles s'inscriraient toutes les deux en maîtrise et suivraient des cours de yoga Bikram. Mais c'est moi qu'elle fréquente.

Je suppose que, connaissant le conseil tout à fait contestable que je lui avais donné dans l'affaire Mitch, on pourrait se demander qui exactement a une mauvaise influence sur qui. Mais j'ai mon idée là-dessus.

Décembre arriva. Un jour que je notais un rendez-vous dans l'agenda électronique de Bonnie, je m'aperçus que j'avais officiellement effectué le quart de mon projet. Je ne savais même pas combien de recettes j'avais réalisées. Ce soir-là, je rentrai à la maison ventre à terre pour compter les petits pense-bêtes que j'avais notés au crayon noir au fil des recettes, comme des miettes de pain balisant le chemin parcouru (avec les véritables miettes de pain, et autres particules alimentaires qui avaient commencé à se loger dans la reliure du bouquin et à en coller les pages). C'était bien ce que je craignais.

« Eric, je n'y arriverai jamais.

– À quoi ?

– À quoi ? À tenir les délais, évidemment ! Tu as oublié, ou quoi ? »

J'étais penchée sur le Livre, ouvert sur le plan de travail de la cuisine, tenant le stylo avec lequel j'avais griffonné toutes mes notes récapitulatives dans la marge de la rubrique sports du *Times*. Deux steaks de saumon, achetés un prix exorbitant à l'épicerie turque à côté du bureau, attendaient sur le comptoir d'être passés au gril et nappés de Sauce à la moutarde, qui est une sorte de contrefaçon (Julia dit « imitation », mais autant appeler un chat un chat, non ?) de sauce hollandaise, à laquelle on ajoute de la moutarde pour la relever. À côté du poisson, il y avait un sac d'endives légèrement fanées que j'étais sur le point de faire braiser au beurre. Pas vraiment un menu compliqué. Pas vraiment comparable aux Foies de volaille en aspic, pour ne citer qu'un exemple de ma capacité à vivre ma vie de façon plus combative, plus courageuse et, plus généralement, à devenir meilleure.

La télé braillait dans le salon. Il y avait une pile de vaisselle sale impressionnante dans l'évier, mais Eric, son portable sur les genoux, jouait au FreeCell. Pas très bien, en plus.

«Je me serai transformée en baleine pour rien. J'aurai gâché un an de ma vie ! Merde ! Putain ! Putain de bordel de merde ! »

Au fil des ans, Eric a développé une tactique défensive basée sur l'écoute sélective. J'ai déjà constaté ce processus d'évolution, mon père a la même aptitude. Les avantages en sont évidents : beaucoup moins de temps perdu à prêter attention à toutes les crises d'hystérie auxquelles se laisse aller sa femme. J'ai cependant, en retour, mis au point une technique d'amplification croissante qui s'est avérée très efficace pour abattre ses défenses. Et une fois qu'il a commencé à réagir, il est dans une nette position d'infériorité, car comme il n'a pas entendu grand-chose de mes élucubrations, il ne peut déterminer avec précision à quel élément il doit répondre pour calmer le jeu. En outre, comme c'était lui qui ne m'écoutait pas, j'ai l'avantage sur le plan moral. Voilà le darwinisme à l'œuvre, mes amis.

« Tu ne gâcheras rien du tout. Je t'aiderai.

– Alors, c'est vrai, tu trouves que je suis grosse. C'est si grave que ça ? (Vous voyez ?)

– Quoi ? Mais non. Tu vas y arriver. Combien de recettes as-tu déjà faites ?

– Cent trente-six. Cent trente-huit après ce soir.

– Tu vois ? Tu en as fait plus d'un quart. C'est du tout cuit !

– Non, non. Il y a les aspics. Et j'ai un canard entier à désosser. Tu peux imaginer ce que c'est que de désosser un canard ? Évidemment non. Tu as le cerveau bien trop occupé par la télé et le FreeCell pour perdre une seconde uniquement parce que c'est d'une importance vitale pour ta femme. »

Notre chatte Maxine profita de mon inattention pour s'asseoir sur *L'Art de la cuisine française*, qui bascula du comptoir. Le chat dodu et le livre se retrouvèrent par terre. Max décampa, vexée. Le dos de la reliure s'était détaché de la couverture. Quand j'eus ramassé le livre et retrouvé la page de la Sauce à la moutarde, Eric était parti, emportant son ordinateur et laissant derrière lui une traînée de colère blessée. Mon avantage moral s'était évaporé.

Je n'avais plus envie de poursuivre. Le Saumon à la moutarde accompagné d'endives braisées fut un désastre. D'une certaine façon, les endives accentuaient le goût de poisson du saumon, et le saumon faisait ressortir l'amertume des endives. Eric et moi n'avions pas fait l'amour depuis un mois, et nous n'allions certainement pas mettre fin à la disette ce soir-là. Mais je ne pouvais pas m'arrêter. C'est peut-être très bien de vivre pendant un certain temps dans un univers où les lois de la thermodynamique s'emballent, mais le risque est grand de perdre le contrôle et de vous retrouver sur le flanc.

Gwen connaissait Mitch comme collègue depuis pratiquement un an, par téléphone interposé, mais ce n'est que lorsqu'il la rencontra en chair et en os en venant à New York pour le tournage d'un film publicitaire que tout commença. C'est elle qui le reçut dans son bureau ce matin-là.

« La célèbre Gwen, je présume ? dit-il et, tout sourire, il s'avança avec empressement vers le bureau, en quittant lentement ses gants avec la langueur d'un tueur à gages.

– Heu, oui ?

– Je vous rencontre enfin. Mitch, du bureau de L.A. »
Il lui tendit la main.

Mitch n'était pas très grand, ni en fait terriblement beau, pour être honnête, même si ses cheveux bruns étaient ébouriffés avec beaucoup de style et s'il portait un pardessus si luxueux que Gwen eut instinctivement envie de le toucher. Quel pardessus pour un Californien qui devait le porter environ deux fois par an, lorsqu'il venait à New York en hiver ! Quand Gwen dit « Oh, bonjour ! Ravie de vous rencontrer ! », sa voix était plus forte et plus aiguë qu'elle n'en avait eu l'intention.

« Phil m'avait dit que vous ressembliez à Renée Zellweger, en plus jeune. »

Gwen, qui affiche à l'égard de Renée Zellweger une aversion de longue date que je n'ai jamais bien comprise, avait déjà entendu ça plusieurs fois de la part du mordeur d'épaule. Elle se contenta de grimacer. Mitch poursuivit :

« C'est un crétin. Vous êtes tout le portrait de Maggie Gyllenhaal.

– Oh, voyons… »

Elle se mit à rougir.

« Écoutez, je n'ai pas l'habitude de dire aux femmes qu'elles ressemblent à des stars de cinéma. Je suis sérieux, j'ai travaillé avec Maggie. Vous pourriez passer pour sa jumelle. » Il se pencha par-dessus le bureau de la réception pour la regarder de plus près. « Le petit elfe tout menu, jumeau de Maggie. »

Gwen avait conscience d'avoir un sourire idiot, mais ne savait pas du tout comment y remédier.

« Enfin, bon. Je ne peux guère me fier au jugement de Phil en matière de femmes, je suppose. » Ses grands yeux noirs riaient et il semblait avoir pris plus de place dans l'étroit bureau que ne le justifiait sa modeste carrure. « L'homme est-il là, au fait ? »

Il lui fit un signe de la main et un clin d'œil quand ils sortirent tous les deux du bureau de Phil pour se rendre sur le tournage, mais ce fut là toute l'étendue de leur brillant échange. Si bien que Gwen, malgré un sentiment fugace et agaçant, très Bridget Jones, n'y attacha pas d'autre importance.

Jusqu'à la réception du premier message instantané, trois jours plus tard.

Ma mini-Maggie, je n'ai pas eu l'occasion de vous faire boire ni subir ce que j'aurais voulu. Faute que je n'ai pas l'intention de réitérer lors de mon prochain voyage à New York.

Gwen n'avait pas la moindre chance.

Pour autant que je sache, le sexe au téléphone a toujours été une activité marginale, réservée à une relative minorité spécifique, généralement solitaire et malheureuse. Mais l'avènement d'Internet a accordé les joies du sexe anonyme à distance à l'ensemble de la population. Vous pouvez désormais trouver, d'un clic de souris, des dizaines et des dizaines de sites prouvant que la jeunesse branchée, de tout sexe et de toute opinion, choisit le cybersexe, non par nécessité, mais comme l'un des nombreux modes de satisfaction disponibles dans un monde de plus en plus vaste. Entendons-nous bien, je ne suis pas sociologue et je vous prie de me pardonner si je fais fausse route, mais je suis prête à parier que, parmi ces consommateurs à la pointe du plaisir, le sexe au téléphone n'apparaît pas encore très souvent dans la fenêtre des options. Je crois qu'il y a une raison très simple à cela, c'est que l'écrit est sexy.

Eric et moi ne serions sans doute pas ensemble aujourd'hui sans le pouvoir d'attraction qu'exerce l'écriture. À l'époque de la fac, lorsque nous habitions dans des États différents, nous avons eu, c'est sûr, notre part de chuchotements téléphoniques fiévreux à deux heures du matin. Mais ce sont les lettres qui ont entretenu la passion. Au fil du processus de torture – depuis l'enveloppe trouvée dans la boîte à lettres le matin, transportée toute la journée dans mon sac à dos sans l'ouvrir jusqu'au moment où, le soir, seule dans mon lit, je dévorais les pages pour analyser la petite écriture, interpréter les ratures rageuses, puis griffonner ma réponse et crever d'angoisse en attendant la lettre suivante –, je passai toute ma première année sur un nuage. C'est un vrai miracle que je n'aie pas raté mon premier semestre.

Je comprends donc très exactement ce que vivait Gwen au moment où Mitch et elle commencèrent le supplice de leur échange de messages instantanés. Si vous avez déjà connu une situation de ce genre – et je soupçonne que si vous êtes célibataire, employé de bureau et que vous avez, disons, moins de quarante ans, vous ne pouvez pas y avoir échappé –, vous savez qu'il est quasi impossible de résister à la combinaison de ruse et de spontanéité, jointe à cette satisfaction immédiate et fatale du plaisir, qui est l'art de notre XXIe siècle. En réponse à la déclaration improvisée de votre collègue de travail, vous élaborerez une réponse complexe où l'audace le dispute à l'indifférence, choisissant avec soin chaque pronom et chaque abréviation. Toute conscience professionnelle vous abandonnera pendant que vous vous plongez dans ce délicat exercice littéraire, mais quelle que soit la peine que vous prendrez, vous ne pourrez éviter, au moment de cliquer sur le bouton Envoi, de regretter une plaisanterie trop juvénile ou prétentieuse, un mot trop timide ou trop vulgaire. Et les préoccupations professionnelles ne reprendront pas le dessus pour autant car vous l'imaginerez, dans son bureau à six mille kilomètres de là, en proie aux mêmes affres créatives que vous venez de traverser, à moins (quelle idée atroce) qu'il n'ait pas l'intention de vous répondre. Vous souffrirez les tortures des damnés jusqu'à ce que l'icône surgisse à nouveau sur votre écran.

Vous savez ce qui arrive aux petites effrontées de votre espèce, Maggie ? On leur donne la fessée.

Et lorsqu'il laisse échapper un jour, petit détail, qu'il est marié depuis huit ans, vous êtes allée bien trop loin pour vous en soucier.

Les Foies de volaille en aspic sont un supplice à peine moins raffiné que les œufs en gelée. Pour moi, en tout cas, surtout parce que le goût de la gelée de pieds de veau avait suffi à me convaincre que la gélatine en sachet et le bouillon en conserve étaient un meilleur choix pour faire des aspics si vous vous appelez Julie, et non Julia. (En fait, je m'appelle réellement Julia, moi aussi, mais personne ne m'a jamais appelée ainsi, je crois que je n'ai pas la carrure pour porter ce prénom, tout simplement.) Une Julia doit être une sorte de Junon courageuse et quelque peu rébarbative. Une Julie est une majorette des années soixante-dix, dotée de couettes et d'une vertu plus abordable. Personne n'oserait jamais se lancer dans un cyber-flirt avec quelqu'un prénommé Julia. Visiblement, pas grand monde n'avait envie de s'y lancer avec moi non plus, d'ailleurs. Mais ça n'avait rien à voir avec mon prénom, uniquement avec la trentaine fatidique et cinq kilos en trop.

Les composants des Foies de volaille en aspic sont donc des foies de poulet, d'abord sautés au beurre avec des échalotes, puis cuits à petit feu dans du cognac jusqu'à épaississement de la sauce. Il faut ensuite les laisser refroidir. Immergez alors les foies dans la gelée – couronnés d'une tranche de truffe si vous en avez les moyens et la patience, ce qui n'est pas mon cas – et mettez-les au frais jusqu'à la prise de la gelée. C'est ce qu'Eric, Gwen et moi avons mangé pour dîner un soir, avec des Concombres au beurre, également connus sous le nom de concombres braisés, en accompagnement.

« Des concombres ! Mais c'est infect, les concombres, on n'en veut pas ! »

Voilà ce que dit Eric quand je lui tendis son assiette. Gwen se contenta d'écarquiller des yeux horrifiés, sans rien dire. Elle avait téléphoné après une affreuse journée au bureau, en demandant si elle pouvait venir dîner et, malgré le vague projet que j'avais échafaudé de séduire mon mari ce soir-là grâce à une débauche de lingerie scandaleusement provocante, j'avais accepté, car depuis le début de l'épisode Mitch, Gwen avait tendance à sombrer dans des dépressions orageuses, palpables, qui me faisaient paraître euphorique par comparaison. La pauvre fille devait se demander pourquoi elle avait fait appel aux seuls amis qui tenteraient de la réconforter, elle l'aurait parié, avec des aspics et des concombres braisés.

Eric fut le premier à plonger. Il choisit de commencer par l'aspic. À la première bouchée, il haussa les épaules. «Hmm.» Ainsi encouragées, Gwen et moi avons pris le risque de goûter à notre tour.

Verdict? Étonnamment, les Aspics de foies de volaille sont loin d'être dégoûtants. Mais pourquoi manger des foies de poulet froids et recouverts de gelée alors qu'on peut les manger chauds sans gelée?

Nos Concombres au beurre attendaient dans nos assiettes, mous, pâles, parsemés de persil.

«OK, Eric, à toi l'honneur», dis-je.

Il piqua avec sa fourchette une lanière de concombre qu'il mordit avec précaution.

Il écarquilla les yeux, impavide, comme un personnage de South Park qui va sortir une blague. J'étais incapable de savoir ce qu'il pensait.

«Alors? avons-nous demandé à l'unisson.

– Mmm.»

Je goûtai à mon tour.

«Mmm!

– Alors?»

Gwen goûta une bouchée du sien.

«Mmm!»

Verdict? Les concombres braisés sont une sacrée révélation. Ils restent fermes et gardent un vrai goût de concombre. En mieux, parce que je n'aime pas les concombres.

Après le dîner, je raccompagnai Gwen jusqu'à la rue pendant qu'Eric faisait la vaisselle.

«Merci pour les concombres. C'était super bon.

– De rien. Tu vas pouvoir rentrer chez toi sans problème ? demandai-je en lui tenant la porte donnant sur la rue.

– Bien sûr. Regarde, voilà mon bus, justement.»

Elle sortit dans le froid, fit un signe à l'autobus qui arrivait au coin. Il s'arrêta et elle courut pour y monter. Juste avant d'embarquer, elle se retourna et cria :

«Il vient. Mitch. Demain soir.»

Je me rappelai vaguement le sentiment qu'exprimait le regard qu'elle me lança en grimpant dans l'autobus. Mi-terreur, mi-jubilation béate. Et je ressentis un pincement de jalousie.

En haut, je quittai mon pantalon de survêt, mon tee-shirt et mes tennis et, ne gardant qu'un soutien-gorge et une culotte réellement assortis, je m'avançai sur le seuil de la cuisine :

«Chéri, pourquoi ne finirais-tu pas la vaisselle demain matin ?

– Je crois que je vais être obligé… il n'y a plus d'eau chaude.»

Il s'essuya les mains, se tourna vers moi, me regarda des pieds à la tête et dit : «Il faut que je vérifie mon courrier électronique.» Puis il s'installa devant son ordinateur et passa trois quarts d'heure à surfer sur CNN.

Je suis quoi, moi, des foies de poulet en gelée ?

Mon statut de secrétaire dans une agence gouvernementale me permet de parler avec une certaine autorité de trucs chiants. Exemple, remplir des bons de commande.

Mais vous voulez savoir ce qui est tout particulièrement chiant ? Le Poulet en gelée à l'estragon.

Après avoir bridé un poulet entier, vous le faites dorer au beurre, l'assaisonnez de sel et d'estragon, et le mettez au four. Une fois rôti, vous le laissez refroidir jusqu'à température ambiante, avant de le mettre au frigo. C'est ce que j'ai fait samedi, après avoir astiqué les toilettes et nettoyé de mon mieux la cuisine. En réalité, j'ai fait rôtir deux poulets selon ce procédé, de façon à en avoir un pour notre dîner.

La cuisine était dans un état que mes maigres capacités de ménagère pouvaient difficilement améliorer. Il y avait des poils de chat collés partout sur la grille en inox posée devant la fenêtre et à laquelle je suspends mes casseroles. Le mur au-dessus de la cuisinière était constellé de taches de graisse jaunâtres qui refusaient de partir, quelle que soit l'énergie déployée à frotter. Pour oublier ma tristesse d'être si mauvaise femme d'intérieur, je plongeai dans la détresse de la confection de la gelée, ce qui au moins n'était pas de mon fait. Cette gelée-là se préparait à partir de bouillon de poulet en boîte relevé d'estragon et parfumé au porto – que j'avais trouvé chez le caviste d'Union Square et qui était étonnamment savoureux. Assez pour que j'en boive deux verres, car Eric était parti au bureau, pour «travailler», même s'il voulait sans doute simplement éviter de passer son samedi dans un loft dégoûtant à regarder sa femme se transformer en souillon en fabriquant de la gelée. Je ne pouvais pas lui en vouloir. Je n'avais pas envie de passer mon samedi à ça, moi non plus.

Mais je crois qu'il y a pire pour occuper son samedi, car il rentra à sept heures d'humeur revêche. La seule remarque dont il gratifia le dîner fut qu'il n'aimait pas l'estragon. Nous avons fini par trop boire en regardant je ne sais quel film allemand sur Netflix et par nous endormir sur le canapé. Pour couronner le tout, il s'est réveillé avec une sacrée migraine. Il est resté au lit tard dans la matinée.

« Chéri, appelai-je vers onze heures, sans faire beaucoup d'efforts pour dissimuler mon irritation, tu veux du café ?

– Non. Je prendrai du Gatorade en allant au bureau.

– Tu ne vas quand même pas aller au bureau ! Tu es à moitié mort !

– Je suis obligé. Ça ira mieux quand je serai debout. »

D'un bond résigné, il se propulsa hors du lit, ramassa les vêtements froissés qu'il avait semés en allant se coucher quand à deux heures du matin, nous nous étions réveillés avec nos lentilles de contact desséchées sur les yeux et le cou douloureux à l'avenant. Il alla ensuite vomir dans la salle de bains. Cela fait, il fixa le papier peint pendant un certain temps en frottant la barbe de ses joues grises, comme pour se réconforter, se leva brusquement et tituba vers la porte. Je n'ai jamais compris cette façon qu'a Eric de sortir directement, sans une seconde de préparation. Je serais incapable de faire la même chose, même si nous devions évacuer les lieux sous la menace d'une pollution radioactive.

« Au revoir, peut-être ?

– Excuse-moi, chérie. » Il revint vers l'endroit où j'étais assise et posa brièvement ses lèvres gercées sur ma joue. « J'ai une haleine de chacal. Je serai rentré vers six heures, j'espère. »

Pour confectionner le Poulet à l'estragon, commencez par verser une mince couche de gelée préalablement réchauffée dans un plat de service ovale. Sauf que je n'avais pas de plat de service ovale, donc j'utilisai un plat Calvin Klein (blanc carré tendance futuriste) que nous avions eu comme cadeau de mariage. (Saviez-vous que Calvin Klein avait une ligne de vaisselle ? Mais oui.) Cette gelée doit être placée au frigo pour prendre, ce qui signifiait évidemment qu'il fallait en libérer une étagère complète. Le dessus du comptoir, dont la propreté n'était déjà pas irréprochable, était donc jonché de pots de confiture, citrons verts à demi pourris, crème fraîche défraîchie, sacs de persil fané et autres restes de beurre malodorants. Pour quelqu'un comme Sally ou ma mère, cela aurait suffi à lancer une campagne de nettoyage de frigo, mais je ne suis pas ce genre de personne.

Une fois la première couche de gelée prise, vous découpez le poulet rôti et refroidi et vous le disposez sur le plat. Je ne suis pas très douée pour découper les poulets. Mes morceaux avaient une apparence plutôt mutilée mais je n'étais pas d'humeur à m'en soucier. Remettez ensuite le plat dans le frigo pendant que vous faites refroidir la gelée préalablement tiédie en la tournant dans un bol posé sur des glaçons, jusqu'à ce qu'elle commence à prendre. Versez-la sur le poulet avec une cuiller. Julia précisait que la première couche « n'adhérerait pas très bien ». En effet.

Gwen m'appela.

« Salut.

– Salut. Comment s'est passé le fameux week-end ?

– Je peux venir ?

– Je vois. C'était à ce point-là ? Ne réponds pas, viens. Eric ne rentre pas avant six heures. Je fais un aspic.

– Génial. La conclusion idéale pour un week-end merdique. »

Vous recommencez encore deux fois toute la procédure de la gelée un peu épaissie versée sur le poulet. Les deux couches suivantes collent mieux que la première. Le poulet commence à avoir l'air plastifié, ce qui, je suppose, est le but de l'opération. Mettez-le au frigo jusqu'à solidification complète.

J'étais en train de fourrer dans un sac-poubelle toutes les saletés que j'avais sorties du frigo quand Gwen sonna. Elle avait dû se précipiter dehors à la seconde même où elle avait raccroché. Mauvais signe. Je descendis lui ouvrir.

« J'ai apporté de la vodka. On peut commencer à boire tout de suite ?

– Oh, Gwen, que s'est-il passé ? »

Nous sommes remontées dans la cuisine et pendant que je commençais à faire blanchir des feuilles d'estragon – plongez-les dans l'eau bouillante, ressortez-les immédiatement, refroidissez-les sous le robinet, séchez-les entre deux couches de papier absorbant – Gwen s'installa sur un tabouret et me conta tout coup par coup, en quelque sorte.

Tout avait si bien commencé. Enfin, si on fait abstraction de l'impossibilité de la situation et de son aspect moral. Ils s'étaient retrouvés le jeudi soir dans un bar un peu louche, juste ce qu'il fallait, que Mitch connaissait dans le quartier des trentièmes rues Ouest. Il avait pris la situation en main dès la seconde où elle s'assit à ses côtés sur la banquette. Il lui avait déjà commandé un scotch soda. Elle lui avait dit qu'elle était plutôt du genre vodka tonic, mais il s'était contenté de répondre : « Non, pas ce soir. » Le ton de la soirée était donné. Le Mitch arrogant, dominateur, sexuellement irrésistible, des messages instantanés se manifestait en chair et en os. Un scotch soda plus tard, elle avait la main posée sur son entrejambe, dans le bar même. Et après le troisième ils étaient enfermés dans un box des toilettes pour dames et se livraient à des étreintes frénétiques en essayant de garder leurs vêtements.

« Les étreintes frénétiques dans les toilettes pour dames, ça ne me paraît pas si mal, ou peut-être suis-je influencée par mes cinq ans de mariage. »

J'ouvris le frigo pour sortir le poulet et passai le bac à glaçons à Gwen par la même occasion. (Elle avait décidé que trois heures et demie de l'après-midi n'était absolument pas trop tôt pour commencer à boire.)

«Alors où est le problème ?

– Bon, ensuite nous sommes allés à l'appartement qu'on lui avait prêté... Mon Dieu, c'est ça que tu as prévu pour le dîner ? »

La troisième couche de gelée était presque prise, et je m'acharnais désespérément à tremper les feuilles d'estragon dans une autre tasse de gelée à moitié solidifiée avant de les disposer bêtement en X sur les morceaux de poulet. Sur les Œufs en gelée, les croix d'estragon avaient eu l'air vaguement menaçant, mais là, elles avaient simplement l'air échevelées et tristes.

«Oui, je le crains.

– Je ne voulais pas te vexer. Je suis sûre que c'est super bon. On peut peut-être le réchauffer, non ? »

Je versai une dernière tasse de gelée sur le poulet, ce qui augmenta encore l'effet dépenaillé des feuilles d'estragon. Oh, et puis merde ! Je fourrai le tout au frigo, me servis une vodka tonic – pourquoi se priver ? ! – et m'assis sur l'autre tabouret de cuisine. Gwen sortit une cigarette et l'alluma pour moi, avant d'en prendre une.

«C'était un de ces lofts fantastiques, on aurait pu y installer une piste de roller, qui appartient à un copain de Mitch, je ne sais pas qui. Je n'ai d'ailleurs pas eu beaucoup l'occasion de le regarder en détail. Julie, c'était tout simplement... mon dieu. Tu sais, quand on est avec un mec qui a un, tu sais, *vraiment gros*... il est généralement nul au lit, on passe plutôt son temps à vénérer son machin extraordinaire, tu vois le genre ? Eh bien, Mitch enfin, tu vois... lui, il n'est pas du tout comme ça. Je te jure, j'ai joui au moins dix fois, je ne blague pas. »

Je suis avec le même homme depuis l'âge de dix-huit ans, et pourtant mes copines célibataires continuent à me parler de ces trucs-là comme si je savais de quoi il retourne. Peut-être s'imaginent-elles que lorsque j'étais ado j'étais une sorte de pute de classe internationale, ou que je me souviens de mes vies antérieures, ou quoi ? Heureusement, grâce à *Sex and the City*, je me contente d'afficher ma plus belle imitation de bonne copine compatissante et avisée, genre Cynthia Nixon, et hoche la tête d'un air entendu.

« En effet, ça m'a tout l'air d'être un week-end de merde. » Je n'ai pas pu m'empêcher de laisser percer un soupçon d'amertume. Gwen passe la semaine à faire l'amour comme une bête, puis arrive déprimée chez moi pour se plaindre qu'on lui sert du poulet en gelée ! Voilà une situation que Julia aurait sans aucun doute négociée avec aplomb. Mais Julia n'a pas la même aversion que moi pour les aspics. Et fait probablement plus souvent l'amour.

« Attends, tu vas voir, je n'ai pas fini. Donc, après, il me demande de partir parce qu'il doit se reposer un peu avant sa réunion cruciale du lendemain. Pas de problème, ce n'est pas comme si j'avais eu besoin qu'il me berce en me tenant dans ses bras pour m'endormir. Donc, vendredi, je vais travailler. Quand il arrive, c'est tout juste s'il me jette un regard, ce qui était… bon, normal, tu vois. Il n'a pas envie de crier ça sur les toits. Mais toute la journée j'attends ses messages. Je meurs d'envie de lui en envoyer un, évidemment, mais je résiste, ce qui, je dois le dire, était quand même super courageux de ma part. Tu ne trouves pas ?

– Très.

– Donc, rien. Pas de message, je veux dire. Je traîne au bureau jusqu'à neuf heures. Pas le moindre signe de vie.

– Ah.

– Je reste chez moi toute la journée de samedi avec mon ordinateur sur les genoux et mon téléphone dans la poche. Finalement, bien sûr, je n'en peux plus et à cinq heures et demie je craque et je lui envoie un message. Juste : Salut, tu fais quelque chose de particulier ce soir ?

175

Et moins de dix minutes après il me répond : Viens à l'appartement.

– Oh ! Je peux avoir une autre cigarette ?

– Prends tout ce que tu veux. Donc, naturellement, j'arrive dix minutes plus tard, maximum, et tout recommence. Aussi bien que la première fois. Mieux.

– Je vois. J'attends la partie merdique. »

Gwen me fit une petite grimace piteuse.

« Eh bien, maintenant que j'y pense, peut-être qu'il n'y a pas de partie merdique, à proprement parler.

– Je le savais. Tu es venue uniquement pour le plaisir de critiquer mon poulet en gelée et me narguer avec ta super vie sexuelle importée de L.A.

– Non, non, pas du tout. Je veux dire, j'ai passé toute la nuit avec lui et à la fin je me suis rhabillée et je suis rentrée chez moi, il a pris l'avion le matin pour aller retrouver sa femme. Ce qui ne me gêne pas du tout, je n'ai pas l'intention d'épouser ce mec. Tout est clair, OK ? On se comprend.

– Et alors, ton problème, c'est quoi ?

– Eh bien, maintenant, on est toujours bloqués au même point, non ? Dans le meilleur des cas, on s'envoie message sur message, et je passe ma vie à penser à lui comme une folle pendant six mois, ou jusqu'à ce qu'il revienne à New York, et comme ça en boucle tout le temps. Sauf que maintenant, je sais ce qu'on peut faire au lit. Et ce n'est pas si génial que ça. Je veux dire, d'accord, c'est génial, si, mais ça ne peut pas rivaliser avec ce qu'on s'écrivait, tu vois ? Avec l'idée qu'on s'en faisait. C'est toujours comme ça, non ?

– Putain, Gwen. Qu'est-ce que c'est déprimant !

– C'est vrai, hein ? Tu peux me passer le tonic et un peu de glace ? J'ai besoin d'un remontant. »

Je lui tendis le bac à glaçons puis ouvris le réfrigérateur pour y prendre le tonic. Le Poulet en gelée à l'estragon me guettait, luisant, blafard. Gwen avait dû me donner un coup au moral, j'imagine, car en le voyant je n'avais qu'une envie, m'asseoir par terre et ne plus jamais me relever.

« Mais ce n'est pas le pire. Le pire, c'est que la seule chose qui serait plus horrible que de continuer en boucle, c'est que ça ne reprenne pas du tout. Si les messages s'arrêtent, je n'aurai même pas de rendement décroissant sur mon investissement. Ce sera de la pure dévaluation. Il faut donc que je continue à continuer, tu comprends. »

Putain !

Il existe une loi quelque part – si ce n'est de la thermodynamique, ce doit être un truc tout aussi élémentaire et inévitable – qui explique pourquoi tout, de la messagerie instantanée à l'aspic en passant par le super sexe, absolument tout peut finalement être défini comme une illustration de la futilité de l'existence. Et ça, c'est vraiment trop nul.

Lorsque Eric est rentré à six heures, Gwen et moi étions toutes deux un peu ivres et un peu moroses. Eric, qui ne s'était pas encore débarrassé de sa migraine, n'a pas pu faire grand-chose pour égayer l'ambiance. Et le Poulet en gelée à l'estragon encore moins.

Nous avons pourtant essayé d'y goûter. Ce n'était pas si mauvais que ça, même si, en le voyant, le teint gris d'Eric avait viré au franchement blême. Ça vous avait un goût de poulet froid recouvert de gelée, c'est tout. Nous avons mâchonné quelques instants en silence, mais rien à faire.

Eric a été le premier à déclarer forfait.

« Napolitaine ? »

Gwen soupira de soulagement, repoussa son assiette et alluma une autre cigarette.

« Bacon et *jalapeño* ? »

De l'aspic de poulet à la pizza bacon-*jalapeño*. Si ça n'est pas du rendement décroissant…

«Le premier, putain, c'est dur, pas d'doute. Le deuxième, c'est pas d' la tarte non plus, mais c'est mieux qu' le premier parce que… on sent toujours la même chose, tu vois, sauf que c'est plus atténué. C'est mieux… Maintenant, j' le fais juste pour voir changer leur putain d'expression. »

Virgil (James Gandolfini),
dans le film *True Romance*

« Si vous vous refusez à ébouillanter ou à découper un homard vivant, vous pouvez le tuer presque instantanément juste avant de le faire cuire en lui plongeant la pointe d'un couteau entre les deux yeux, ou en lui sectionnant la moelle épinière grâce à une petite incision à la base de la carapace entre la tête et la queue. »

L'Art de la cuisine française, vol. 1

On achève bien les homards

Tante Sukie me serre le bras et me secoue doucement.

« Oh, Sarah, Sarah, Sarah ! Qu'est-ce qu'on va faire de toi ? »

(Ma tante Sukie n'est pas sénile. Elle se rappelle parfaitement mon prénom. Sarah est le surnom qu'elle m'a donné. Pour Sarah Bernhardt. Je ne sais pas comment c'est arrivé. Je ne sais même pas comment quelqu'un sait encore qui est Sarah Bernhardt. Moi, je ne le sais qu'à cause du surnom que j'ai porté toute ma vie.)

« Que veux-tu dire ? »

Je me demande si elle va me faire une remarque sur mes bras. La dernière fois que je l'ai vue, c'est quand je suis allée au Texas pour Noël et ils se sont quelque peu enrobés depuis.

« J'ai vu sur mon ordinateur ce que tu es capable de faire ! »

Ce qui me fait craindre le pire. Tante Sukie, institutrice à Waxahachie, Texas, fait partie de ces gens intelligents et gentils qui vous étonnent parce qu'ils continuent quand même à voter républicain. En outre, plus que n'importe quel membre de la famille, elle attache beaucoup d'importance à la correction de la langue. Un jour, en cours de français, Tante Sukie a montré à ses élèves une dissertation que j'avais écrite au lycée sur *Gatsby le Magnifique*. Dieu sait comment elle se l'était procurée. Mais

181

cette fois-ci j'ai l'impression qu'elle ne leur fournira pas le lien pour accéder à mon blog.

Ce ne sont pourtant pas mes bras de docker ni mon langage de charretier qui la préoccupent. Elle se penche vers moi et chuchote :

« Ta mère se fait du souci. Ne travaille pas autant ! »

Jusqu'au jour de sa mort, ma grand-mère a répété ce genre de choses à ma mère. « Tu en fais trop ! Tu vas te rendre malade ! »

Ce qui exaspérait ma mère. « Maman ! Ne me dis pas ce qui est trop. C'est *moi* qui te dirai quand j'en ferai trop, bon sang ! » (Ma mère et ma grand-mère se disputaient à propos d'une foule de choses : le linge, les glaces, les Noirs, la télé. Mais ce thème, celui de ma mère qui en faisait trop, était le préféré, sans doute parce qu'il donnait à ma grand-mère l'illusion d'avoir la fibre maternelle, et à ma mère l'illusion qu'elle ne se rendait pas malade.) J'imagine que maman, terrifiée pardessus tout à l'idée de devenir comme sa mère, éprouve quelques scrupules à me mettre trop de pression par rapport à ce projet dingue de cuisine. Elle a donc chargé la femme de son frère de le faire à sa place. Elle devait vraiment vouloir me convaincre, si elle a montré mon blog à tante Sukie. Elle se rendait forcément compte que ma tante ne serait pas enthousiasmée par mes comparaisons, par exemple, des poulets bridés avec des objets de fétichisme sexuel.

Mais, je ne sais pourquoi, je ne suis pas fâchée du tout. En vérité, j'ai l'impression réconfortante qu'on s'occupe de moi. Comme si le cercle n'était pas brisé, génétiquement parlant. J'embrasse ma tante. « Tout va bien. Ne t'inquiète pas. »

C'est toujours agréable de retourner chez mes parents. Il n'y a pas de trace de moisi dans la baignoire, on peut se doucher aussi longtemps qu'on veut et l'eau reste toujours chaude. On a un grand lit pour dormir et aucun semi-remorque ne passe en rugissant pendant la nuit, il y a une centaine de chaînes de télé et l'ADSL sur l'ordinateur. La veille de Noël, nous ne montons la climatisation que pour pouvoir allumer du feu dans la cheminée. Il y a des arbres, pas seulement dans des bacs en béton sur les trottoirs, mais partout. J'adore cet endroit.

Je crois que je ne vais pas rentrer.

Oui, New York est une fosse d'aisances puante, chaotique et étouffante, alors qu'Austin, Texas, est un paradis verdoyant et paisible. Mais ce n'est pas le problème. En tout cas, pas le seul. Non, la vérité, c'est que je suis en fuite.

Pendant une période de deux semaines, fin décembre 2002, je me suis livrée à des violences meurtrières. J'ai commis des actes horribles, atroces, et pour mes victimes aucun coin sombre de Queens ou de Chinatown n'était à l'abri de mes entreprises diaboliques. Si aucune nouvelle du carnage n'a transpiré en première page des journaux locaux, c'est que je ne m'attaquais ni à des pensionnaires catholiques ni à des infirmières philippines, mais à des crustacés. Cette distinction signifie que je ne suis pas une meurtrière au sens légal du terme. Mais j'ai du sang sur les mains, même s'il s'agit du sang incolore des homards.

Nous avions finalement décidé d'acheter une de ces machines à sommeil pour couvrir le rugissement des camions qui grondent toute la nuit sous notre appartement. Elle était munie d'un haut-parleur à placer sous l'oreiller et, la plupart des nuits, nous réussissions à dormir. Mais la veille de mon premier crime, le rythme berçant des vagues de notre « Océania » me susurrait : « Tueuse de homard, tueuse de homard, tueuse de homard… »

À l'aube, l'angoisse me réveilla. C'était dimanche dans Long Island City. Sans parler de tuer un homard, comment pourrais-je seulement m'en procurer un ?

Combien coûterait-il ? Comment le ramènerais-je à la maison ? J'essayai ces questions sur Eric, espérant qu'il me répondrait : « « Ouh là là, tu as raison, ça ne marchera pas. Tant pis, je crois qu'on va devoir garder le homard pour un autre jour. Napolitaine ? Bacon et *jalapeño* ? »

Il ne dit rien de tel. Au contraire, il sortit les Pages jaunes et passa un coup de téléphone. Le premier marché de poisson qu'il appela était ouvert. La Bronco démarra, le trafic était fluide. La poissonnerie ne sentait pas trop le poisson et ils avaient des homards dans de sinistres réservoirs d'eau trouble. J'en achetai deux. Les astres s'alignaient, le destin avait décrété que ces deux homards devaient mourir.

Je m'étais imaginé que j'allais devoir transporter les bestioles dans un seau, mais le vendeur de la poissonnerie se contenta de me les mettre dans un sac en papier. Il me dit de les garder au frigo. Ils seraient bons jusqu'au jeudi. Berk. Je les ramenai à la voiture et les installai sur le siège arrière. Nous n'allions quand même pas les prendre sur nos genoux, non ? Pendant le trajet de retour, le cou tendu, l'oreille aux aguets, j'attendais le bruit furtif d'une pince de homard tentant de sortir du sac en papier, mais les crustacés ne bougèrent pas. Je suppose que c'est la conséquence normale de l'asphyxie.

Julia est très peu prolixe dans sa description du Homard Thermidor. Elle prend toujours des allures de pythie dans les moments où j'ai le plus besoin d'elle. D'abord, elle ne souffle pas mot du stockage des homards. Pour être honnête, *Les Joies de la cuisine* n'en parle pas non plus, mais au moins ce livre me fait comprendre que les homards doivent être vivaces et combatifs quand on les sort du vivier. Ah. Mes homards ne bougeaient pas. *Les Joies* disait que s'ils manquaient d'énergie, ils pouvaient mourir avant que vous ne les prépariez. Comme si c'était un inconvénient. Je jetai un coup d'œil dans le frigo et me trouvai confrontée à des yeux noirs sur pédoncule et des antennes qui s'agitaient mollement.

Je m'étais documentée sur toutes sortes de méthodes pour euthanasier humainement les homards : les mettre dans le freezer, ou les plonger dans l'eau glacée que vous portez ensuite à ébullition (ce qui est destiné en principe à les empêcher de se rendre compte qu'ils sont ébouillantés), leur sectionner d'abord la moelle épinière avec un couteau. Toutes ces techniques me donnaient l'impression d'être des palliatifs imaginés pour épargner les angoisses du bourreau bouilleur plutôt que les souffrances de la victime bouillie. En définitive, je les sortis du sac en papier pour les jeter directement dans un faitout d'eau bouillante avec des légumes et du vermouth. C'est là que j'ai perdu les pédales.

Mon faitout n'était pas assez grand. Même si les homards n'ont pas poussé de cris d'horreur au moment où je les lâchai dans l'eau bouillante, leur inertie provisoire ne pouvait que retarder la torture fatidique. C'était comme quand vous commencez à perdre le contrôle sur le verglas et qu'en une fraction de seconde vous voyez votre destin et votre voiture en flammes. D'une seconde à l'autre, la douleur allait réveiller les bestioles de leur coma dû à l'asphyxie, j'en étais sûre, et je ne pourrais pas mettre ce putain de couvercle ! C'était trop horrible. Mon mari, en criminel héroïque, fut obligé de prendre le relais. J'aurais cru qu'il allait flancher comme moi, étant donné qu'il n'est pas exactement du style chasse et pêche, mais une partie de ses gènes de shérif texan ont dû faire leur effet, car il réussit à maîtriser les crustacés avec un minimum de cérémonie.

Il y a des gens qui disent que les homards font un cirque incroyable dans le faitout, qu'ils essayent – c'est assez normal – de sortir de l'eau en agitant les pinces. Je n'en sais rien. J'ai passé les vingt minutes suivantes à regarder une partie de golf à la télé, le volume du son réglé au niveau d'un concert de Metallica. (La pub pour les balles Titleist a failli faire voler les vitres en éclats.) Quand je me hasardai à revenir dans la cuisine, les homards étaient très rouges, et ne faisaient absolument aucun cirque. Julia dit qu'ils sont cuits quand on peut arracher facilement leurs longues antennes. Sans problème. Pauvres petites bêtes. Je les ai sortis de la marmite et j'ai fait réduire le bouillon avec le suc des champignons que j'avais fait braiser. Puis j'ai passé le liquide réduit, sans doute pour le débarrasser des morceaux égarés d'antennes et autres impuretés, et je l'ai utilisé pour mouiller un roux blond réalisé avec de la farine et du beurre.

Quand Eric et moi nous lancerons dans notre association criminelle, il pourra se charger de la mise à mort. C'est moi qui m'occuperai du découpage. L'homme qui avait sans ciller fait rondement passer deux crustacés de vie à trépas fut obligé de quitter la pièce quand je me mis à lire à haute voix que la prochaine étape était de « fendre les homards en deux dans le sens de la longueur, en gardant les deux moitiés de carapace intactes ».

Ce qui ne posa aucun problème, en fait. Pour une fois, le style froidement concis de Julia n'annonçait pas un désastre imminent. Certes, la répartition intérieure n'était pas aussi nettement définie que vous pouvez le croire. Quand Julia dit de « se débarrasser des sacs de sable dans les têtes et des tubes intestinaux », je n'eus aucun mal à deviner de quoi il s'agissait. Les sacs pleins de sable étaient un indice difficile à rater. Mais quand elle m'ordonna de « piler le corail et la substance verte dans une passoire fine », je me sentis un peu perdue. Il y avait toutes sortes de substances vertes… et c'est quoi, cette substance verte, de toute façon ? Et pourquoi est-ce que Julia ne me l'explique pas ? Cependant, comme la seule matière orange que je trouvai me semblait occuper l'endroit prévu pour les excréments du homard, je me dis que je ne prenais pas trop de risques. Après ça, je retirai toute la chair morceau par morceau, en cassant les pinces, et j'utilisai une pince à épiler – soigneusement nettoyée de tout poil de sourcil, naturellement – pour tirer les petites lanières de chair des pattes. La « substance verte » dûment passée, mélangée avec jaune d'œuf, crème fraîche, moutarde et piment de Cayenne, fut ensuite versée dans le roux mouillé au bouillon de homard, puis amenée à ébullition. Je fis sauter la chair du homard dans du beurre, ajoutai du cognac que je laissai réduire. Puis je mélangeai avec les champignons et les deux tiers de la sauce, entassai le tout dans les quatre demi-carapaces, nappai du reste de sauce, parsemai de parmesan et de noisettes de beurre avant de les passer sous le gril.

C'était, je dois le dire, délicieux.

Je repérai ma troisième victime dans Chinatown une semaine plus tard, par une soirée pluvieuse, sans me faire remarquer parmi les chalands affairés à leurs achats de Noël, chargés d'énormes sacs et armés de parapluies meurtriers. (Les fleurettistes au parapluie de Chinatown ont l'avantage indéniable d'une stature minuscule. Par temps de pluie, et il pleut toujours à Chinatown, il faut marcher vite ou on risque de perdre un œil.) La bestiole cessa de bouger presque immédiatement après que le poissonnier me l'eut ficelée dans un sac en plastique, qu'il glissa dans un sac en papier avant de me tendre le tout en échange de six dollars. J'étais un peu angoissée de prendre le métro avec ça, craignant qu'il ne commence à s'agiter dans tous les sens et à attirer l'attention, mais il ne bougea pas plus qu'un sac à provisions ordinaire.

En rentrant à la maison, j'entrouvris le sac pour voir comment allait mon homard. Le sac plastique intérieur lui collait à la carapace et était couvert de buée. Ça faisait penser à un téléfilm des années quatre-vingt, où une actrice épuisée à force de prendre trop de comprimés essaye de se suicider en se mettant la tête dans un sac de chez Macy. Je déchirai le sac pour laisser passer un peu d'air – afin que cette créature aquatique puisse mieux respirer ? – avant de le mettre au congélateur. Qu'est-ce qui valait mieux, l'asphyxier, le congeler ou l'ébouillanter vivant ? Peut-être que l'anticipation de ma soirée meurtrière m'avait ramolli le cerveau, mais les finasseries philosophiques de l'assassinat du homard s'avéraient trop compliquées pour être envisagées rationnellement.

Le second meurtre se déroula de manière assez semblable au premier. Au court-bouillon relevé de vermouth, avec céleri, oignons et carottes. Le homard rouge vermillon fut fendu en deux exactement de la même façon, la chair prélevée et sautée au beurre disposée dans les demi-carapaces et nappée cette fois de sauce à la crème mouillée avec le jus de cuisson. Je crois que je le fis un peu trop cuire.

Attablés devant notre Homard aux aromates, j'avouai à Eric que je commençais à éprouver un plaisir étrange à fendre les homards en deux.

« J'ai l'impression d'avoir une sorte de talent pour ça. »

Eric me regarda. Je voyais bien qu'il se demandait où était passée la jeune fille délicate au cœur tendre qu'il avait épousée.

« Quand tu auras fini ce truc-là, tu seras à l'aise pour dépecer des chiots. »

Ce qui me refroidit. Et calma mes ardeurs pendant une longue période, jusqu'après Noël. Je me disais que c'était à cause de la menace de grève des transports urbains, et l'idée d'être obligée de traverser à pied le Queensboro Bridge en compagnie de centaines de milliers de banlieusards et d'employés, avec un homard dans un sac en papier, ne me tentait nullement. Mais ce n'était pas vraiment la raison. La raison, c'était la prochaine recette. Homard à l'américaine. Même si je suis sûre de la valeur de l'argument selon lequel toute personne carnivore devrait prendre une fois dans sa vie la responsabilité d'abattre un animal pour le manger, je suis beaucoup moins certaine qu'on doive couper ledit animal en morceaux quand il est encore vivant. Et ce qui m'effrayait encore plus, c'était l'idée qu'Eric m'avait mise en tête : et si jamais j'y prenais plaisir ?

Ma mère fit tout ce qu'elle put, hormis fermer la porte de la cuisine à clé, pour m'empêcher de cuisiner pendant notre séjour à la maison. Elle prétendait qu'elle le faisait pour ma santé mentale, ce qui était assez justifié, mais je pense qu'elle avait surtout peur que je lui fasse manger des aspics ou que je tue quelque chose.

« Julie, tu vas arrêter pendant une semaine, un point c'est tout, lança-t-elle, les bras croisés, plantée près de la cuisinière.

– Mais je n'arriverai jamais à tout faire ! J'ai un programme très serré. Et, en plus, mes bloteurs attendent mes messages !

– Tes *quoi* ?

– Maman, il faut que je le fasse, c'est tout.

– Julie, tout ce qu'il faut que tu fasses, c'est te détendre. Je veux que tu réfléchisses à ce pourquoi tu fais ça. Julia Child peut attendre, putain ! » (Oui, c'est vrai, c'est de ma mère que je tiens mon langage de poissarde, je ne peux le cacher.)

Pendant près d'une semaine, je ne fis ni la cuisine ni les courses. Au lieu de quoi les divers membres de notre famille nous emmenèrent, Eric et moi, dans des restaurants mexicains, nous invitèrent à des barbecues, nous offrirent des beignets. Nous avons mangé des biscuits aux Rice Crispies, des noix de pécan épicées, des haricots rouges au riz, du gombo, et toutes ces choses dont les New-Yorkais feraient fi, mais les New-Yorkais ne savent pas tout, il faut le dire. Voilà à quoi sert la famille, et le Texas. Eric et moi faisions la grasse matinée dans la chambre de mon enfance – qui, je ne l'avais jamais remarqué, était délicieusement fraîche et calme –, dans un énorme lit confortable et de beaux draps de lin quatre cents fils qui n'avaient jamais connu une seule miette de litière à chat.

Au bout de cinq jours, j'étais malheureuse comme les pierres. Je passais les petits déjeuners à lorgner avec envie la magnifique cuisinière six brûleurs inox de ma mère. Je me mis à compulser comme une maniaque *L'Art de la cuisine française* et à me faufiler en douce dans le bureau de mes parents pour consulter mon blog. Le moindre commentaire un peu attristé de quelqu'un demandant où j'étais, ou si j'avais renoncé, me provoquait une crispation au creux de l'estomac analogue à celle que j'éprouvais en pensant à mon état hormonal et à mon incapacité éventuelle à avoir un enfant. En outre, on aurait dit que quelqu'un avait branché un système de transmission sur ma moelle épinière. Je ne comprenais pas les mots qui semblaient émaner des replis les plus obscurs de mon cerveau, mais la voix chevrotante était distinctement familière. Je me mis à douter de ma santé mentale.

Heureusement pour moi et pour le Projet (mais peut-être pas pour la population des homards new-yorkais), Isabel et Martin, son mari, qui étaient en vacances dans leur maison de campagne, vinrent passer le réveillon de Noël chez mes parents. Elle portait une robe de bal mauve des années cinquante (déjà, au lycée, Isabel et moi courions les friperies, et nous n'en avons ni l'une ni l'autre perdu l'habitude), s'était crêpé les cheveux et peint les lèvres en rouge brique. Martin portait un sac rempli de cadeaux et avait revêtu son habituel costume d'invisible. La première chose qu'elle dit en franchissant la porte fut :

« Tu es une petite vilaine. Tes fans sont désespérés. Que mange-t-on ce soir ?

– Rien, soupirai-je, accablée. En tout cas, rien que j'aie cuisiné. Maman ne me laisse pas tenir une casserole.

– Quoi ? !

– Elle a commandé un buffet chez Central Market. »

Isabel me prit dans ses bras.

« OK, Julie. Je m'en occupe. »

S'il y a une chose qu'il faut reconnaître à Isabel, c'est qu'elle a un bagout extraordinaire. Elle pourrait vendre de la glace à des Eskimos. Elle est également persévérante. Toute la soirée, elle n'a pas lâché ma mère d'une semelle, se glissant avec elle derrière le bar, la coinçant dans la cuisine. Elle tenait à se faire entendre.

« Alors, Elaine, vous n'êtes pas fière de votre fille ? Je trouve que Julie est une vraie déesse, vous savez.

– Ah bon ?

– Absolument. Vous avez lu les commentaires, non ? On adore Julie, c'est clair. Elle inspire des gens dans tous les coins de ce foutu pays !

– Oui… peut-être… »

La vérité, c'est que ma mère n'avait pas songé qu'il y avait des gens qui lisaient vraiment mes commentaires et s'intéressaient à ce que je faisais. Elle lisait fidèlement mes comptes rendus mais avait tendance à les voir comme des sortes de bulletins de santé d'hôpital, et les consultait surtout pour déceler les signes de ma défaillance imminente.

« Évidemment, ce n'est pas une surprise pour vous. Les femmes de la famille Foster sont capables de tout. »

(Foster est mon nom de jeune fille. Parmi la poignée de femmes de mon âge et de mon statut économique et social qui se sont effectivement mariées, celles qui ont pris le nom de leur mari sont considérées comme des phénomènes anormaux.)

« Je suppose. Mais, Isabel, je m'inquiète vraiment. Elle est tellement têtue quand elle se met une idée en tête, et en ce moment elle se surmène à un point…

– Oh, voyons, Elaine ! Quand Julie a-t-elle raté quelque chose qu'elle entreprenait ? Vous vous rappelez l'entraînement des majorettes ?

– Évidemment que je me rappelle l'épisode des majorettes ! C'est exactement ce que je veux dire. Elle avait perdu dix kilos et pleurait tous les soirs avant de s'endormir !

– Exactement ! Et elle n'a rien mangé d'autre que des Skittles avec du Coca pendant un an, et nous avons tous cru qu'elle allait y laisser sa peau mais elle s'en est bien sortie, et avec un super jeu de jambes, par-dessus le marché ! Et elle n'est pas passée à la Junior League ! Dites, vous savez que Henry lit son blog ? »

Henry était mon ancien petit copain de lycée, celui qui avait eu tant de mal à me pardonner de l'avoir laissé tomber pour Eric onze ans plus tôt. Maman avait toujours bien aimé Henry.

« C'est vrai ?

– Oui. Il est très fier de Julie, lui aussi.

– C'est gentil de sa part.

– Votre fille est en train de faire quelque chose de génial. Elle cuisine pour la rédemption de nos péchés ! »

(C'était devenu l'expression préférée d'Isabel. Elle envisageait d'en imprimer des tee-shirts.) Elle s'envoya délicatement une crevette grillée à la mexicaine dans la bouche.

« C'est vachement bon. Pour un truc de supermarché, je veux dire. »

Heathcliff, par hasard, vint à la rescousse juste avant qu'Isabel ne détruise ce qu'elle venait de bâtir.

« Tu sais, je ne crois pas que Julie soit tellement à bout de nerfs. Je veux dire à son échelle. Je l'ai vue éplucher une bonne douzaine d'artichauts, et elle n'a pas crié une seule fois. Ça avait quelque chose de presque surnaturel, en fait.

« – Mais je l'ai lu ! Je sais très bien ce qu'elle fait ! Elle veut trop en faire ! »

Heathcliff a toujours su comment terminer une discussion, et c'est un génie dans le haussement de sourcil.

« Maman, tu sais que tu parles exactement comme Grand-mère. Tu le fais exprès, bien sûr ? »

Et voilà. Le soir même, ma mère convint, avec force soupirs et en levant les yeux au ciel, que s'il le *fallait* absolument, je pourrais peut-être cuisiner quelque chose pour le réveillon du nouvel an.

« Merci, Isabel.

– De rien. Ce n'est pas cher payé pour maintenir ton Projet en vie, tu ne crois pas ? Mais écoute, j'ai quelque chose à te dire. »

Elle me saisit la main et m'entraîna sur la terrasse derrière la maison. L'air était incroyablement tiède mais Isabel frissonnait en me conduisant vers les fauteuils de bois, avec un air mystérieux lourd de secrets. Elle me fit asseoir et se pencha pour chuchoter :

« Tu te souviens de mon e-mail où je te racontais mon rêve à propos du gode ? Eh bien, j'avais raison, c'était complètement prémonitoire.

– Hmm. Comment ça ?

– Je connais un type, Jude. Il joue de la guitare dans un groupe punk à Bath – en Angleterre, tu sais. J'ai fait sa connaissance sur le site des fans de Richard Hell. Je n'avais jamais entendu sa musique, mais j'ai lu ses paroles, et elles sont extraordinaires. Et après, sa musique, je l'ai rêvée, je pouvais l'entendre exactement, et je suis sûre que c'est comme ça, en plus.

– Tu crois ?

– Il m'a envoyé une photo de lui, et après des poèmes, en particulier un qu'il a écrit exprès pour moi, et je les trouve *géniaux*.

– Alors ?

– Je crois qu'il faut absolument que je le rencontre. »

Soudain, je sentais la fraîcheur, moi aussi, et je jetai un coup d'œil inquiet autour de nous, me demandant si par hasard Martin ne rôdait pas aux alentours dans son costume d'invisible, en train de fumer une cigarette dans un coin obscur de la terrasse.

« Mais… Je veux dire, tu as l'intention de… ?

– Non ! C'est ce que pense ma mère, que je devrais juste coucher avec lui pour en avoir le cœur net, mais c'est affreusement *mal*, tu ne trouves pas ? »

En voyant la lueur un peu dingue dans les yeux d'Isabel, j'avais le sentiment gênant que le plan envisagé par sa mère était peut-être plus raisonnable que ce que j'allais entendre.

« Non, je veux le rencontrer, et s'il est aussi merveilleux que je le crois, alors j'en parlerai à Martin, et on verra bien ce qui se passera.

– Isabel…

– Hé, Isabel, il faut qu'on y aille si on veut surprendre ton père en pleine action. »

Martin était sur le seuil, scrutant dans notre direction. Je distinguais à peine la silhouette de ses cheveux hérissés en pointe.

« Oui, OK, chéri, j'arrive. »

Isabel me pressa vivement la main et s'en fut.

Je ne savais absolument pas que penser de tout ça.

Donc, pour le réveillon du nouvel an, je préparai du Veau prince Orloff pour onze cousins, oncles et tantes qui, j'en suis sûre, se dirent que leur folle de cousine ou nièce passée aux Yankees avait complètement perdu les pédales.

Le Veau Orloff est une recette absurde. Voilà la marche à suivre : faites rôtir le veau avec du lard et quelques légumes. Mettez de côté le jus de cuisson. Nous avons procédé à cette opération la veille, et laissé le rôti sur

194

le comptoir toute la nuit. Un peu trop cuit, je crois, comme ça m'arrive souvent avec les recettes de viande de Julia, ce qui est particulièrement dommage quand la viande en question coûte trente dollars le kilo. Vous vous réveillez ainsi plusieurs fois en pleine nuit avec des sueurs froides, convaincue que le golden retriever de vos parents a attaqué le rôti de veau à quatre-vingts dollars. L'effet de ce stress devrait annuler une partie de la ration catastrophique de calories que vous n'allez pas tarder à ingurgiter.

Le jour même, vous faites une *soubise* [1], composée d'un peu de riz précuit dans de l'eau bouillante puis mijoté avec du beurre et beaucoup d'oignons pendant environ quarante-cinq minutes. L'eau des oignons est suffisante pour faire cuire le riz. C'est assez marrant, non ? Comme une sorte d'expérience de chimie, en fait. Puis vous préparez une *duxelle*, c'est-à-dire simplement des champignons hachés revenus au beurre avec des échalotes.

Vous faites ensuite un *velouté*, qui est un roux mouillé avec le jus de cuisson du veau et un peu de lait. Vous mélangez le *velouté* avec la *soubise*, que vous passez au tamis (ou au mixer), avant d'ajouter la *duxelle* et de faire cuire le tout en le liant avec de la crème fraîche.

Ce qui, étonnamment, vous prend toute la matinée. Et produit une sacrée quantité de vaisselle sale, que ma mère, puisque c'est ma mère, lave patiemment. Ce qui est normal, car Noël est le temps de la culpabilité.

J'ai coupé le rôti en tranches aussi fines que possible, puis je l'ai reconstitué en les empilant l'une sur l'autre après les avoir tartinées au fur et à mesure de velouté aux champignons. J'ai mélangé du fromage râpé au reste de velouté, dont j'ai nappé le veau. Lequel ressemblait à présent à une sorte de pouf beige mouillé. J'ai

1. En français dans le texte *(NdT)*.

encore parsemé de fromage et rajouté du beurre fondu. Ma mère est texane et connaît donc parfaitement la vertu des matières grasses dans la préparation culinaire, mais elle était horrifiée en faisant le compte des plaquettes de beurre utilisées. On a mis le veau au four pendant environ une demi-heure avant de servir, juste pour le réchauffer.

Si vous faisiez manger ce rôti à un cheval dû course, il tomberait raide mort de convulsions gastriques. C'est excellent. Je crois que personne ne s'est aperçu que la viande était un peu cuite, avec le salmigondis qu'il y avait dessus. L'association avec le gratin de courges à la San Antonio, les piments en conserve, le pain de maïs, la dinde et la tarte aux noix de pécan était un peu spéciale. Mais tant pis.

Nous sommes rentrés à New York le 2 janvier. Assise à la table de la cuisine le matin de notre départ, je buvais une tasse de café en me complaisant vaguement dans l'insatisfaction latente qu'apporte toujours le lendemain du premier jour de l'année, quand Heathcliff est entré en se frottant les yeux, ses cheveux roux encore tout hérissés de sommeil. Heathcliff n'est pas du matin. Je m'étais plus ou moins dit que je ne le reverrais pas avant notre départ.

« Salut.

– Salut. Tu es tombé du lit ?

– Maman a dit que nous devions prendre le petit déjeuner tous ensemble avant ton départ.

– Je vois. »

Il s'écroula sur une chaise, prit la première page du journal et la déchiffra d'un œil endormi. J'ai dû pousser un soupir, car il a levé les yeux et a demandé, un sourire en coin :

« Qu'est-ce qui ne va pas, sœurette ?

– Je ne sais pas. Il faut que je rentre.

– Ah. Tout ira bien, tu verras. Il faut que tu retournes à ta cuisine.

– Mais il va falloir que je tue un homard. Que je le découpe en morceaux pendant qu'il est encore vivant. Je ne sais pas si je pourrai m'en sortir.

– Julie, je t'ai vue assommer une souris sur un comptoir de marbre avant de la donner à manger à un python.

– Mais ça, c'est à cause de toi.

– Tu es capable de tuer une bestiole sans problème. Courage, ma fille. »

Rentrer à New York après quelques jours à Austin, c'est comme d'être propulsé dans un conduit pneumatique, vide d'air, inexorable. Eric s'évertuait à répéter : « Ça va être sympa de retrouver les chats, non ? » sans parvenir à me réconforter. Le Homard à l'américaine m'attendait.

Je ne savais pas pourquoi je faisais tout ça, vraiment pas. Je n'avais pas envie de tuer des homards. Putain, je n'avais même pas envie de cuisiner. Les bloteurs allaient être déçus, c'est sûr, mais ils s'en remettraient. J'avais l'habitude de décevoir les gens. En plus, comment avais-je pu avoir l'arrogance absurde de m'imaginer que ce que j'écrivais sur Julia Child et la cuisine française pouvait avoir la moindre importance pour qui que ce soit ?

Allons, Julie. Tu n'es qu'une insipide petite secrétaire qui a une passion fétichiste pour le beurre, et c'est tout.

Mais je ne pouvais pas arrêter. Je ne pouvais pas abandonner parce que si je ne cuisinais pas, je ne serais plus la créatrice du Projet Julie / Julia. Je n'aurais plus que mon boulot, mon mari et mes chats. Je ne serais plus que celle que j'étais avant. Sans le Projet, je n'étais plus rien qu'une secrétaire sur une route qui ne menait nulle part, je finirais avec des cheveux décolorés et une addiction au menthol. Et je ne serais jamais à la hauteur du prénom dont j'avais été dotée à ma naissance et que je partageais avec Julia.

Il est pourtant assez amusant de noter que si je n'avais pas été secrétaire, je ne me serais peut-être jamais sortie de ce pétrin. Parce que je n'aurais jamais eu l'occasion de recevoir cet appel téléphonique :

« Bonjour, je possède un établissement en ville et je voudrais savoir si je peux prétendre à une subvention économique.

– Je vais essayer de vous renseigner. Où êtes-vous située ? »

Je n'avais en fait absolument rien à voir avec le secteur des aides économiques, mais quand vous dirigez les gens sur un autre service, ils restent souvent en attente pendant une demi-heure et finissent dans la plupart des cas par revenir à vous, sans avoir obtenu le renseignement qu'ils voulaient, et furieux par-dessus le marché. Il était donc plus ou moins entendu que le rôle des assistantes était de répondre à toutes les questions, même si elles n'avaient pas la moindre idée sur le sujet.

« Mon établissement est dans le port maritime et j'avais beaucoup de clients qui travaillaient dans les tours...

– Le port maritime fait partie du secteur n° 1, vous devriez par conséquent avoir droit à une subvention complète. Vous n'avez qu'à appeler...

– Je peux être franche avec vous ? »

La femme au bout du fil avait une voix rocailleuse et grave. On aurait dit qu'elle venait de s'arrêter de rire. J'étais intriguée. *Je peux être franche avec vous ?* n'est pas le type de question qu'on entend souvent dans une agence gouvernementale.

« Euh, bien sûr.

– Je tiens un donjon sado-maso dans Lower Manhattan. Nous avons le label de bonne tenue des services de police de la ville de New York.

– La police décerne des labels ?

– Le chef de la police a dit à ses gars : si vous voulez aller dans une salle sado-maso, c'est celle-là qu'il vous faut… »

J'étais encore bouche bée devant mon micro quand la femme avoua qu'elle n'avait pas vraiment besoin d'aide, en fait, les affaires marchaient plutôt bien, mais elle voulait s'agrandir et son comptable lui avait conseillé de nous appeler…

« C'est tellement *impressionnant.* »

Ma réponse était un peu tardive, et dénuée du détachement cool et suggestif que j'aurais pu souhaiter.

« Je sais ! »

J'imagine qu'un *impressionnant* un peu ému était une réponse infiniment meilleure que ce qu'elle attendait en appelant une agence gouvernementale pour demander une subvention. Il avait dû lui falloir un certain courage pour téléphoner. Et si elle était tombée sur Nathalie, l'illuminée qui portait un bracelet avec l'inscription : « Que ferait Jésus ? » Enfin, je suppose qu'il faut avoir du cran pour ouvrir un donjon SM dans Lower Manhattan.

Nous avons passé quelques minutes à bavarder sur les lubies des pervers polymorphes, le clou de la conversation étant son anecdote – celle qu'elle réserve sans doute pour ses soirées cocktail – sur le client qui vient une fois par semaine avec trois paires de sabots et une cassette de musique Riverdance. « Il s'allonge nu sur le sol pendant que nous dansons en sabots. Je ne sais pas danser avec des sabots et je suis une grosse femme noire. J'ai l'air totalement ridicule. Mais c'est ma vie, que voulez-vous ? » Elle éclata de rire et je ne pus me défendre d'un pincement d'envie. Non que je croie que ce serait ma tasse de thé de danser nue en sabots pour des analystes financiers. Mais je ne m'imagine pas aimant mon métier. Je ne l'ai jamais pu.

Nate surgit dans mon box, comme à son habitude, juste comme je raccrochais.

«Regardez-moi ces joues roses! Vous avez un admirateur secret?

– Quoi?» Je portai la main à ma joue et en sentis la chaleur. «Oh non… c'est rien. Qu'est-ce qu'il y a?

– Je voulais juste vous féliciter pour l'article.

– Quel article?

– Vous ne l'avez pas vu? Dans le *Christian Science Monitor*. Kimmy l'a sorti en faisant sa recherche sur Nexus ce matin.»

Il me tendit une page photocopiée. Putain. J'avais complètement oublié ce reporter depuis qu'il était venu manger le Bœuf bourguignon avec nous.

«On dirait que votre projet culinaire est en train de prendre tournure.»

Nate me regardait avec un grand sourire. La presse avait toujours sur lui un effet euphorisant.

«Je voulais quand même vous dire une chose. Pas la peine de parler de votre lieu de travail, d'accord? Je veux dire, ça ne fait pas partie de l'histoire, hein?

– Euh. J'imagine que non. Désolée.

– Pas de problème. Pensez-y seulement pour la prochaine fois.» Avec un petit clin d'œil, il fit demi-tour pour sortir. «Au fait, j'ai consulté votre site Web. Très amusant.

– Oh. Euh. Merci.»

Bon. Tout ça m'inquiétait.

Ma dernière victime fut un autre ressortissant de Chinatown. Il était plus vivace que ses prédécesseurs et ne cessa de se débattre dans son sac pendant tout le trajet en métro. Ce n'aurait pas été un vrai défi de poignarder un homard mort dans le dos, vous comprenez?

Je le mis quelque temps dans le congélateur en rentrant, pour essayer de l'anesthésier, histoire de faciliter un peu les choses, mais la vivisection est-elle jamais vraiment facile ? Au bout d'environ une heure, tandis qu'Eric se réfugiait dans le salon en mettant le son de la télé à fond, je sortis le homard et le posai sur la planche à découper.

Julia Child écrit : « Fendre le homard en deux dans le sens de la longueur. Enlever les sacs stomacaux (situés dans la tête) et les intestins. Réserver le corail et la substance verte. Détacher les pinces et les casser. Séparer les queues des têtes. »

« Punaise, Julia, ça a l'air si simple dit comme ça... »

Le pauvre animal restait là, agitant doucement les pinces et les antennes, pendant que je le dominais, menaçante, mon plus grand couteau pointé à la jonction entre la tête et la queue. Je pris une profonde inspiration, expirai.

C'est comme de tuer un vieux chien mourant à la base du crâne. Il faut être fort, pour le bien de l'animal.

« Je vois, vous avez déjà eu l'occasion de tuer pas mal de chiens, on dirait ? »

Vas-y.

« D'accord, d'accord. OK. Un. Deux. *Trois.* »

J'appuyai, incisant la coquille à l'endroit où Julia disait qu'il fallait trancher la moelle épinière.

La bestiole commença à agiter les pinces.

« Il n'a pas l'air de trouver ça particulièrement indolore, Julia. »

Coupe-le en deux. Vite. Commence par la tête.

Je posai la pointe du couteau entre les deux yeux et tout en marmonnant mécaniquement « désolée, désolée, désolée », l'enfonçai.

Mon Dieu. Mon Dieu.

Du sang incolore dégoulinait de la planche à découper sur le plancher et le homard continuait à se débattre vigoureusement, en dépit du fait qu'il avait désormais la tête nettement fendue en deux. Les muscles du tronc se crispaient sur la lame, si bien que le couteau tremblait dans ma main. Je me mis à scier sauvagement et j'étais presque arrivée à la moitié quand je fus obligée de quitter les lieux un instant, pour reprendre mes esprits.

Je crois cependant que je suis sur le point d'atteindre à une sorte de sérénité zen en ce qui concerne les meurtres de crustacés car, en rentrant dans la cuisine, à la vue de l'énorme bestiole crucifiée sur la planche à découper avec un grand couteau, encore agitée de soubresauts, au lieu d'être horrifiée par notre cruauté inhumaine à l'égard des homards, je me mis simplement à rire. Tout bien réfléchi, c'était plutôt rigolo.

Le rire suivi de nausée étant mon émotion favorite, les difficultés s'aplanirent ensuite. En un temps relativement bref, j'avais coupé la bête en quatre morceaux et détaché les pinces. Je nettoyai les intestins et autres « substances vertes », qui ressemblaient davantage à un organe avant d'être bouillies. Pendant tout ce temps, les morceaux continuèrent à être agités de tremblements, y compris quelques minutes après que je les jetai dans l'huile chaude.

Ma dernière victime fut donc sautée avec des carottes, des oignons, des échalotes, arrosée de cognac, flambée, puis cuite au four avec vermouth, tomates, persil, estragon, et servie sur du riz. Je disposai le riz en turban sur un plat, comme le demandait Julia. J'avais commis un meurtre bestial sur les instances de cette femme, pourquoi n'aurais-je pas fait un turban de riz ? J'entassai les morceaux de homard au milieu et nappai avec la sauce. « Le dîner est servi. »

Eric surmonta son horreur momentanée à la vue d'un amoncellement de homard mutilé, et se servit.

« Je suppose que ce n'est pas plus mal de manger un animal qu'on a tué soi-même que de manger ceux qui ont été tués en usine. C'est peut-être mieux, même.

– C'est vrai. » Je pris une première bouchée de homard avec du riz. Très savoureux. « Si on commence à discuter l'abattage des animaux sur le plan moral, c'est un cercle vicieux et on se sentira toujours coupable.

– Sauf si on est végétarien.

– Oui. Mais si on est végétarien, on ne compte pas. Au fait, tu as lu cet article à propos de l'abattage des poulets ? Tu vois, ils les suspendent la tête en bas sur une sorte de tapis roulant, les pattes prises dans des menottes, et…

– Julie, je t'en prie, je mange.

– Ou les porcs, par exemple ? Et les porcs, c'est beaucoup plus intelligent.

– Mais… » Eric brandissait sa fourchette à des fins rhétoriques. « Est-ce que l'intelligence de la créature a un rapport avec son droit et son désir de vivre ? »

Il avait fini sa première assiettée de Homard à l'américaine et s'apprêtait à se resservir.

« George Bush te répondrait que non.

– Alors, la question est de savoir si George Bush est végétarien ?

– Non, la question est… Attends, est-ce que je deviens comme George Bush ? Quelle horreur !

– Je crois que nous commençons à tout mélanger. Si on mangeait ?

– Oh, au fait, je me souviens… J'ai oublié de te raconter le coup de téléphone complètement dingue que j'ai reçu aujourd'hui au bureau. »

Il arrive parfois que mon mari m'agace et parfois qu'il provoque en moi un sentiment de frustration. Mais il me vient tout à coup deux exemples où il est particulièrement bon d'être mariée. Le premier, c'est quand vous avez besoin d'aide pour tuer un homard. Le deuxième, c'est quand vous avez une histoire extraordinaire à relater à propos d'une grosse femme noire qui tient une salle de torture sado-maso. Je lui racontai donc l'épisode tandis que nous épongions le reste de la sauce bien beurrée avec de bons morceaux de pain.

«C'est extraordinaire !

– C'est vrai, hein ?»

Je n'imaginais pas quelqu'un d'autre à qui j'aurais pu raconter cette histoire et qui aurait compris le plaisir qu'elle m'avait apporté.

«Ça fait chaud au cœur de penser à toutes les possibilités qui existent...»

Il ne parlait pas de la possibilité qui lui était offerte de voir danser des femmes nues en sabots, ou du moins, il ne parlait pas *seulement* de ça. Il voulait dire que, parfois, on a un aperçu d'une vie qu'on n'avait jamais imaginée. Comme s'il y avait des portes cachées partout : soudain on en découvre une, et on se retrouve en train de fouetter des hommes d'affaires ou de fendre des homards en deux, et le monde semble tellement plus vaste qu'on ne le croyait.

Ce soir-là, je pris donc ma résolution de nouvel an, mieux vaut tard que jamais : dépasser les limites de ma pauvre petite personne. Si je devais suivre Julia dans ce terrier à lapin, j'allais y trouver mon pays des merveilles et y prendre plaisir, punaise. De l'épuisement au meurtre de crustacés, en passant par tout le reste. Parce que tout le monde ne trouve pas son terrier à lapin. J'avais une chance d'enfer, tout bien considéré.

Janvier 1946
Bucks County, Pennsylvanie

Quand, en lisant la lettre de Julia, il en arriva au passage concernant Bartleman, Paul faillit s'étrangler avec son verre de vin, se disant sans trop de regret qu'il avait peut-être eu un effet corrupteur sur la petite Julia, en définitive. Il n'était pas sûr d'avoir eu raison de lui parler des prévisions de l'astrologue. Il savait qu'elle était amoureuse de lui et Bartleman ne semblait pas prévoir un avenir florissant pour eux deux. Il s'était dit qu'elle serait peut-être peinée. Mais il aurait dû s'en douter. Julia n'était pas prête à se laisser décourager par les belles paroles d'une diseuse de bonne aventure, sa carte astrologique et quelques intonations solennelles.

Freddie, la femme de Charlie, appela :

« Paul ? Le dîner est servi.

– Je descends tout de suite. Je finis de lire une lettre ! »

Parfois, Paul se demandait s'il ne menait pas la jeune fille en bateau. Car il pensait encore à Julia comme à une jeune fille. Sans sophistication, charmante, impatiente. Paul ne s'était jamais autorisé à s'engager auparavant avec quelqu'un d'aussi dénué de maturité et d'assurance. Cependant, elle lui manquait indéniablement beaucoup plus qu'il ne l'avait imaginé en quittant la Chine.

Dans sa lettre, Julia lui demandait de venir la voir à Pasadena. Et ce soir-là, après le dîner – un délicieux gigot d'agneau –, il lui écrivit qu'il irait. Il ne savait pas encore qu'il avait décidé de l'épouser.

La preuve est dans la plomberie

> « Il y a bien des façons d'obtenir du riz nature, cuit à l'eau ou à la vapeur, et la plupart des cuisiniers choisissent celle qui correspond le mieux à leur tempérament. Nous estimons que la formule suivante est la plus sûre. »
>
> *L'Art de la cuisine française*, vol. 1

Laissez-moi dire tout d'abord ceci : je suis parfaitement consciente que par le simple fait de reconnaître que je possède une « salle d'eau », je cours le risque d'annihiler toutes mes chances de compassion de la part de mes concitoyens new-yorkais qui ne sont pas d'une richesse ostentatoire. (Ma mère appellerait ça un « cabinet de toilette », mais utilisez ce terme en présence de colocataires frustrés, et on verra qui se fera lyncher.)

Il faut également dire, pour replacer dans son contexte l'ignoble suppuration noirâtre qui commença à apparaître dans le lavabo du cabinet de toilette un lundi de février, que ce n'était que le couronnement d'un jour par ailleurs catastrophique. Tout avait commencé avec les restes d'une Charlotte Malakoff au chocolat que j'avais confectionnée pendant le week-end. Je l'avais même faite avec mes propres biscuits à la cuiller, car Julia prévient que les biscuits à la cuiller achetés tout faits vont « rabaisser un dessert par ailleurs irréprochable ».

Rabaisser. Punaise, Julia, si ça, ce n'est pas mettre la pression... Je les avais donc faits moi-même, ce qui n'était pas une mince affaire, puis je les avais trempés dans du Grand Marnier avant d'essayer d'en foncer un moule à charlotte. (Qui aurait pu imaginer un an plus tôt que j'étais le genre de fille à posséder un moule à charlotte ?) Mais ils s'étaient tous lamentablement ramollis et pliés en deux comme une rangée de tristes vieilles filles en train de s'évanouir. Pour tout dire, le produit final ressemblait plutôt à un gâteau au rabais de chez Baskin-Robbins. Et peut-être était-il déshonoré par les biscuits ratés – je n'en sais rien, étant moi-même dépourvue d'honneur –, mais c'était chocolaté, sucré, crémeux et froid. Très bon, en fait. Tellement bon que je ne voulais pas garder ça dans mon frigo et me soumettre à la tentation. Donc, très tôt le matin de ce jour fatidique, j'enveloppai les restes de ma Charlotte Malakoff dans du papier sulfurisé, que je plaçai dans un plat à soufflé en céramique avant de mettre le tout dans un grand sac en papier de supermarché. Juste au moment où je finissais cette opération, la radio annonça que le trafic d'une des deux lignes de métro allant de chez nous à Manhattan était interrompu en raison de voies endommagées. Bien entendu, j'avais une réunion du personnel à neuf heures.

Vous devinez probablement la suite, non ? Au moment où je descendais en hâte du bus à la station Cortland Street près du bureau, en retard et en sueur, bien entendu le fond du sac céda brusquement, bien entendu ma Charlotte Malakoff dégringola sur le trottoir et bien entendu mon plat à soufflé se retrouva en miettes. Une pluie verglaçante, qui tombait comme des hallebardes, s'agglutinait en grêlons glacés dans la fourrure de mon col de manteau. Je ramassai tant bien que mal ma Charlotte Malakoff enveloppée de papier sulfurisé et les morceaux de mon plat à soufflé, avant de foncer tête baissée dans l'immeuble, rouge d'humiliation. Arrivée au bureau, après avoir laissé les restes de charlotte sur le comptoir de la cuisine du personnel avec la note : « Bon appétit », je me sentis obligée d'aller voir les six démocrates que comptait le personnel pour leur dire qu'ils feraient mieux de ne pas y goûter car elle pouvait contenir des échardes de céramique ou des traces d'antigel.

Et bien sûr, il y avait eu la journée de travail, déjà assez horrible en lui-même. J'ai signé un contrat de confidentialité quand j'ai accepté ce boulot, je n'entrerai donc pas dans les détails, mais je crois qu'il est de notoriété publique que les bureaucrates sont des connards, pas vrai ? Ce n'est sans doute pas non plus un renseignement top secret de dire qu'il est particulièrement chiant de courir sans arrêt à la photocopieuse du hall d'entrée afin d'imprimer des cartons d'invitation pour les bureaucrates qui décident à la dernière minute de participer à la réunion du comité du mémorial parce qu'ils ont entendu dire que le staff du gouverneur y serait présent. Ni que c'est encore pire d'essayer dans le même temps de faire comprendre au livreur consciencieux mais non anglophone où il doit déposer les assortiments de sandwichs, les assiettes de biscuits et les cafetières.

En plus, l'épicerie turque à côté du bureau n'avait plus de moules, indispensables à la réalisation de ma prochaine recette de Moules à la provençale, et si Dieu avait voulu que je me hasarde dans Chinatown en février, il aurait laissé se développer mon syndrome hormonal jusqu'au stade de la fourrure totale et imperméable et de la couche de graisse uniforme, comme un phoque, au lieu de me pourvoir uniquement de sourcils en bataille, de moustaches mandchoues et de disgracieux bourrelets. D'ailleurs, qui aurait eu envie de manger des moules, que je n'aime même pas, alors qu'il faisait environ cinq degrés en dessous de zéro dans notre appartement ? Quand j'arrivai à la maison, sans moules, Eric regardait *Newshour* à la télé au lieu de laver la vaisselle qui débordait de l'évier de la cuisine et jusque sur le plancher.

« Pas de ma faute, protesta-t-il avec humeur avant même que je commence à soupirer en tapant du pied. L'écoulement du lavabo est bouché. Il faut qu'on achète du Destop. »

Je quittai mes chaussures, qui me faisaient souffrir le martyre, et me retirai dans le « cabinet de toilette », peut-être pour me repoudrer le nez.

Le son qui sortit de ma bouche lorsque je franchis le seuil ne peut sans doute pas être imprimé avec exactitude, mais c'était quelque chose comme :

« Aahkéskecé ? Nonoulalamerd ! Berk ! Berk ! »

L'horrible merde noirâtre n'en était pas réellement. C'était encore beaucoup plus inquiétant. Avec des morceaux de riz et de persil, et des flaques de ce que je ne pouvais interpréter que comme du beurre fondu.

Un gimlet est, selon moi, le cocktail idéal, délicieusement civilisé et pas trop féminin, même s'il est servi dans un verre à martini glacé et scintille d'une lueur opalescente de chartreuse. Philip Marlowe buvait des gimlets, après tout. À l'origine, un gimlet était composé en parties égales de gin et de jus de citron vert. Du temps où on faisait du gin à pleines baignoires. La plupart des bars proposent maintenant un mélange de quatre pour un, ce qui est encore excessivement citronné, selon l'avis des Powell. Non, il vaut mieux, pour les débutants, ne pas faire confiance aux bars. Préparez-le chez vous, avec juste un doigt de citron vert, bien glacé. Eric et moi préparons le nôtre avec de la vodka à la place du gin, ce que certains considéreraient comme une hérésie mais que nous trouvons parfait. Celui qu'il me confectionna quand j'eus fini de hurler indistinctement mon horreur devant le lavabo du cabinet de toilette était une quintessence de gimlet, suffisant pour compenser toutes les vaisselles non faites et les *Newshours*. C'est exactement ce qu'il vous faut lorsque vous êtes au désespoir, financièrement ou spirituellement.

Comme, par exemple, quand le lavabo de votre cabinet de toilette crache une infâme merde noirâtre.

Ni Eric ni moi n'étions suffisamment solides (ni, bientôt, suffisamment sobres) pour affronter des problèmes de plomberie ce soir-là. En revanche, nous nous sommes levés de bonne heure le lendemain matin. Après qu'Eric eut couru dans l'aube glaciale au centre commercial de Queensborough pour y chercher du café, des beignets et du matériel, nous avons passé la matinée à fourrager dans l'évier sous la vaisselle sale et, avec l'aide de quatre bouteilles de Destop, à persuader les tuyaux de ravaler leurs déchets et de les renvoyer d'où ils venaient. Occupée de la sorte, je ne parvins pas avant la fin de la soirée à expliquer en ligne mes problèmes de plomberie et à m'excuser de ne pas avoir cuisiné la veille. Cependant, Isabel contribua à distraire mes correspondants en rédigeant le plus beau paragraphe sur Julia Child qu'il m'ait été donné de lire :

Certes, Julia Child est décidément la personne la plus cool de tous les temps. Je viens de voir son émission à la télé – j'ai allumé juste au moment où Julia, crânement appuyée sur les phalanges comme quelque dieu primate des cuisines et de la bonne humeur détaché de ce monde, disait à la dame avec qui elle faisait la cuisine, et que je n'ai pas reconnue : « Je n'ai pas goûté de cordonnier depuis une éternité ! » Je crois qu'elle a dit cordonnier, en tout cas. Elles étaient en train de faire du pain d'épices, qui avait l'air délicieux, alors peut-être que c'était du pain d'épices qu'elle n'avait pas goûté depuis si longtemps.

« Julia, crânement appuyée sur les phalanges comme quelque dieu primate des cuisines et de la bonne humeur détaché de ce monde.» Je crois que même si je vis jusqu'à quatre-vingt-onze ans, je ne tomberai jamais sur une phrase plus délicieusement exacte. Et Isabel n'aime pas particulièrement Julia Child. Elle n'a écrit ça que parce qu'elle sait à quel point, moi, je l'adore. J'éprouvai un pincement totalement inattendu de gratitude qui me fit monter les larmes aux yeux. J'étais incapable d'écrire pour elle quoi que ce soit de délicieux ni d'exact sur, je ne sais pas, Richard Hell par exemple. J'étais sûre de ne pas pouvoir.

Ce soir-là, après un Suprême de volaille aux champignons et Fonds d'artichauts à la crème – crémeux, comme le suggère le titre, mais pas difficile, car j'étais désormais assez experte dans la mutilation des artichauts –, je terminai mon message particulièrement long en décrivant en détail nos expériences gastronomiques et nos affres de plomberie, puis j'ouvris *L'Art de la cuisine française* pour voir ce que serait le menu du lendemain. C'est alors que je me rendis compte de quelque chose d'extraordinaire.

«Eric, viens voir!»

Eric était plongé jusqu'aux coudes dans la vaisselle qu'il n'avait pas pu faire la veille au soir. Il passa la tête par la porte de la cuisine avec une expression interrogative. Je lui fis signe d'approcher.

«Viens!»

Il s'approcha de mon bureau et jeta par-dessus mon épaule un coup d'œil au livre que je lui montrais.

«Mouclades. Ah bon?»

Je tournai la page, puis revins en arrière.

«Mouclades, chapitre six. Mouclades, chapitre… Oh, tu as fini le chapitre cinq? Tu as fini les poissons?»

Je lui fis mon plus grand sourire. «La Mouclade est la dernière recette.» Je riais de plaisir. Quatre chapitres achevés. Les soupes, les œufs, la volaille et désormais, le poisson. J'avais décidé de faire l'impasse sur les variantes, et comme les sauces pour poissons figuraient toutes à un autre endroit dans le livre, j'en avais bel et bien fini avec le poisson. D'accord, c'étaient les chapitres les plus courts, et les plus simples, mais quand même, c'était évident, j'avançais… Je faisais mon chemin dans *L'Art de la cuisine française*. Je maîtrisais l'art de la cuisine française ! « Allons chercher des moules ! »

Le soir suivant, Eric et moi, devant l'évier, débarrassions les moules de leurs coquilles après les avoir fait cuire à l'étouffée (pour les ouvrir) avec du vermouth, du curry, du thym, des graines de fenouil et de l'ail. La cuisine embaumait, les moules étaient dodues, roses et frisées comme de petites vulves, ou peut-être cette comparaison n'était-elle que le reflet de mon humeur facétieuse. Le lendemain matin, j'informerais mes bloteurs qu'un autre chapitre était terminé, deux cent soixante-huit recettes réalisées, et Julie Powell en bonne voie de réussir le défi dément qu'elle s'était imposé. « Tu n'as plus qu'à fixer la date de ton triple pontage et de mon séjour en hôpital psychiatrique. J'ai bientôt fini ! » roucoulai-je à l'homme qui était à mes côtés et que j'aimais si fort à cet instant que je ne pouvais plus décoquiller correctement mes moules. Quand, plus tard, la sauce au beurre ayant inexplicablement commencé à se désintégrer, je m'affairai délicatement au-dessus de la casserole en y rajoutant prudemment quelques gouttes d'eau froide, mélangeant le beurre qui ne souhaitait rien d'autre que se désolidariser du reste, Eric resta à côté de moi. J'étais Tom Cruise en mission, le front emperlé de sueur. J'étais Harrison Ford coiffé d'une fédora fripée, soulevant un sac de sable… et Eric me comprenait. C'était mon *associé*. Tout en fouettant ma sauce rebelle pour la ramener à la raison, il me vint à l'idée que mon mari faisait plus qu'endurer la foldingue que j'étais devenue, plus que m'apporter son soutien. Je me rendis compte que c'était devenu son Projet, à lui aussi. Eric n'était pas cuisinier et, comme Isabel, il ne s'intéressait à Julia Child que parce que moi, je l'aimais. Et pourtant, il était devenu partie intégrante de tout ça. Le Projet n'existerait pas sans lui, et il ne serait pas le même sans le Projet. J'avais l'impression d'être vraiment *mariée*, tout à coup, et si heureuse.

J'étais d'une humeur tellement extatique que même le Riz à l'indienne ne réussit pas à me la gâcher. Pour faire du Riz à l'indienne, il faut jeter en pluie une tasse et demie de riz dans *huit litres* d'eau bouillante – ce qui, en cette époque de crise écologique, peut être perçu comme quasiment immoral, si on a ce genre de préoccupations. Je ne suis pas obsédée par le sujet, mais quand même, je frémis en remplissant le faitout. Après dix minutes d'ébullition, vous testez en «croquant successivement plusieurs grains de riz». Julia écrit : «Lorsqu'un grain de riz est assez tendre pour ne plus être dur au centre sans être pourtant complètement cuit, égouttez le riz dans une passoire.» Normalement, ce doit être assez comique d'imaginer Julia Child en train de choisir des grains de riz un par un dans une énorme marmite d'eau bouillante, de grignoter délicatement chacun d'eux puis d'en scruter le centre, mais j'étais trop occupée à le faire moi-même pour m'en amuser. Après avoir égoutté le riz, il faut le rincer à l'eau chaude, puis l'envelopper dans un linge fin et le cuire à la vapeur pendant une demi-heure.

Le Riz à l'indienne est certainement la recette la plus volontairement idiote de tout *L'Art de la cuisine française*. Vaincre une sauce au beurre récalcitrante peut être délicat mais ne vous donne pas ce sentiment rageur de futilité frustrante qui vous dévore en préparant le Riz à l'indienne. Je vous garantis que vous ne pouvez pas le faire sans hurler au moins une fois à l'intention du livre ouvert, comme si c'était Julia : «Putain, mais c'est du riz, bordel !» Eric, témoin de cette scène, sous-titra la recette «Riz maso», allusion à la fois au mal qu'il faut se donner pour la préparer et à l'évidente tendance sadique de celle qui vous la demanderait.

Nous avons quand même réussi à manger avant neuf heures ce soir-là, pour la première fois depuis des lustres. Eric lava toute la vaisselle. Je nous préparai des gimlets. J'étais encore tout émue d'avoir fini le chapitre des poissons et les moules ne sont pas trop lourdes à digérer. Pour une fois, je n'avais pas l'impression d'avoir avalé un sac de mortier en guise de dîner. Je buvais tranquillement mon verre. Il y avait un *reality-show* à la télé. Un silence prégnant descendit sur l'appartement tandis que nous essayions de nous souvenir : « Au fait, que font donc les gens lorsqu'ils ne font pas la cuisine ? »

Eric se leva brusquement, laissant son verre plein sur la table du salon.

« Je crois que je vais aller me raser. »

Eric a réellement horreur de se raser. Il a l'impression qu'il ne sait pas le faire correctement et que, d'une certaine façon, ça porte atteinte à sa virilité. Quand j'allais le voir à l'université, je le quittais à la fin du week-end le visage rouge et irrité par le contact avec ses joues râpeuses. Après la licence, il a pris son courage à deux mains et affronté sérieusement le problème du rasage. Mais c'est resté une épreuve pour lui, et c'est sans doute pour cette raison que le mot *rasage* est devenu un des mots clés de nos secrets conjugaux. Comme par exemple : « Regarde, chérie, je me suis rasé pour toi », accompagné d'un haussement de sourcils suggestif.

Mais il ne ressortit pas de la salle de bains en caressant un menton lisse avec un petit sourire satisfait et égrillard. En revanche, j'entendis : « *Oh, merde !* »

Je suis désormais experte en traduction des jurons d'Eric, si bien qu'en entendant celui-ci je n'hésitai pas à bondir du canapé pour me précipiter dans la salle de bains. J'y trouvai mon mari pataugeant dans deux centimètres d'eau provenant de la fuite torrentielle d'un tuyau situé derrière les toilettes.

«Oh, merde.

– C'est ce que je disais.»

Je me ruai vers le placard à balais pour chercher un seau, mais impossible de le loger là-dessous. Je courus donc à la cuisine chercher mon plus grand saladier, que je fourrai sous la fontaine ruisselante. Nous étions tous les deux trempés et l'eau s'était répandue partout. Le temps d'éponger le lac, le saladier s'était rempli. Je retournai donc derechef à la cuisine chercher le modèle en dessous pour le remplacer.

«Comment fait-on pour fermer l'arrivée d'eau? hurla Eric par-dessus le bruit de cataracte.

– C'est à moi que tu le demandes? Je croyais que c'était pour ça que j'acceptais de vivre avec toi!»

Après avoir tâté la chaudière sur toutes les coutures, sans résultat, nous sommes descendus dans le sous-sol, où je n'avais encore jamais mis les pieds. J'hésite à appeler ça un sous-sol, à vrai dire. Vous vous rappelez la fin du film *The Blair Witch Project*, dans la maison? C'est un peu comme ça sauf que, si vous vous souvenez, c'était un endroit relativement peu encombré, et les gamins n'aperçurent jamais vraiment d'ossements à la lueur de leur lampe électrique. En plus, l'exploration à tâtons, dans le noir absolu, de cet antre d'images cauchemardesques ne servit à rien, car nous n'avons finalement pas trouvé comment fermer cette foutue arrivée d'eau.

La soirée ne se passa donc pas dans la félicité conjugale d'après rasage, mais en prenant des tours de garde, assis par terre, à vider des saladiers d'inox toutes les sept minutes et demie. Je chronométrai le débit, parce que c'est le genre de choses qu'on fait à quatre heures du matin quand, assis par terre dans la salle de bains, on attend de vider le saladier placé sous la fuite des toilettes. Eric fit bien plus que sa part et resta jusqu'à trois heures et demie, quand je me réveillai et l'obligeai à aller se coucher. J'utilisai les moments creux à faire une Mousseline au chocolat, qui est techniquement une sorte de gelée mais qui, par miracle, réussit merveilleusement quand même. (Dieu merci. Je crois que j'aurais été incapable d'affronter un désastre supplémentaire.) Je la mis au frigo et la servis le lendemain soir dans les tasses à café ornées de chérubins de Raphaël que nous avions achetées dans un petit magasin de souvenirs à trois sous à côté de la chapelle Sixtine pendant notre lune de miel, après de très longues pérégrinations au hasard des rues, et dont nous nous servions alors pour boire du vin avec le fromage que nous mangions pour déjeuner sur une pelouse, comme tous les jours pendant notre voyage de noces. Y déguster la mousseline au chocolat nous rappela ce soir-là qu'il y avait un temps où le plaisir existait. Souvenir qui nous réconforta en ce moment précis. L'incident se termina bien, et je ne chercherai donc pas dans les tuyaux qui fuient, même dans des proportions grandioses, la responsabilité du refroidissement qui survint entre nous cet hiver-là.

Non, je tiens pour responsables de ce refroidissement les tuyaux qui gelèrent quatre jours de suite.

J'envisage de créer une ligne de mobilier design exclusivement réservé aux activités sexuelles. Des chaises et des canapés avec supports ergonomiques pour coït, mais VRAIMENT BEAUX À REGARDER. J'ai fait quelques croquis et dès que je peux les scanner, je te les envoie. Ta mère pourra peut-être me donner quelques conseils pour la fabrication... J'ai même déjà trouvé un nom : *Schtuppenhaus* !

Ce qu'il y a de bien quand on a une copine plus dingue que soi, c'est qu'elle vous redonne confiance en votre propre santé mentale. Comment aurais-je pu raisonnablement me demander s'il était très judicieux de me lancer dans l'application exhaustive de *L'Art de la cuisine française* sans raison particulière, alors qu'Isabel concoctait un projet de mobilier conçu pour la baise, style années cinquante, et proposait à ma mère de lui servir de consultante ?

Je connais Isabel depuis le cours préparatoire. Nous imaginions des chorégraphies sur des airs de Cindy Lauper, c'est elle qui m'a d'ailleurs initiée au *« She Bop »*. Quand j'ai commencé à dire à mes amis et ma famille que j'allais réaliser mon projet culinaire, il s'est trouvé exactement deux personnes pour ne pas réagir par une variation quelconque sur le thème : « Mais quelle idée de te lancer dans un truc pareil ? » Mon mari et Isabel. C'est une vraie copine.

Moi, en revanche, je ne le suis pas. Isabel a fait des efforts pour garder le contact, bien que nous vivions dans des villes différentes depuis notre sortie du lycée. Elle se rappelle mes anniversaires, m'offre des cadeaux pour Noël, me propose de me couper les cheveux. Elle a adoré mes différents petits copains et m'a écoutée avec enthousiasme chanter béatement leurs louanges. Il m'est arrivé, en revanche, d'aller dans les villes où elle habitait sans lui rendre visite. Je ne saurais dire quand est son anniversaire et, pour Noël, je lui offre au petit bonheur la chance des gadgets que j'ai achetés le 24 décembre à la caisse d'un supermarché. Je n'ai jamais vraiment essayé de connaître ses petits copains, mais j'ai souvent eu envie de la prendre par les épaules et de la secouer en criant : « Par pitié, Isabel, tais-toi deux minutes ! »

Mais même si je ne suis pas une bonne copine, j'aime beaucoup Isabel. J'ai donc été ravie quand Martin est entré en scène. Martin était taciturne et un peu bizarre – photographe et peintre, selon Isabel, bien que je n'aie jamais vu une seule de ses œuvres. Il était légèrement voûté, comme le sont souvent les garçons grands et minces, surtout les garçons grands et minces timides. Ses rares sourires étaient francs et doux. Et il n'avait pas besoin de dire quoi que ce soit pour révéler qu'il avait *compris* Isabel – qui n'est pas, c'est le moins qu'on puisse dire, une fille facile à comprendre –, qu'il avait vu tout ce qui se cachait juste sous la voix pointue et les étranges obsessions sous-culturelles. Il suffisait qu'il la regarde.

Leur mariage eut lieu dans les jardins de l'oncle riche d'Isabel. Elle avait des fleurs luxuriantes et des gâteaux de mariage vertigineusement gluants et délicieux, préparés par son amie Ursula. Elle portait une robe de velours bordeaux qui mettait en valeur son décolleté avantageux et donnait à sa peau une teinte crémeuse. Elle s'était coiffée elle-même, comme toujours, mais avait pour une fois fait les choses simplement et évité les cascades de crans et le crêpage. Martin, vêtu d'une espèce de veste sport en velours qu'il avait dégotée dans une friperie, de la même couleur que la robe d'Isabel, avait l'allure dégingandée d'un flamboyant épouvantail. Mindy, une amie d'Isabel, avait lu un texte où le mariage était comparé à un camp de base, et j'avais de mon côté lu un poème de Philip Levine sur le cunnilingus. Tout ça était très, très Isabel.

Comme je l'ai déjà précisé, je ne suis pas une fanatique du sacrement du mariage. Je trouve que c'est chacun son truc, vous comprenez ? Mais parfois, il y a des exceptions. Parce que parfois on éprouve un sentiment spécial en voyant quelqu'un qu'on aime bien tomber amoureux – surtout si c'est quelqu'un de triste, ou qui a des problèmes, ou qui pour une raison ou une autre est un peu mal à l'aise avec le reste du monde. Un sentiment de soulagement, en fait, comme si on pouvait abandonner une charge qu'on n'avait pas complètement conscience de porter. C'est ce que j'avais éprouvé en voyant Isabel épouser Martin. «Bon, voilà une chose réglée, en tout cas.» Deux personnes qui auraient pu si facilement ne jamais se trouver. C'était comme une chose précieuse, et fragile.

Et trois ans plus tard, Isabel a tout gâché.

J'ai parlé hier à Jude au téléphone pour la première fois. Les accents britanniques ne m'excitent pas vraiment. En fait, d'habitude, ça me coupe plutôt mes effets. Mais dans son cas, c'est tout simplement parfait.

Avez-vous déjà vu une amie faire le seul et unique choix qu'il ne faut pas faire ? Elle se retourne pour vous regarder, rayonnante, plus heureuse et plus sûre d'elle que jamais, et vous voyez son pied se poser dans le néant, et vous ne pouvez rien faire pour l'éloigner du bord de la falaise. Impossible de lui dire : «Putain, Isabel, ne fais pas ça à Martin, qui t'aime, pour une espèce de guitariste anglais punk que tu as rencontré sur *Internet* !»

Merci pour la chronique sur le Riz maso, au fait. Il fallait que tu le fasses à notre place à nous tous qui ne le ferons jamais, au grand jamais. Et j'espère que ta plomberie est en état de marche et que tu as téléphoné à ton proprio. Tu sais que ta mère te surveille par l'intermédiaire de ton blog, bien entendu ? Si tu n'appelles pas le propriétaire, elle te TUERA probablement.

Isabel est la seule qui ne vous a pas reproché d'être dingue quand vous lui avez dit que vous alliez faire toutes les recettes de *L'Art de la cuisine française* parce que c'était la seule façon de sauver votre âme. Elle croyait en vous. Et maintenant, elle a besoin que vous croyiez en elle. Que dites-vous ? Comment l'arrêter sans la perdre ?

Dans les semaines qui suivirent, je continuai à faire du Riz maso. Je n'étais pas obligée, j'avais déjà réalisé la recette, il y avait une petite encoche noire à côté de Riz à l'indienne dans le livre, plus rien ne m'empêchait à ce stade de jeter du riz Uncle Ben's dans l'eau bouillante pour être tranquille. Mais j'étais intriguée. Le Riz maso était si inutilement tarabiscoté, d'un entêtement si maniaque ! À chaque fois que j'ouvrais le chapitre des légumes – dans *L'Art de la cuisine française*, le riz est classé parmi les légumes, ce qui, je ne sais pourquoi, m'amuse infiniment –, il était là, à me dévisager. « Pourquoi ? me demandais-je à chaque fois que je tombais dessus. Pourquoi, Julia ? Qu'est-ce que le Riz maso a de si extraordinaire ? »

Je dirais que l'un des problèmes qu'évite effectivement le Riz à l'indienne est l'excès de cuisson. Aussi distraite que vous soyez par les gimlets ou les fiascos culinaires, le Riz à l'indienne ne sera jamais raté. Peut-être que Julia, cuisinière derviche isolée dans sa cuisine sous les combles au début de son séjour parisien, pendant que son mari la prenait en photo et trempait le doigt dans les sauces, avait juste besoin d'éliminer une de ses causes d'angoisse. Mais cela en valait-il la peine ? Le riz trop cuit est-il vraiment si mauvais ?

Le Riz maso provoqua une quantité incroyable de commentaires sur mon blog et révéla un type de personnage dont j'ignorais l'existence :

Ne perdez pas de temps avec ces bêtises. Il vous faut un cuiseur de riz japonais, un point c'est tout ! Fini le riz trop cuit, fini le riz collant, FINI LE RIZ MASO. Si Julia avait eu la possibilité d'utiliser un cuiseur de riz quand elle rédigeait *L'Art de la cuisine française*, elle n'aurait juré que par lui ! Elle n'a jamais lésiné sur la qualité du matériel. Bises. Chris

Chris se révélait être une adepte inconditionnelle des cuiseurs de riz. Et elle n'était pas seule. Les cuiseurs de riz, selon cette population d'une stupéfiante prolixité, étaient le MUST. Certains avaient vu changer leur vie grâce à eux, semblait-il.

Ces révélations provoquèrent à leur tour la réaction passionnée d'un autre contingent tout aussi prolixe, qui se lamentait sur la manie obsessionnelle des gadgets et la paresse viscérale des partisans des cuiseurs de riz, les citant comme triste exemple de l'insatiable matérialisme de notre époque.

Ce n'est qu'un ustensile encombrant de plus, déclarait avec mépris un amoureux des cuisinières traditionnelles. Ne cédez pas, Julie !

J'étais assaillie des deux côtés, on me pressait alternativement d'acheter IMMÉDIATEMENT un cuiseur de riz, et de ne pas céder à l'appel de la petite lumière rouge clignotante. Tout ça finit par énerver les quelques rares d'entre nous qui n'avaient pas d'opinion décisive en la matière et se demandaient vraiment la raison de tout ce tapage. Comme l'écrivit Heathcliff : « J'ai préparé une sacrée quantité de riz dans ma vie et je ne me suis jamais posé la question. Est-ce une manie new-yorkaise ? Il ne s'agit que de RIZ, je vous le rappelle. »

Peut-être suis-je de nature trop inquiète, mais cette bataille de riz me causait du souci. Pourquoi ces gens se mettaient-ils dans tous leurs états pour des cuiseurs de riz, alors que même en me forçant, je m'en moquais éperdument ? Est-ce qu'une des questions clés de ma génération m'échappait ? Peut-être était-ce comme d'être fait ou non pour le mariage, Heathcliff et moi n'avions sans doute pas au nombre de nos gènes celui de l'intérêt pour les cuiseurs de riz.

Bon. Je suis peut-être trop inquiète de nature.

Isabel, comme d'habitude, apporta au débat sur le cuiseur de riz une contribution à la fois éminemment diplomatique et incurablement bizarre.

Je me dis qu'il existe peut-être un univers parallèle légèrement à part que nous pouvons tous entrevoir de temps en temps, dans lequel le riz cuit plus facilement et sans problème dans des casseroles pour certains d'entre nous, et dans des cuiseurs pour d'autres. De l'autre côté du Rideau de riz?

Personne n'avait la moindre idée de ce dont elle parlait, bien entendu, mais avec Isabel les précisions ne comptaient pas beaucoup. Nous avons tous apprécié l'intention, et le débat sur le cuiseur de riz est retombé, tous les protagonistes acceptant de ne pas être d'accord.

Les gimlets sont excellents quand vos tuyaux d'évacuation rejettent une infâme merde noire, et la mousse au chocolat peut vous aider quand ils fuient. Mais quand ils vont au-delà et se mettent à geler carrément pendant plusieurs jours, il faut recourir à un autre genre de traitement. La sagesse traditionnelle prétend que le remède aux canalisations gelées dans un appartement de Long Island serait de se laisser aller à quelques prises d'héroïne. Mais, malheureusement, j'avais déjà une addiction aux nourritures coûteuses, ce qui excluait toute dépense en substance récréative. Je me rabattis donc sur la préparation de grosses quantités de viande, que je mangeai jusqu'à complet abrutissement et épuisement de casseroles propres, dans l'ordre que vous voulez.

Julia écrit que le Navarin printanier, ragoût d'agneau aux légumes primeurs, «n'est plus maintenant un plat saisonnier grâce à la congélation», remarque qui, lorsque nous nous sommes réveillés dans un appartement glacial privé d'eau, semblait d'un à-propos qu'elle n'avait peut-être pas totalement prévu. L'avantage du Navarin printanier est qu'il requiert un minimum de casseroles, ce qui devient une vraie nécessité quand vous n'avez plus d'eau courante pendant trente-six heures et que le simple déplacement dans votre cuisine peut vous faire mériter une place dans l'équipe olympique de *hurdlers*[1].

Pour préparer le Navarin printanier, faites dorer à la poêle des morceaux de viande d'agneau préalablement épongés dans du papier absorbant – j'ai utilisé un mélange de morceaux de collier et d'épaule désossée – dans du saindoux, autre ingrédient qu'il est bon d'avoir à sa disposition si vous manquez de dope. Lorsque les morceaux sont bien dorés de tous côtés, sortez-les et mettez-les dans une cocotte, saupoudrez d'une cuillerée à soupe de sucre et laissez cuire une minute à feu vif. Ceci est censé caraméliser le sucre et donner à la sauce une couleur brune et un goût délicieux. Assaisonnez de sel et de poivre, faites sauter la viande avec quelques cuillerées de farine et mettez au four, dans la cocotte, pendant quelques minutes, à une température de deux cents degrés. Sortez du four, faites sauter la viande et remettez au four. Tout ceci est destiné à rendre la viande croustillante et dorée. Baissez le four à cent cinquante degrés.

Ensuite, vous déglacez la poêle où vous avez fait revenir l'agneau avec un peu de bouillon de bœuf ou, si par hasard vous êtes une sorte d'hyper gastronome dans mon genre, avec du bouillon d'agneau que vous avez justement dans le frigo. Versez le jus déglacé sur la viande dans la cocotte. Ajoutez des tomates pelées, épépinées et coupées en dés, ou, si vous êtes aussi flemmarde que moi, quelques cuillerées de concentré de

1. Coureurs de haies *(NdT)*.

223

tomate. Ainsi que de l'ail écrasé, du romarin, une feuille de laurier et sans doute encore un peu de bouillon de bœuf ou d'agneau, jusqu'à ce que la viande soit pratiquement recouverte. Amenez tout ça à ébullition sur la cuisinière, et surtout n'oubliez pas que la cocotte sort du four et est aussi chaude que tous les diables de l'enfer. Je l'oublie toujours, et par conséquent j'ai les avant-bras (ainsi que le ventre, après avoir stupidement choisi de cuisiner en tee-shirt court) couverts de cicatrices nacrées de brûlures qui ressemblent aux symboles spéciaux de puissance d'un X-Man. Quand le contenu de la cocotte atteint l'ébullition, remettez-la au four pendant environ une heure.

Eric qui, depuis qu'il ne peut plus faire la vaisselle, ne sait plus comment s'occuper, à part feuilleter les magazines empilés partout dans la maison – lesquels seraient beaucoup mieux employés, selon moi, pour faire une bonne flambée illégale –, a remarqué que l'appartement est très froid. Il est toujours froid, en fait, probablement à cause des brises arctiques qui soufflent au travers des jalousies défectueuses et couvrent totalement le malheureux chauffage par le sol pour lequel nous payons deux cents dollars par mois. Mais cet après-midi-là, *The New Yorker* ne suffit pas à lui faire oublier le froid. Il se met une idée en tête, mais il vous reste encore plein de choses à faire, et en plus vous n'avez pas pris de bain depuis trois jours, par conséquent vous le repoussez en lui demandant de vous préparer un gimlet.

Coupez en morceaux des pommes de terre, des carottes et des navets. Si vous en avez la patience, vous pouvez sculpter les morceaux en jolies formes rondes. Est-ce que ça change quelque chose ? Je ne saurais le dire, je ne suis pas patiente. Épluchez également des oignons grelots. Si vous n'avez pas d'autre eau que la neige fondue grise et sale que vous avez récoltée sur le trottoir et entreposée dans votre congélateur (congélateur qui devra donc être désinfecté à la soude), juste afin de pouvoir remplacer la chasse d'eau, vous allez devoir les éplucher sans les ébouillanter. Possible que vous ayez besoin d'un autre gimlet pour surmonter l'épreuve.

Lorsque l'agneau a cuit pendant une heure, sortez-le du four et ajoutez-y les légumes. Julia veut que vous «pressiez les légumes dans la casserole autour et entre les morceaux d'agneau». Il y a bien trop de légumes pour faire ça efficacement, mais tant pis, on essaie. L'agneau dégage une odeur fabuleuse à ce stade, ce qui tombe à pic, car vous en oubliez à quel point vous avez envie de vous supprimer.

Ce qui peut également vous aider, c'est ce petit vin australien, à condition de ne pas avoir peur de vous réveiller la bouche affreusement sèche à trois heures du matin en vous apercevant que votre dernière bouteille d'eau minérale est presque tarie, et en maudissant le nom de shiraz.

Cependant, ni le shiraz ni le Navarin printanier n'aideront au dégel de nos relations. Eric l'avait cru pourtant. Ce soir-là au lit, il se blottit contre moi, m'embrassa l'épaule et en bref me fit comprendre de manière très claire qu'il était temps selon lui de mettre un terme à l'ère glaciaire. Je fis semblant de ne pas m'en apercevoir aussi longtemps que possible, puis laissai échapper un soupir agacé.

«Qu'est-ce qui ne va pas?

– Tu cherches quoi, exactement?

– C'est que… Il fait tellement froid. Je me disais qu'on pourrait…

– Quoi? Faire l'amour? Eric? Je pue l'agneau rôti et la sueur de trois jours! Je ne me suis pas rasé les jambes! Il faut que je me lève demain matin pour aller travailler et que je rentre dans ce trou de merde pour CUISINER! Je ne VEUX pas faire l'amour! Peut-être que je ne voudrai plus JAMAIS faire l'amour!»

Eric se retourna et se recroquevilla sur l'autre côté du matelas, le plus loin possible de moi.

«Eric, excuse-moi.

– N'en parlons plus.

– Je regrette. Je suis énervée, c'est tout, et je suis tellement crevée…

– J'ai dit n'en parlons plus. Dormons, d'accord?»

D'accord. Ça n'a pas trop bien marché.

Si on y réfléchit, c'est un miracle que Julia se soit mariée. Vous imaginez vivre dans la même maison que quelqu'un ayant ce genre d'énergie, tout le temps? Isabel est un peu comme ça, d'une malléabilité enthousiaste, toujours prête à se laisser modeler par de nouvelles expériences, phobique à l'idée de se fondre dans un destin unique. C'est une perspective enviable, mais qui vous épuisera si vous êtes obligé de rester constamment à son niveau.

Jude avait écrit d'autres poèmes pour Isabel, et pas vraiment des trucs fleur bleue, au demeurant. Isabel partageait ces missives enflammées non seulement avec la totalité de son carnet d'adresses e-mail, mais également avec Martin. «C'est simple, je trouve qu'ils sont *géniaux*. Et vous?» Martin, selon Isabel, n'avait manifesté aucune réaction.

Des idées vous trottent dans la tête.

Le courriel qu'elle m'adressa ensuite sur le sujet était exactement ce que j'attendais et redoutais:

J'aime vraiment beaucoup Jude, et j'ai hâte de le rencontrer. Mais ce n'est pas uniquement à propos de Jude que je t'écris, ce n'est pas parce que je m'ennuie ou un truc comme ça. Je crois en fait que j'ai presque décidé, indépendamment de la façon dont ça se passera avec Jude, de demander à Martin de divorcer.

226

Comme je l'avais craint, l'abîme s'entrouvrait sous les pas d'Isabel tandis que je chantonnais.

Je reçus un dernier courriel le matin où elle prit l'avion pour se rendre en Angleterre. Elle avait dit à Martin où elle allait et pourquoi. Il avait le cœur brisé, naturellement. Il lui avait demandé si elle voulait aller voir un conseiller conjugal afin de sauver leur couple, mais elle avait refusé. « Je ne veux pas sauver notre couple, avait-elle répondu. Je ne veux plus être mariée avec toi. » Je suis sûre qu'elle a dit ça très gentiment. Isabel est quelqu'un de très gentil. Mais la cruauté de son geste me coupa le souffle et me laissa un point glacé dans la poitrine, une peur qui n'était pas seulement pour elle. Isabel disait qu'elle devait être cruelle pour sauver sa vie de la faillite. Je comprenais qu'on veuille sauver sa vie, et tout ce qu'on pouvait avoir envie de sacrifier dans ce but. Mais je songeais à Eric et moi, chacun dans un coin opposé de notre lit le soir, épuisés, gelés et imprégnés d'odeurs exagérées de cuisine française, et je me demandais si ça en valait la peine. Je me demandais, en fait, si nous étions bien en train de sauver nos vies.

Notre ancien maire, ce cher Rudolph Giuliani, a soutenu un jour que le progrès de la civilisation consiste essentiellement à tenir les excréments à l'écart des murs. C'est un point de vue intéressant, mais, si je puis me permettre, je dois dire que je ne suis pas d'accord. En matière de civilisation, la seule chose qui compte est l'eau courante. Lorsque la nôtre revint à huit heures et demie un mardi matin, après quatre-vingt-quatre heures d'absence, Eric et moi recommençâmes à nous sentir humains. Et ce n'est pas uniquement pour prendre une longue douche bien chaude que nous nous sommes fait porter malades ce jour-là.

Quant au Riz maso, je finis par l'abandonner sans me faire une opinion définitive sur ses mérites. Je n'achetai pas non plus de cuiseur de riz. Non que j'aie quoi que ce soit contre. Simplement, je n'avais pas envie d'aller à Chinatown. Cela me rappelait de mauvais souvenirs. À ce stade, je suis comme la Suisse du riz, neutre, je ne vais pas prendre de position marquée sur la question, mais pour l'instant ça me va très bien de faire cuire du riz Uncle Ben's dans une casserole d'eau bouillante.

Le jour où Isabel prit l'avion pour l'Angleterre pour une semaine de sexe torride avec je ne sais quel Angliche punk qu'elle n'avait jamais vu, sa théorie bizarre du Rideau de riz me revint à l'esprit. Et je commençai à comprendre ce qu'elle voulait dire. Il y a peut-être en ce monde des cloisons qui, une fois franchies, séparent les gens les uns des autres aussi sûrement que s'ils appartenaient à des univers différents. À partir du moment où quelqu'un commence à utiliser un cuiseur de riz, peut-être ne peut-il pas revenir en arrière. Mais peut-être la barrière franchie est-elle transparente, peut-être peut-il, en se retournant, regarder avec un mépris étonné ses anciens compagnons restés dans le monde ténébreux de ceux qui font cuire leur riz dans des casseroles. Pendant un certain temps, Isabel et moi avons été de ce côté-ci – pas du Rideau de riz, mais d'un autre rideau. Puis, au cours de sa recherche de salut, Isabel, soit par inadvertance soit parce qu'elle l'avait délibérément résolu, a traversé. Il fut un temps, par exemple lorsque ce fameux soir j'envoyai Eric sur les roses après trop de journées sans eau, trop de froid et trop de cuisine, où j'ai regardé de l'autre côté en pensant que j'allais la suivre. Puis le jour s'est levé, l'eau est revenue, j'ai fait l'amour à mon mari qui est aussi mon associé, et le rideau s'est refermé, avec Isabel de l'autre côté, pour toujours. Peut-être est-ce là ce qu'Isabel entend par rideau.

Ou peut-être suis-je trop inquiète, tout simplement.

« Attention !
N'essayez pas de réaliser de dessert nécessitant de foncer un moule avec des biscuits si vous ne disposez pas de biscuits à la cuiller de première qualité – secs et moelleux, surtout pas spongieux et ramollis. Les biscuits à la cuiller de qualité médiocre, qui sont malheureusement les seuls que l'on puisse se procurer dans les pâtisseries, vont rabaisser un dessert par ailleurs irréprochable. »

L'Art de la cuisine française, vol. 1

« ENFER ET DAMNATION, c'est tout ce que je peux dire. MAIS POURQUOI AI-JE DÉCIDÉ DE ME LANCER LÀ-DEDANS ? »

Lettre de Julia Child à Simone Beck,
14 juillet 1958

Le doux parfum de l'échec

« Le Projet est mort. On ne peut plus continuer. »

Je regardai sur le sol les débris de chou-fleur et de cresson à moitié écrasés. Puis le moulin à légumes qui avait éclaté en morceaux entre mes mains et qui gisait à présent sur mes genoux. Je levai les yeux vers mon mari, croisai son regard sombre et sévère.

« Tu… crois ? »

Le Projet est mort.

J'avais l'impression de n'avoir jamais rien entendu de plus beau.

Tout avait bien commencé, si tant est qu'un scénario prévoyant d'aller travailler un dimanche pour rentrer des données puisse être considéré comme un bon début.

Imaginez que vous allez voter. Imaginez seulement que, lorsque vous entrez dans l'isoloir, au lieu de trouver un bulletin de vote ou l'habituelle machine à voter et une série de choix faciles – Oui ou Non à la proposition 12 ; Démocrate, Libertaire, ou Diabolique –, vous trouvez une jolie petite brochure sur papier glacé avec un bandeau alléchant en travers de la couverture : « Nous voulons savoir ce que vous pensez ! » Imaginez que vous l'ouvrez et que vous voyez une série de questions destinées à connaître les nuances de votre position sur divers sujets : la justesse architecturale, l'étayage philosophique du projet de mémorial, les implications sociales de diverses initiatives économiques. Imaginez que, sous chacune de ces questions, il y a plusieurs lignes que vous pouvez compléter à votre gré et que l'on vous donne un joli stylobille bleu portant le logo de mon agence gouvernementale, que vous pourrez conserver.

Ça a l'air sympa, non ? Ça vous donne l'impression de faire partie du processus démocratique, non ? Ça vous donne l'impression que vos idées sont intéressantes.

Oui. Bon. À présent, prenez quelques instants supplémentaires pour imaginer ce qui va arriver à tous ces mots soigneusement choisis. Imaginez qu'ils vont être déchiffrés avec difficulté – beaucoup d'entre vous ont vraiment une écriture de cochon – et entrés, non pas scannés, mais tapés, lettre par lettre, en recopiant fidèlement chaque signe, dans un énorme programme informatique. Par des jeunes femmes sous-payées, parce qu'à part refiler des Kleenex et consoler des inconnus, il y a autre chose que les hommes frais émoulus des grandes écoles n'aiment pas faire, c'est entrer des données dans un ordinateur. Nous parlons ici de trente mille brochures. Ajoutez à cela un serveur qui plante sans arrêt et le fait qu'on ne chauffe pas les bureaux pendant les week-ends, et vous avez tout ce qu'il faut pour déclencher, au XXIe siècle, l'équivalent de l'incendie de l'usine Triangle Shirtwaist de 1911.

La seule chose qui me réconfortait était de me dire que je n'avais pas la responsabilité de concevoir un programme capable d'inclure des informations aussi essentielles que « Construisez s'il vous plaît cinq tours de couleurs différentes, blanc, noir, brun, jaune et rouge, pour représenter toutes les races des victimes », ou « Tout ce bordel est NUL », dans une analyse cohérente susceptible d'être distribuée en conseil d'administration.

Donc, j'entrai ma part de données pour la journée et retournai chez moi en passant par l'épicerie du coin pour les provisions nécessaires au dîner. Je faisais ce soir-là un simple poulet rôti Sauce diable et du Chou-fleur en verdure (purée de chou-fleur et de cresson à la crème). La Sauce diable est une variante enrichie de la Sauce ragoût, un roux classique qui vous donne l'impression d'être vertueux, équilibré et français. La purée de chou-fleur et de cresson avait également un parfum d'authenticité. Par anticipation, je me sentais déjà bien. Je sortis du métro à Queens cet après-midi-là, à une station aérienne où je n'avais pas l'habitude de descendre et là, sur le quai, par cette journée étonnamment douce pour la saison, avec les gratte-ciel de Manhattan qui se découpaient devant moi dans le ciel bleu tendre, je me dis : « Tu vois, on n'est pas si mal à New York. »

Ah !

La Sauce ragoût doit cuire au moins deux heures, je la commençai donc dès que j'arrivai à la maison. Comme je n'avais pas de carcasses de poulet à ma disposition, j'avais acheté des ailes et des gésiers pour enrichir la sauce. Je commençai par les faire revenir dans un mélange de beurre et de saindoux, avec des carottes et des oignons hachés. Seulement, je mis trop de morceaux de poulet en même temps dans la casserole, si bien qu'ils eurent du mal à dorer. Je réussis tout juste à les raidir un peu et à leur donner une légère couleur jaune avant de les sortir et de faire, avec de la farine que je mouillai de plusieurs tasses de bouillon de bœuf, un roux blond additionné d'un peu de vermouth et d'une cuillerée de concentré de tomate. J'y remis le poulet, avec du thym, une feuille de laurier et quelques brins de persil. Ça sentait très bon. Pas de problème.

Je passai ensuite aux biscuits à la cuiller, pour la Charlotte Malakoff aux fraises. J'avais déjà fait des biscuits. Ainsi qu'une Charlotte Malakoff. Je n'imaginais donc pas que celle-ci me poserait problème. Je mesurai tranquillement mon sucre glace, mon sucre cristallisé, ma farine à gâteaux, mélangeai. Je séparai les blancs des jaunes d'œufs. Beurrai et farinai mes tôles de cuisson.

« Il faut absolument que la pâte obtenue soit assez ferme pour garder sa forme, écrit Julia Child. Ce qui demande beaucoup d'expertise pour monter les blancs en neige et les incorporer à l'appareil. » Bon, il y a un truc délicat. Pas de problème, je ne suis que délicatesse. Et je l'ai déjà fait, comme sur des roulettes. Je battis le sucre cristallisé avec les jaunes d'œufs, puis ajoutai la vanille. Je battis les blancs d'œufs en neige ferme avec une pincée de sel et une cuillerée de sucre. Puis je versai un quart des blancs sur les jaunes et tamisai la farine par-dessus. Un quart à la fois, je mélangeai les ingrédients les uns aux autres, délicatement, afin que la pâte ne retombe pas, puis versai le tout dans une poche à douille.

Je commençai à déposer des rangées de pâte à biscuits sur ma tôle. Je dois préciser que les poches à douille, ce n'est pas vraiment mon truc, et que la pâte était très collante. Je crus donc, au début, que ce n'était qu'un mauvais départ et que les choses allaient s'arranger. Mais il devint rapidement évident que quelque chose n'allait pas. La pâte se répandait en flaques sur la tôle et, alors que la recette était censée produire vingt-quatre biscuits, je réussis à en aligner seulement quinze. Toute cette histoire d'« expertise pour monter et incorporer les blancs » n'avait visiblement pas fonctionné.

Je me mis à douter sérieusement du résultat mais que pouvais-je faire, sinon continuer ? Je saupoudrai d'une épaisse couche de sucre glace. Julia disait qu'on pouvait enlever l'excédent en retournant les tôles et en les tapotant légèrement, et que les biscuits resteraient en place.

Vous connaissez la vieille blague ? Un type arrive dans le cabinet du médecin avec un canard collé sur la tête. Le docteur demande : « Que puis-je faire pour vous ? » Le canard répond : «Décollez ce mec de mon cul !» C'était exactement ça. Vous tapotez les tôles et la moitié des biscuits tombent par terre alors que l'excédent de sucre glace colle comme un charme. Juste le contraire de ce que j'attendais, vous voyez ? Badaboum.

Je flanquai les tristes restes de mes biscuits dans le four. Quand je leur jetai un coup d'œil douze minutes plus tard, ils étaient, sans étonnement aucun, dans un état indescriptible. Le sucre glace avait caramélisé tout autour comme une mare de goudron dans laquelle mes biscuits languissaient, tels des mastodontes échoués.

Ce qui aurait dû suffire à mettre sur-le-champ un terme au fiasco Malakoff si Eric, avec son putain d'optimisme, n'avait choisi cet instant pour élaborer à ma place une éthique professionnelle. «Je suis sûr qu'ils peuvent encore faire l'affaire. Sûr et certain ! N'abandonne pas !»

Bon. *Parfait.*

Je décollai donc les biscuits, réussissant même à ne pas tous les casser, et les mis à refroidir sur une grille. J'épluchai des fraises et mélangeai la liqueur d'orange et l'eau dans laquelle je devais tremper les biscuits avant d'en foncer mon moule à soufflé.

Foncer le moule à soufflé impliquait de couper les biscuits en petits morceaux pour bien les imbriquer dans le fond et sur les côtés. Il était clair que je n'aurais pas assez de biscuits, mais je tentai quand même le coup. Je trempai les biscuits soigneusement découpés dans le mélange de liqueur d'orange puis enduisis les bords du moule avec la boue sucrée et à moitié désintégrée qui en résulta.

Il se faisait tard. La Sauce ragoût serait bientôt cuite et je n'avais pas encore commencé la purée de chou-fleur et de cresson. Je mis de l'eau à chauffer dans une casserole. J'épluchai mon chou-fleur et mon cresson.

C'est en revenant à la recette Malakoff que je craquai.

La charlotte requérait une demi-livre de beurre non salé. Je n'avais pas une demi-livre de beurre non salé. Ni d'ailleurs de demi-livre de beurre d'aucune sorte.

Et *merde* !

Les fraises épluchées retournèrent au frigo, ainsi que le moule à soufflé et sa soupe de biscuits. Je jetai le chou-fleur dans l'eau bouillante puis, quelques minutes plus tard, le cresson. Égouttai le tout dès que le chou-fleur fut tendre.

Il y avait un tas de vaisselle dans l'évier. Tant de vaisselle. Mon mari ne faisait rien d'autre que laver la vaisselle depuis près de six mois. Exactement comme moi, je n'avais rien fait d'autre que rater mes biscuits à la cuiller.

Comment pouvait-il être déjà dix heures du soir ? J'étais épuisée. Les données à entrer le lendemain se profilaient, menaçantes, dans mon esprit de plus en plus angoissé. Je sortis mon moulin à légumes de sous une pile d'ustensiles poisseux qui dégringolèrent du placard. C'était un cadeau de ma belle-mère. Je ne l'avais jamais utilisé. Comment monte-t-on ce foutu bazar, au fait ? Ah, voilà.

Je mis le chou-fleur et le cresson dans le moulin, au-dessus d'un saladier, et commençai à tourner.

Non. Non. Pas comme ça.

Je versai le chou-fleur et le cresson dans un autre saladier – un autre plat à laver... Je tentai à nouveau d'assembler le moulin. Non. Non. Pas moyen de l'emboîter. Pas. Moyen. DE. L'EMBOÎTER.

C'est là que vous pouvez insérer l'épisode horrible de la chute. Vous avez déjà tout entendu. Il suffit de dire que c'était pire, cette fois. Le comble. Le volcan Krakatoa. La fin de ce putain de monde.

Côté blog, silence inquiétant. Grésillements. Puis :

… Alors ? Que s'est-il passé ? Mon Dieu, ce suspense me tue !

Lentement, les fidèles se rassemblent pour veiller.

Julie ? Vous êtes toujours là ? Vous n'allez pas renoncer, hein ? Ça ne peut qu'aller mieux à partir de maintenant. Et songez au grand vide qui envahirait notre monde si vous abandonniez maintenant. – Chris

Aucun d'entre nous ne fera jamais le huitième des recettes de n'importe quel livre de cuisine, dans notre vie tout entière. Nous aimons votre Projet, mais bon sang ! Si vous faisiez un seul plat par jour ? Par exemple, des petits pois le lundi, du poulet le mercredi et des biscuits à la cuiller le samedi ? Ce que je veux dire, c'est que ce n'est pas forcément tout ou rien. Ne faites que ce que vous pouvez faire. Nous sommes de tout cœur avec vous. Et avec Eric aussi ! – Pinky

Prenez deux semaines de vacances sans entrer dans la cuisine. Remplacez Eric à la vaisselle. Mangez des plats préparés. Ce n'est plus une recherche d'épanouissement, c'est une marche funèbre. – HandyGirl5

… Est-ce que vous pourriez faire agrandir votre appartement ?…

…Avez-vous la possibilité de prendre des vacances ?

… Ménagez-vous…

Si seulement vous utilisiez moins souvent le mot p***. Ça n'ajoute rien. – Clarence

Est-ce l'amour ou est-ce le Memorex ? Je ne sais. Le World Wide Web est un drôle d'animal. Tout ce que je sais avec certitude, c'est que la Sauce ragoût se garde facilement une journée. Ce qui fait que je pus attendre le lendemain pour la passer et la faire réduire avec du vermouth et une généreuse dose de poivre afin de réaliser une savoureuse Sauce diable pour accompagner mon poulet rôti.

Oh, et je sais aussi qu'après une bonne nuit de sommeil – même après avoir pleuré toutes les larmes de son corps – et un peu de réconfort de la part de gens qui vous aiment, ou vous envoient leurs témoignages d'affection, même si ce sont des gens que vous n'avez jamais vus, parfois la fin du monde n'y ressemble plus tout à fait. À la fin, je veux dire. C'est pourquoi, le lendemain soir, je réussis à écraser mon chou-fleur et mon cresson à l'aide d'un presse-purée au lieu d'un moulin à légumes, à faire une béchamel avec l'enthousiasme de quelqu'un qui serait né avec cette substance dans les veines, et à gratiner tout ça au four avec de la crème et du fromage pour produire au final une bouillie verte, blanche et dorée incroyablement délicieuse, qui accompagnait à la perfection mon poulet à la Diable.

Fin de ce putain de monde ? Pas de *problème*.

Hourra ! Je n'ai jamais douté. En fait, je voulais vous dire que j'avais HONTE pour tous ces gens, hier, qui vous suggéraient de prendre des vacances. Ce serait pure comédie de faire croire que vous n'êtes pas de l'étoffe la plus solide qui soit ! Je voulais vous dire non, non ! Ne les écoutez pas ! Continuez votre combat en bon petit soldat. Car c'est d'un soldat dont vous avez l'étoffe (je ne vais pas tarder à me faire rire). Mais sérieusement, il faut que les gens comprennent que, puisqu'il n'existe qu'une poignée d'individus capables, physiquement et mentalement, de seulement TENTER ce que vous êtes en train de faire, cela signifie que vous DEVEZ continuer. La grandeur romanesque de la marche funèbre devrait être évidente pour vos fidèles lecteurs, et ce qu'il y a de bien, c'est que vous ne mourrez pas à la fin (touchons du bois…). Bises. – Isabel

D'accord avec tout ce qu'elle a dit… – Henry

Bon, la suite a commencé avec des sauces épicées.

Le livreur les avait laissés chez le vendeur de sand-wichs en bas de l'immeuble. Papa Johnny – c'est ainsi que tout le monde l'appelle, c'est adorable, non ? – me fit signe tandis que je revenais du boulot. « J'ai pour vous », me cria-t-il en m'invitant à entrer. Il désignait deux colis sur le comptoir, l'un un peu plus gros qu'une boîte à chaussures, l'autre plus volumineux qu'un carton à chapeau et très léger. « Pour vous. »

Je les montai et les ouvris sur-le-champ en déchirant l'emballage. Dans l'un, un énorme sachet de *tostito chips* texans, bien protégé dans des haricots de poly-styrène. Dans l'autre, trois pots de sauce « Religious Experience » : médium, épicée, et « fureur ».

> *Chère Julie,*
> *J'espère que vous ne m'en voudrez pas de vous envoyer ceci. Vous avez dit que Religious Expe-rience est votre marque préférée de sauce épicée, et j'ai pensé que ça pourrait vous rendre service la prochaine fois que votre moulin à légumes rendra l'âme.*
>
> > *Cordialement. Un fan du Texas.*

Je suppose que j'aurais pu m'inquiéter cinq minutes de la facilité avec laquelle un inconnu avait trouvé mon

adresse. Je suppose que ça aurait dû me flanquer la
trouille. Mais une chose est sûre, Religious Experience
est la meilleure des sauces.

Lorsque je parlai sur le blog de cette manne tombant du
ciel, cela donna des idées à quelques autres bloteurs.

Je reçus d'Oregon un livre illustré de photos de
nourriture en forme d'animaux, et un roman de Philip
Pullman. D'un fan du jardinage de Louisiane, de la
poudre de piment et un sac Ziploc plein de romarin
séché. De L.A., une tablette de chocolat Scharffen
Berger, de la moutarde aux anchois et un sac bandou-
lière créé spécialement pour les acteurs et l'équipe de
tournage de Laurel Canyon, un film que j'adore parce
que – vraiment – on ne peut pas faire mieux comme
relations entre filles que celles de Fran McDormand et
Kate Beckinsale.

À peu près à cette période, je donnais beaucoup dans
le gigot de mouton. Vous savez que le gigot de mouton
n'est pas bon marché, sauf si vous habitez la Nouvelle-
Zélande, ce qui n'était à l'évidence pas notre cas. Eric
et mon compte en banque en supportaient les consé-
quences. C'est alors qu'Isabel eut l'idée de l'onglet
Donation.

Un onglet *Donation* est un lien, sur un blog ou un
site Web, qui vous envoie directement sur Paypal ou
sur un autre site de transfert financier en ligne, et par
l'intermédiaire duquel vous pouvez facilement, en toute
sécurité, verser de l'argent à la personne dont le site web
est pourvu de ce lien. L'idée d'Isabel, c'était que si je
proposais cette option je n'aurais plus qu'à ramasser des
centaines de dollars et mes problèmes financiers seraient
ainsi résolus. Je me disais qu'Isabel était dingue.

Mais il s'avéra qu'en fait les gens prêts à me donner
de l'argent étaient beaucoup plus nombreux que ceux
qui voulaient m'offrir de la sauce Religious Experience.
Quelques heures à peine après avoir réussi à me doter

de ce lien, l'argent commença à arriver. Cinq dollars par-ci, dix par-là, un dollar cinquante, dix dollars. Cette fois encore, je trouvai ça un peu inquiétant, car comment ne pas penser qu'Oussama Ben Laden avait peut-être gagné ainsi son premier million ? Je ne gagnai pas un million, mais j'eus bientôt une jolie petite cagnotte dans laquelle puiser à discrétion pour mes gigots d'agneau. Dieu merci, car il aurait été trop dommage de gaspiller l'argent du loyer pour un Rôti d'agneau marinade au laurier.

Six tasses de vin rouge, une tasse et demie de vinaigre de vin rouge, une demi-tasse d'huile d'olive, trente-cinq feuilles de laurier, sel, poivre en grains. Déposer le rôti d'agneau dans la marinade, couvrir, ne pas oublier de tourner de temps en temps, et laisser mariner quatre à cinq jours.

À la température de la pièce.

Nous avons invité quatre femmes à partager notre festin d'agneau putréfié. Le fait que toutes les quatre aient été empêchées de venir au dernier moment par des circonstances parfaitement légitimes est l'une des preuves les plus évidentes que j'aie jamais rencontrées de l'existence d'un Dieu juste et protecteur qui veille sur nous. Enfin, sur elles, en tout cas.

Au cours de la soirée, mon mari et moi avons comparé l'agneau à ses divers stades de préparation à un extraterrestre mort-né ou à un morceau de viande non identifié trouvé par des révolutionnaires français enragés dans la cave du château abandonné d'un aristo. En un sens, cet agneau mariné dans du vin rouge et des feuilles de laurier est la quintessence même de la cuisine française : vous prenez un morceau de viande quelconque et vous lui faites subir tous les traitements possibles jusqu'à ce qu'il ait bon goût. Enfin, sauf pour le goût, justement. Ça n'a pas trop bien marché de ce côté-là. Eric perçut une acidité de jus de raisin en boîte, moi une odeur de lait caillé. Je suppose que nous pouvons nous estimer heureux de ne pas avoir fini la soirée à vomir dans les toilettes.

Ce qui veut dire aussi que nous pouvons remercier les bloteurs grâce à qui nous ne payons pas l'agneau que je détruis.

Bonjour à tous,

Je voudrais juste dire à quel point j'apprécie le soutien que vous avez offert à Julie pendant ces derniers six mois. Je ne savais pas pourquoi elle s'est lancée là-dedans. Elle a toujours été folle. Mais elle a de la chance d'avoir des amis comme vous tous, car grâce à vous tous, je vois maintenant qu'elle a eu raison de le faire.

Merci,

La mère de Julie

P.S. — Clarence, qu'est-ce qu'on en a à foutre de votre putain d'opinion, de toute façon.

Septembre 1946
Bucks County, Pennsylvanie

« *Quand j'ai repris connaissance, j'étais couverte de sang. Ce pauvre Paulski était blanc comme un linge. Il croyait avoir perdu sa femme avant même de l'avoir épousée.* »

« *Mais tu veux dire que ça s'est passé* hier ? *Julia, tu aurais pu repousser la cérémonie d'un jour ou deux, quand même.* »

Elle secoua la tête en souriant. « *Il continuait à essayer de me coller une compresse sur la tête mais moi, la seule chose à laquelle je pensais, c'était à mes chaussures. Quand j'avais été éjectée de la voiture, elles avaient carrément été projetées et croyez-moi, quand on a des pieds aussi grands que les miens, on ne prend pas à la légère la perte d'une paire de chaussures. Je lui ai crié : "Ne t'en fais pas pour moi, Paul. Cherche plutôt mes pompes en croco !"* »

Paul la regardait. Entourée de ses amis et de ceux de Paul, elle était vêtue d'un ensemble d'été à carreaux marron qui lui faisait des jambes interminables. Elle avait encore un pansement sur l'œil mais réussissait on ne sait comment à lui donner un air désinvolte et amusant. Elle était radieuse.

« *Alors, frangin, tu as fini par franchir le pas. Tu as mis le temps !* »

Charlie lui tapa sur l'épaule. Il lui apportait un deuxième verre de champagne et pourtant il ne se souvenait pas d'avoir bu le premier.

« *Encore heureux que tu n'aies pas réussi à la tuer avant.*

— Oui, comme tu dis. Tu sais, j'ai vraiment la tête qui tourne. Je ne sais pas si c'est le champagne, parce que je me marie ou parce que je viens d'échapper à la mort.

— Un peu des trois, j'imagine. »

La canne qu'on lui avait donnée à l'hôpital ne cessait de s'accrocher dans les pavés du patio de son frère, mais peu importait. Il avait l'impression qu'il aurait pu danser la gigue. Julia faisait rire Fanny aux éclats. Même son renfrogné de père ne pouvait s'empêcher de sourire.

« *Regarde-la, Charlie. Tu te rends compte, j'ai failli la rater.*

— Bah, ne t'en fais pas. Estime-toi heureux que l'idée ait fini par entrer dans ta tête de pioche ! »

Paul croisa le regard de Julia et elle le gratifia d'un superbe sourire épanoui. « *Buvons à ma chance !* »

Crêpes flambées !

Tout a commencé vers le premier avril. Une pulsation dans ma tête et dans les profondeurs de mon ventre, moins douloureuse qu'implacable. Et familière. Les problèmes plus immédiats d'achat et de préparation et les objectifs moins ambigus du Projet culinaire avaient pour un temps recouvert cet élancement plus ancien et intangible. Mais à mesure qu'approchait le dernier jour fatidique, mon horloge biologique refusait de se laisser ignorer plus longtemps.

« Peut-être que nous devrions avoir un bébé ?

– Quoi ? Tu veux un bébé ? Maintenant ? »

Nous étions en train de manger des Wolfman Jack Burgers, c'est-à-dire ce qu'Eric préparait systématiquement le jeudi. Nous avions institué ce que nous appelions les « jeudis épicés » d'Eric, afin de souffler un peu entre la rigueur et la richesse calorique des menus de *L'Art de la cuisine française*. Après tout, Eric et moi sommes texans, et nous ne nous étions jamais passés si longtemps de piments *jalapeños*. Les Wolfman Jack Burgers sont une création de Hut's, un restaurant d'Austin particulièrement génial spécialisé dans les hamburgers. Eric en prépare une version avec des piments verts, du fromage Monterey Jack, de la crème aigre, du bacon et de la mayonnaise. Un jour, bien longtemps avant le Projet, Eric avait fait goûter un Wolfman Jack Burger à un de ses copains de fac qui n'avait pas mangé de viande depuis trois ans. Le copain avait vomi pendant deux jours d'affilée, ce qui peut arriver quand on est assez stupide pour ne pas manger de viande. Quoi qu'il en soit, nous nous régalions.

«Enfin, un jour. Et tu sais ce que disent les médecins. Ce ne sera peut-être pas si facile que ça pour moi.

– Je sais. Mais tout de suite? Nous n'avons pas d'argent. Tu as ton Projet et…

– Tu réalises que je vais avoir trente ans dans quinze jours, oui? Tu sais à quel point il est plus difficile de tomber enceinte après trente ans?

– Non. À quel point?

– Je ne sais pas. C'est plus dur, c'est tout. Et en plus j'ai ce *syndrome* à la con…» Je soulevai l'assiette posée sur mes genoux pour la porter à la cuisine. «Il reste des hamburgers?

– Les garnitures sont dans le four. Écoute, je pense que nous devrions attendre que ton Projet soit terminé pour en parler.

– D'accord. On va attendre cent sept ans, et pendant ce temps-là mon *syndrome* va me faire grossir, me rendre moche, poilue et repoussante, et après ça je n'aurai plus qu'à mourir. On ne pourrait pas avoir un chien, au moins?

– Un *chien*? Comment pourrait-on s'occuper d'un chien? C'est tout juste si on peut s'occuper de nous-mêmes. Julie, c'est un "jeudi épicé", aujourd'hui. Tu es censée te détendre.

– Mais comment est-ce que je pourrais me détendre? J'entends pratiquement le tic-tac de ma pendule…

– Il faut que tu te calmes.»

Que tu te calmes. Comme si…

Lorsque j'annonçai à Eric le lendemain soir que, pour la première fois de ma vie, je faisais des crêpes pour garnir un plat d'épinards à la crème, il se hâta de se préparer un sandwich fromage mayonnaise, prévoyant un dîner tardif aux alentours de minuit. Mais ce fut incroyablement rapide et facile. La pâte à crêpes est simplement composée d'œufs, de lait, d'eau, de sel, de farine et de beurre fondu mélangés au mixer. Même en comptant le temps de faire fondre le beurre sans l'aide d'un four à micro-ondes, il faut à peu près quatre minutes en tout. Et si vous ne tenez pas compte de la consigne de JC de laisser reposer la pâte pendant six heures – ce qui fut mon cas, inutile de le préciser – la cuisson proprement dite n'est pas beaucoup plus ardue. Ou ne le fut pas cette fois-là, en tout cas. Je fis bien chauffer la poêle, la frottai avec un morceau de lard, y versai un peu de pâte et fis tourner la poêle jusqu'à en recouvrir le fond. À l'aide d'une spatule que je glissai tout autour, je décollai la crêpe et hop ! je tentai de la retourner à la main. Elle se déchira, mais cela ne me découragea pas. « La première crêpe est un essai », dit Julia. Je frottai à nouveau la poêle avec le lard, versai à nouveau de la pâte, un peu plus cette fois. Fis tourner rapidement la poêle, décollai à la spatule la crêpe qui dorait à toute vitesse. La retournai avec les doigts.

« *Voilà !* Une crêpe ! Je suis le roi du monde ! »

C'était si facile que ça ne valait pas la peine d'en parler. Dès la quatrième, je les faisais sauter pour les retourner comme si j'avais fait ça en venant au monde. Et ce soir-là, je ne pensai pas une seule fois à mon syndrome ni à mes trente ans qui approchaient.

Rien n'est jamais si facile, cependant. J'aurais dû m'en douter.

La semaine suivante fut un enfer de crêpes. Je fis des crêpes sucrées, salées, des crêpes aux blancs d'œufs en neige, des crêpes à la levure, des crêpes farcies, roulées, flambées. Et à chaque fois, les crêpes collèrent. Brûlèrent, se déchirèrent. Quand elles réussissaient à sortir de la poêle, c'était sous les formes les plus étranges.

Un soir qu'Eric devait s'absenter pour une conférence, j'invitai Sally et Gwen pour une soirée crêpes entre filles. J'aurais dû savoir que les planètes m'étaient à nouveau défavorables lorsque, en faisant la pâte à crêpes, mon mixer – que je dois poser sur la poubelle quand je l'utilise parce que c'est un énorme truc encombrant et que les prises sont mal placées – se mit à cracher du lait et de l'eau, et ce, naturellement, alors que j'avais tout juste réussi à rendre l'appartement à peu près présentable. Mais je n'ai jamais été douée pour interpréter les présages.

Je fis cuire des épinards et réalisai en un clin d'œil une sauce Mornay pour la garniture de mon Gâteau de crêpes. Tout semblait aller à merveille. Sally arriva avec de la glace Milky Way. Pendant qu'elle faisait le tour de l'appartement en feignant de ne pas remarquer les tas de linge sale, la couche de poussière et l'odeur de litière à chat qui avait besoin d'être changée, je mélangeai dans un saladier du fromage blanc avec du sel, du poivre et un œuf. Gwen arriva ensuite et, comme d'habitude, se mit immédiatement en devoir de préparer les cocktails, pendant que je hachais des champignons et les faisais revenir avec des échalotes dans un mélange de beurre et d'huile, avant de les incorporer au fromage battu. Tout se passa sans incident, ce qui ne veut pas dire rapidement. Il était presque dix heures quand je commençai à faire les crêpes proprement dites.

Je fis chauffer la poêle. La frottai avec un morceau de lard. Y versai une louche de pâte. Fis tourner la poêle pour y répandre la pâte.

La crêpe resta attachée à la poêle comme si on l'y avait collée à la Superglu.

OK. OK. La première crêpe est un essai. Il suffit de recommencer.

Je grattai la poêle, la lavai, la refis chauffer, la frottai de lard, y versai la pâte.

Qui colla à nouveau comme de la glu.

S'il n'y avait eu qu'Eric dans les parages, je suis sûre que je me serais laissée aller à une colère psychotique assaisonnée d'obscénités. Je suppose que c'est une bonne chose que je puisse être moi-même en sa présence. Mais devant mes copines, j'étais obligée d'agir comme si j'étais saine d'esprit, je me contentai donc de grincer des dents et de recommencer. Pour la troisième fois, je refais exactement la même chose, verse la pâte dans la poêle chaude et, miracle ! ça marche. En moins d'une minute, j'ai une belle crêpe dorée.

Après ça, tout va bien pendant un moment, avec le soutien des vodkas tonic et des Marlboro light. J'en fais à peu près quatre sans incident avant que les crêpes ne se remettent à coller. Et je dois recommencer toute la comédie de grattage et lavage deux ou trois fois avant de pouvoir continuer.

Sally peut rester toute une nuit sans dormir si c'est en compagnie de l'un de ses divers David, mais la perspective de se coucher à point d'heure juste pour manger un truc comprenant trois variétés de fromages avait un peu refroidi son enthousiasme. Elle tentait de résister courageusement. Je devais en principe faire vingt-quatre crêpes, mais quand j'eus réussi à en produire seize, aux environs de onze heures, je décidai d'avoir pitié de nous et de me contenter de ce que j'avais.

Le Gâteau de crêpes se révéla superbe, en fait. J'empilai les crêpes en les garnissant alternativement d'épinards et de fromage blanc aux champignons, nappai de sauce Mornay et remis le tout à chauffer dans le four. La sauce Mornay avait beau être d'une couleur beigeasse un peu anglaise et assez bizarre, le gâteau une fois coupé était magnifique, avec toutes ces couches de vert, de jaune d'or et de blanc. Dommage que tout le monde ait été presque endormi à ce moment-là.

Le problème n'était donc pas que les crêpes étaient

ratées à tous les coups. C'était juste qu'on ne pouvait pas prévoir si on allait les réussir ou non. Parfois elles collaient, parfois non. On pouvait réaliser trois crêpes en trois minutes, et passer ensuite une demi-heure pour la quatrième. Je commençai à en faire des cauchemars. Une nuit, je rêvai que tous les employés du bureau dînaient ensemble, avec ma famille et Buffy la tueuse de vampires. Tandis que j'avais une réunion en bas dans le hall avec M. Kline, Nate et Buffy afin de mettre au point un plan contre les lèche-bottes envoyés pour détruire le monde, ma mère se retrouvait dans la cuisine du personnel à faire des crêpes par centaines, jusqu'à ce qu'elle finisse par disparaître sous des piles de crêpes légères, dorées et floconneuses.

À mesure que la semaine passait, les pulsations de mon horloge biologique se syncopaient avec mon angoisse de crêpes sur un rythme de jazz. Si jamais j'arrivais à l'âge de trente ans sans savoir faire les crêpes ? À quoi aurait servi tout cet exercice ?

Le «jeudi épicé» suivant, Eric décida de mélanger un peu les genres. Je devais rentrer tard ce soir-là à cause d'une conférence de presse organisée par l'agence et Eric s'était dit que, comme je me faisais du souci, il allait peut-être pouvoir me soulager l'esprit sur un point, au moins, et se débarrasser d'une recette de cuisine.

Pour sa première incursion dans le Projet culinaire, mon mari choisit de réaliser du Foie de veau sauté avec Sauce crème à la moutarde et Épinards gratinés au fromage. Après examen des recettes, il se dit qu'elles ne semblaient pas trop difficiles, estimant qu'il lui faudrait environ quarante minutes pour réaliser les deux plats. En sortant du bureau, il passa acheter le foie chez un boucher d'Astoria originaire d'Europe de l'Est. Malgré le retard que causèrent les huit pompiers qui étaient devant lui et qui n'arrêtaient pas de critiquer le boucher

– « Où avez-vous appris la boucherie ? Eh, attention, nous n'aimons pas qu'on touche notre viande avec les doigts. Ne l'écoutez pas, les doigts contiennent des protéines ! » –, il réussit malgré tout à arriver à la maison peu après sept heures, juste à temps pour capter *BBC World News* avec Mishal Husain (la présentatrice d'informations la plus sexy du monde, selon Eric). Il n'y avait pas urgence, car je ne devais pas rentrer avant neuf heures et demie au plus tôt. Il se disait qu'il allait commencer vers huit heures et demie et que tout serait prêt quand je passerais la porte. Il bricola donc dans la maison, lut des magazines, ramassa des chaussettes sales et autres choses de ce genre jusqu'à neuf heures moins vingt. Il lava les épinards et, à neuf heures et quart, commençait à les faire sauter, quand il eut l'impression que quelque chose clochait. Il comprit soudain qu'il avait pris la recette en cours de route et qu'il devait d'abord faire cuire les épinards à l'eau puis les hacher, avant de les faire revenir. Il les retira en toute hâte de la poêle et mit de l'eau à bouillir. Il était en train d'allumer le gaz quand je rentrai du travail, pas vraiment surprise par les problèmes qu'il rencontrait.

Vers dix heures et demie, les épinards étaient bouillis, hachés et revenus dans le beurre. Eric ajouta au mélange de la crème et du gruyère, avant de le verser dans un plat à gratin et de le saupoudrer de deux cuillerées de chapelure et d'encore une pincée de gruyère. Hop, une demi-heure au four. Maintenant, le foie. Il sala et poivra les tranches, les farina puis les fit revenir dans une poêle chaude dans un mélange de beurre et d'huile. Elles furent cuites en un instant, avant qu'Eric ne se soit rendu compte qu'il devait faire une sauce pour les accompagner. Il avait la tête qui commençait à tourner. Il ajouta de la crème et laissa mijoter une bonne minute avant de relire la recette et de s'apercevoir qu'il aurait dû d'abord ajouter une tasse de bouillon pour déglacer la poêle. Ce n'est qu'à partir de ce moment que je commençai à entendre des «Merde ! Merde ! » en provenance de la cuisine.

«Pas grave, criai-je du canapé où j'étais effondrée, à moitié comateuse. Ça ira très bien ! » Je n'avais pas la moindre idée de ce qu'il avait raté, et m'en moquais éperdument. Je n'avais qu'une envie : manger et aller me coucher.

À onze heures, il décida qu'il ne pouvait rien faire de plus. Il retira la sauce du feu, et mit un point final en y ajoutant du beurre et de la moutarde.

Nous avons mangé notre foie aux épinards en regardant les honorables gentlemen de la Chambre des communes britannique s'engueuler comme des chiffonniers à propos de l'invasion de l'Irak sur CSPAN. Et c'était vachement bon. Parce que c'étaient du foie et des épinards au fromage, mais surtout parce que je n'avais pas eu à les préparer. Il m'arrive d'avoir envie de taper la tête d'Eric contre une pierre, mais parfois il sait exactement comment s'y prendre pour me faire oublier que je vais bientôt avoir trente ans : me réduire à un état comateux grâce à une émission anglaise d'informations puis me soigner avec des abats en guise de remède.

J'éprouve en ce moment un sentiment d'échec. Ce n'est pas tant la perspective d'avoir trente ans que la peur de finir par en avoir quarante et de passer une autre décennie sans avoir fait quoi que ce soit qui en vaille la peine. Qu'ai-je à mon actif pour celle qui vient de s'écouler, en fait ? Un mari – un mari divin, il faut le dire –, ce qui serait en soi une réussite significative, n'était le fait qu'il devrait selon toute logique demander le divorce pour se débarrasser de moi et du Projet Julie / Julia.

Ce qu'il y a de bien avec les blogs, c'est que ça vous donne toute latitude pour gémir à votre aise. Quand Eric ne pouvait plus supporter mes jérémiades, je pouvais les poursuivre dans le cyberespace. J'y trouvais toujours une oreille compatissante.

Si vous croyez être vieille à trente ans, attendez seulement d'en avoir soixante-dix comme moi ! COMMENT SE FAIT-IL QUE J'AIE CET ÂGE-LÀ ? Je n'arrive pas à y croire, mais j'adore chaque minute qui passe, en particulier grâce à des amies merveilleuses que je connais depuis le lycée ! ! Mon mari est un trésor, lui aussi, un homme parfait sous tous rapports. Nous avons donc beaucoup de chance toutes les deux, Julie. Et je sais que vous allez me trouver très bizarre, mais j'ai adoré avoir quarante, cinquante, soixante et soixante-dix ans, parce que je continue à apprendre à faire plein de choses intéressantes. Plus je vieillis, et plus on me pardonne, aussi... J'espère que je vivrai assez longtemps pour lire tous les livres que vous écrirez. Affectueusement, Mamie Kitty

Vous voyez ce que je disais ? On m'aime là-haut ! Ils veulent tous que je sois heureuse, et que je continue à envoyer des messages sur le blog, encore et encore. Ils ont compris ma douleur.

Chaque fois que je traverse une crise liée à l'âge, j'ai toujours un bon copain qui me rappelle : « C'est MAINTENANT, le bon vieux temps. » Il a raison, dans dix ans je me dirai probablement en regardant en arrière que ma vie est super en ce moment précis. C'était merveilleux à trente ans, aussi. Mon mari était quelqu'un d'extraordinaire (il est mort il y a dix ans), j'avais plein d'options, de possibilités professionnelles, etc. J'ai hâte d'avoir cinquante ans, qui sait ? Bonne chance, Julie, pour sortir de cette crise... Cindy

Punaise. Je suppose que Cindy a raison, en un sens. Les choses *pourraient* être pires, j'imagine…

Julie, pour l'anniversaire de mes trente ans, je vivais dans un local d'accueil pour SDF. J'ai fait une pizza pour les autres résidents. C'était ça, mes trente ans. Le seul point positif, c'était que je n'avais pas d'enfants et que je ne les avais pas entraînés dans l'enfer qu'était devenue ma vie.

Dix ans plus tard, j'avais plusieurs années de journalisme à mon actif et ma famille (qui m'avait fuie comme la peste dix ans plus tôt) a organisé une fête pour mon anniversaire.

Même si ça paraît affreux maintenant… ça s'arrange. D'une façon ou d'une autre, ça s'arrange toujours. Tenez bon, ma petite. – Chris

Super. Je suis donc à présent une grosse ratée de trente ans et en plus, une nunuche qui se répand lamentablement sur son sort. Peut-être que ce n'est pas vraiment l'idéal, ces jérémiades en ligne, finalement.

L'autre truc génial qu'a fait Eric, c'est de dépenser cent dollars en billets de théâtre pour une lecture mise en scène de *Salomé*, où nous sommes allés la veille de mon anniversaire.

Bon, je sais que la plupart des gens considéreraient comme un acte d'une inadmissible cruauté d'obliger sa femme à sortir par un froid et humide soir d'avril pour aller écouter la lecture de la pièce sans doute la moins réussie de toute l'histoire du théâtre. C'est parce que la plupart des gens ne sont pas des dingues de théâtre en voie de rédemption, pour qui passer du bon temps consiste à voir Al Pacino se démener sur une scène dans le rôle d'Hérode, roi des Juifs, comme Jerry Stiller. C'est aussi parce que la plupart des gens n'ont pas découvert ce phénix qu'est David Strathairn.

Le boulot le plus intéressant que j'aie jamais fait, c'est quand j'étais stagiaire dans une association théâtrale à but non lucratif qui me payait cinquante dollars par semaine. J'avais constamment des billets gratuits, car tout le monde répétait que le théâtre était mort – à l'exception de la version musicale à succès de *Mes deux papas* ou un truc comme ça –, si bien qu'il était facile d'obtenir des places. Neuf fois sur dix, les spectacles étaient nuls, mais je m'en souviens avec nostalgie et j'en tire encore parfois quelque avantage, du genre : « Oh, ça alors ! Le rouquin qui jouait dans la série western de l'espace de Joss Whedon qui a été interrompue prématurément, c'était lui qu'on avait vu dans cet horrible spectacle avec Kristen Chenoweth et qui avait tenu à peu près une semaine et demie ! »

Huit ans ont passé. Il n'y a plus de billets gratuits et, en plus d'être mariée, d'avoir trente ans, d'être secrétaire dans une agence gouvernementale et de m'être embringuée dans un projet absurde et probablement préjudiciable à mon équilibre sentimental qui consiste à réaliser toutes les recettes d'un livre de cuisine vieux de quarante ans, je ne suis pas allée au théâtre depuis des lustres.

Ce qu'il y avait de génial aussi dans ce stage, au fait, c'est qu'il m'arrivait de rencontrer des gens célèbres. Enfin, célèbres dans le monde du théâtre. Un jour, je travaillais sur la mise en scène de la lecture d'une pièce importante, et le metteur en scène réussit à décrocher David Strathairn, un acteur que j'avais vu dans plusieurs films d'art et d'essai, ainsi que dans *La Firme,* où il jouait le frère de Tom Cruise, et, dans *Dolores Claiborne*, le père qui force sa fille à le branler sur un ferry. Je n'étais à New York que depuis un mois ou deux, je ne connaissais donc rien aux célébrités. La seule chose que je savais, c'était que j'allais passer deux jours dans la même pièce qu'un merveilleux acteur quelque peu célèbre et qu'après la représentation une réception était prévue, à laquelle chacun devait apporter «un petit quelque chose».

Ce fut ma première – mais non la dernière – tentative authentique de séduction de star, et je n'étais pas à mon avantage. Je n'étais pas la blonde décolorée, épilée et gloussante, ni la fille mince et bien roulée genre chargée de com de l'agence William Morris. Je savais bien que j'allais devoir abandonner ma salopette et mes pulls en laine des Andes, toutes ces horribles fringues de la fac que je n'avais pas encore eu le bon sens de bazarder, au profit de vêtements plus classes, sombres, respectables mais légèrement moulants qui n'évoquent pas le sexe tant que vous n'avez pas mis cette idée en tête à celui que vous convoitez. Ce que j'ignorais, c'est que ces vêtements me faisaient plus ou moins ressembler à une chargée de com William Morris, probablement le genre de personne que David avait le moins envie de voir, mais bon…

Je la jouai cool. Je passai les scripts, pris des notes et m'assis à table avec les acteurs en les écoutant répéter. Je ne parlais que rarement, quand j'étais sûre d'avoir quelque chose de subtilement amusant et visiblement intelligent à dire, et, dans ce cas, je prenais ma voix la plus réservée – mais claire, juste un peu rauque. Et aussi, je le dévisageais. Je ne vais d'ailleurs pas m'en défendre. Pas de faux-semblants, de regards évasifs, de gloussements, pas moi, punaise ! Je lui sortais le grand jeu, lui braquant toute la puissance de ma sensualité calme mais épanouie juste entre les deux yeux. Je le dévisageais quand il répétait et quand il s'arrêtait de répéter. Je le dévisageais quand je lui passais ses notes et surtout quand je devais le croiser dans les couloirs commodément étroits de la vieille église qui abritait l'association de théâtre.

Bon, d'accord. David Strathairn est un acteur de cinéma de second plan, mais très talentueux et très beau, il doit donc être habitué à ce genre de choses. Il y a dans le monde un tas de filles faciles capables de vous dévorer des yeux, et beaucoup d'entre elles ont une silhouette plus proche de celle de Gwyneth Paltrow que de la mienne. Mais j'avais un truc que les autres filles n'avaient pas. J'avais le Gâteau aux épices et noix de pécan, avec glaçage aux noix de pécan.

J'en tiens la recette du grand Paul Prudhomme, alors, forcément, elle est divine et propice à la séduction. Premièrement, vous hachez grossièrement les noix de pécan pour la pâte. (À cette époque, je ne possédais aucun instrument ressemblant de près ou de loin à un casse-noix, et j'avais donc utilisé un gros maillet de caoutchouc.) Faites griller au four sur une tôle pendant dix minutes. Parsemez d'un mélange de beurre, cassonade, cannelle et noix de muscade. Faites griller encore dix minutes. Ajoutez de la vanille, ce qui dégage une agréable bouffée de vapeur odorante et suave. Passez au four cinq ultimes minutes. Hachez les noix de pécan pour le glaçage, finement cette fois. C'est la marche à suivre.

(C'est une procédure royalement chiante ? Oui, mais il y a quelque chose d'intensément érotique dans l'élaboration d'un plat compliqué et presque infaisable destiné à quelqu'un avec qui vous aimeriez faire l'amour.)

(Selon mon expérience personnelle.)

(D'accord, je serai honnête. Je détecte ici plus qu'un parfum de masochisme. Je suis un peu gênée de cette révélation de ma personnalité, mais c'est ainsi.)

Je terminai l'ouvrage peu après deux heures du matin et, à deux heures et demie, j'étais au lit. Je m'endormis épuisée, trempée de sueur sucrée, le goût du glaçage encore sur les lèvres. Exactement le goût que j'aurais quand David, après la première bouchée, me prendrait dans ses bras et m'embrasserait avec la passion dévorante que le Gâteau aux épices et noix de pécan peut allumer dans l'âme d'un homme.

Au réveil, je revêtis un tailleur noir Banana Republic fraîchement repassé dont la coupe masculine aurait eu un tombé mille fois plus séduisant sur une nana dotée de la silhouette de Gwyneth Paltrow. Quant aux trois couches de ma sculpturale création pâtissière, elles n'étaient voilées que d'un vaporeux film plastique.

La journée ne m'a laissé que le souvenir d'un éclair flou et angoissé, comme si j'étais sortie du métro pour entrer directement dans la minable bibliothèque où la réception d'après spectacle battait son plein.

David sirotait un gobelet de médiocre vin rouge en observant le buffet. Je retins mon souffle quand son couteau hésita un moment au-dessus de la tarte aux pommes (pâtisserie industrielle) et du plateau de brownies Duncan Hines, avant de plonger profondément dans le cœur de mon Gâteau aux épices et noix de pécan avec glaçage aux noix de pécan. Je gardai une distance discrète à l'autre coin de la table, le souffle court, tandis qu'il coupait une épaisse tranche, la posait sur son assiette et enfonçait une fourchette en plastique dans la voluptueuse couche de glaçage pour atteindre au cœur moelleux du gâteau.

Il écarquilla légèrement les yeux en se fourrant le gâteau dans la bouche, puis les ferma à demi en avalant. Il gémit doucement.

«*Délicieux*… Julie, où avez-vous acheté ça?»

C'était la première fois qu'il prononçait mon nom.

«C'est moi qui l'ai fait», répondis-je simplement.

Nos regards se croisèrent. Et il vit que ce Gâteau aux épices et noix de pécan avec glaçage aux noix de pécan était peut-être un simple avant-goût de l'extase à venir. À cet instant, David Strathairn tomba amoureux de moi. Un petit peu.

Mais David Strathairn est un homme droit et bon, qui

aime sa femme, un homme qui ne profiterait jamais de la jeune fille innocente pour qui il me prenait (tout à fait à tort). Donc, non, il ne me prit pas dans ses bras et ne me couvrit pas le visage de petits baisers légers. Il ne me renversa pas sur la table encombrée de branches de céleri et de mauvais merlot, ne glissa pas ses longs doigts musclés sous mon tailleur Banana Republic pour caresser la peau douce et tendre du bas de mon dos. Non, il se contenta de murmurer, d'une voix que le poids du désir refréné rendait rauque : « C'est. Absolument. *Merveilleux.* »

Et enfourna une autre bouchée de gâteau.

Je n'ai jamais caché à Eric ma tentative de séduction culinaire de David Strathairn et il a réussi, pour l'essentiel en tout cas, à ne pas m'en vouloir. Il a même compris, quand j'étais si près d'être au bout du rouleau, à cause des canalisations gelées, des douzaines de recettes de gigot qui m'attendaient, de mon horrible job au bureau et, surtout, de ma hantise de la trentaine, que j'avais juste besoin en urgence d'une injection de Strathairn. Il nous a donc acheté des billets (bien qu'Al Pacino soit un beau salaud de faire payer cinquante dollars pour une *lecture*, putain, et qui promettait d'être nulle, en plus), juste parce que David Strathairn avait un rôle dans le spectacle et que sa femme était amoureuse de David Strathairn. Ce qui montre qu'Eric est le mari le plus généreux et le moins égoïste dont puisse rêver une femme.

Je crois que de voir Marisa Tomei faire la danse des sept voiles l'avait aidé à accepter tout ça.

Je tiens Eric pour responsable. C'est uniquement à cause de lui que j'ai commencé à faire la cuisine, d'abord. J'étais une gamine difficile, mais il était le garçon le plus mystérieux et le plus beau du lycée, alors j'aurais volontiers cuisiné n'importe quoi pour l'impressionner, même des trucs bizarres. Il n'a pas fallu longtemps pour que ça se gâte.

La Caille en sauce aux pétales de rose fut le premier signe vraiment inquiétant.

C'était l'été d'avant mon entrée à la fac, Eric et moi commencions juste à sortir ensemble et la peur de ma vie c'était que, dès que j'aurais le dos tourné pour aller dans le Nord-Est poursuivre mes études, une jolie blonde aux allures de mannequin allait me le piquer. En fait, j'étais pratiquement sûre qu'une blonde en particulier avait déjà des vues sur lui. L'une des quatre fois où nous étions sorties ensemble, nous étions allés voir le film *Le Chocolat*, qui, lorsque vous avez moins de vingt ans et êtes follement amoureux, peut se révéler plutôt convaincant. J'avais lu le livre et, après avoir pratiquement violé Eric dans le parking en sortant du cinéma, puis l'avoir quasiment dévoré tout cru devant la porte de chez moi avant de me ressaisir et de lui souhaiter bonne nuit, je rentrai dans ma chambre et, totalement incapable de dormir, je repris le volume sur l'étagère.

Le Chocolat est émaillé de recettes qui – mais je n'avais à l'époque aucun moyen de le savoir – sont essentiellement littéraires, c'est-à-dire fictives. En feuilletant le livre, l'idée me vint soudain : je vais préparer une caille en sauce aux pétales de rose. Voilà ! Il me trouvera irrésistible et ne pensera plus jamais à cette blonde !

Je crois que les hormones m'avaient un peu ramolli le cerveau.

J'utilisai des roses provenant de la supérette du coin et une papaye au lieu d'une pitaya ; quand je goûtai la sauce, elle me parut parfaitement immangeable, mais je me dis que j'étais tellement difficile que je pouvais très bien me tromper. J'appelai donc mon frère à la rescousse pour avoir un deuxième avis. La tête qu'il fit suffit à me faire éclater en sanglots. Mais Eric me trouva irrésistible ce soir-là, même si je sentais plutôt la pizza que quelque délectable gibier rare, et il s'avéra finalement qu'il n'avait jamais pensé plus que ça à cette blonde.

Au cours des années suivantes, il y eut d'autres désastres et, finalement, quelques modestes succès. Mon premier gombo avorta à cause d'une cuiller en plastique qui fondit malencontreusement dans le roux, et le pastrami au barbecue ne fut pas une grande réussite, mais quand je sortis de la fac avec une licence, j'étais capable de faire griller à peu près correctement une escalope de poulet.

Je ne sais pas exactement quand j'ai découvert que l'acte culinaire, en particulier s'il s'agit d'une recette complexe ou vraiment difficile à réaliser, recèle des possibilités inattendues de sensations gustatives aussi bien que sexuelles. Si vous ne faites pas partie, comme nous, des dépravés culinaires, il est impossible d'expliquer ce qu'il y a de si alléchant à éviscérer des os à moelle, à trancher des homards, à confectionner un gâteau de noix de pécan à trois couches, et à le faire pour quelqu'un, offrant ainsi à l'autre des délices gustatifs chèrement gagnés dans le but de mériter des plaisirs d'un autre genre. Chacun sait que certains aliments sont aphrodisiaques lorsqu'on les mange. Ce qu'on dit moins, c'est que d'autres peuvent produire le même effet quand on les prépare. Je trouve plus érotique, en guise de préliminaires, de livrer bataille à une pâte à brioche récalcitrante que de me faire déposer une jolie fraise dans le bec.

(Julia commença elle aussi à apprendre la cuisine à cause d'un homme – Paul Child était plutôt gourmand quand elle le rencontra, alors qu'elle ne connaissait rien à la bonne chère. Pendant un temps, la guerre les rapprocha mais elle se termina, naturellement. Peut-être Julia avait-elle peur de ne pouvoir retenir Paul, et c'est pour cette raison qu'elle se mit à lui préparer toutes sortes de plats ahurissants. Je suis particulièrement frappée par sa tentative de cervelle de veau au vin rouge.

Elle ne savait pas du tout comment s'y prendre, bien sûr, et apparemment le résultat fut épouvantable – des bribes molles et blanchâtres dans une sauce mauvasse et grumeleuse. Il l'épousa quand même. Je dis «quand même», mais je vous parie un dollar qu'il l'a épousée justement parce qu'elle était le genre de femme à le séduire avec de la cervelle, aussi mal préparée fût-elle, parce qu'elle était prête à risquer de le rebuter pour mieux le gagner. Complètement illogique de sa part, et cependant si précisément juste.)

En l'honneur de son rôle de saint Jean-Baptiste dans une représentation, à cinquante dollars l'entrée, de *Salomé* d'Oscar Wilde, je confectionnai pour David Strathairn des biscuits aux noix de pécan et à la farine de maïs absurdement compliqués, dont je tenais la recette de Martha Stewart. Malheureusement, les recettes de Martha, bien que d'une complexité appropriée, sont un peu limite en matière d'effet aphrodisiaque – sans doute parce que les moindres détails d'une recette de Martha, depuis la typographie jusqu'à l'obligation d'utiliser du sucre cristal coloré, ainsi que les notes annexes pour savoir où en trouver, vous rappellent constamment son auteur. Même si c'est une vraie panthère au lit, pour ce que j'en sais, Martha n'est pas nécessairement le genre de personne que vous voulez avoir en tête lorsque vous essayez de séduire quelqu'un. J'aurais préféré faire une recette du Livre, mais Julia n'est pas terrible pour la cuisine à offrir en hommage, pour les jolies petites gâteries que vous pouvez laisser devant une porte, ou faire porter dans les coulisses par une ouvreuse sans risque de les abîmer ou de les écraser. Pour ce genre de recettes, c'est Martha Stewart la référence.

Je n'imagine pas que quiconque – hormis quelques représentants des groupes islamiques les plus extrémistes – puisse considérer la pâtisserie comme un acte adultère. Pourtant, dans le cas d'Eric qui connaissait mes penchants, me voir étaler de minces couches de pâte de farine de maïs, les parsemer de noix de pécan hachées, de cannelle et de beurre fondu, puis les recouvrir d'une autre couche de pâte, recommencer encore et encore avec une infinie patience, devait être un peu comme de remarquer que je m'étais fait faire une épilation maillot et acheté une robe rouge moulante avant de partir pour une conférence professionnelle à Dallas. Il se contenta de lever les yeux au ciel et de rouspéter avec une bonne humeur circonspecte, mais il savait parfaitement ce que je faisais. J'avais convenu de retrouver Eric au théâtre en sortant du bureau. Je me précipitai sous la pluie glacée pour y arriver de bonne heure, après avoir quitté mon travail en avance. Non pas parce que je faisais quelque chose d'illicite, mais parce que je voulais éviter à Eric de me voir passer d'un air gêné à la fille qui vendait les tickets l'assiette de biscuits accompagnée d'un message à demi dragueur, en lui demandant si quelqu'un pouvait la faire porter à M. Strathairn dans sa loge, s'il vous plaît, j'étais une de ses *connaissances*.

En fait, il s'avéra que c'était se donner beaucoup de mal pour rien. Vous comprenez, le problème de saint Jean-Baptiste dans *Salomé* est qu'il s'agit probablement du rôle le moins sexy du répertoire. On pourrait croire qu'un rôle impliquant de se faire enlacer par une nymphomane lascive serait plutôt torride, mais les occasions qu'eut David de se manifester se limitèrent à des intonations solennelles et à un excès de gel capillaire. C'était atroce.

Nous étions donc là, dans le noir, à regarder David faire des effets de voix et de lamentations, Marisa se tordre lascivement, et tout ce cinéma érotique que je m'étais bâti en confectionnant mes biscuits tournait en rond sans trouver d'issue. Mon estomac gargouillait parce que je n'avais pas dîné et mon esprit se mit à vagabonder. À vagabonder, plus spécifiquement, en direction du foie de veau.

Bon, ceci risque d'être difficile à admettre pour certains, mais je trouve que le foie de veau est la nourriture la plus érotique qui soit. C'est une conclusion à laquelle je suis arrivée assez récemment car, comme tous les habitants de la planète, j'ai passé la plus grande partie de ma vie à détester et mépriser le foie. La raison pour laquelle les gens méprisent le foie, c'est que, pour en manger, il faut vous y soumettre, exactement comme vous devez vous soumettre à un acte sexuel de dimension stratosphérique. Vous vous rappelez, quand vous aviez dix-neuf ans et que vous faisiez l'amour comme si c'était une manifestation sportive ? Eh bien, le foie, c'est tout le contraire. Avec le foie, il faut avoir la volonté de se calmer. Il faut vous abandonner à tout ce qu'il a d'un peu répugnant, d'un peu effrayant, d'un peu *trop*. Quand vous l'achetez chez le boucher, quand vous le faites cuire à la poêle, quand vous le mangez, lentement, vous ne pouvez échapper à son caractère charnel et sauvage. Le foie vous oblige à faire appel à des papilles gustatives dont vous ignoriez l'existence, et il est difficile de s'y laisser aller. Il me vint à l'idée que c'était dommage qu'Eric m'ait préparé son foie le soir où j'étais trop fatiguée pour réellement l'apprécier. Tout le potentiel en avait été gâché.

Quand la lecture s'acheva – enfin –, les spectateurs à demi ahuris commencèrent en s'étirant à se diriger vers la sortie, mais je restai assise. Eric se leva, visiblement agacé par les ondes enivrées émanant de ma personne.

« Je suppose que tu veux l'attendre à la sortie ? »

Mais je ne l'écoutais même pas.

« Tu crois qu'il y a une bonne épicerie dans ce quartier ?

– Quoi ?

– J'étais en train de penser au foie que tu m'as préparé la semaine dernière. C'était vraiment bon.

– Ah oui ? »

Eric ne savait pas où je voulais en venir, mais il lui

suffisait de m'entendre dire que j'aimais sa cuisine. Il était très sensible à ce sujet. Il rayonnait.

«Je suis sûr qu'on peut en trouver quelque part, si on se dépêche. Il est encore tôt.»

Nous avons donc quitté le théâtre et retrouvé une nuit moins froide. La pluie glaciale avait cessé et, soudain, il flottait dans l'air une douceur semblant annoncer que le printemps finirait quand même par arriver. Nous avons marché d'un bon pas jusqu'au métro. En passant près d'un homme vêtu d'une veste vert foncé en Polartec, je me tournai vers lui, trop désireuse de trouver du foie pour être timide.

«Excusez-moi… Connaîtriez-vous…»

C'était David Strathairn. Il tenait dans une main gantée un biscuit aux noix de pécan et il y avait des miettes dans sa barbe en broussaille. Il avait le regard perdu, lointain.

«Je vous demande pardon?

– Oh… monsieur Strathairn, je ne voulais pas vous ennuyer. Nous venons de voir votre spectacle. C'était… super.»

Il leva son biscuit comme pour m'empêcher de poursuivre, puis mordit dedans. «Oh, merci.» Il me regarda, et une curieuse expression éclaira son visage.

«Vous me demandiez quelque chose?

– Oh, seulement si vous connaissiez une épicerie dans le quartier, par hasard.

– Voyons…»

Il regarda vers le bout de la rue, la main qui tenait le biscuit tendue devant lui comme pour indiquer une direction. Il avait l'air troublé, cependant, et ne cessait de me jeter des regards interrogateurs.

«Pas le prochain carrefour, ni le suivant, mais après le troisième, je crois.

– Merci beaucoup. Et félicitations.»

J'ai pris la main d'Eric et nous avons continué notre route.

«Tu aurais dû lui dire qui tu étais. C'est clair qu'il t'a reconnue.»

Je l'embrassai.

«Pas le temps. Il me faut absolument du foie pour mon anniversaire.»

Une très bonne et très simple recette de foie est le Foie de veau à la moutarde. Passez de bonnes tranches de foie dans la farine et faites-les rapidement sauter dans un mélange très chaud d'huile et de beurre, juste une minute ou deux de chaque côté. Réservez pendant que vous battez ensemble trois cuillerées à soupe de moutarde, des échalotes émincées, du persil, de l'ail, du poivre et la matière grasse de la poêle, ce qui constitue une sorte de pâte crémeuse, que vous étalez sur les tranches de foie avant de les couvrir de chapelure fraîche. Si votre mari est fou de vous, vous pouvez sans doute lui demander de vous préparer de la chapelure fraîche avec le robot. Lorsque le foie est bien enrobé, placez-le dans un plat à four, arrosez de beurre fondu et mettez sous le gril une minute de chaque côté. C'est tout. Le croustillant de la croûte relevée de moutarde rehausse en quelque sorte l'onctuosité moelleuse du foie. C'est comme l'âme soyeuse d'un steak. Vous n'avez plus qu'à fermer les yeux et laisser la viande fondre sur votre langue et se diffuser dans vos globules.

Voilà le foie que j'ai mangé le dernier soir de mes vingt-neuf ans et quelques. Une excellente façon de terminer une décennie.

Quelqu'un qui ne connaît rien du tout à l'érotisme de la cuisine a écrit ceci à propos de Nigella Lawson et de ses émissions culinaires à la télévision britannique : «Sexe et cuisine. Cette combinaison inspirée est une invention de Nigella, dans un monde très éloigné des exhortations chevrotantes et criardes de Julia Child.»

J'ai lu cette phrase, qui me semble d'une ignorance insultante à environ une douzaine de titres différents, dans un article de *Vanity Fair*. Comme *Vanity Fair* publie les photos de ses collaborateurs au début du magazine, je sais qu'il a été écrit par une femme au cou tendineux qui a subi trop de traitements esthétiques et, sur la preuve de cette simple phrase, je suis prête à parier ce que vous voulez qu'elle ne reconnaîtrait pas un bœuf bourguignon si on le lui faisait tomber sur la tête.

C'était le matin de mon trentième anniversaire. J'étais assise sur le siège des toilettes, un masque dentaire en mousse coincé dans la bouche, et l'excès de produit blanchissant me dégoulinait des commissures. (Jusquelà, ça n'avait pas vraiment été un matin de rêve.) Je crus donc tout d'abord que ma réaction était exagérée, en particulier cette idée inattendue d'assommer une pauvre journaliste à coups de morceaux de bœuf. Mais heureusement, Isabel aussi lisait *Vanity Fair*, et je reçus cet e-mail plus tard dans la matinée :

As-tu lu cet article merdeux sur Nigella dans *Vanity Fair*? Tu ne trouves pas que tout ça pue légèrement (1) de dire plusieurs fois que Nigella est grosse, tranquillement, (2) de créer ces insinuations vraiment pourries dignes d'un tabloïd en insérant des commentaires qui n'ont même pas été faits par la rédaction et (3) qu'il y a comme un vague relent d'antisémitisme ? Eh bien moi, je trouve. Et l'insulte à Julia Child ne m'a pas échappé non plus. Je n'arrive pas à croire à ce genre d'ordure. Je suis en train de leur écrire. Madame cou tendineux regrette sans doute de ne pas connaître la moitié du plaisir sexuel et de la joie de vivre en général dont Nigella bénéficie à l'évidence.

Amen, me dis-je. Et je pensai que, comme Nigella et Julia, Isabel et moi savions ce qu'était vraiment le sexe. Nous savions que c'était jouer avec la nourriture et se payer la sauce de temps en temps. Le sexe, c'était le Gâteau aux épices et noix de pécan avec glaçage aux noix de pécan. C'était apprendre à ne plus se faire de souci et à aimer le foie.

L'une des histoires de Julia Child que je préfère vient d'une lettre que son mari Paul écrivit à son frère Charlie. Il lui raconte qu'il est assis dans leur cuisine parisienne pendant qu'elle fait cuire des cannelloni. Elle met la main *dans l'eau bouillante* – il ne mentionne qu'en passant cet exploit ahurissant, comme si s'ébouillanter était pour sa femme la chose la plus naturelle du monde – et s'exclame, en sortant les pâtes de l'eau : « Ouille ! Ces foutues nouilles sont aussi chaudes qu'une bite raide. »

Je ne suis pas Julia Child, cependant, et je n'ai pas les doigts en amiante. C'est ce que j'ai appris en essayant, le jour de mon trentième anniversaire, de regagner le titre de reine des crêpes.

Quand Julia fait des crêpes dans ses émissions de télé, elle les fait simplement sauter en l'air d'une vive secousse de la poêle, assez semblable à la manœuvre qu'elle emploie pour plier les omelettes. J'avais cru que ce n'était qu'une idée folle. Mais, après une demi-heure passée à crier, jurer, gratter les crêpes collées pour les jeter à la poubelle, j'étais devant ma cuisinière à me sucer les doigts et je me dis : *Enfin, pourquoi pas ? Qu'est-ce que je risque ?*

« Eric ! Oh, mon Dieu ! Eric ! Viens vite ! »

Eric avait pris l'habitude de se cacher pendant les sessions de confection de crêpes, et ce n'est qu'à contrecœur qu'il vint dans la cuisine, persuadé qu'il allait être piégé dans une crise de rage.

« Oui, chérie ?

– Regarde-moi ça ! »

Eric était donc à mes côtés tandis que d'un geste décidé du poignet, je lançai en l'air ma crêpe parfaitement dorée *qui retomba dans la poêle.*

«Punaise, Julie !

– Eh oui ! »

Je fis glisser la crêpe sur une assiette, versai une autre louche de pâte.

«C'est stupéfiant ! »

Une secousse du poignet et hop ! la crêpe sauta et se retourna.

«Je suis une *déesse* !

– C'est certain.

– Tu n'as encore rien vu. »

Je fis glisser la dernière crêpe de la poêle avant d'y verser du cognac et du Grand Marnier que je chauffai une minute puis versai sur mes divines crêpes et, à l'aide de mon briquet Bic Nascar, les enflammai. Je poussai un cri de triomphe en agitant la main pour éteindre un ou deux cheveux enflammés.

Mon mari roucoulait en attaquant son assiette de délicieuses crêpes flambées. S'il existe un son plus érotique sur cette planète que le roucoulement de celui que vous aimez s'extasiant sur les crêpes que vous avez préparées pour lui, je ne le connais pas. Et au diable tous les Botox et cous tendineux !

Novembre 1948
Le Havre, France

Elle souffla un nuage de fumée de cigarette qui se mêla paresseusement au brouillard montant de l'eau.

« Enfin, ça m'avait paru une bonne idée sur le moment.

– C'était une bonne idée. Je veux dire, c'est une bonne idée. »

Il arpentait nerveusement la jetée en fixant d'un regard féroce le ventre du bateau, comme s'il pouvait en faire sortir sa voiture par la simple force de sa volonté.

« Mais ça fait presque deux heures. On s'imagine qu'après toutes ces infernales formalités…

– Paul, je te taquinais. Bien sûr que c'était une bonne idée. Nous ne pouvions pas laisser la Flash ! Détends-toi. Regarde, le jour se lève à peine. Nous avons le temps ! Et c'est tout simplement magnifique, ici. »

Paul jeta à sa femme un regard oblique et courroucé.

« Tu dois bien être la première de tous les temps à trouver Le Havre magnifique. »

Julia sourit. « Et alors ? C'est la première fois que je viens en France. Je suis heureuse ! Et tu peux bien être aussi grognon que tu veux, ça n'y changera rien. » Elle entrelaça ses doigts aux siens. Il s'était habitué depuis longtemps à ce qu'elle le domine de la tête. Sa taille lui donnait une impression de puissance, en tant que moitié d'un duo réellement très dynamique.

« Regarde… la voilà ! »

Il montra du doigt la Buick qui sortait enfin de la cale, soulevée par une énorme grue. Elle oscilla légèrement dans sa cage de chaînes et de caoutchouc, la lumière du matin scintillant sur les gouttes de condensation qui parsemaient sa robe bleu cobalt. Elle atterrit sur le quai avec un choc amorti et les dockers se précipitèrent pour la libérer.

« Alors, tu vois ? Tu peux me dire que ça n'est pas beau ?

– C'est beau. Et maintenant, allons-y. On a beaucoup de kilomètres à faire jusqu'à Paris.

– On va manger, non ? J'ai une faim de loup ! »

Quand il l'embrassa, ses lèvres émirent un petit claquement amusant, et il éclata de rire. Il allait enfin montrer sa France à Julia.

« Chérie, quand t'ai-je déjà laissée mourir de faim ? Je connais un merveilleux restaurant à Rouen, nous nous y arrêterons. Tu vas manger une vraie sole meunière, une véritable sole de Douvres, et ta vie va changer ! »

Il fit le tour pour lui ouvrir la porte côté passager.

« Oh, c'est bon, je n'attends pas d'un poisson qu'il change ma vie, du moment qu'il change les gargouillis de mon estomac. »

Elle s'installa dans la voiture en repliant les jambes avec la grâce arachnéenne de quelqu'un habitué à se caser dans des espaces trop étroits pour sa taille. Elle descendit la vitre et cala son coude sur le rebord en donnant à la vieille Buick le genre de petite tape cordiale qu'on donnerait à son cheval favori.

« Ah ! s'écria-t-elle tandis que Paul montait et tirait sur le démarreur. Nous voilà partis ! »

C'est le moment
d'aller habiter Weehawken

Je suis sûre que je vais finir par déclencher une attaque nucléaire avec ces putains de godasses. Je les portais le jour du 11 Septembre, et j'avais été obligée de faire la queue dans un bazar de la Sixième Avenue pendant presque une heure pour acheter des protections anti-ampoules afin de ne pas avoir les pieds en compote avant de rentrer à Brooklyn. C'est avec ces mêmes chaussures que j'ai mis à sac le cabinet du gynéco qui avait eu le malheur d'être le troisième du corps médical à me dire en un mois que j'approchais de la trentaine, que j'avais un syndrome et que j'avais intérêt à me faire mettre en cloque vite fait si je tenais vraiment à avoir un enfant. Et maintenant, voilà.

Le seul avantage que je peux trouver à mon box est qu'il est situé près d'une grande baie vitrée, raison pour laquelle je n'avais rien remarqué au début. J'étais en train de me livrer à une imitation parfaite (puisque je vous le dis…) d'une personne haut placée et méprisable – dont je tairai le nom car mon agence gouvernementale pourrait me poursuivre en diffamation –, au grand amusement de mes rares collègues démocrates, lorsque Nate nous appela de l'autre bout de la salle.

« Eh, avez-vous du courant, de votre côté ? »

Je jetai un coup d'œil à mon écran, qui était noir, et au téléphone, qui pour une fois ne clignotait pas.

«Non. Oh là là!»

Nous avons immédiatement saisi les lampes torches dont notre agence nous avait tous équipés, on nous a regroupés et dirigés clopin-clopant vers les escaliers à travers les salles plongées dans le noir. Nous autres New-Yorkais sommes en passe de devenir des vétérans endurcis de l'évacuation, je peux vous le dire. Nous riions et bavardions en imaginant des menaces terroristes tout en descendant l'escalier de secours en une spirale désordonnée.

Enfin, nous ne sommes peut-être pas si experts que ça dans l'exercice, car un aimable chaos régnait sur le trottoir. Nous avions répété les itinéraires d'alerte vers les issues de secours les plus proches, mais ce point de rassemblement nous avait échappé. Les bâtiments voisins avaient également été évacués, apparemment la coupure d'électricité s'étendait à plusieurs pâtés de maisons. Il n'y avait ni fumée, ni sirènes, ni blessés. Les gens allaient et venaient, l'air un peu excités mais pas spécialement atterrés, et essayaient d'en joindre d'autres sur leur portable ou leur bip.

Avec un certain nombre de collègues du bureau – peut-être deux douzaines au maximum –, nous avons patienté de l'autre côté de la rue pendant une vingtaine de minutes, sous une sculpture qui avait la forme d'un gigantesque cube rouge percé d'un trou en son milieu. Brad, du service développement, a commencé à relever les noms des gens présents, mais c'était peine perdue. Il ne faut sans doute pas en imputer la responsabilité à Brad, mais au président de l'agence. M. Kline, cependant, n'arriva pas jusqu'au point de rassemblement. Il sauta dans un taxi, entraînant avec lui son directeur de cabinet préféré, qui a vingt ans et un salaire de un dollar par an *à titre imposable* parce que son père a financé le Parti républicain de New York à hauteur de je ne sais combien de *millions* de dollars. Selon la dernière rumeur, ce directeur de cabinet a ensuite emmené notre cher président jusque chez son père, dans Park Avenue, pour y passer la nuit en sécurité. Voilà donc ce que fabriquait notre président tandis que ses collègues faisaient le pied de grue sous une médiocre sculpture payée par les taxes professionnelles, et je serai peut-être poursuivie pour calomnie, mais vous savez quoi ? Qu'ils aillent se faire voir s'ils ne comprennent pas la plaisanterie.

Pour être honnête, notre président n'aurait pas pu y changer grand-chose, de toute façon, à part prouver qu'il se préoccupait du sort de ses secrétaires qui allaient devoir rentrer en banlieue à pied dans des chaussures équivalant à des instruments de torture. Je tentai quelques instants de nier l'évidence de cette marche forcée, tandis que mes collègues s'éloignaient par deux ou par trois. Tous les jeunes urbanistes frais émoulus de Harvard avaient bien entendu des appartements dans Greenwich Village et pouvaient facilement rentrer chez eux à pied. Brad et Kimmy allaient passer par Broadway pour aller jusqu'à Queens en prenant Queensboro Bridge. Je savais que je ferais probablement mieux d'aller avec eux, mais je ne pouvais pas en supporter l'idée. Je restai donc plantée là avec quelques milliers d'inconnus, concentrée sur mes pieds endoloris.

(En outre – je n'en ai pas encore parlé parce que c'est plutôt gênant –, sous ma robe trop étroite, je portais une sorte de gaine corset extrêmement serrée. Je l'avais achetée quand j'étais à la fac – là, ça devient vraiment embarrassant – parce que j'appartenais à un groupe de théâtre qui avait monté la comédie musicale – cette fois, j'ai carrément honte – *Like a Virgin*. Donc, c'est un corset genre Madonna dans *Like a Virgin*, en dentelle noire qui vous fait des seins comme des obus. Avant, je le portais parce que je trouvais ça assez sexy, dans un style un peu rigolo, et, en tant que dingue de théâtre semi-repentie, j'aimais le look rétro des seins en obus.

Mais depuis le début du Projet, je le porte parce que c'est devenu la seule façon pour moi de rentrer dans mes vêtements.)

Je suppose que parfois l'inconfort et l'obsession vestimentaire peuvent stimuler l'imagination car, tandis que je restais plantée à considérer les nœuds de satin de mes escarpins en faille bleue qui me mettaient à la torture, mon cerveau commença à mouliner et cracha des bribes d'informations profondément enfouies.

F... Ça commence par un f... eff... eff... FERRY! Il doit y avoir un ferry quelque part, j'en suis sûre!

Il y a effectivement un service direct de ferry allant de South Street Seaport dans Lower Manhattan à Hunter's Point dans Long Island City, distant d'à peine huit cents mètres de notre appartement. La traversée dure dix minutes et est fort agréable, surtout par une soirée d'été adoucie par la brise, quand toutes les lumières de New York sont éteintes et qu'un crépuscule étrangement silencieux s'abat sur la ville.

En réalité, ce sont uniquement les trois heures d'attente dans une foule impitoyable de banlieusards en colère qui m'ont fait regretter les cinq dollars qu'on me demanda pour la traversée. L'affiche indiquait trois dollars cinquante, mais ce n'est pas ce que demanda la femme qui, à l'entrée du quai d'embarquement, fourrait les billets dans un sac en plastique portant l'inscription *I Heart NY*. C'était une journée fructueuse pour la compagnie de ferry, apparemment. Ou peut-être seulement pour une femme avec un sac *I Heart NY*, un culot monstre et un rêve. Ou alors, peut-être le dollar cinquante de supplément était-il pour le spectacle, genre chaises musicales au bord de l'eau. Pendant trois heures, une minuscule Latino-Américaine, debout sur un banc comme un directeur de camp, les mains en porte-voix, nous criait des injonctions telles que:

«Queens!!! Queens, quai SIX!»

« Tous les passagers pour Queens, quai DEUX, quai DEUX ! »

« Quai DOUZE. Queens, quai DOUZE ! »

Docilement, nous allions d'un quai à l'autre, secrétaires de toutes couleurs et de toutes religions, épaule contre épaule, nos chaussures à la main, l'une d'elles au moins étouffant dans un stupide corset trop serré et, juste comme nous arrivions au quai d'embarquement que la petite Latina avait annoncé, un bateau arrivait, à destination de Weehawken. D'énormes gardes du corps chauves à mine patibulaire sortaient alors de nulle part en hurlant : « Reculez ! *Reculez !* » et la foule des banlieusards de Queens s'ouvrait comme la mer Rouge devant une file d'analystes de Wall Street et de mères d'enfants footballeurs. Pourquoi cette femme nous imposait-elle ce manège ? Sans doute parce que c'est amusant de voir des milliers d'employés épuisés tourner en rond comme un troupeau de bétail abruti.

Le ferry pour Weehawken arrivait, je ne blague pas, toutes les cinq minutes. J'ai chronométré. C'est le genre de choses qu'on fait quand on tourne en rond pendant trois heures sous la houlette d'un contrôleur de ferry devenu soudain stupidement tyrannique. La population du district de Weehawken compte, selon le recensement de 2000, 13 501 habitants. Ce qui signifie, d'après mes calculs, que le 14 août tous les hommes, femmes et enfants de Weehawken se sont rendus dans Lower Manhattan... deux fois.

Cessons de plaisanter. Je n'ai aucune ambition du côté de la Sécurité du territoire, je vous assure. Mais, monsieur le Ministre, il me semble que quelqu'un aurait pu se dire au cours des deux dernières années que les ferries pourraient être vachement utiles à Manhattan pour l'évacuation dans le cas... je ne sais pas, d'une *explosion nucléaire*, peut-être ? Les mégaphones sont-ils vraiment au-dessus des moyens du budget de la sécurité de la nation ? A-t-on simplement décidé que tous ceux qui n'ont pas de chauffeur personnel peuvent être sacrifiés ?

Il se passa quand même un truc marrant. On nous repoussait une fois de plus pour laisser la place à une autre fournée de citoyens de Weehawken en fuite, je crois que c'était au quai n° 5. Il y avait bien entendu des tas de raisons pour que quelqu'un puisse dire «excusez-moi» plusieurs fois de suite, si bien que je ne compris pas immédiatement que la femme un peu plus loin sur ma gauche s'adressait à moi. Mais elle persista avec une insistance croissante jusqu'à ce que je lève les yeux vers elle. C'était moi qu'elle regardait, mais je ne comprenais pas ce que j'avais pu faire pour attirer son attention, j'étais beaucoup trop loin pour avoir pu lui marcher sur le pied.

«Euh, oui ?

– Êtes-vous Julie Powell ? Du projet Julie/Julia ? J'ai vu votre photo dans *Newsday*.»

(Je sais, je n'ai pas parlé de la publication de ma photo dans *Newsday*. C'est tellement gênant à raconter. Comment faire pour annoncer qu'on a été photographiée en train de préparer le dîner dans son minable appartement de Long Island City sans passer pour une originale vantarde et prétentieuse ? De toute façon, ça n'avait rien de si extraordinaire. Plutôt un coup de chance, en fait.)

«Oui, c'est moi. Bonjour !

– Je voulais juste vous dire que je suis une de vos fans. Et j'habite Long Island City, moi aussi.»

La fille était jeune, jolie, et avait probablement un bien meilleur job que moi. Elle avait l'air sympa.

«Oh, merci, c'est gentil.»

Toutes les secrétaires aux alentours commençaient à faire attention à la conversation. Elles me jetaient des coups d'œil inquisiteurs. Mon Dieu, mais j'étais célèbre !

Super. Malheureusement, je n'avais rien de plus à dire. Je me contentai de hocher la tête avec un sourire vague et, dès qu'on nous dirigea vers un autre quai d'embarquement, je me fondis discrètement dans une autre partie de la foule. Je ne serais décidément pas douée pour la célébrité.

C'était quand même sympa. Bizarre, mais sympa. Et la traversée en ferry, quand elle arriva enfin, fut très agréable. Je restai assise tandis qu'autour de moi les gens prenaient des photos avec leurs appareils numériques, montraient du doigt ou regardaient, les yeux écarquillés, la beauté inhabituellement sereine des deux rives. À Hunter's Point, je montai dans la voiture de quelqu'un qui proposait des places à ceux allant en direction d'Astoria. C'était si généreux et si gentil que j'en oubliai presque l'employée avec son sac *I Heart NY* qui profitait d'une situation de crise pour escroquer de pauvres secrétaires. Nous avons descendu Jackson Avenue avec le type sympa et sa petite amie, une jolie brune – dont la mère était coincée dans le métro, vous imaginez ? – et une bonne dame de soixante-dix ans aux cheveux teints en rouge, dotée d'un accent du Queens à couper au couteau, qui m'avait probablement envoyé un projet d'architecture pour le mémorial et qui racontait qu'elle avait entendu dire que le black-out concernait toute la rive est et qu'elle était sûre que ça devait être un coup des terroristes. Le conducteur me laissa juste devant chez moi.

Les rues habituellement désertes de Long Island City grouillaient de gens qui cheminaient péniblement, avec l'air découragé de ceux qui vont devoir faire des kilomètres avant de pouvoir dormir. Dans l'appartement régnait un crépuscule rougeâtre de fin d'après-midi. Le patron d'Eric était installé sur le canapé et feuilletait un magazine. Il ne parviendrait pas à rentrer à Westchester ce soir-là.

J'envoyai d'un coup de pied mes chaussures dans le placard et m'extirpai de ma robe – après un instant d'angoisse où il me sembla qu'Eric ne réussirait jamais à descendre la fermeture éclair. Mon stupide corset fut péniblement dégrafé et jeté à la poubelle. Mes bas roulés en boule et fourrés dans le tiroir à chaussettes, j'enfilai un short et un tee-shirt. J'avais chaud, je sentais la sueur et j'avais faim. Je me disais que je ne m'étais jamais sentie aussi profondément à l'aise de toute ma vie.

J'ai toujours adoré les désastres. Quand le cyclone Agnes avait soufflé sur Brooklyn, j'avais acheté des boîtes de conserve et de l'eau en bouteille, puis j'étais descendue sur les planches de la jetée pour regarder les vagues déchaînées s'écraser sur les grilles, tandis que tout le monde poussait des cris de joie, à l'exception de cette famille de Juifs orthodoxes qui se penchaient dévotement sur leurs petits livres de cuir et se balançaient sur les talons en priant. Bien que je déteste l'hiver, j'adore la première tempête de neige de l'année, j'adore courir en ville avant le blizzard pour stocker des provisions et des bouteilles d'alcool, en échangeant des commentaires délicieusement angoissés avec les commerçants sur les dernières prévisions météo. Si jamais la grande tempête survient à Noël pendant que nous sommes dans la famille au Texas, j'éprouve un obscur pincement de regret de l'avoir manquée.

J'ai même ressenti, Dieu me pardonne, un peu de cette excitation anxieuse le jour du 11 Septembre en arpentant le centre-ville en sandales Keds à la recherche d'une banque de sang où donner mon O négatif. Je me disais que quand les loups entreraient dans la ville pour attaquer les femmes qui se faisaient faire les ongles chez les manucures coréennes, les hommes d'affaires affolés portant leur veste sur le bras et tentant désespérément d'appeler sur leur portable, les plus forts d'entre nous devraient prouver de quoi ils étaient capables. Je me sentais prête pour ce moment-là. L'idée me souriait, même. Pas étonnant qu'ils aient appelé ça le ministère de la Sécurité du territoire. Les désastres font resurgir notre affection invétérée pour toutes ces conneries d'héroïsme wagnérien.

Je pénétrai dans la cuisine afin de nourrir mon mari et son collègue, très consciente de mes devoirs de bonne épouse. (Les désastres me donnent toujours l'impression d'être un peu vieux jeu, très Donna Reed dans les films à l'eau de rose. D'où le mot «épouse» qui m'est venu spontanément à l'esprit.) J'avais pour tâche d'alimenter mon mari et un invité inattendu sans l'aide de gadgets modernes négligeables tel le courant électrique. La mission d'Eric était de rapporter à manger et, démonstration exemplaire de présence d'esprit au milieu d'une crise, c'est ce qu'il avait fait. Il arriva derrière moi dans la cuisine avec une lampe torche et chuchota :

«J'ai des foies de poulet. Et des aubergines.

— Ton patron aime les foies de poulet ?

— Qui sait ? Peu importe. Ce qui compte, c'est qu'il n'a sans doute pas envie de manger à onze heures du soir.

— Bon, il faut que j'enfourche mon balai, alors. »

(Je n'utilise jamais des expressions comme «enfourcher son balai», hormis dans les cas d'urgence.)

Eric m'embrassa, comme s'il scellait un pacte entre nous contre le reste du monde, ce qui me transmit un frémissement dans la moelle épinière et me fit penser un instant aux baby-booms habituellement constatés neuf mois après les black-out notoires. Puis il partit à la recherche de toutes les bougies de la maison. Je venais juste de trouver un système pour tenir la lampe torche sous le menton afin de commencer mes préparatifs quand le patron d'Eric passa la tête par la porte de la cuisine : «Julie ? Quelqu'un vous demande dehors. »

En entrant dans le salon, je les entendis. «Julie ! *Julie !* JULIE ! » À travers les fentes des jalousies, je vis sur le trottoir Brad et Kimmy en personne, qui nous regardaient, l'air épuisé. Kimmy tenait ses escarpins à la main, elle était pieds nus, ses bas en lambeaux. Ils venaient d'arriver du bureau en passant par le Queensboro Bridge.

Brad prit le relais pour allumer les bougies pendant qu'Eric sortait une grande bouteille de vodka qu'il avait, dans son infinie sagesse, achetée en rentrant. Quant à moi, j'allumais la cuisinière avec mon briquet Nascar. Comme le gaz ne m'explosa pas à la figure mais éructa sagement en petites flammes bleues, je compris que le plus dur était passé. C'est dans ces moments-là que nous autres aficionados de la cuisinière à gaz avons la conviction d'être du côté de Dieu. Je me recoinçai la torche sous le menton, Eric disposa des bougies dans des coupelles et des soucoupes tout autour de moi, au point que j'avais l'impression de m'embarquer dans un rite shamanique d'hospitalité, ce qui n'était pas faux au demeurant. Je fis revenir du riz dans le beurre – auquel j'aurais ajouté des oignons si j'avais pu les sortir des profondeurs obscures du frigo – et le mouillai de bouillon de poulet. Quand il fut cuit, je le versai dans un moule à savarin bien beurré – je suis désormais le genre de personne capable de trouver son moule à savarin quel que soit l'état d'urgence. Puis je le mis dans ma plus grande casserole, qui contenait environ deux centimètres d'eau. Je laissai cuire à petit feu pendant dix minutes, pour obtenir le Riz en couronne, sans doute la recette la plus idiote à réaliser pendant un black-out. J'étais censée la faire cuire au four mais le four à gaz se révéla plus délicat à allumer que les brûleurs de la cuisinière. Je fis sauter les foies de poulet au beurre et improvisai une sauce avec du bouillon de poulet relevé de vermouth. Eric se rendit utile en faisant frire les aubergines.

Nous étions juste en train de servir les assiettes quand nous avons entendu appeler : « Julie ! Ju-liiiiie ! » En bas, dans la rue, c'était Gwen, un peu éméchée, affamée et épuisée d'avoir traversé à pied le Queensboro Bridge après une célébration impromptue du black-out et d'une éventuelle fin du monde avec ses collègues de bureau.

Long Island était d'humeur festive ce soir-là. Chez nous, le dîner aux chandelles fut magnifique. Ma mère nous avait envoyé des tentures lilas aux reflets irisés pour accrocher sur les murs de notre alcôve et elles chatoyaient dans la lumière vacillante des bougies. Nous paraissions tous très beaux, très mystérieux et très contents. Kimmy et moi avons raconté les anecdotes les plus croustillantes de nos emplois de secrétaire, dans l'hilarité générale, tandis que Brad et Gwen semblaient étonnamment à l'aise ensemble à l'autre bout de la table. Le dîner était un peu juste pour six, mais ça ne faisait que renforcer la touche apocalyptique de la soirée, surtout quand Eric s'aventura dans les rues sombres et enfiévrées pour aller nous chercher des glaces à l'échoppe du coin. Ce fut une soirée prospère pour les marchands de glace ; à onze heures du soir, les rues étaient pleines de gens qui cheminaient d'un bon pas en racontant qu'ils avaient encore un sacré bout de route à faire. Mais nous, nous étions chez nous.

Kitty réussit à joindre son copain sur son portable et lui demanda de venir la chercher pour la ramener chez elle. Le patron d'Eric s'écroula sur le canapé pendant que nous continuions à discuter autour de la table. Après avoir un peu bu, je réussis à attirer Gwen à l'écart pour lui demander des nouvelles de Mitch, son copain marié. (Je ne sais pourquoi, j'avais idée qu'il valait mieux ne pas le lui demander devant Brad – il y avait peut-être des possibilités de ce côté-là.)

« Ah. Il commence à avoir la trouille de tromper sa femme, le minable.

– Dommage.

– Tu sais quoi ? Je mérite mieux qu'une nuit d'amour fantastique une fois de temps en temps. Je mérite des nuits d'amour fantastiques et fréquentes ! Qu'il aille se faire voir ! »

Une fois la table débarrassée, nous l'avons poussée sur le côté pour que Gwen et Brad puissent dormir sur le tapis molletonné de l'alcôve. Nous nous sommes mis au lit avec un sentiment de confort et de convivialité, comme des hommes de Néandertal se retirant dans leur grotte après un bon festin de mastodonte. Brad et Gwen dormirent si bien cette nuit-là qu'ils ne se réveillèrent même pas quand la veilleuse se ralluma juste au-dessus de leur tête, en même temps que le radioréveil, à quatre heures et demie du matin. (Gwen jure ses grands dieux que rien ne s'est passé, mais je nourris encore quelque espoir. Brad serait exactement l'homme qu'il lui faut.)

Il n'y a parfois rien de mieux que de ne pas être indispensable à son entreprise. Le lendemain matin, à la radio, Bloomberg nous demanda, pour le bien de la cité, de «rester chez nous, de nous détendre et de ne pas trop nous surmener». La femme du patron d'Eric vint le chercher en voiture de Westchester, et ils reconduisirent Gwen et Brad chez eux. Eric et moi avons fait la vaisselle. Je vous le dis tout net, les pannes de courant valent mille fois mieux que les coupures d'eau, quel que soit le jour de la semaine.

En entendant ce qui est arrivé aux usagers du métro, la seule chose que je me suis dite, c'était : «J'espère que Julie a été retardée au bureau. Pourvu qu'elle ait été obligée de travailler tard !» Je suppose que je vaux mieux que je ne le croyais, car je suis prête à renoncer à un message VRAIMENT intéressant à condition que Julie n'ait pas été coincée dans un métro non climatisé pendant des HEURES.

Oui, oui, moi aussi. Ma première pensée a également été, après avoir entendu que la coupure de courant n'était pas due à un acte de terrorisme : « Oh, mon Dieu ! Julie est coincée dans ce merdier. » Un peu comme : « Oh, mon Dieu, ma sœur est coincée dans ce merdier », sauf que ma sœur habite Washington et non New York. En fait, comme je lis vos messages tous les jours presque depuis le début, vous occupez une plus grande partie de ma vie que ma sœur, qui n'écrit jamais.

Vous valez mieux que moi, car ma première pensée a été seulement : « Comment Julie va-t-elle pouvoir cuisiner ? » Remercions le ciel qu'il y ait des cuisinières à gaz. Mais quand même, quand j'ai vu aux infos tous ces gens rentrer chez eux à pied, je me suis inquiété, moi aussi. Remercions donc également le ciel pour l'indélicate employée du ferry. Bonne chance, Julie !

Je me suis dit : « Pauvre Julie ! Comment va-t-elle se débrouiller ? » En se coinçant une torche sous le menton, évidemment ! Vous êtes une vraie Indiana Jones de la cuisine, avec un fouet à blanc d'œuf à la ceinture !

Il est réconfortant d'avoir des amis, surtout si ce sont des amis que vous ne verrez jamais. Rendez-vous compte : pendant que j'attendais le ferry parmi des milliers d'autres secrétaires de Queens épuisées et échevelées, une femme du nom de Chris dans le Minnesota ne se disait pas : « Oh, les pauvres New-Yorkais ! » mais : « Oh, pauvre Julie ! » Et tandis que je préparais des foies de poulet, une torche sous le menton, un inconnu de Shreveport essayait de se rappeler si Julie avait une cuisinière électrique ou à gaz. Dans le pays tout entier, une poignée de gens qui n'étaient jamais venus à New York, ne m'avaient jamais vue et n'avaient jamais fait de cuisine française de leur vie pensaient à moi en entendant les nouvelles du black-out. C'est quand même incroyable, vous ne trouvez pas ? En plus d'être très stimulant pour mon ego, je veux dire. Parce que des gens qui auraient normalement considéré que ce désastre arrivait à d'autres se disaient soudain qu'il arrivait à l'une des leurs, à une amie. Ce n'est pas de l'arrogance de ma part. En fait, je ne crois pas que ça ait grand-chose à voir avec moi. Cela signifie simplement que les gens ont besoin de s'intéresser aux autres. Pour peu qu'on leur en donne l'occasion, les gens se préoccupent les uns des autres.

Je ne suis pas certaine de le croire vraiment, mais le lendemain du black-out, j'en étais profondément convaincue. Et je songeais qu'en croyant simplement en la bonté des gens, on en engendre un peu soi-même, si bien qu'en étant assez naïf pour croire en ce qu'il y a de meilleur en nous, ne serait-ce que pendant une journée, on contribue en fait à la somme totale de la générosité de l'univers.

C'est naïf, non? Punaise, je déteste quand je suis comme ça.

Le lendemain soir, nous avons mangé des pâtes avec une sauce à la crème à laquelle j'ai ajouté des oignons en boîte améliorés selon une recette de Julia Child. «Toutes les marques de conserves de petits oignons au jus que nous avons essayées nous ont semblé, à notre goût, désagréablement sucrés et trop acidulés, écrit JC. Cependant, ils sont si utiles en cas d'urgence que nous proposons le traitement suivant pour les améliorer considérablement.»

Le lendemain d'un black-out majeur me semblait un jour approprié pour utiliser des oignons en conserve. Il était difficile d'imaginer, pourtant, ce qu'entendait Julia Child par situation d'urgence. Voyons: une situation dans laquelle il est impossible de se procurer des oignons frais, mais où on dispose d'une abondance d'oignons en boîte? (Sans compter qu'en 2003, trouver des oignons en boîte est un exploit à part entière.) Les oignons doivent être égouttés, bouillis, égouttés à nouveau puis cuits à petit feu dans du bouillon avec un bouquet garni, nous ne parlons donc pas d'une urgence où la rapidité est essentielle, ni d'une urgence où vous vous retrouvez sur une île déserte avec des oignons en boîte comme unique nourriture (à moins que votre kit de survie ne comprenne une étagère à épices). Si on met tout ça bout à bout, je ne sais pas ce qu'on obtient, mais je soupçonne qu'il s'agit d'une urgence dans laquelle on pourrait avoir des problèmes plus graves que des oignons «trop acidulés».

Un bloteur répond à cette charade :

> Je me demande si la Seconde Guerre mondiale était le genre d'urgence à laquelle Julia Child faisait allusion : récoltes décimées, approvisionnement sporadique pendant des années, si bien que tout le monde comptait sur ses conserves pour tenir la durée… Nous vivons une époque bien plus gâtée : j'en veux pour preuve la rareté des oignons en boîte.

La mise au point est excellente, même si je souhaite vivement que Julia n'ait jamais été obligée de recourir à de telles mesures. Julia et Paul vivaient à Cambridge quand le premier black-out de New York eut lieu, en 1977, elle n'a donc pas eu à faire la cuisine dans le noir à ce moment-là. Mais je suis sûre que, même à Cambridge, il y a des coupures d'électricité. Je me demande si elle a déjà fait de la sauce avec des oignons en boîte pour accommoder des pâtes pendant un black-out. J'en doute quelque peu. Peut-être a-t-elle nappé un gâteau avec une crème au beurre Ménagère, puis pris Paul par la main pour l'entraîner au lit le reste de la journée. Ceci me semble plus probable. Après tout, Julia a toujours eu le chic pour discerner ce qui est véritablement essentiel.

Mai 1949
Paris, France

*Quand il franchit la porte à midi, elle poussa un cri
de joie et se jeta dans ses bras. « J'ai trouvé une saucisse* incroyable *ce matin aux Halles. Je n'ai jamais rien
vu de pareil. » Elle lui prit la main et l'entraîna vers la
petite salle à manger.*

*« Attends, attends… laisse-moi quitter mon manteau ! »
Elle l'accueillait ainsi tous les jours, à grands cris de
ravissement. C'était l'une des joies de sa journée, de
rentrer pour déjeuner, mais parfois il éprouvait un petit
pincement insistant de culpabilité, comme s'il tenait pri-
sonnier un bouillant golden retriever qui l'accueillait
néanmoins à son retour avec amour et gratitude quand
il venait le libérer.*

*Sur la table, deux assiettes, des rondelles de sau-
cisse fumée noire, marbrée de gros morceaux de gras,
une miche de pain, et un bon fromage coulant. Pour
quelqu'un qui ne connaissait rien à la nourriture jusqu'à
ces dernières années, Julia possédait un sens très sûr
et très hardi du goût. Il tira une chaise, se pencha pour
saisir le pain, en rompit un morceau.*

*Julia s'assit en face de lui et se mit à grignoter un
morceau de saucisse.*

*« Finalement, on dirait que c'était une fausse alerte.
Uniquement un problème d'estomac fatigué, comme
tu l'avais dit. À force de faire l'amour et de manger,
j'imagine que toutes les femmes qui viennent à Paris*

finissent par croire qu'elles sont enceintes à un moment ou à un autre. »

Paul posa son couteau et regarda sa femme. Ils avaient parlé de la possibilité d'avoir des enfants, évidemment, de manière un peu réservée. À vrai dire, la perspective ne l'enthousiasmait pas, mais quand elle lui avait fait part de ses soupçons la semaine précédente, il avait pris la résolution de s'habituer à cette idée, pour lui faire plaisir.

« Tu te sens bien ? »

Elle fronça le nez et sourit.

« Oh oui, très bien. Je me dis qu'après tout je ne suis peut-être pas faite pour avoir des enfants. »

Il ressentit une sourde culpabilité.

« Julia, ce n'est pas comme si on ne devait jamais plus… »

Elle l'arrêta du geste avec une gaieté si convaincante qu'il aurait presque pu la croire sincère.

« Bien sûr, bien sûr ! Et je m'amuse tellement que ce serait dommage de gâcher mon plaisir avec un gosse tout de suite. C'est juste que… » À peine un instant, son expression se fit songeuse. « C'est juste que j'aimerais bien avoir quelque chose à faire pendant la journée. Je ne peux pas passer ma vie à me balader sur les marchés, quand même ? »

Paul coupa une pointe de fromage et l'étala sur son pain.

« Je pensais justement la même chose. Tu devrais peut-être t'inscrire dans une association de femmes, ou suivre des cours ? Pour t'occuper l'esprit. Ce doit être ennuyeux d'être coincée ici toute la journée, seule.

– Oh, je crois que je me débrouille assez bien pour me distraire, tu sais. » Elle appuya le menton dans sa main. « Mais quand même, je crois que tu as raison. J'ai besoin de me trouver un vrai projet personnel. Voilà ce qu'il me faut. »

Quand il eut fini de déjeuner, elle le raccompagna jusqu'à la porte. Il l'embrassa et, en levant les yeux vers son visage, il vit dans son regard une lueur qu'il reconnut. Une lueur dont il fallait se méfier, il le savait, et qui pouvait entraîner des développements inattendus.

« Ne va pas chercher des ennuis, quand même.

– Oh, non, bien sûr. Pas trop. »

Il n'y a qu'en Amérique…

« Bonjour, Julie. Ici, Karen, de CBS. Nous aimerions faire un reportage sur votre projet.

– Euh… D'accord. »

D'habitude, je ne réponds pas au téléphone quand je suis chez moi, et certainement pas quand je suis en train d'écrire mon message quotidien sur mon blog. Ce n'est généralement pas quelqu'un à qui j'ai envie de parler. Mais ce matin, je ne sais pourquoi, j'ai répondu. Appelez ça un pressentiment.

« Ce que nous pourrions faire d'abord, c'est envoyer un caméraman vous retrouver où vous travaillez. Il vous filmerait à votre bureau, puis vous suivrait quand vous irez faire vos courses et prendrait le métro avec vous pour rentrer. Le reste de l'équipe vous retrouverait alors et vous feriez juste la cuisine comme d'habitude pendant qu'on vous filmerait. Est-ce que mardi vous irait ? »

Voilà. Je suis donc en train d'écrire mon post quand je reçois un coup de fil d'une importante chaîne d'informations exprimant son désir de réaliser une émission sur mon blog et moi. Coup de fil que je me mets immédiatement à commenter sur ledit blog.

C'est alors qu'il me vint à l'idée que certaines choses commençaient à devenir un peu trop imbriquées.

Nate, le maléfique petit surdoué, était celui à qui j'allais devoir parler avant de faire entrer au bureau un caméraman de la télé, même (surtout) si ce n'était pas lui qui allait être filmé. Je descendis donc à son bureau et frappai à la porte. Il avait le portable vissé à l'oreille, comme d'habitude, mais il me fit signe d'entrer.

«Donc le gouverneur est bien prévu pour quinze heures quinze, oui ? Et Bloomberg à quinze heures quarante-cinq ? Simone dit que Giuliani demande à y participer, maintenant… Oui ? Je le leur dirai. Oui. » Il eut un petit rire satisfait. «Oui. À tout à l'heure. »

«Que se passe-t-il ? »

Cette question s'adressait à moi, je crois. On ne peut jamais être sûr que ce soit à vous qu'il parle. C'est le genre de mec qui pourrait avoir un téléphone implanté dans l'oreille interne.

«Bonjour, alors voilà, il y a un caméraman de CBS qui vient mardi…

– Julie, vous savez que toutes les demandes d'interviews pour Bonnie doivent passer par moi. Gabe va piquer une crise. » (De tous les gens du bureau, Nate est le seul à appeler M. Kline par son prénom.)

«Non… Ce n'est pas… En fait, c'est… pour moi.

– Vous plaisantez. Pour votre truc culinaire ?

– Oui. »

Le visage de Nate s'éclaira d'un sourire vaguement prédateur.

«Mais c'est formidable ! Quand dites-vous qu'il veut venir ? Après les heures de bureau, bien sûr ?

– Oui. Mardi.

– Très bien. Du moment qu'il ne filme pas ce qu'il ne devrait pas. Vous savez, les propositions…

– D'accord. Bien entendu.

– Ou n'importe quel document, ou quoi que ce soit sur votre ordinateur.

– Bien sûr.

291

– Ni le bureau d'accueil, ni le logo de notre compagnie.
Et ne parlez pas de l'organisation. Et toutes ces allu-
sions antigouvernementales ? C'est très bien sur votre
site Web… très, très amusant, Julie, vraiment, mais vous
devriez peut-être mettre un bémol. D'accord ?

– Euh. D'accord. Merci. »

Je sortais, quand :

« Oh, Julie ? Faites en sorte que M. Kline ne voie pas
le type avec sa caméra. Vous savez comment il est. Cela
pourrait attirer sa curiosité sur toute cette histoire de
"blog". »

Il mimait effectivement les guillemets en le disant.
Enfin, bon, je suppose que c'est un drôle de mot, en
effet.

Chaque fois que je vais chez Dean et DeLuca, également surnommé Épicerie de l'Antéchrist, je jure de
ne jamais y remettre les pieds. Je le jure souvent à voix
haute, dans le magasin, en fendant la foule d'imbéciles
friqués comme en fauchant à l'ancienne un champ d'épis
flamands, tandis qu'ils font la queue pour le caviar à cent
cinquante dollars ou choisissent leurs plateaux plastique
de sushis, ou s'exclament avec ravissement sur les différentes variétés de thé vert, ou achètent leur café et leurs
croissants, ce qui est du dernier ridicule chez Dean et
DeDiable.

Une fois bien énervée, j'irai peut-être jusqu'à la boutique du caviste Astor Wines and Spirits – où j'achè-
terai trois bouteilles de vin, puisque je suis sur place,
autant en profiter –, puis chez Duane Reade pour acheter
shampooing, conditionneur et dentifrice, avant d'aller
à l'animalerie chercher un sac de dix kilos de croquettes, deux douzaines de boîtes de pâtée pour chat et
une boîte de six kilos de litière, plus quatre souris pour
Zuzu, mon serpent apprivoisé. Puis, poussant et tirant

mon caddie (un de ces modèles de panier à roulettes peu maniable que possèdent les vieilles dames un peu folles de New York, que j'avais acheté la première année de mon arrivée avant de me rendre compte qu'ils étaient réservés aux vieilles dames un peu folles, mais que ça ne me dérange pas d'utiliser dans la mesure où je me suis résignée à être un peu folle moi-même), je traverserai le marché bio d'Union Square, ou je découvrirai un présentoir plein de grandes branches de cornouiller. Comme nous avons eu, Eric et moi, des fleurs de cornouiller sur notre gâteau de mariage, je déciderai qu'il est tout à fait naturel d'en acheter une. Ce ne sera qu'en descendant dans le métro avec les croquettes, pâtées, litière à chat, mes trois bouteilles de vin, six escalopes de veau, quatre souris, shampoing, conditionneur, dentifrice et branche de cornouiller aussi haute que moi, tout ça calé dans un panier à roulette de folle new-yorkaise, que je me rendrai compte que ce n'était peut-être pas une bonne idée. Espérons que les gens que je giflerai avec ma branche de cornouiller seront des touristes trop intimidés par le Metropolitan Transit System pour tenter de me mettre leur poing dans la figure.

Voilà pourquoi, très précisément, le caméraman de CBS veut me suivre dans mes expéditions de shopping.

Quand le caméraman m'appelle du hall d'accueil à cinq heures et demie le mardi après-midi, je suis prête à partir, sauf qu'il me reste à faire signer à Bonnie les contrats *ultra importants* envoyés par le service juridique et que je n'ai pas encore pu lui donner parce qu'elle assiste à une réunion *ultra importante* depuis deux heures et demie. Il monte et me filme pendant que je note des messages téléphoniques en attendant. À six heures moins le quart, je suis prête à éteindre mon ordinateur quand Bonnie sort de la salle de réunion.

« Où sont les contrats ?

– Les voici », dis-je en les lui tendant d'un air très professionnel.

Le caméraman de CBS me filme. Bonnie lui jette un regard troublé. On lui a expliqué dans les grandes lignes le sens de sa présence, mais elle ne comprend visiblement pas très bien.

« Où est le compte rendu ? Le service juridique devait préparer le compte rendu. »

Première nouvelle.

« Merde. »

Bonnie fusille le caméraman du regard.

« Vous devriez peut-être éteindre votre truc cinq minutes. »

Le caméraman de CBS ne peut donc pas filmer tandis que je cours dans le couloir jusqu'au service juridique, où tout le monde assiste maintenant à une réunion *ultra importante*, ni quand je secoue par l'épaule l'un des stagiaires pour lui faire comprendre qu'il me faut cette lettre immédiatement, ni quand je découvre que je dois avoir trois copies des contrats au lieu de deux, ni quand je hurle des obscénités à la photocopieuse qui a décidé de tomber en panne d'encre, ni quand je marmonne entre mes dents quelques menaces terrifiantes, comme de balancer des vice-présidents du vingtième étage dans des trous grouillant de bulldozers. C'est dommage qu'il n'ait pas pu filmer tout ça, car ce sont vraiment les seuls trucs passionnants qui aient eu lieu ce soir-là.

Je ne peux que supposer que si j'ai attiré l'attention de CBS, c'est parce que je suis une hystérique au vocabulaire de poissarde dotée de tendances misanthropes pour qui tout tourne toujours à la catastrophe. C'est donc particulièrement dommage qu'une fois la débâcle des contrats résolue, tout se passe comme sur des roulettes dès que le caméraman revient. Le temps n'est pas trop mauvais et les trottoirs exempts de banlieusards en colère. Je trouve à l'épicerie turque absolument tout ce dont j'ai besoin, même le beurre danois de luxe à huit dollars la livre. (Julia Child n'est en règle générale pas très exigeante quant aux ingrédients. C'est l'une des raisons pour lesquelles elle m'a plu dès l'abord. Si bien que lorsqu'elle précise «beurre de première qualité», je me dis qu'elle le pense vraiment.) Le sac à provisions n'est pas très lourd. La station de métro n'est pas bondée, et un train arrive immédiatement. Les gens s'écartent sur notre passage tandis que le caméraman me suit, en filmant soit par-dessus mon épaule soit en courant devant moi pour me prendre quand j'arrive au coin du couloir. Dans le train, un type essaie de me parler, persuadé que je suis quelqu'un d'important, sans doute à cause du caméraman qui m'escorte.

À la maison, on nous pose des micros-cravates, à Eric et à moi et, sous l'œil respectueux de la caméra, nous sirotons un verre de vin, hachons des échalotes et touillons nos préparations sur la cuisinière, en faisant comme si nous n'avions pas une caméra devant le nez. Soudain, je parle poliment, sans même me forcer. Je suis sereine. Je cuisine avec simplicité. Je prépare des crevettes au beurre blanc, c'est-à-dire essentiellement trois quarts de livre de beurre fondu avec quelques crustacés dedans, et des asperges à la Sauce moutarde, et tout marche à merveille. J'ai l'impression d'être un chef célèbre. J'ai l'impression de mentir. Je suis tentée d'inventer un désastre, simuler un feu dans la poêle, ou autre chose. Mais ils ont l'air suffisamment impressionnés (ou horrifiés) par les trois quarts de livre de beurre, je me dis donc que ce n'est pas la peine.

L'équipe de reportage – de commérage, devrais-je dire, car qui est dupe? Il ne s'agit pas exactement du siège de Mazar el Charif, tout de même – comprenait quatre personnes: un caméraman, un preneur de son, un réalisateur et un correspondant du nom de Mika. Ils prévoyaient de venir tourner dans l'appartement trois soirs de suite.

C'est-à-dire quelque chose comme quinze heures, ce qui me paraissait bizarre et injuste, en quelque sorte. Je veux dire, CBS dépensait des fortunes pour un spot de cinq minutes sur une secrétaire de Queens, âgée de trente ans, qui faisait de la cuisine française. À côté de ça, j'ai du mal à faire approuver par le service comptabilité une assiette de biscuits rassis à dix dollars pour la réunion de la commission culturelle. Enfin. Les deux premiers soirs de tournage se passèrent sans encombres, mais se révélèrent étonnamment épuisants. Et puis, le troisième jour, il y eut une explosion à Yale, et le caméraman dut aller couvrir l'événement. Ils n'avaient pas la possibilité de revenir avant la semaine suivante. Le mardi suivant, à vrai dire. Le mardi où – et c'est ici que je commence à ululer de désespoir – devait être diffusé *le tout dernier épisode* de Buffy la tueuse de vampires. Il ne devait plus JAMAIS y en avoir d'autre.

Entre-temps, je réussis à attraper un rhume, à moins que ce ne soit la grippe aviaire, en fait.

Il me vient à l'idée que je n'ai jamais correctement expliqué mon attachement à Buffy la tueuse de vampires. En partie parce que j'hésite à exprimer avec des mots une émotion si délicate et si précieuse, et parce que j'éprouve une espèce de honte résiduelle de l'obsession que m'inspire tout ce qui touche à Sarah Michelle Gellar. *Buffy contre les vampires* – pour ceux d'entre vous qui ont passé les dix dernières années sous un rocher où l'école publique interdit les romans de Harry Potter comme incitation à la sorcellerie – est une série télévisée, connue par ses aficionados sous le titre *Buffy*. C'est l'histoire d'une lycéenne qui est tueuse de vampires, la seule fille au monde (enfin, presque, les choses peuvent être complexes dans *Buffy*) qui puisse combattre les forces de l'ombre. C'est l'Élue. Bon, voilà ce qu'on pourrait appeler les prémices. Ça traite de la souffrance de devenir adulte, de l'importance de l'amitié dans un monde sans pitié, de la responsabilité individuelle, de l'amour, du sexe, de la mort. Et de la lutte contre le mal, bien sûr. En cela, ce n'est pas tellement différent de la Bible, sauf qu'il y a des effets spéciaux et des blagues plus marrantes. Ceux qui pourraient prendre ombrage de ce que je dis peuvent se rassurer en sachant que je suis LOIN d'être la première à faire cette observation. Un autre point commun avec la Bible, c'est que *Buffy* devient un peu exagérée, confuse et portée sur les Révélations vers la fin, et qu'à cause de ça et de mon implication dans le Projet, je ne l'avais pas suivie aussi fidèlement que j'aurais pu dans les derniers mois. Mais quand même. C'était la FIN. Vous ne faites pas l'impasse sur les Révélations, même si elles sont bancales et bizarres. Ou peut-être que si. Mais pas sur le dernier épisode de *Buffy*.

Sauf que c'est ce qui m'arriva. Tandis qu'Eric, sur le canapé, en compagnie de l'équipe de tournage, regardait cet événement historique (le producteur était un fan, lui aussi), je trimais dans une cuisine surchauffée sous l'œil attentif d'une caméra programmée pour des prises de vues automatiques à intervalles réguliers. Je ne suis pas amère, évidemment. Même moi, je n'irais pas jusqu'à être contrariée de ne pas pouvoir regarder une émission de télé – quand bien même ce serait peut-être *la comédie dramatique télévisée mêlant le genre arts martiaux, fantastique et romantique la plus importante de toute l'histoire du divertissement* – parce que je serais trop occupée à être filmée pour un reportage national. Non, je réalisai vaillamment mes Fricadelles de veau à la niçoise, tout en expectorant les quantités d'infâmes mucosités qui m'encombraient les poumons depuis le week-end précédent. Toute seule. En fin de compte, je suis toujours seule. Chaque génération comporte son Élu.

Les Fricadelles de veau à la niçoise sont composées de veau haché avec des tomates, des oignons, de l'ail et, surtout, du porc salé. Les boulettes formées avec ce mélange sont saupoudrées de farine et frites dans une poêle avec du beurre et de l'huile. Puis, lorsqu'elles sont cuites, on déglace la poêle avec du bouillon de bœuf, on lie avec un morceau de beurre et c'est terminé. Le tueur de la cuisine prépara également des Épinards étuvés au beurre, des Tomates grillées au four, et des Nouilles aux œufs.

Je disposai l'ensemble si joliment sur un plat qu'Eric ne put s'empêcher de marmonner, hors champ – mais pas hors micro, nous ne sommes jamais hors micro, comme ces candidats dans les *reality-shows* qui sont toujours branchés, même quand ils vont aux toilettes ou s'échappent dans les bois pour des rendez-vous galants – « c'est un projet Julie / Julia à la Potemkine ». Car d'habitude Julie n'utilise pas de jolis plats et ne sert pas à table. On aurait cru que le micro serpentant entre mes seins sous mon chemisier était une ligne directe branchée sur l'esprit cool de Martha Stewart. Ce qui me faisait un drôle d'effet.

D'abord, le correspondant m'interviewa. Nous nous sommes perchés sur la table de la salle à manger, avec un plat et mon exemplaire usé et abîmé de *L'Art de la cuisine française* soigneusement disposés entre nous, et entre deux quintes de toux j'ai essayé d'émettre des remarques spirituelles. Puis je nous ai servis, Eric et moi, dans notre jolie petite salle à manger, tandis que le caméraman, le preneur de son et le réalisateur se pressaient autour de nous et nous inondaient de lumière. Le correspondant s'assit avec nous pour manger, ou plutôt pour faire semblant, car il était végétarien, ce qui, je suppose, est la tendance de nombre d'entre eux. Après la prise de vues, je réussis à faire asseoir le reste de l'équipe pour les faire manger. Le preneur de son, dont la femme était non seulement végétarienne, mais végétalienne (franchement !), faillit s'évanouir. Il s'extasiait en boucle sur le goût fabuleux que donnaient les tomates aux boulettes de veau haché. Je n'eus pas le cœur de lui dire que la clé de la réussite tenait surtout à la *graisse de porc*. Le producteur me mit au courant de ce que j'avais raté de *Buffy* et le caméraman – qui avait été tourner en Irak avant de revenir à Long Island City et était donc un véritable professionnel du reportage, et non du commérage – nous raconta quelques bonnes histoires de tournage.

Vous savez, quand vous voyez une star de cinéma interviewée à la télé et qu'elle confie en minaudant que la célébrité a quelque chose de «surréel», vous vous dites : «Oh, ça va, assez de conneries !» D'accord, je ne sais pas quel effet ça fait quand des journalistes viennent fouiller dans votre poubelle ni quand des designers vous supplient de porter leurs boucles d'oreilles à un million de dollars pour la cérémonie des Oscars. Mais préparer le dîner dans une minable cuisine de banlieue avec une équipe de tournage qui s'agite autour de vous, finir la soirée en mangeant des boulettes de veau au lard salé en parlant de l'Irak et des tueurs de vampires avec ladite équipe, puis, une semaine plus tard, voir tout ça réduit à une portion de film de quatre minutes présentée au journal télévisé *CBS Evening News* par Dan Rather, qui conclut en entonnant mystérieusement : «Il n'y a qu'en Amérique», je vous assure que c'est effectivement surréel.

Bon, nous sommes en août. À la suite du reportage de CBS, j'ai été interviewée par *Newsweek*, le *Los Angeles Times* et une demi-douzaine de radios publiques éparpillées sur le territoire américain et, je ne sais pourquoi, australien. Il ne me reste plus que treize jours et vingt-deux recettes. Je suis un peu paniquée. Les bloteurs envoient des messages du genre : «CUISINEZ ! ESPÈCE D'ASTICOT, GROUILLEZ !!! Cuisinez ou

LAISSEZ TOMBER ! Faites-en 25 en 12 ! ALLEZ, espèce de NOUILLE ! CUISINEEEEEEEEZ ! » Ils ont les meilleures intentions du monde, évidemment. Je ne dors pas très bien, et quand je dors je fais des cauchemars. Dans l'un d'eux, j'ai un pigeon tout crotté que j'ai capturé dans la rue et ramené au bureau. Je le garde dans un carton vide. Julia m'a ordonné de le tuer et de le découper pour mon repas du soir, mais je n'en ai pas le courage – en plus je me dis qu'il est trop sale pour être comestible –, si bien que je le libère subrepticement dans le couloir et prétends ensuite que je n'ai aucune idée de l'endroit où il est passé.

Et en plus, Eric a failli demander le divorce à cause d'une Sauce tartare ratée.

Tout devait être facile. Juste des sandwiches au rosbif avec de la salade en sachet et des Bouchées Parmentier au fromage, c'est-à-dire des croquettes de pommes de terre au fromage. Je rentrai à la maison prête à me débarrasser de tout ça en vitesse pour passer ensuite à des choses plus importantes, comme boire, jouer à Civilization, et aller me coucher de bonne heure.

La différence entre la Sauce tartare et la mayonnaise ordinaire, c'est que la base n'est pas le jaune d'œuf cru, mais cuit. Écrasez les jaunes de trois œufs durs avec de la moutarde et du sel jusqu'à formation d'une pâte lisse. Incorporez au fouet une tasse d'huile versée en filet. D'accord, Julia dit : « Cette sauce ne peut être réalisée au batteur électrique. Elle devient si épaisse que l'appareil se bloque. » Je sortis donc mon plus grand fouet à main, vingt-cinq centilitres d'huile d'olive mélangée à de l'huile d'arachide (si on utilise seulement de l'huile d'olive, on obtient une sauce au goût d'huile d'olive plus prononcé, ce qui n'est pas mauvais, mais on peut avoir parfois envie de changer), et commençai à fouetter.

Je versai l'huile très lentement, en m'arrêtant de temps en temps – sans cesser de battre – pour m'assurer que l'huile était bien absorbée. Je faisais tout dans les règles. Mais, après en avoir versé environ la moitié, l'huile cessa de coopérer.

Julia dit :

« Vous n'aurez jamais de problème à réaliser une mayonnaise si vous avez bien battu les jaunes dans un bol réchauffé avant d'ajouter l'huile, si l'huile a bien été ajoutée en gouttelettes jusqu'à ce que la sauce commence à épaissir, et si vous n'avez pas dépassé les proportions maximales de six centilitres d'huile par jaune d'œuf... »

Mais non. Parce que j'avais fait tout ça. Vraiment. J'en étais sûre. Je jetai un nouveau coup d'œil aux instructions, désespérément. Oui, j'ai tout fait... Tout, *sauf*...

« Tout ça parce que je n'aurais pas réchauffé le bol ? Vous me dites que ça ne marche pas parce que je n'ai pas réchauffé ce putain de bol ?

– Qu'est-ce qui ne va pas ? Qui te dit quoi ? »

Eric pointait le nez dans la cuisine avec cette expression désormais familière de sollicitude incertaine, comme le chien fidèle mais inquiet d'un tueur en série.

« On est en août ! Il fait trente-cinq degrés dans cette cuisine ! Qu'est-ce qu'il vous faut de plus, putain ? »

Eric, obéissant aux réflexes rapides de quelqu'un qui a l'habitude de courir se mettre à l'abri, ressortit aussi sec de la cuisine.

Bon, j'ai essayé les suggestions de Julia pour arranger ça. J'ai réchauffé un bol dans une casserole d'eau bouillante, puis j'ai battu un peu de moutarde avec une partie de la sauce ratée. J'étais censée fouetter jusqu'à ce que la moutarde et la sauce « deviennent crémeuses et épaississent ensemble ».

Rien à faire.

Putain.

C'est alors que j'ai commencé à hurler, pas de véritables mots, juste des sons gutturaux. Je savais que j'exagérais, mais je hurlais quand même. Tout en criant, je versai la sauce ratée dans le mixer, parce que, putain, d'accord ? Qu'est-ce que ça pouvait faire ?

Pas grand-chose, en effet. Je mixai et mixai encore, en souhaitant désespérément que la machine se coince, mais la sauce se liquéfiait en tournant comme de la mayonnaise ratée, et se séparait dès que j'arrêtais le mixer.

C'est alors que j'ai commencé à jeter des objets.

Ce que vous devez comprendre, ce qui rend cette scène si révélatrice et en même temps si impardonnable, c'est que je faisais tout ça en sachant qu'il venait d'y avoir un bombardement sur une résidence américaine à Ryad. Figurez-vous qu'Eric a une tante en Arabie Saoudite. Il ne se rappelait plus exactement dans quelle ville, en fait. Elle est infirmière dans un hôpital et enseigne le métier aux Saoudiennes. Eric avait passé la soirée collé devant le téléviseur mais, ce qui était agaçant, c'était que les informations ne soufflaient mot du bombardement. Il avait téléphoné partout, à sa mère, son frère, ses cousins mais personne ne décrochait. Je savais tout ça et pourtant je hurlais, je sanglotais et jetais des ustensiles comme si la Sauce tartare était la seule chose qui comptait, comme si c'était plus important que la famille, la mort, la guerre.

Eric le supporta un bon moment. Puis il n'en put plus. Il revint dans la cuisine, me saisit par les épaules, me secoua et hurla, plus fort que je ne l'avais jamais entendu hurler :

«CE N'EST QUE DE LA MAYONNAISE ! ! ! ! !»

Ça m'aurait étouffée de reconnaître qu'il avait raison.

Je jetai la mayonnaise ratée et me mis à faire les Bouchées Parmentier au fromage dans un silence glacial. Je fis cuire trois petites pommes de terre et les passai au presse-purée. Qui se brisa, mais je ne jetai pas les morceaux par terre. Je fis sécher les pommes de terre écrasées dans une casserole sur feu vif. J'y ajoutai cent grammes de farine, un morceau de beurre ramolli, un œuf, cent grammes de gruyère râpé, poivre blanc, cayenne, noix de muscade et sel. Je fourrai le tout dans une poche à douille et formai des rangées de pâte sur une tôle. Lorsque la poche se fendit en deux, je ne criai pas. Je me contentai de disposer le reste de pâte sur la plaque avec une cuillère, en grattant en quelque sorte pour former des bâtonnets. Je mis les Bouchées au four. Je pleurai juste un petit peu, sans bruit, afin qu'Eric ne m'entende pas. Je fis des sandwiches avec pain au levain, rosbif, laitue, tomates et une pâte d'anchois aux piments tout à fait délicieuse qu'un bloteur m'avait envoyée en cadeau environ un mois plus tôt. Lorsque les croquettes de pomme de terre furent cuites, je les entassai sur les assiettes à côté des sandwiches, comme si c'étaient des frites. Eric prit l'assiette que je lui tendais sans prononcer un mot.

Sa mère appela au moment où il mordait dans son sandwich – elle a le chic pour ça. Il s'avère que la tante d'Eric n'habite pas à Ryad. Elle allait bien. Je ne méritais pas de vivre. Enfin, les croquettes de pomme de terre étaient délicieuses. Elles doivent être bonnes pour le karma.

« Vous êtes Julie Powell ?
– Oui. »
Je répondis un peu sèchement en me disant : « attention, dingue », car après tout j'étais au bureau.
« Ici Amanda Hesser, du *Times*. »
C'était le deuxième mardi du mois, jour de conseil d'administration, je travaillais donc depuis sept heures et demie du matin. C'était aussi un de ces jours où je

n'arrêtais pas de sentir une drôle d'odeur, dont je ne parvenais pas à trouver la source – mes vêtements n'étaient pas sales, mes aisselles ne puaient pas la sueur, j'avais les cheveux propres mais, allez savoir pourquoi, je sentais comme si j'avais fait une tache de sauce Burger King sur mon soutien-gorge, par exemple. Donc, j'étais de mauvais poil quand le téléphone sonna. Laissez-moi vous dire cependant qu'un coup de fil d'Amanda Hesser souhaitant écrire un article sur vous dans le « Journal du siècle » améliore considérablement votre état d'esprit. Il est vrai que vous allez passer directement de la maussaderie à l'hystérie grâce à ce remontant, mais l'hystérie ne fait pas de mal. (J'en suis la preuve vivante.)

Je n'étais pas, à cette époque, vraiment amateur d'abats. J'avais préparé plusieurs recettes de ris de veau et m'étais rendu compte que je les appréciais plutôt, sauf lorsqu'ils sentaient le formol ou que je les transformais en palets de hockey caoutchouteux et grisâtres à trop les faire cuire.

J'avais même cuisiné des cervelles. C'est une histoire marrante, en fait, car le jour où je faisais ces cervelles, j'avais une interview avec un journaliste de la radio. Le type était venu à l'appartement et nous avions parlé pendant une heure et demie tandis que je préparais le dîner. Tout se passa bien jusqu'à la fin de l'interview, quand il demanda s'il pouvait utiliser les toilettes avant de plier bagage et de partir. Ce n'est que lorsqu'il fut rentré dans le cabinet de toilette et qu'il eut refermé la porte que je me rappelai que j'avais mis plusieurs cervelles de veau à tremper dans le lavabo. Le pauvre. Enfin, je n'ai quand même pas essayé de l'obliger à en manger.

Ce n'est d'ailleurs pas tant le goût des cervelles, même si ce n'est pas exceptionnel. Ce n'est pas le facteur dégoûtant non plus – la façon dont, quand vous les lavez, vous finissez inévitablement par en avoir des morceaux partout, dans l'évier ou sur vos vêtements, dans le plus pur style Tarantino, ni la substance blanche collante qui est une sorte de graisse, je suppose, mais présente un aspect et une texture qu'on pourrait qualifier de « spongiformes ». Non, le vrai problème, c'est la terrifiante implication philosophique. Le mystère inconsolable de la vie, de la conscience, l'âme. Je voudrais que le cerveau soit dense et creusé de profonds sillons, traversé par les circuits de la pensée et truffé des réceptacles profondément enfouis de la mémoire, mais non. C'est juste cette espèce de petit organe mou, pâle, qui se désintègre dans vos doigts quand vous faites couler trop fort l'eau du robinet. Comment cela peut-il être ? Comment pouvons-nous être ?

Ce soir-là, nous avions invité Sally à partager nos cervelles préparées selon deux recettes : Cervelles en matelote et Cervelles au beurre noir, au prétexte que Sally était la seule personne de ma connaissance à avoir déjà mangé de la cervelle. Sous forme de cervelle de chèvre au curry, à Calcutta. Sally devait amener son nouveau boy-friend, David, sophistiqué et amateur de vin (l'ancien David, celui qui était toujours après elle, avait disparu depuis longtemps du paysage), ce qui me paraissait être soit un courageux geste de confiance en la solidité de leur relation, soit une tentative pour le placer sur siège éjectable.

Les Cervelles en matelote sont des cervelles lentement pochées au vin rouge, ce dernier étant ensuite réduit et lié avec un beurre manié (beurre et farine en pommade) pour faire la sauce. Pour les Cervelles au beurre noir, on coupe les cervelles en tranches qu'on fait mariner avec jus de citron, huile d'olive et persil avant de les faire frire dans un mélange de beurre et d'huile, puis revenir dans un beurre noir, c'est-à-dire simplement un bon quart de beurre clarifié et chauffé jusqu'à coloration noisette, avec du vinaigre réduit et du persil haché. Le problème, c'est qu'Eric avait acheté de la coriandre au lieu de persil. Donc, pas de persil. J'ai réussi à avaler la cervelle au vin rouge avec les oignons et les champignons, parce que ça avait surtout le goût de vin rouge, d'oignons et de champignons. Les cervelles se fondaient dans l'ensemble, en quelque sorte. Mais les cervelles frites... je suis plus réservée. C'était trop riche, au point d'en être insupportable – et pourtant j'adore ce qui est gras –, et avec cette texture un peu élastique qui me fait frémir rien que d'y penser. Disons qu'au dessert, j'ai trouvé les crêpes fourrées de crème au praliné et recouvertes de copeaux de chocolat Scharffen Berger hors de prix *nettement* meilleures.

J'avais donc l'expérience des abats. Et même s'il y a des gens pour estimer que lorsqu'on invite un célèbre chroniqueur gastronomique du *New York Times* à dîner, on ne devrait pas essayer de préparer des rognons pour la première fois de sa vie, je n'étais pas trop inquiète. Un peu comme parfois on doit se teindre les cheveux en bleu cobalt ou porter des jeans et des bottes de moto pour aller au bureau, on doit parfois travailler sans filet. J'avais fait les cervelles. Je me disais que si j'avais réussi ça, le reste devrait marcher.

Bon, il y avait le problème du vin, quand même. Je songeai à demander à Sally de demander à son nouveau boy-friend mais, à dire vrai, je trouvais que le boy-friend en question était un peu con, et je ne voulais pas lui donner la satisfaction de lui demander un conseil. Il me vint à l'idée qu'en fait, Nate s'y connaissait probablement en vin. C'est un de ces républicains un peu sybarites, comme Rush Limbaugh, qui fument des cigares cubains illégaux ou se laissent aller à certaines pratiques légèrement déviantes. Mais non, je ne pouvais pas m'adresser à lui. Il serait absolument insupportable, me casserait les pieds jusqu'à ce que je lui dise qui venait dîner, et une fois qu'il aurait découvert que c'était le *New York Times,* il trouverait un moyen de me nuire. Mais voilà, il était trois heures, Amanda Hesser venait dîner ce soir-là. Il me fallait trouver quelqu'un à qui demander conseil. Oh, et puis merde.

Je passai à contrecœur la tête par la porte du bureau de Nate. Curieusement, il n'était pas au téléphone.

« Vous vous y connaissez en vins ? »

Il posa les pieds sur son bureau.

« Pourquoi me demandez-vous ça, mon petit bourdon ? »

Je lui fis les gros yeux.

« J'ai juste besoin d'un bon vin. Qui irait bien avec des rognons.

– Vous allez vraiment manger des rognons ? Je savais que vous aviez des tendances libérales tordues, Powell, mais des rognons !

– Oh, ça va. Vous pouvez m'aider, oui ou non ?

– C'est une occasion très particulière, alors ? Vous recevez quelqu'un d'important ? Hein ? De quoi s'agit-il ?

– OK, Nate, j'ai une personne très intimidante qui vient dîner, j'ai besoin d'un vin sans souci et je suis morte de trouille, aidez-moi !

– Sans souci, ah ? Quelqu'un de très intimidant ? C'est-à-dire ? Dites-moi qui. Allez, Powell, dites-le-moi. Qui est-ce ?

– Je ne vous le dirai pas, Nate. Si vous ne voulez pas m'aider, tant pis. »

Je me dirigeai vers la porte.

« OK, OK. Ne soyez pas si susceptible. Ah, ces démocrates ! » Nate prit son temps, se croisa les doigts, me fit mariner un peu. C'est le genre de situation qu'il adore. « Eh bien, j'aime beaucoup le château greysac haut médoc. Le château larose trintaudon est également un bon choix. Et si vous voulez faire des folies, je crois que le BV coastal cabernet sauvignon est un des grands vins rouges californiens. »

Si je suis parano, c'est uniquement parce que les gens ne me disent jamais rien.

Donc, avant de rentrer préparer, pour Amanda Hesser du *New York Times,* mes Rognons de veau en casserole, c'est-à-dire cuits au beurre avec une sauce moutarde persillée, avec pommes de terre sautées et oignons braisés, et un Clafoutis pour le dessert, je fonçai chez le caviste Astor Wines et demandai du greysac au vendeur. Ce fut la plus facile de mes expériences d'acquisition œnologique, car je n'eus pas besoin d'errer dans le rayon des bourgognes en essayant de choisir selon les critères de Robert Parker. En rentrant, je posai les bouteilles sur une table près de la porte d'entrée… Et je vous jure que la première chose ou presque que déclara Amanda en passant la porte fut : « Oh ! Du greysac ! Où l'avez-vous eu ? »

Il faut donc que je rende à Nate ce qui lui appartient.

Amanda Hesser, chroniqueuse gastronomique du *New York Times* est – je sais, c'est une observation qui manque totalement d'originalité, mais pratiquement impossible à éviter de commenter, un peu comme de me voir sans penser : « Punaise, cette dame a besoin de se faire épiler » – très, très menue. Tellement menue qu'on ne comprend pas comment elle peut manger, et encore moins en faire son métier. Tellement menue qu'il est difficile à la misanthrope ossue que je suis et qui a nourri en secret toute sa vie le désir d'être considérée comme « mignonne » de ne pas la détester. Amanda Hesser n'est pas mignonne, pourtant. Elle est adorable, empiriquement, mais quand on est secrétaire, qu'on a trente ans et qu'on ne sait pas vraiment faire la cuisine, le qualificatif « mignonne » ne convient pas pour décrire la célèbre et minuscule chroniqueuse gastronomique qui, assise dans votre cuisine, vous regarde préparer des Rognons de veau en casserole.

Ce serait plutôt quelque chose comme « atrocement intimidante ». Dans certains cercles réduits et sans doute exagérément nombrilistes, il est de bon ton de détester Amanda Hesser, et il m'aurait été très facile de leur emboîter le pas. Mais comme elle était sur le point d'écrire un article sur moi dans le Journal de Référence, ça n'aurait vraiment pas eu de sens de partir du mauvais pied. En outre, j'allais préparer des rognons pour la pauvre femme, le moins que je pouvais faire était bien de lui laisser le bénéfice du doute.

Sous le regard d'Amanda et d'un photographe, je fis dorer légèrement les rognons au beurre. Au printemps, j'avais fait un gigot farci avec du riz et des rognons d'agneau. Ces derniers étaient ravissants – rouge foncé, fermes et souples, lourds comme des galets de rivière dans la main, une sorte de version idéale des abats. Je m'étais dit que les rognons étaient toujours comme ça. Mais ces rognons de veau étaient gros, compliqués, composés de plusieurs lobes et striés de graisse et de filaments. Ils rejetaient du liquide en cuisant. Je jetai un regard anxieux au livre : « Les rognons exsuderont un peu de jus qui se coagulera », disait Julia.

« Vous trouvez que c'est "un peu de jus", vous ? Moi, je trouve que c'est beaucoup. »

Amanda haussa les épaules, incertaine. « Je n'ai jamais cuisiné de rognons. » Pauvre Amanda. Elle était probablement un peu mal à l'aise de devoir exprimer son opinion sur le sujet. Sans doute n'était-elle pas souvent en position d'interviewer quelqu'un qui en savait si visiblement moins qu'elle, au point d'en être embarrassée.

Je réservai les rognons sur un plat, terrifiée à l'idée de les avoir trop ou pas assez fait cuire. J'ajoutai dans la poêle les échalotes, le vermouth, le jus de citron et laissai réduire le liquide, un peu trop, en fait. Je faisais en même temps blanchir des oignons grelots aussi menus qu'Amanda Hesser, et sauter des pommes de terre qu'Eric m'avait coupées en quartiers. Je ne cessais de faire la navette dans la cuisine entre la poêle et le livre, dans une sorte de panique chronique, que je tentais de dissimuler sous un bavardage incessant mais pas spirituel du tout.

Il faisait environ trente-cinq degrés dans la cuisine. La pauvre Amanda avait le front moite de transpiration, mais elle ne se plaignait pas. Elle ne semblait pas non plus craindre de toucher à quoi que ce soit, et pourtant je voyais tout autour de moi les traces collantes, la poussière et les poils de chat qui trahissaient mon incapacité lamentable de ménagère. Elle dit seulement, en remarquant la plante noire de crasse de mes pieds nus : « Il vous faut des sabots de cuisinier. Ça vous soulagera le dos. »

Les pommes de terre étaient légèrement brûlées. Amanda Hesser les trouva « caramélisées ».

Les oignons braisés au beurre, peut-être un peu trop longtemps, commençaient à se défaire. Amanda les trouva « glacés ».

Pour finir, je liai la sauce des rognons avec de la moutarde et du beurre. Puis je coupai les rognons, dont l'intérieur était en fait d'une couleur rosée assez réussie, et les remis dans la sauce avec du persil haché. C'était si facile que ça ne vaut pas la peine d'en parler. Je battis rapidement la pâte du Clafoutis au mixer, lait, sucre, œufs, vanille, farine et une pincée de sel. J'en versai une couche dans le moule et, selon les indications surprenantes de Julia, fis chauffer le moule pendant une ou deux minutes sur le gaz pour faire solidifier le fond avant d'y déposer les cerises préalablement dénoyautées par Eric, d'y verser le reste de pâte et de mettre le tout à four chaud pendant que nous dînions.

Quand j'avais dit à ma mère qu'Amanda Hesser venait dîner et que j'allais lui faire des rognons, elle m'avait dit : « Mais les rognons, ça sent l'urine. » Mais pas ceux-ci. Même si les pommes de terre étaient brûlées, les oignons étaient très bons. Le greysac, excellent. Et il faisait tellement plus frais dans la salle à manger que tout le monde commençait à se sentir gai et de bonne humeur. Je racontai à Amanda Hesser l'histoire du poulet à la broche, comment j'avais contrefait une rôtissoire en passant dans le poulet un cintre en fil de fer détordu dont j'avais entortillé les extrémités sur les anses de ma cocotte, puis mis le tout dans le four, en allumant le gril et en laissant la porte du four ouverte. Au mois d'août. Les yeux d'Amanda s'écarquillèrent au milieu de son petit visage.

« Vous avez vraiment fait ça ? »

Je dois dire que ça procure un sentiment assez agréable d'impressionner Amanda Hesser du *New York Times*. Même si c'est grâce à votre idiotie.

Le clafoutis était bon, lui aussi, gonflé et doré, parsemé de cerises qui ressemblaient à des bijoux. Amanda Hesser, de moins en moins intimidante, en prit deux parts. Je me demande où elle met tout ça ?

Alors, que se passe-t-il quand il y a un article sur vous dans le *New York Times* ? Je vais vous le dire.

D'abord, vous avez une sensation de bourdonnement dans les oreilles en voyant votre photo, sur laquelle vous avez l'air assez grosse (mais pas plus qu'en réalité, pour être honnête). Vous voyez quelqu'un dans le métro en train de lire la page gastronomique et vous vous dites, avec un affreux sentiment d'anticipation hystérique : « Oh, mon Dieu ! On va me reconnaître. » Non, on ne vous reconnaît pas, mais vous retenez votre souffle jusqu'au moment d'arriver au bureau, dans cette attente.

Au bureau, vous ne cessez d'espérer que vos collègues vous félicitent de votre succès mais, comme beaucoup d'entre eux sont des bureaucrates républicains qui ne lisent pas la rubrique gastronomique, vous n'avez pas tant de félicitations que ça. Vous perdez un bon moment à regarder combien de visiteurs vous avez eus sur votre blog. Ils sont très nombreux. Beaucoup d'entre eux pensent que vous devriez cesser de dire p*** si souvent, ce qui met en colère ceux qui lisent vos chroniques depuis longtemps. Des disputes vont éclater.

De retour sur terre – à un moment, Nate, le petit surdoué maléfique, va s'arrêter près de votre bureau : «Bel article dans le *Times,* Jules», dira-t-il en se penchant familièrement vers vous. Nate ne respecte rien tant qu'un article dans le *Times*, sauf peut-être un article dans le *Post* ou le *Daily News*.

«Le vin, c'était pour ça ?

– Oui. Merci de votre conseil. Il a eu un succès fou.

– Donc, j'ai remarqué que vous aviez parlé du bureau. Ce n'est pas très flatteur pour l'agence quand vous dites que votre emploi ne vous plaît pas.

– Bon sang, Nate ! Je suis *secrétaire*. C'est *normal* que je sois insatisfaite. J'aurais dû mentir quand on m'a posé la question ? Ce n'est pas comme si j'avais traité M. Kline de con, ou un truc comme ça. Tout le monde s'en fout !»

Auriez-vous parlé ainsi à Nate dans des conditions normales ? Peut-être. Peut-être pas.

En rentrant, vous avez cinquante-deux messages sur votre répondeur. (Votre numéro est dans l'annuaire, vous n'avez jamais eu de raison d'être sur liste rouge.) Dans votre boîte AOL, deux cent trente-six messages. Vous vous dites que vous avez gagné ce p*** de gros lot.

Était-ce vrai ? Difficile à dire. Tout le monde a toujours des tas de choses à faire, surtout les bureaucrates de mon agence qui se moquent de la cuisine française comme de leur première chemise, et en un temps remarquablement court, tout revient à la normale. Ou presque.

Une semaine après la sortie de l'article, j'étais dans le West Village à l'heure du déjeuner pour acheter des rognons de veau à ma boucherie préférée. Le type derrière le comptoir me dit :

« Eh, c'est bien vous dont on parlait dans le journal la semaine dernière, non ?

– Euh, oui, pourquoi ?

– Merci d'avoir parlé de nous. Nous avons eu je ne sais combien de commandes d'abats cette semaine, je n'ai jamais vu ça. »

C'était sympa.

Encore mieux, pourtant : quand je revins à l'agence et que Bonnie m'annonça que le président voulait me voir dans son bureau. Elle avait l'air anxieuse.

« Vous devriez faire profil bas… Je crois qu'il est assez remonté. »

Je suivis le couloir jusqu'à son bureau et il me désigna une chaise devant son immense table.

« Julie, dit-il, l'air très sérieux, les mains crispées posées devant lui, il me semble que vous avez en vous beaucoup de *colère*. »

Apparemment, quelqu'un avait attiré l'attention de M. Kline sur le contenu hérétique de mon blog. Je me demande si c'est la partie où j'avais écrit un truc sur mon envie de jeter les vice-présidents par les fenêtres qui l'avait inquiété.

« Êtes-vous malheureuse ici ? demanda-t-il.

– Non ! Non, monsieur. C'est juste que… Eh bien, je suis secrétaire, M. Kline. C'est parfois frustrant.

– Vous êtes un des atouts de l'agence, Julie. Il faut que vous essayiez de trouver une manière de canaliser cette énergie négative.

– Hmm… »

Canaliser cette énergie négative ? Depuis quand les républicains parlent-ils ainsi ? Je me dis que c'était la seule chose à admirer chez eux.

Donc, j'ai filé doux, j'ai opiné, je suis sortie à petits pas en baissant la tête comme un enfant repenti.

Et pourtant, au fond de moi, je sentais fleurir quelque chose, comme une impression de liberté, de bonheur.

Et, dans mon cerveau, j'entendais se répéter inlassablement la réponse délicieuse, rebelle et libératrice : « Sinon quoi ? Vous me licenciez ? »

Peut-être que j'avais gagné ce p*** de gros lot, après tout.

« Lorsque vous aurez effectué la moitié du travail, la carcasse, les pattes pendouillantes, les ailes et la peau constitueront une masse informe et méconnaissable, et vous vous direz que ça ne ressemble à rien. Continuez simplement à couper au plus proche de l'os, sans taillader la peau, et tout s'arrangera à la fin. »

« Comment désosser un canard,
une dinde ou un poulet »
L'Art de la cuisine française, vol. 1

La simplicité même

Qu'est-ce que c'est que ce tour de passe-passe digne d'un bordel darwinien ? Les joyeux humains s'amusaient vachement trop pour trouver le temps de procréer, c'est ça ? La tendance au dénigrement de soi est-elle une mutation irrévocablement liée à un accroissement de l'immunité génétique, ou quoi ?

Si vous voulez bien me faire le plaisir de revenir un peu en arrière :

Nous sommes au lever du jour, deuxième mardi de juillet 2003. Je dois être à mon bureau dans une heure pour (encore !) une autre de ces réunions matinales, au cours desquelles j'effectue des tâches vitales telles que fixer les badges de la direction, réaliser des photocopies de dernière minute, galoper frénétiquement sur mes talons hauts d'un bout à l'autre des couloirs et faire le planton en jetant des coups d'œil affairés à droite et à gauche. Tout ça est déjà assez nul en soi. Mais le pire, c'est que je viens de passer les trois heures précédentes allongée dans mon lit sans pouvoir fermer l'œil, à me maudire parce que je n'ai pas réussi à faire un Aspic aux pommes.

« Voilà, il me reste un peu plus d'un mois et cinquante-huit recettes et, au lieu de faire un Aspic aux pommes, comme tout membre responsable de la société, j'ai perdu ma soirée à manger de la purée de pommes de terre, des brocolis à l'eau et du rôti. D'accord, j'avais fait des Champignons sautés sauce madère. Savez-vous ce que c'est ? Du bouillon de bœuf cuit à petit feu avec carottes, céleri, vermouth, thym et feuille de laurier, épaissi ensuite à la Maïzena. Des champignons coupés en quatre et dorés au beurre. Et un peu de madère réduit dans la poêle. Vous rassemblez ensuite la sauce brune et les champignons et laissez mijoter. De la rigolade, laissez-moi vous dire. Je devrais avoir un L rouge marqué au fer sur la poitrine, parce que je suis une vraie LOSER. Et en plus, voilà Eric qui sort : "Peut-être que ça fait partie du projet de ne pas tout finir ?" Mais où était-il pendant les onze derniers mois ? Il n'a pas compris ou quoi ? Il n'a pas pigé que si je ne vais pas jusqu'au bout du livre en un an tout aura été perdu, que je vais tomber dans une spirale de médiocrité et de désespoir et que je finirai probablement dans la rue à faire des pipes pour me payer du crack ? Il me déteste, de toute façon. Regardez-le, pelotonné de son côté du lit comme s'il ne voulait surtout pas me toucher. C'est parce que je pue l'échec… Je suis maudite… »

Ah oui, rien ne vaut une bonne nuit de sommeil.

Je prends une douche pour me débarrasser d'un peu de la puanteur de l'échec et sors mon ensemble des grands jours. Je ne l'ai pas mis depuis un certain temps, et je suppose que je ne dois pas m'étonner d'avoir trop grossi au niveau de la poitrine pour tenir dedans. J'ai gagné en profondeur de bonnets disons… disons l'équivalent de dix livres de beurre. Je suis la Lara Croft de la bouffe, tenues chics, scènes exotiques et sex-appeal en moins.

Bien que je sois en retard, que j'aie du mal à tenir dans mon ensemble et que je transpire comme Nixon avant sept heures du matin, je branche mon portable pour tapoter un message sur mon blog et vérifier ma boîte à lettres, parce que… je suis accro, c'est tout. J'ai un message d'un vieux monsieur qui a passé vingt-deux ans dans l'armée en France et qui éprouve le besoin de me dire, sans ambiguïté aucune, qu'il estime que mon projet est, en gros, une glorification antipatriotique de la décision prise par Charles de Gaulle en 1966 de retirer la France de la structure de commande militaire unifiée de l'OTAN, et de la délocalisation de Paris à Bruxelles du quartier général de l'OTAN qui en a résulté. Putain. Comme si ça ne me suffisait pas d'entendre au bureau les conneries du genre : « Boycottez le bordeaux et appelez vos frites Liberté. »

Je me demande si je n'ai pas un don particulier pour le bonheur, parce que cette déroute matinale arrivait juste après l'un de mes succès les plus impressionnants. Car le week-end précédent nous avions eu des tartes en feu d'artifice, une orgie de tartes, une folie de tartes et même, si j'ose dire, une symphonie de tartes *mirobolantapalooza*, si vous voulez bien pardonner un dernier usage de ce qualificatif élogieux avant d'enterrer ce vestige de la culture pop que fut le mouvement Lollapalooza dans les années quatre-vingt-dix. Tarte aux pêches, Tarte aux limettes, Tarte aux poires, Tarte aux cerises, Tarte au fromage frais, avec et sans pruneaux, Tarte au citron et aux amandes, Tarte aux poires à la Bourdaloue et Tarte aux fraises, et non pas Tarte aux fraîches, comme la Tarte au fromage frais aurait pu le laisser croire – voilà qui était une bonne petite leçon de français. (Pourquoi les fraises ont-elles un nom qui évoque la fraîcheur ? Et pas les mûres, par exemple ? Ou, disons, les truites de rivière ? J'adore jouer à l'étymologiste amateur – pour ne pas dire totalement ignorant…)

J'ai réalisé deux sortes de pâtes à tarte dans une cuisine où il faisait une telle chaleur que le beurre, même en utilisant le mixer, commençait à fondre avant d'être travaillé. Ce qui résulta en huit fonds de tarte différents, peut-être pas des modèles de forme, mais pas mal quand même. J'élaborai huit garnitures pour mes huit fonds de tarte. Je maniai du beurre en pommade, cassai des œufs, battis le mélange jusqu'à ce qu'il forme le «ruban». Je pochai des poires, des cerises et des prunes dans le vin rouge. J'enfournai à tour de bras. Je lavai toutes les assiettes et les tasses à café qui avaient accumulé des traces noires de dépôt calcaire. Je crois même que je me lavai, moi aussi, car nous avions des gens à dîner. Et je fis tout ça sans la moindre crise d'hystérie, tandis qu'Eric traquait ces putains de mouches qu'on voyait soudain partout, des douzaines de mouches minuscules.

Il y a un an, c'était aussi difficile de faire venir les gens chez nous pour manger que de leur arracher une dent. Maintenant, quand je les invite, ils accourent. Je ne sais pas pourquoi. J'aime à croire que les gens veulent participer à ma super expérience sociale, mais n'y a-t-il pas là un peu de narcissisme ? La maison était pleine ce soir-là, et personne ne se souciait vraiment de la chaleur, ni de trop manger. Nous avons beaucoup ri et vanté les mérites de nos tartes préférées. Je leur ai demandé de s'asseoir pour regarder des DVD d'émissions de Julia Child, pensant sans doute que j'allais les convertir à sa rectitude et son ineffable sagesse. D'après leur expression polie et légèrement étonnée, et leurs blagues à la Dan Aykroyd, j'en conclus que ça ne marchait pas – le prosélytisme éperdu fonctionne rarement – et je remplaçai bientôt JC par la saison 3 de *Buffy*, nettement plus accessible.

Eric accueillit mes productions avec un : «Et voilà comment on fait à Long Island City… *putain !*» Et c'était en effet un éloquent étalage de tartes, plus qu'une armée de fans de *Buffy* pouvait en manger (pourtant, une armée de bureaucrates républicains se débrouilla fort bien avec les restes, mangeant même ce qui subsistait de ma Tarte aux cerises flambée qui n'avait pas réussi à flamber et qui, en conséquence, sentait excessivement l'alcool. Je suppose qu'ils trouvent leur ivresse où ils peuvent, comment leur en vouloir ?).

Je réalisai huit tartes françaises, alors qu'une seule

d'entre elles aurait eu raison de ma patience un an plus tôt. J'avais fait venir douze personnes chez moi, alors qu'un an plus tôt j'aurais eu de la chance d'en attirer deux. Julia aurait été fière de moi, si elle avait su. Bon, mais elle était fière de moi. Je le savais, parce que depuis pratiquement onze mois Julia logeait dans mon cerveau, dans ces appartements spacieux, pleins de courants d'air et d'espoir que le fantôme du père Noël, en compagnie de ma grand-mère, toujours attentive, continuait à hanter, et où régnaient la réincarnation, la magie et tout ce qui ne pouvait survivre sur les autoroutes plus éclairées mais plus mesquines de mon esprit citadin. Elle s'y était nichée, si bien que désormais, même si je ne pouvais la regarder directement sans qu'elle s'évanouisse, je sentais qu'elle était présente en moi, bien plus souvent qu'absente.

Mais, le lendemain du jour où je ne fis pas ce foutu Aspic aux pommes, tout ça semblait sans importance.

« La fin » est une notion délicate à préciser, mais si on voulait, on pourrait définir le *début* de la fin comme étant le point où la protagoniste doit voir que ses actions ont un sens et, si ce n'est pas le cas, qu'elle est bel et bien baisée. Selon cette définition, la fin mettait longtemps à venir. Peut-être qu'elle avait commencé au mois de juillet, par une nuit sans sommeil et de douloureux remords concernant un aspic.

Nous étions le 19 août 2003, il me restait six jours et j'étais en train de faire trois glaçages différents pour un même gâteau à l'occasion de mon premier passage sur CNN *financial news*. (Ne me demandez pas pourquoi le journal télévisé du monde financier de CNN s'intéressait à moi et mes gâteaux. Je ne le comprends pas moi-même.) Je m'étais dit que, comme il me restait exactement une semaine et douze recettes, dont trois de glaçage, j'allais me débarrasser de tout le glaçage d'un seul coup et couvrir un tiers de mon gâteau avec chacun des trois, genre logo Mercedes. J'étais un peu affolée par tout ça, ou peut-être que ce qui me rendait dingue, c'était que le matin où je devais passer en direct sur une chaîne de télé nationale, j'avais justement attrapé une conjonctivite de lapin russe.

J'avais préparé le premier glaçage, la Crème au beurre ménagère, sans la moindre difficulté, et le deuxième, la Crème au beurre au sucre cuit, qui aurait dû être tout aussi facile si du moins j'avais su lire. Cependant, pour ma défense, jetez un coup d'œil à ces deux premières consignes :

« 1. Travailler le beurre en pommade jusqu'à ce qu'il soit léger et mousseux. Réserver.

2. Déposer les jaunes d'œufs dans le saladier et battre quelques secondes pour bien mélanger. Réserver. »

Que comprenez-vous ? Pour moi, ça voulait dire ce que j'ai fait, par deux fois : travailler le beurre jusqu'à ce qu'il soit mousseux, puis mélanger avec les jaunes d'œufs. Et j'en arrivai à la troisième étape :

« Faire bouillir le sucre et l'eau dans une casserole en remuant fréquemment la casserole jusqu'à ce que le sirop ait atteint le petit boulé… Verser immédiatement en filet dans les jaunes d'œufs sans cesser de battre au fouet. »

Les deux fois, j'obtins un mélange de beurre mousseux et de jaunes d'œufs granuleux et un fouet orné de cristaux de sucre durci gros comme des billes. Tout d'abord, je crus que c'était à cause du stade du « sirop au petit boulé ». J'en avais beaucoup entendu parler sans vraiment y croire, comme le lapin de Pâques, ou le père Fouettard, exemple plus approprié dans ce cas. Ce n'est qu'à la troisième lecture que je remarquai l'indice caché :

« … Verser immédiatement en filet dans les JAUNES D'ŒUFS sans cesser de battre au fouet. »

Vous voulez dire les jaunes d'œufs *avec le beurre*, Julia, non ? Regardez, vous dites vous-même, au paragraphe 2 : « Déposer les jaunes d'œufs dans le saladier… » LE saladier, vous voyez ? C'est-à-dire le saladier à côté de moi qui contient le beurre battu, non ? Dans lequel on doit mélanger les jaunes d'œufs. Ma logique est implacable. Bien que, c'est vrai, « déposer » les jaunes d'œufs me semble en effet une drôle de façon de dire les choses… Et regardez, à gauche, dans la liste du matériel nécessaire : DEUX saladiers de deux litres. Pas UN. Un pour le beurre. Un pour… juste pour m'assurer que nous nous comprenons, les jaunes d'œufs.

Ah.

La troisième fois, la Crème au beurre au sucre cuit se fit en un tournemain.

Il était donc dix heures moins le quart. J'avais pris ma matinée. Qu'est-ce qu'ils pouvaient faire, de toute façon, me virer ? Il fallait que je parte à onze heures si je voulais avoir le temps de passer chez l'esthéticienne à onze heures et demie. J'avais fait deux glaçages et il m'en restait un (plus, naturellement, le nappage proprement dit du gâteau), je devais encore prendre une douche car je me disais que ce serait probablement mieux de ne pas passer à la télé avec des billes de sucre dans les cheveux, et une bonne odeur de sueur façon docker. Largement le temps de consulter mes courriels.

C'est alors que je reçus le faire-part d'Isabel.

Il m'a demandé de l'ÉPOUSER, et j'ai dit OUI !

L'encre des papiers de son divorce n'était pas encore sèche.

…Il m'a demandé ma main sur un pont donnant sur le Weir
– il faut que tu viennes nous voir, c'est TROP beau ici –
parce qu'il voulait que nous ayons un endroit fixé à jamais

dans notre mémoire, pour montrer à nos ENFANTS et il m'a offert une bague qu'il a fait faire exprès pour moi, et nous allons être TROP heureux ! Julie, j'ai ma fin de conte de fées (et dire que je n'ai jamais cru aux fées !!!).

Ma première réaction, tout à fait rationnelle, fut : « Oh, mon Dieu ! c'est pas vrai ! »

Ma deuxième réaction fut d'éteindre le maudit ordinateur. Il y a des moments où il faut simplement savoir oublier un peu les problèmes de vos amis. C'est particulièrement vrai en ce qui concerne Isabel. À quoi pensait-elle donc, punaise ? Elle aurait dû être bien placée pour savoir qu'une putain de demande en mariage, de la part d'un putain de guitariste de Bath, qui plus est, n'était pas la fin de quoi que ce soit, conte de fées ou non. Et comment étais-je censée m'occuper d'elle si elle fichait sa vie en l'air alors que j'avais un gâteau à napper et une douche à prendre avant de me présenter sur un plateau de télé ?

Ce n'est qu'au milieu de ma deuxième tentative de réalisation de glaçage n° 3, la Crème au beurre à l'anglaise, que survint ma troisième réaction.

La Crème au beurre à l'anglaise est un dérivé de crème anglaise, cette dernière étant la base de tous les desserts français, en tout cas ceux que Julia décrit. J'en avais donc déjà fait plusieurs fois. J'étais assez anxieuse, malgré tout, parce que la crème anglaise appartient à la famille des plats qui doivent « prendre ». Ce ne sont que des jaunes d'œufs battus avec du sucre et du lait chaud, l'ensemble étant cuit sur feu très doux jusqu'à épaississement, sans coaguler. On fouette ensuite dans un saladier, posé sur un deuxième récipient contenant des glaçons, jusqu'à refroidissement à la température de la pièce, et ensuite on y ajoute une quantité de beurre. Ce qui a l'air simple, et l'est sans doute, si vous distinguez parfaitement la différence entre « épaissi » et « coagulé », mais après avoir fait de la crème anglaise une douzaine de fois en un an, je ne voyais toujours pas cette différence. Donc, la première fois, je ne la fis pas cuire assez longtemps, rien n'épaissit et je me retrouvai avec un plein saladier de liquide. C'est après avoir jeté le résultat de ma première tentative, et tandis que je recommençais la crème anglaise – tournant ma cuillère tout en scrutant le contenu de la casserole pour en déceler l'épaississement – que je me surpris à rire à l'idée que j'étais en train de faire trois glaçages avant onze heures du matin afin de garnir un gâteau que je devais emporter sur un plateau de télé pour une émission nationale d'infos économiques. Tout ça avec des yeux de lapin russe et en prenant du temps sur mon emploi de secrétaire, ce qui n'empêchait pas cette journée d'être la meilleure de la semaine et une conclusion que personne n'aurait pu inventer pour mon blog, ni pour moi, un an plus tôt. Une fin parfaite.

Une fin de conte de fées, quasiment.

Et c'est seulement à cet instant que j'eus ma troisième réaction au courriel d'Isabel.

C'était moi, la femme qui savait ce qu'elle devait faire ? Ce n'était quand même pas tout à fait comme si j'avais dit à ma famille et à mes amis : « Bon, je vais faire toutes les recettes de ce vieux livre de cuisine française et, quand j'aurai fini, je saurai le sens que je veux donner au reste de ma vie » et qu'ils se soient dit, avec un soupir de soulagement : « Bien, je suis content que Julie ait tout prévu. Elle a du plomb dans la cervelle, cette Julie. »

Qui étais-je donc pour juger de la façon dont les autres menaient leur barque ? Étais-je une espèce d'observateur existentiel extérieur ? Je veux dire, je me prenais pour qui, au juste ?

Je fus interviewée sur CNNfn par trois présentatrices en même temps, qui se goinfraient de mon gâteau pendant qu'elles m'interrogeaient, si bien que je ne pus même pas en goûter une seule bouchée. Ce qui semblait les intéresser le plus était de savoir combien de kilos j'avais pris. Une question peu flatteuse à s'entendre poser dans une émission de télé nationale, bien qu'elle soit compréhensible, je suppose. Tout ça à cause du « paradoxe français », si discuté : pourquoi les Français mangent-ils une nourriture super grasse, boivent-ils des tonneaux de vin et réussissent-ils malgré tout à être sveltes et sophistiqués, sans parler du fait que ces capitulards sont de gros mangeurs de fromage ? Les individus raisonnables espèrent fort naturellement qu'il y ait une explication scientifique à ce paradoxe, au bénéfice immense de toute l'humanité, alors que les vieux fachos desséchés et moralisateurs espèrent démontrer le contraire, afin de pouvoir se sentir supérieurs en tant que va-t-en-guerre ou bouffeurs de viande crue. Tout le monde est constamment à la recherche de preuves, et je suppose que pour certains mon Projet évoque tout naturellement une sorte de test de laboratoire.

Mais je dirais que les résultats sont pour le moins peu concluants. Eric n'a pas pris un gramme, le maigre salaud, mais si je n'ai pas pris les proportions cauchemardesques de l'aéroport du Midwest, je ne dirais pas non plus que je suis svelte ou sophistiquée. Nous avons tous deux une douleur persistante en forme de corset au niveau de l'estomac. Il y a eu également d'autres effets secondaires, mais je ne suis pas sûre qu'il y ait un rapport avec le paradoxe français : je ne crois pas que les Français soient mondialement connus pour la couche de poussière accumulée sur toutes les surfaces de leur appartement. Je n'ai jamais entendu dire non plus que les Français élevaient des nuées de mouches dans leur cuisine. Comme nous étions déjà des capitulards et gros mangeurs de fromage, je suppose que nous n'étions pas non plus les cobayes idéaux sur ce point. En outre, notre tendance à manger quatre portions de chaque plat et à boire, en plus du vin, incontestablement trop de gimlets, a pu fausser quelque peu les résultats. Julia a toujours prêché la modération, mais s'il y a une chose que cette année a prouvée une fois pour toutes, c'est que je n'ai absolument aucune aptitude à cette vertu particulière. Je suis plus sensible à la maxime de Jacques Pépin, le vieux confrère et concurrent de Julia : « Il faut de la modération en toute chose… y compris dans la modération. »

Et en plus, les animatrices de CNNfn ne m'ont pas rendu mon plat. Ce qui m'a un peu mise en rogne.

Le matin du dimanche où je devais préparer l'antépénultième repas du Projet, je commençai par les Petits chaussons au roquefort. La pâte était faite normalement, comme je l'ai peut-être faite trois douzaines de fois depuis un an. Le temps s'était amélioré, il y avait un peu de fraîcheur dans l'air, une légère humidité, ce qui réussit parfaitement au feuilletage de la pâte.

Pendant qu'elle reposait, je préparai la garniture en écrasant une demi-livre de roquefort, un quart de beurre mou, deux jaunes d'œufs, poivre, ciboulette et, bizarrement, du kirsch. Puis j'étalai la pâte. Bien que le temps ne soit pas trop chaud, le préchauffage du four avait fait monter la température, il me fallait donc travailler très vite. Je coupai la pâte en carrés de (approximativement) sept centimètres de côté, déposai un petit tas de garniture au milieu, badigeonnai les bords au jaune d'œuf avant de les refermer en les pressant avec les doigts.

Il y avait quelque chose dans cette tâche familière – pétrir, étaler, fariner, le Livre à côté de moi, Julia dans ma tête qui gazouillait à mi-voix, comme un pigeon perché dans son colombier, quelque chose dans toutes ces coches marquant les recettes des six cent quatre-vingt-quatre pages jaunies – cinq cent dix-neuf coches noires, encore cinq à faire –, quelque chose qui me rendait philosophe, ou peut-être me donnait faim, tout simplement. (Je n'avais rien mangé à part la garniture au roquefort que j'avais léchée sur mes doigts.) Quoi qu'il en soit, alors que je fourrais et collais mes chaussons, je me surpris à réfléchir aux droits élémentaires de la garniture au roquefort. C'était moi qui avais créé cette garniture, et maintenant je tentais de la cloîtrer dans une prison de pâte, alors qu'il était évident, d'après son comportement fuyant, que le roquefort ne souhaitait rien tant que d'être libre. N'était-ce pas arrogance de ma part ? N'était-ce pas, en réalité, la preuve d'une mentalité d'esclavagiste que de chercher le meilleur moyen d'enfermer la garniture, sans la moindre considération pour le désir fondamental de liberté du roquefort ?

Je commençais à avoir le vertige.

Rétrospectivement, bien sûr, on peut reconnaître là le premier signe de mon imminente crise psychotique.

Je réussis donc à finir les chaussons, bien que la pâte soit devenue rapidement collante. Certains chaussons ne sont pas jolis, jolis. Je les mets quand même au four. J'ai la tête qui tourne. J'ai des taches noires devant les yeux. Sauf que ce ne sont pas des taches. Ce sont des mouches. Des centaines de mouches.

Il y en a PARTOUT. Pendant que les chaussons cuisent, je me poste au milieu de la cuisine avec une tapette à mouches, tel Gary Cooper, le corps tendu, prête à tuer. Mais elles sont trop rapides pour moi, et trop nombreuses. Car pour chaque mouche qui tombe en voletant sur le plancher, il y en a deux autres qui arrivent. Découragée, je passe à la vaisselle. Là aussi, c'est perdu d'avance, il y en a tant et tant, accumulée depuis plusieurs jours, et l'eau de l'évier ne s'écoule pas, probablement à cause de la saleté accumulée dans le siphon.

Je sors les chaussons au roquefort. Ils ont l'air bien. Je m'en fourre un dans la bouche, et je ressens un frémissement qui traverse les Petits Chaussons au roquefort (brûlants mais réellement délicieux) et descend de ma gorge jusque dans mon estomac ; je réalise alors que non seulement j'ai faim, mais que je MEURS de faim. Sans faire attention aux ampoules qui éclosent sur mon palais, je me dépêche d'avaler un deuxième chausson.

Je me dis que le moins que je puisse faire en attendant que l'évier finisse de se vider, c'est de ranger les plats qui attendent sur l'égouttoir à vaisselle. Je commence à mettre à leur place les ustensiles, les plats, les verres mesureurs. Il semble y avoir une densité particulière de mouches aux alentours de l'évier. Je remarque également une sorte d'odeur de moisi qui ne m'étonne pas spécialement. Je vérifie le bac d'écoulement sous l'égouttoir, qui est peut-être un peu crasseux. Ça vient de là. Je n'arrive pas à me rappeler la dernière fois que je l'ai nettoyé. Je plie donc l'égouttoir métallique et m'empare du bac d'écoulement pour le laver dans la baignoire. Au moment où je me retourne pour aller dans la salle de bains, un mouvement ténu attire mon regard. Je scrute, sur la paillasse, l'endroit où était posé l'égouttoir. En une fraction de seconde, l'origine des mouches se révèle avec une répugnante clarté.

« Aaaaaaaaaaaaaaaaaaahhhhhhhh ! ! ! !

– Quoi ? Mon Dieu, quoi, qu'est-ce qui se passe ? »

Eric, qui a passé toute la matinée et une partie de l'après-midi à faire le ménage, se précipite dans la cuisine où il me trouve, pâle comme un linge, les yeux exorbités, le bac de l'égouttoir à bout de bras, désignant la paillasse d'un index tremblant.

« Qu'est-ce qui… AAAHH ! »

Bon, que fait-on exactement lorsqu'on découvre une colonie d'asticots en pleine prospérité sous son égouttoir à vaisselle ? Je veux dire, à part adresser au ciel une brève prière suppliant de vous expédier dans un autre pays, voire une autre époque, où votre mari ne pourra pas vous faire trancher les seins et le nez pour Dépravation domestique et Négligence criminelle ? Martha Stewart n'a jamais effleuré ce domaine, à ma connaissance, celui des asticots, je veux dire, si bien que nous avons été obligés d'improviser au fur et à mesure. Nous avons commencé par sauter dans tous les sens sous l'effet du dégoût. Puis nous avons sorti la vaisselle de l'évier pour la poser par terre, poussé avec répugnance les créatures grouillantes dans l'évier, suivies de l'éponge, et versé une bouteille d'eau de Javel sur l'ensemble. Puis nous avons pris le plateau de l'égouttoir, l'avons mis dans la baignoire en l'arrosant également d'eau de Javel.

Après quoi, nous avons plus ou moins repris nos activités. Aussi horrible qu'ait été l'expérience, elle n'était pas aussi traumatisante qu'elle aurait pu l'être pour d'autres car, après une année de ce genre, on finit par présumer qu'il y a obligatoirement des asticots quelque part. Nous avons bien entendu cédé parfois à des frissons d'horreur, et parfois lâché brutalement quelques ustensiles en paniquant soudain sous l'effet d'une sensation de grouillement diffus, surtout à proximité de l'évier de la cuisine. Il nous restait quand même cette petite touche d'humanité.

Il était deux heures de l'après-midi. Même sans tenir compte des larves d'insectes qui affrontaient leur sinistre destin au fond d'une mare d'eau de Javel dans l'évier, la cuisine était absolument dégoûtante. Il y avait des traînées de beurre collées sur les flancs du frigo, des taches de divers jus de viande violemment projetés en arcs sur les murs, des couches de résidus de pâte, de poussière, de poils de chat sur toutes les surfaces. Je décidai de réaliser la pâte pour le Pâté de canard en croûte à l'aide du mixeur, et si Julia n'était pas contente, tant pis, elle irait se faire voir. Dans trente-six heures, tout serait fini et nos chemins pouvaient déjà commencer à se séparer.

Je mis la farine, le sel et le sucre dans le robot, plus cent cinquante grammes de saindoux froid et un quart de beurre en morceaux, et mélangeai rapidement le tout. Puis j'ajoutai les deux œufs, un peu d'eau et commençai le malaxage.

La pâte était trop sèche. Elle ne tenait pas. J'ajoutai de l'eau. Rien à faire. Je la versai sur ma planche à pâtisserie en marbre, exempte d'asticots, mais qui portait sans doute quelques traces d'un certain nombre d'autres substances toxiques ou répugnantes. J'ajoutai de l'eau froide, quelques gouttes d'abord, puis quelques cuillerées, puis inondai carrément. La pâte passa directement du tas de farine à la flaque de beurre fondu. Je commençai à marmonner, d'incompréhension d'abord, puis d'impuissance, puis de rage existentielle incohérente.

Eric, à mes côtés, observait le désastre.

« Tu crois qu'il fait trop chaud ?

– Trop chaud ? Trop chaud ?! Espèce d'idiot ! » Dans ma fureur, je jetais des granulés de pâte dans tous les sens. « Putain de pâte brisée ! Merde ! Trois cent trente-quatre jours et je ne sais même pas faire la pâte brisée ! Tout ça pour rien, putain ! »

Eric ne dit rien. Qu'y avait-il à dire, effectivement ? Il retourna à son aspirateur. Tandis que des sanglots secs et caverneux montaient désespérément du creux de ma poitrine, je jetai la pâte et recommençai. À la main, cette fois. Cette foutue pâte était encore trop sèche. Mais je la malaxai jusqu'à former une boule. Enfin, presque. Je l'entortillai bien serré dans du film alimentaire.

J'avais le hoquet. Il fallait que je m'allonge.

Je me réveillai une heure plus tard. La cuisine, tout l'appartement, scintillait. Enfin, ce n'est pas tout à fait exact. Mais la différence était frappante. Eric, sur le canapé, lisait l'*Atlantic* en grignotant un chausson au

331

roquefort. « Ça va mieux ? » demanda-t-il quand je me pointai dans le living-room, l'air passablement bouffi, j'imagine.

« Ouiiiiii. » Bon sang. Même moi, je me déteste quand je gémis sur ce ton lamentable.

« Merci pour le ménage. Je t'aime.

– Je t'aime aussi. »

Se débarrasser de la culpabilité coûte un prix fou, mais je crois que ce n'est pas si mauvais que ça, en fait. Surtout si vous la méritez. Comme, par exemple, si l'avant-dernier jour d'une année de torture imposée à l'homme que vous aimez, vous hurlez en lui lançant des trucs à la figure et en le traitant d'idiot (ce qui n'est pas vrai du tout) et si, au lieu de partir en claquant la porte pour aller chercher le réconfort dans les bras de Mishal Husain, il nettoie la maison de fond en comble pendant que vous dormez. Cette culpabilité, ainsi mêlée de gratitude, comme une douleur accompagnée de la soudaine et ineffablement délicieuse prise de conscience de votre incroyable chance, n'a pas pour seul effet de vous faire du bien. Elle est exquise. Je m'assis sur ses genoux, l'embrassai, me blottis dans le creux de son cou, sans me soucier de l'*Atlantic*.

« Je t'aime vraiment.

– Tu m'aimes ? Qui t'aime, toi ? ! »

Nous sommes restés ainsi un petit moment. Je levai la tête de son épaule, soufflai bruyamment.

« Alors. » Il me donna une petite tape sur les fesses. « On fait quoi, maintenant ? »

La réponse était insupportablement effrayante, sauf que non, justement : regardez sur qui j'étais assise. Celui qui fait en sorte que rien ne soit insupportable. Jamais. Je pris donc une autre respiration, saine et réconfortante, avant de me lever.

« Maintenant, je vais désosser le canard, dis-je.

– Ah. Eh bien, bonne chance », répondit Eric, avant

de déplier son *Atlantic* tout froissé pour se cacher derrière.

Je retournai dans ma cuisine fraîchement récurée. Eric avait essuyé la table de travail et posé le Livre bien au milieu. La reliure du pauvre bouquin avait craqué à plusieurs reprises et j'avais effectué quelques tentatives de réparation avec du scotch. Au cours des mois suivants, il était devenu de plus en plus sale, si bien que sous l'adhésif transparent était conservée la preuve d'une phase plus ancienne et plus heureuse de son existence. Je feuilletai rapidement, passant des recettes cochées, des pages tachées ou fripées par les gouttes d'eau, d'autres collées par on ne sait quoi, pour arriver au Pâté de canard en croûte. C'est-à-dire un canard désossé et farci cuit dans une croûte de pâte.

Je vous laisse réfléchir à ça quelques instants. Si vous possédez un exemplaire de *L'Art de la cuisine française*, ouvrez-le à la page 571. Parcourez la recette du regard. Les cinq pages complètes. Les dessins, en particulier – au nombre de huit – sont très explicites. Terrifiants, mais explicites.

OK, Julie, tu peux le faire.

« Tu disais, chérie ? Ça va ? »

Pauvre Eric. Imaginez ce que ce doit être de rester assis dans la pièce d'à côté à attendre l'inévitable premier gémissement de détresse, parfaitement conscient de ce qu'il adviendra ensuite.

« Hein ? Non, rien. Tout va bien. »

Le tiroir à couteaux s'est ouvert sans heurt. J'en ai scruté le contenu, à la manière d'un dentiste malintentionné examinant ses instruments, avant de sortir le couteau à désosser japonais que j'avais acheté spécialement pour l'occasion. Il n'avait jamais été utilisé. Sa lame luisait dans l'obscurité de la cuisine (car le néon, mes biens chers amis, avait refusé de s'allumer en cet antépénultième jour du Projet) et émit un petit claquement sec quand je le posai à côté de la planche à découper. Je sortis ensuite le canard du réfrigérateur, le déballai, le nettoyai au-dessus de l'évier (après m'être assurée une fois encore que l'évier ne contenait plus ni vaisselle sale, ni asticots, ni eau de Javel, bien entendu) en enlevant le cou et l'excès de graisse, le foie, le gésier semblable à deux cœurs et le cœur semblable à une moitié de gésier. Je séchai le volatile avec des serviettes en papier et le posai sur la planche, à plat ventre. J'empoignai le couteau de la main droite avant de me pencher sur le Livre.

« Vous pensez peut-être que désosser une volaille est un exploit impossible si vous ne l'avez jamais vu faire ou si vous n'avez jamais pensé à tenter l'opération. »

Respirons encore un bon coup.

« Le processus peut prendre quarante-cinq minutes la première fois, en raison de la crainte qu'on éprouve, mais peut être réalisé en guère plus de vingt minutes au deuxième ou troisième essai. »

Sois sans crainte, Julie. Sans crainte.

« Il est important de se rappeler que le tranchant de la lame doit toujours être dirigé vers l'os, et non vers la chair, de façon à ne pas percer la peau. »

Je tournai la tête pour détendre une crampe qui s'insinuait dans mon cou.

« Chérie ? Tu es sûre que ça va ? »

La voix inquiète d'Eric me parvenait comme de très loin.

« Hein ? Oui… très bien, très bien. »

Le couteau était suspendu au-dessus de la chair pâle et boutonneuse du canard.

« Pour commencer, faire une profonde incision dans le dos du volatile, du cou vers la queue. »

Je fis la première incision, en tranchant profondément jusqu'aux vertèbres. Lentement, très lentement, je commençai à détacher la viande de l'os, sur un côté. En arrivant à l'aile et à la cuisse, je séparai l'os au niveau de l'articulation, laissant l'os de la patte et les deux extrémités de l'aile attachés à la peau, en suivant exactement les instructions de Julia. Puis je revins décoller les blancs le long du bréchet. Le couteau à désosser japonais se faufilait dans la chair avec une précision terrifiante.

« Il faut faire très attention à cet endroit, car la peau est fine et se déchire facilement. »

Je freinais ma respiration comme si je tentais d'entrer en hibernation. Je me forçais à ralentir mes gestes. Lorsque j'arrivai à l'arête du bréchet, je m'arrêtai et répétai l'opération de l'autre côté du canard.

« Vous vous direz que ça ne ressemble à rien.

– Tu as dit quelque chose, ma puce ?

– *Quoi ?* »

Il faisait encore assez chaud dans la cuisine. J'essuyai mon front humide d'un revers de main avant de poser la pointe du couteau à l'endroit fragile de la jonction entre peau et cartilage sur le bréchet.

« Rien. Excuse-moi. »

Plus qu'un prudent coup de couteau et j'ai fini.

Oh.

Trop facile.

La veille, j'avais préparé la farce qui devait garnir ma chemise en peau de canard. C'était simplement un hachis de veau et de porc mélangé avec du lard gras en petits morceaux, des oignons revenus dans le beurre et du madère réduit dans la même casserole, des œufs, sel, poivre, quatre épices, thym et une gousse d'ail écrasée. Une plaisanterie à ce stade ultime du Projet. J'entassai cette farce dans le canard désossé étalé sur la planche à découper. Après ça, il n'y avait plus qu'à le coudre.

Quand j'étais allée acheter mon redoutable et scintillant couteau à désosser japonais, j'avais également pris des «broches à brider la volaille», qui semblaient parfaitement indiquées pour coudre les volailles, non? Elles étaient même fournies avec le fil. J'étais pourtant un peu inquiète, car ces trucs à brider, au lieu de se terminer par un chas à l'extrémité non acérée, s'enroulaient en une espèce de boucle, du diamètre d'une petite pièce de monnaie, dont la queue ne rejoignait pas tout à fait la tige de l'aiguille. (En fait, elles ressemblaient exactement aux trucs métalliques qu'on avait égarés depuis des années dans tous les coins de la cuisine, des prétendues «brochettes» qu'on perdait tout le temps parce qu'elles étaient si petites qu'elles se glissaient entre les paniers de notre lave-vaisselle et atterrissaient toujours dans le filtre de la machine, où s'accumulent toujours les détritus, et du coup on n'avait plus envie de les utiliser.)

Je n'ai jamais tricoté au crochet, mais j'avais vu ma grand-mère le faire quand j'étais petite, et je crois que l'exercice que je tentais présentait quelques similarités. J'entortillai le fil en boucles par le chas de la brochette – ou de la broche à brider, si c'en était une –, plantai cette dernière à travers deux épaisseurs de peau de canard, puis la tirai, faisant glisser la peau autour du crochet ouvert à l'extrémité, en essayant de forcer le fil dans les trous des deux épaisseurs avant qu'il ne glisse hors du crochet.

Ça ne marchait pas très bien. En fait, il y eut une recrudescence d'obscénités, sanglots et coups de poing sur la table.

Mais alors mon mari, qui est loin d'être idiot, eut une idée géniale. Pendant un certain temps, il envisagea la possibilité d'utiliser des épingles de sûreté (Eric est un grand adepte des épingles de sûreté, il en a toujours une dans son portefeuille et prétend que c'est très utile pour draguer) avant de trouver la solution la plus simple et la plus élégante: une aiguille à coudre. Une très, très grosse aiguille à coudre. Je ne comprends pas comment il l'a trouvée, ni pourquoi d'ailleurs nous possédions une aiguille de cette taille, mais à cheval offert, on ne regarde pas les dents. En plus, ça marcha comme sur des roulettes, trop facile pour que ça vaille la peine d'en parler. Ce qui était super, car ainsi je ne fus pas obligée de me crever un œil avec une brochette/broche à brider la volaille.

Une fois le canard cousu, je le ficelai bien serré jusqu'à obtenir en gros la forme d'un ballon de foot, puis je le fis dorer sur toutes ses faces dans une poêle avec un peu d'huile. Pendant qu'il refroidissait, je sortis la pâte brisée qui, miracle ! était passée de la forme sableuse à la texture moelleuse idéale. Que je pus étaler. Les choses se présentaient de mieux en mieux, ce jour-là. Mais sérieusement, pour une fois. En un clin d'œil, le ballon de foot de canard farci, dûment doré, était scellé entre deux ovales de pâte. Si facilement que j'en étais presque gênée. Je découpai même des ronds dans les restes de pâte, dont j'aplatis les bords en éventail avec le dos d'un couteau pour dissimuler les bordures collées de l'ensemble. D'autres ronds formaient une sorte de fleur au centre, autour du trou que je pratiquai pour laisser sortir la vapeur. Je vais vous dire : plutôt que d'essayer de vous expliquer tout ça, allez donc chercher votre exemplaire de *L'Art de la cuisine française* et ouvrez-le à la page 569. Vous voyez cette photo ? C'est exactement ce à quoi ressemblait mon Pâté de canard en croûte.

« Eric, Eric, Eric ! Regarde ! »

Il vint et fut dûment impressionné, car comment aurait-il pu ne pas l'être ? C'était franchement *stupéfiant*.

« Et tes imitations de Julia s'améliorent vraiment, au fait, dit-il.

– Quoi ?

– Quand tu marmonnais en désossant le canard, tu sais ? C'était très bien. Tu devrais en faire un spectacle. »

Hein ? Je ne me rappelais pas avoir prononcé un seul mot.

Donc, la fin peut être longue à venir, mais ça ne veut pas dire qu'elle ne vous prendra pas par surprise.

Gwen et Sally sont venues pour fêter notre avant-avant-dernier jour. Nous avons mis un DVD des grands succès de Julia dans l'appareil et l'avons regardé sans trop faire attention en attendant que le Pâté de canard en croûte cuise, tout en mangeant des chaussons au roquefort et en buvant du champagne à soixante-cinq dollars, qui avait exactement le même goût que le champagne ordinaire, sauf qu'il était plus cher. L'ambiance était très festive et très sympa, et si on avait un tout petit peu l'impression de retomber de haut, le champagne y remédiait comme toujours excellemment.

Ce n'est pratiquement jamais moi qui réponds au téléphone. Mais je croyais que c'était ma mère.

« Julie ! Félicitations ! »

Ce n'était pas elle.

« Euh… merci.

– Vous avez terminé le Projet, je crois ?

– Eh bien, non. En fait, c'est seulement demain.

– Oh, zut ! Enfin, félicitations à l'avance, donc.

– Euh… ?

– Oh, excusez-moi ! Je m'appelle Nick. Je suis reporter, ici, à Santa Monica, et je viens de conclure une interview avec Julia pour notre journal local… »

J'allais vraiment être obligée de mettre mon numéro sur la liste rouge.

« J'aimerais avoir votre avis sur certaines choses. Parce que je l'ai interrogée sur vous et, franchement, elle l'a mal pris. Je tombe au mauvais moment ?

– Oh… Non, c'est bon. »

Quand je raccrochai cinq minutes plus tard, j'étais un peu assommée. Eric et Gwen regardaient Julia qui montrait comment griller la peau des tomates. Je restai un moment devant le téléviseur. Elle avait l'air jeune, mais elle devait avoir au moins soixante-dix ans à ce moment-là.

Julia sortit une lampe à souder qu'elle brandit, ce qui fit rire Gwen. L'arôme du canard commençait à se répandre dans l'appartement.

« C'était qui au téléphone, bébé ?

– Julia me déteste.

– Pardon ? »

Je m'assis sur le canapé à côté d'Eric. Gwen et Sally me dévisageaient, oubliant la télé.

« C'était un reporter qui téléphonait de Californie. Il vient d'interviewer Julia. Il l'a interrogée sur moi. Elle me déteste. » Je gloussai, comme je le fais dans ce genre de situation, sans respirer. « Elle trouve que je manque de respect, que je ne suis pas sérieuse, ou je ne sais quoi. »

Sally émit un borborygme scandalisé.

« Ce n'est pas juste !

– Vous trouvez que je ne suis pas sérieuse ? Pas *sérieuse* ? »

Je ricanai à nouveau, mais cette fois j'avais le nez qui piquait et je fronçai les sourcils pour chasser un début d'irritation au niveau des yeux.

« Oh, ça va bien ! » Gwen me tendit la bouteille de champagne et je cessai de rouler mon verre entre mes paumes pour qu'elle puisse me servir. « Qu'elle aille se faire foutre ! »

Eric me passa le bras autour des épaules.

« Quel âge a-t-elle ? Quatre-vingt-dix ans ?

– Quatre-vingt-onze. »

Je reniflai.

« Tu vois ? Elle n'a probablement pas la moindre idée de ce qu'est un blog.

– Je ne comprends pas comment elle a pu détester ça. » Sally avait quasiment l'air aussi blessée que moi. « Quel est son problème ?

– Je ne sais pas. Peut-être qu'elle croit que je profite de la situation ou que je… que je ne suis pas… » Un flot soudain de larmes me prit par surprise. « Je croyais que j'étais… Je regrette si j'ai… »

Et, brusquement, je sanglotai. Sous le choc, tout le monde s'immobilisa une fraction de seconde, puis Eric m'attira contre lui. Gwen et Sally s'agitaient de chaque côté avec la sollicitude des vraies copines. Pendant qu'elles tentaient de me consoler, indignées, je pleurais à gorge déployée, comme si mon cœur allait se briser, la tête en arrière, si bien que les larmes me coulaient dans les oreilles, avec de gros sanglots entrecoupés de profondes inspirations pour reprendre mon souffle, jusqu'au moment où ce n'était plus seulement parce que Julia m'aimait ou ne m'aimait pas, ce n'était plus parce que ma pâte était grumeleuse, mes aspics ratés, ni parce que mon travail ne me rendait pas heureuse, ni, finalement, même pas parce que j'étais triste.

Je sanglotai comme une madeleine jusqu'à ce que ça devienne un plaisir de pleurer un bon coup. Jamais ça ne m'avait fait autant de bien de pleurer, en fait, et pourtant j'en avais eu plus que mon compte au cours de l'année écoulée. La chemise d'Eric était pleine de morve, Sally me prit ma coupe de champagne pour que je ne la casse pas et Gwen me tint la main, et tout ça était si bon que je me mis à rire en même temps, au milieu des sanglots, aussi fort que je pleurais.

Le minuteur de la cuisine retentit, ce qui voulait dire qu'il était temps de sortir le Pâté de canard en croûte.

« Je vais le chercher », dit Eric en me laissant avec les filles.

« Alors, qu'est-ce que tu as dit au journaliste ? » demanda Sally en me rendant mon verre de champagne, jugeant visiblement d'après mes gloussements entrecoupés de larmes qu'elle pouvait à nouveau me le confier.

Je le portai à mes lèvres.

«Je lui ai dit : Qu'elle aille se faire foutre.»

Je me fais bien rire, parfois. Sally réussit adroitement à éviter les éclaboussures de champagne, mais ce fut plus chaud pour Gwen.

«Non, c'est pas vrai ! s'écria Sally.

– Non, bien sûr que non. Mais j'aurais dû.»

Le tintement du minuteur avait cessé.

«Hé, Julie ?

– Oui ?» Je levai les yeux au ciel, essuyant mon nez du revers de la main tandis que Gwen épongeait son chemisier. «Qu'est-ce qui ne va pas, cette fois ?

– Tu devrais voir ça.»

Gwen, Sally et moi échangions des regards atterrés.

«Mon Dieu. Qu'est-ce qu'il y a encore ?»

À ce moment, Eric sortit de la cuisine. Les mains dans les maniques, il portait triomphalement un plat à rôtir.

C'était mon Pâté de canard en croûte. Et il était parfait.

Gwen poussa un cri perçant. Sally applaudit. Eric me souriait de toutes ses dents.

«Regardez-moi ça... soupirai-je.

– Julie, ça vaut soixante-quinze pour cent de ce que pourrait faire Julia. Au moins.»

Un dernier rire ou sanglot m'échappa, mais je le maîtrisai.

«Bon. Alors.» Je lui fis signe de retourner à la cuisine. «On va accoucher ce marmot.»

Julia voulait me faire extraire le canard, le déficeler, le découper et le remettre dans la croûte. Pas question. Pendant que tout le monde regardait, le cœur sur les lèvres, je découpai une sorte de couvercle dans la pâte, que je posai soigneusement sur le côté et, armée d'une paire de ciseaux, coupai avec précaution tous les morceaux de ficelle que je pus atteindre à l'intérieur avant de les extirper. Je remis ensuite le dessus, pris mon plus grand couteau à découper, celui avec lequel je n'avais pas réussi à entailler l'os à moelle presque un an auparavant, et tranchai franchement.

On ne pouvait pas dire que ça avait un goût différent de tout ce que j'avais déjà mangé, ni même meilleur, mais ça avait *plus* de goût. Plus riche, plus onctueux, plus beurré, plus canard, même. Une sorte de plutonium culinaire, voilà ce que c'était. Mais qui venait de loin. Tous assis autour de la table, rassasiés, nous éructions doucement sous le chandelier lilas et frisotté qu'Eric m'avait acheté pour la Saint-Valentin, qui ressemblait à un Muppet et qui, grâce à CBS, avait connu son quart d'heure de gloire.

«Eh bien, dit Gwen, si Julia n'est pas contente avec ça, c'est qu'il n'y a pas moyen de faire plaisir à cette salope.»

Pas besoin d'emprunter les compliments *mirobolantapalooza*. Voilà comment on est, chez nous, à Long Island City.

Une fois Gwen et Sally parties et les restes du Pâté de canard en croûte, désormais triste et ravagé, emballés dans un film protecteur et déposés dans le frigo, Eric et moi sommes allés nous coucher. La tête sur sa poitrine, je nouai mes jambes à ses cuisses et ne tardai pas à recommencer mon numéro de rire et de larmes mêlés. En plus calme, quand même, et plutôt dans la version rire.

«Presque fini, dit Eric.

— Presque fini.

— Alors, on mange quoi, demain soir?

— Des rognons à la moelle de bœuf.

— Miam, de la moelle de bœuf.

— Ouais.

— Et ensuite, après ça…» Eric posa un baiser sur le dessus de ma tête tandis que je me blottissais encore plus près. «On pourra avoir un chien?

Nouveau petit rire larmoyant de ma part.

« Bien sûr.

– Et plein de salade ?

– Ooooh oui ! Et un bébé ? Tu sais qu'il faut que je m'y mette, Eric, parce que tu sais que j'ai…

– Un syndrome. Je sais. Je ne me fais pas de souci.

– Pourquoi ? Peut-être qu'on devrait se faire du souci ?

– Non. » Il mordilla mon épaule. « Si tu peux faire le Projet, tu peux faire un bébé. Pas de problème.

– Hmm. Tu as peut-être raison. »

Et là-dessus, nous nous sommes endormis, comme deux bébés pleins de ballon de foot au canard.

Le dernier jour du Projet, je me mis en congé – car, comme je l'ai déjà dit, que pouvaient-ils faire ? Je crois que je m'étais dit que j'allais passer la journée à préparer sereinement le dernier repas, à réfléchir sur la signification de l'année écoulée et aux grâces multiples qui m'avaient été accordées. Mais, vous le savez, je n'ai jamais été très douée pour la contemplation, et la sérénité, comme la cuisine française, prend plus d'un an à se laisser maîtriser. Je passai donc la matinée à jouer à *Civilization* sur l'ordinateur (je vais juste finir de conquérir Rome et ensuite, j'arrête, promis juré…), et ensuite je dus galoper comme une malade pour faire mes courses. Chez Ottomanelli, où j'allai acheter mes rognons et mon os à moelle, le boucher derrière le comptoir me dit :

« Salut ! Alors, elle cuisine bien, la p'tite dame ? Avec… qui déjà ? Julia Child ?

– Très bien, oui. En fait, je termine.

– C'est bien, c'est bien. Je peux vous le dire, j'ai jamais vu autant de gens acheter des abats. » Il souleva l'os à moelle que j'avais commandé. « Dites-moi, c'est

343

la moelle que vous utilisez pour la sauce ? Parce que je peux vous le fendre en deux si vous voulez la sortir. »

C'est *maintenant* qu'il me le dit !

Eric et moi avons dégusté en tête à tête nos Rognons de veau à la bordelaise, avec des haricots verts et des pommes de terre sautées dans un plat décoré de Mayonnaise collée, qui est de la mayonnaise dans laquelle vous mettez de la gélatine afin de pouvoir, s'il vous en prend l'envie, l'utiliser en tortillons décoratifs formés à l'aide d'une poche à douille. Je m'étais dit que je pouvais garder au moins un échec catastrophique pour la fin. Pendant que nous mangions, nous attendait sur le comptoir la toute dernière recette de *L'Art de la cuisine française* : la Reine de Saba. Autrement connue sous le nom de gâteau au chocolat.

Mon nouveau et redoutable couteau à désosser japonais me facilita grandement le nettoyage des rognons, en éliminant tous les morceaux de graisse et les petits tubes blancs enfouis dans la chair. La Reine de Saba se laissa faire également sans incidents. C'est presque une tourte, en réalité, dans laquelle des amandes en poudre remplacent une bonne partie de la farine. Le seul point délicat est de ne pas trop la faire cuire. JC disait que « trop cuit, ce gâteau perd son moelleux particulier », et je ne voudrais surtout pas que la dernière bouchée de l'année ne soit pas d'un moelleux exceptionnel, si bien que j'étais sur des chardons ardents, je le reconnais. Mais tout se passa comme prévu.

La Mayonnaise collée, bon, c'est de la mayonnaise. Mélangée avec de la gélatine. Que peut-on espérer ? Je ne me facilitais pas la tâche, non plus. Car j'en étais encore, au bout de trois cent soixante-cinq jours, à confondre simplicité et facilité.

« Faire une mayonnaise à la main, c'est bon pour

Martha. Je vais la rater, je le sais. Ce sera plus facile au robot. »

Ignorant délibérément une année entière d'expériences prouvant que je ratais *toujours* la mayonnaise au mixeur – à chaque fois –, je versai les œufs, la moutarde et le sel dans le bol du robot, mis en marche, ajoutai le citron, exactement comme me le disait Julia. Pour verser l'huile, j'utilisai le verre qui s'insère dans la partie supérieure du robot. (Il m'avait fallu un nombre embarrassant de tentatives avant de m'apercevoir que le fond du verre comportait un trou de la taille d'une tête d'épingle, c'est-à-dire exactement le débit nécessaire d'huile pour la mayonnaise. Il est probable que si j'avais encore le manuel d'utilisation de l'appareil, ce qui n'est pas le cas, évidemment, je découvrirais que ce trou s'appelle « trou à mayonnaise ».) Je versai l'huile dans ce verre et le laissai assurer consciencieusement le goutte à goutte. Ce qui avait marché auparavant. Cette fois, je me retrouvai avec du liquide. « Saloperie ! » marmonnai-je. Pourtant, je me retins héroïquement de hurler « PUTAIN DE PUTAIN DE PUTAIN ! » de toute la force de mes poumons, et me contentai de recommencer. À la main, cette fois. Je ne nourrissais pas de grands espoirs.

Je battis les jaunes d'œufs avec la moutarde et le sel. Je pris le verre du robot et le passai à Eric. « Tu tiens ça au-dessus du bol et tu laisses juste couler, d'accord ? » Il obéit, l'huile coula, et je fouettai encore et encore.

Tout marcha comme par enchantement, croyez-moi.

« Eric ? dis-je en donnant un ultime coup de fouet à la superbe mayonnaise jaune pâle, épaisse à la perfection, qui emplissait le bol.

– Oui, Julie ?

– Ne me laisse jamais oublier ça. Si je n'ai rien appris d'autre, j'ai appris que je sais faire une mayonnaise à la main.

– Que *nous* savons faire une mayonnaise à la main, rectifia-t-il en secouant son poignet endolori.

– Exact. Nous savons. »

Je mélangeai à la mayonnaise de la gélatine que j'avais ramollie dans un cocktail de vinaigre, vin blanc et bouillon, puis je la mis au réfrigérateur pour la laisser prendre.

Les Rognons de veau à la bordelaise sont la simplicité même à cuisiner. Peu différents, fondamentalement, du Poulet sauté, et plus spécialement du Bifteck sauté Bercy. En fait, en les préparant ce soir-là, j'avais l'impression de remonter le temps. Devant ma cuisinière, je faisais fondre du beurre, dorais la viande, je sentais l'odeur du vin qui réduisait, des échalotes qui fondaient, mais les plats changeaient devant mes yeux et j'entendais Julia pérorer : « Le Bœuf bourguignon est semblable au Coq au vin. Vous pouvez prendre du veau, vous pouvez prendre de l'agneau, vous pouvez prendre du porc… »

Je sortis l'os à moelle fendu du frigo, où il dégelait tranquillement depuis quelques heures. Exactement comme le boucher d'Ottomanelli me l'avait promis, la moelle se décolla aisément et en un seul bloc de son canal osseux. Je la coupai en dés et la fis tremper dans l'eau pour finir de la ramollir, puis la mis dans la sauce avec les tranches de rognons, avant de réchauffer le tout dans la poêle.

Julia dit que la Mayonnaise collée « peut être utilisée avec une poche à douille pour faire des décorations de toutes sortes ». La lecture de cette phrase me fit plus d'effet que tout ce que j'avais vu toute l'année, plus que les cervelles, plus que de fendre les homards en deux, plus même que les œufs en aspic. J'imaginais un gâteau couvert de rosettes et de tortillons de mayonnaise, un « Félicitations, Julie ! » écrit en belles lettres cursives. 1961 était à n'en pas douter à des années-lumière de notre époque.

J'utilisai la Mayonnaise collée pour décorer le plat sur lequel je devais servir les pommes de terre. Comme vous vous le rappelez, ma poche à douille avait explosé le soir où Eric avait failli demander le divorce à cause de la Sauce tartare, je bricolai donc une poche de secours avec un sac en plastique. Je fis des rosettes et des tortillons et, comme «Félicitations, Julie!» me semblait un peu trop… bon, autosatisfait, j'écrivis «Julie / Julia» en lettres cursives tout autour du plat. Mais il s'avère que la Mayonnaise collée est grandement plus performante sur les plats *froids*. Lorsque j'eus versé mes pommes de terre chaudes dans le plat, mes belles décorations ne tardèrent pas à s'étaler en taches informes et les lettres de «Julie / Julia» s'élargirent jusqu'à devenir illisibles. Je suppose que j'aurais dû y penser. Peu importe. La Mayonnaise collée, fondue ou non, était quand même délicieuse avec les pommes de terre sautées.

Les Rognons de veau à la bordelaise ne sentaient pas le moins du monde l'urine, quoi qu'en dise ma mère, car je les avais nettoyés avec mon redoutable couteau à désosser et parce que tout relent douteux était efficacement pris en tenaille entre la richesse grasse et veloutée de la moelle de bœuf et la fraîcheur piquante du persil haché ajouté en touche finale. Nous avons bu avec ça un vin que j'avais acheté en ville, trouble et sombre et qui avait un peu goût de sang. La dame qui me l'avait vendu le qualifiait de «sauvage». Comme moi. Comme dessert, une Reine de Saba crémeuse et moelleuse, puis *Buffy*, saison 1, 2e épisode.

Et soudain, c'était fini. Il y avait douze mois que j'étais là-dedans. J'avais cuisiné pour des amis, pour la famille, pour des présentatrices de CNN, et quelque part à ce moment-là c'était devenu un peu surréaliste. Mais aujourd'hui nous étions ici, revenus exactement à notre point de départ. Juste Eric, moi et les trois chats, un peu moins frais, sur un canapé de banlieue, en train de manger et de regarder *Buffy* à la télé. Quelque part, Julia rigolait. Même si elle me détestait.

FIN

Sauf que, bien sûr, en me réveillant, je dus retourner travailler. J'avais un peu oublié cette partie-là. Et même si mes rognons ne sentaient pas l'urine, je remarquai, le lendemain matin, que mon urine avait une légère odeur de rognon. J'allai donc travailler, et ça n'était pas vraiment différent d'avant, je n'étais toujours qu'une secrétaire, même si j'étais un peu plus grosse et que j'avais été sur CBS et CNNfn.

«Eric, c'est trop bizarre.»

Je l'appelai entre deux dingues, pendant que Bonnie était à une réunion *ultra importante*.

«Oui, je sais.

– Je suis au bureau. J'ai un peu l'impression que ce n'est pas fini, et un peu que tout ça ne s'est jamais passé.

– Attends seulement de cuisiner sans beurre, et là tu sauras que c'est fini.»

Mais je décidai de faire un sauté de viande aux légumes pour le dîner. J'avais oublié à quel point c'était chiant de préparer ce truc-là. Il n'y avait ni beurre ni Julia, mais nous avons quand même dîné à dix heures et demie, si bien que je n'avais toujours pas l'impression que c'était fini.

C'est alors que nous avons décidé que, pour finir vraiment, il fallait faire quelque chose. Nous allions faire un pèlerinage. Nous irions au Smithsonian Institution à Washington voir la salle d'exposition Julia Child. Nous verrions sa cuisine, dont elle avait fait don au musée quand elle était partie en Californie dans une maison de retraite et qui avait été déménagée intégralement, de la serrure à la batterie de cuisine et ses crochets de suspension, depuis la maison qu'elle habitait avec Paul à

Cambridge, dans le Massachusetts, jusqu'à Washington. Nous laisserions un quart de beurre en remerciement. Pour être quittes, nous nous disions que nous ne pourrions trouver mieux.

S'il y a une chose que déteste Eric, c'est bien de conduire. Quant à moi, le problème est que j'ai, centré sur le nombril, comme un inquiétant triangle des Bermudes qui me pousse à la faute. Juste avant notre pèlerinage, ce champ magnétique avait englouti mon permis de conduire. Eric, en bon citoyen qu'il est, ne me laisserait jamais conduire sans permis, ce qui signifiait que le seul d'entre nous à faire toute la route entre New York et Washington, et retour, serait celui qui avait vraiment horreur de ça. Donc, par une belle matinée du début de septembre, quand nous sommes allés chercher la voiture de location pour nous mettre en route, il y avait comme un petit frisson de rancune qui couvait. N'oubliez pas, bien sûr, que même dans les meilleures situations, Eric et moi ne sommes pas exactement des prodiges de sérénité.

C'est merveilleux de ne pas être à New York par une belle journée. Merveilleux de sentir le vent dans ses cheveux. De ne pas avoir à faire de liste de courses. Ce n'est pas si extraordinaire, en revanche, de rentrer dans Washington avec une carte nulle et une navigatrice encore plus nulle. J'avais idée de prendre la sortie Georgia Avenue et de continuer tout droit jusqu'au Mall. Apparemment, il faut pour ça environ quinze ans. Quand Eric se mit à émettre des remarques aussi audibles qu'incohérentes, menaçant de se faire hara-kiri avec le levier de changement de vitesse, j'eus ma deuxième idée, qui était de tourner à droite quelque part. Décision qui nous fit tournicoter, telle une boule de billard électrique (en beaucoup plus lent) autour d'une multitude de ronds-

points en criant comme, disons, des New-Yorkais apo-
plectiques, après des piétons qui traversaient la rue si
lentement qu'on aurait cru toute la ville de Washington
peuplée soit de handicapés moteurs soit de drogués.
Nous aurions pu nous perdre pour toujours si nous
n'étions tombés par hasard sur Pennsylvania Avenue.
Voilà bien une chose que je ne me serais jamais crue
capable de dire pendant le mandat actuel, mais Dieu
bénisse la Maison-Blanche.

Eric avait un copain qui lui avait dit que ce n'était pas
un problème de se garer aux alentours du Mall. C'était
peut-être le cas les autres jours, mais certainement pas
à l'occasion du congrès de l'Association nationale des
femmes noires et de la réunion de la Famille noire américaine. Il était deux heures de l'après-midi à ce moment-là
et nous n'avions encore rien mangé de la journée. Nous
ne savions pas à quelle heure fermait le Smithsonian, ni
où il se trouvait, ni où nous pourrions acheter du beurre,
ce que nous devions faire avant d'aller au musée, sinon
le but de l'entreprise était entièrement compromis. Et il
y avait ces putains d'arbres partout, et en plus les foules
de gens sur le Mall ne marchaient pas plus vite que
ceux qui traversaient les rues. Nous commencions donc
à sentir la panique nous gagner. Le bassin réfléchissant
avait été vidé pendant la construction de l'abominable
mémorial de la Seconde Guerre mondiale, ce qui voulait
dire qu'on pouvait simplement le traverser à pied. Nous
avons erré, ahuris, morts de chaleur, demandant au fur
et à mesure notre itinéraire aux flics, évitant des gamins
qui mangeaient des snacks frits, nous arrêtant en route
pour acheter à Eric d'abord une saucisse polonaise,
puis des piles pour appareil photo et enfin (quand il se
rendit compte, après avoir jeté un premier jeu de piles
achetées la semaine précédente et les avoir remplacées
par des neuves, que le voyant «pile» clignotait toujours,
sauf qu'en fait c'était le voyant «pellicule» et que les

premières piles, désormais dans une poubelle et couvertes de ketchup et de sucre en poudre, étaient encore parfaitement bonnes) une pellicule.

Les perspectives d'achat de beurre s'annonçaient mal. Le voisinage du Mall de Washington, pour ceux d'entre vous qui n'y sont jamais allés, est un endroit parfait si vous voulez voir de grands bâtiments gris de ministères, des statues de présidents, ainsi que des librairies, mais n'essayez pas d'y trouver une épicerie pour faire vos courses. Je demandai au gérant du restaurant Chez Harry s'il pouvait me céder un quart de beurre. Le gérant n'était pas new-yorkais, ça se voyait parce qu'il n'était pas con, mais il ne pouvait pas me rendre service parce que Harry n'utilise *pas de beurre*. Ce qui me stupéfia et me fit penser que, bien que la population soit très sympa (mais très lente à se déplacer) et qu'il y ait beaucoup d'arbres, je ne pourrais vraiment pas vivre à Washington. Il me dit cependant que je pourrais probablement en trouver à la pharmacie trois rues plus loin.

Ce qui était vrai.

Bon. Nous étions parés. Il était à présent trois heures et demie. Eric avait mangé sa saucisse polonaise, et nous étions en possession à la fois du beurre et de la pellicule qui nous permettrait d'immortaliser notre donation. Nous sommes arrivés au musée et avons pris place dans la file des visiteurs qui passaient au contrôle de sécurité de l'entrée. Il ne nous restait plus qu'à faire passer le beurre.

Il y a une chose que vous ne savez peut-être pas à mon sujet, car ce n'est pas exactement un détail dont je me vante, c'est que je suis une vraie petite sainte-nitouche. Non, ce n'est pas tout à fait exact, car je ne suis même pas honnête, ni courtoise. Punaise, je ne suis même pas soigneuse. Je crois qu'en réalité je suis lâche. Quand j'étais gamine, je m'imaginais un peu comme Scarlett O'Hara : courageuse, pleine de ressources, impitoyable, irrésistible. Mais aujourd'hui, je me reconnais surtout dans ce que lui dit Rhett quand elle a peur d'aller en enfer : « Tu es comme un voleur qui ne regrette pas du tout d'avoir volé, mais regrette énormément d'avoir été pris. » Rien ne me bouleverse plus que l'idée de me faire prendre. Et je ne recule devant rien pour y échapper. Croyez-vous que je sois fière de tenir le sac d'Eric pendant qu'il rattache son lacet, puis d'y glisser le paquet de beurre pendant qu'il a le dos tourné ? En gros, d'utiliser mon mari comme mule à beurre, si bien que si les gros costauds avec un gourdin à la ceinture qui fouillent tous les sacs avec leur petite torche trouvaient la denrée de contrebande, ce serait Eric qui prendrait, et pas moi ? Bien sûr que non. J'ai honte. Tout ce que je puis dire pour ma défense, c'est que les agents de la sécurité se souciaient comme d'une guigne du sac d'Eric et de son beurre, et que donc tout se passa bien. Nous avons franchi le contrôle sans encombres, avons suivi au galop un long couloir, et en un rien de temps nous étions à la salle d'exposition Julia Child.

Des vidéos de Julia et des interviews d'autres personnes parlant de Julia passaient en boucle sur un énorme téléviseur dans une pièce plutôt réduite. Les murs étaient tapissés de niches dans lesquelles étaient présentés les étranges et merveilleux ustensiles de cuisine de l'immense collection de Julia. Un appareil appelé *manche à gigot* qui ressemblait à une pince de torture, la même lampe à souder avec laquelle je l'avais vue griller la peau d'une tomate. Sur un mur étaient exposées les dix-sept pages de sa recette de pain français de *L'Art de la cuisine française,* vol. 2. Si j'avais cru qu'après le Pâté de canard en croûte, rien ne pouvait plus me faire peur, cette recette me ramenait à la réalité.

Et puis, il y avait la cuisine, enclose dans un habitacle de verre. Plus petite que je l'imaginais, et non je ne sais combien de fois plus grande que la nôtre, comme

je l'avais cru. Le panneau d'accrochage, avec les sil-
houettes de toutes ses multiples marmites et casseroles.
L'énorme et magnifique four Garland. Les plans de
travail en érable ciré, cinq centimètres plus haut que le
niveau standard. C'était la cuisine que Julia s'était fait
construire sur mesure, après avoir passé la moitié de sa
vie à essayer de caser sa grande carcasse dans les cuisines d'un monde trop petit. Le nez sur la paroi de verre,
je me hissais du col pour apercevoir tous les coins et
recoins. Comme je regrettais de ne pouvoir y entrer un
instant, pour me sentir toute petite dans la cuisine de
Julia !

Trois jeunes enfants étaient assis sur le tapis devant la
télé. Eric et moi attendions que le musée se vide un peu
afin de pouvoir déposer tranquillement notre beurre et,
après avoir longuement détaillé l'exposition, j'observai
les mômes qui regardaient la télé. Assis à la manière des
Indiens, leur petite tête appuyée en arrière sur la nuque
presque dans le prolongement de leur dos voûté, ils res-
piraient la bouche ouverte. La plupart du temps ils restaient silencieux, sauf quand Julia prenait un rouleau à
pâtisserie derrière elle, par exemple, et alors l'un d'eux
soufflait d'une voix respectueuse : «Julia Child, elle est
trop. » Pendant un moment, je me demandai si c'était
uniquement dû au pouvoir hypnotique de la télévision
sur les jeunes esprits, mais alors Alice Waters apparut
sur l'écran, et les gamins s'envolèrent et étaient déjà
presque arrivés aux Model T avant qu'on ait eu le temps
de dire ouf.

Nous avons attendu encore un bon moment que les
gens s'en aillent, mais rien à faire. Trouillarde ou pas, il
allait falloir que je me lance.

«Eric, sors la caméra et passe-moi le beurre.

– Ce n'est pas toi qui l'as ?

– Euh… non. » Je souris bêtement en désignant son
sac. «Il est là-dedans. »

Eric sortit le paquet de beurre, bouche bée en comprenant soudain ma trahison, mais le moment était mal choisi pour une dispute.

« Allez, vas-y, sors ton appareil. Qu'on en finisse. »

Il n'y avait pas à hésiter sur l'endroit où nous allions déposer notre offrande : au centre de l'exposition, sous une grande photo noir et blanc de Julia en tablier de chef sur un extravagant chemisier de polyester imprimé des années soixante-dix. La hanche en avant, elle souriait. Il y avait même une petite étagère juste en dessous, comme si c'était vraiment un autel prévu pour déposer les offrandes des pèlerins.

Un instant, je tins le paquet à la main en regardant la photo. C'était une belle photo, un portrait très ressemblant. Elle avait l'air sympa et forte, on aurait dit qu'elle avait faim et qu'elle était aussi large d'esprit que d'épaules et de visage, exactement l'air qu'elle avait quand elle occupait ma boîte crânienne tous les soirs de l'année passée. La Julia qui vivait dans une maison de retraite de Santa Barbara me prenait peut-être pour une petite ambitieuse mal élevée et pas sérieuse. Peut-être que si je rencontrais cette Julia-là, elle ne me plairait même pas. Mais la Julia que j'avais dans la tête, la seule que je connaissais, après tout, je l'aimais bien. Et en plus, la Julia que j'avais dans la tête, elle m'aimait bien aussi.

« Voilà, Julia, bon appétit, et tout et tout. Et merci. Vraiment. »

Je posai le beurre sous la photo. Puis je m'enfuis à toutes jambes, en riant comme une folle, Eric sur mes talons.

Cette fois, c'était fini. Une secrétaire de Queens risque son mariage, sa santé mentale et le bien-être de ses chats pour réaliser les cinq cent vingt-quatre recettes de *L'Art de la cuisine française* – livre qui a changé la vie de milliers de cuisinières américaines qui n'avaient pas de bonne – et tout ça en un an. La même année, elle a eu trente ans. C'est ce qu'une trouillarde comme elle a fait de mieux, de plus difficile et de plus courageux, et jamais elle ne l'aurait fait sans Julia.

FIN

Juin 1949
Paris, France

« *Eh bien, Paulski, j'y suis allée et je l'ai fait.*

– *Attends, penche-toi à la fenêtre pour que je prenne les toits derrière toi. Tu as fait quoi ?*

– *Je me suis trouvé un projet.* »

Minette sauta sur le rebord de la fenêtre où était appuyée Julia. Elle flatta les oreilles du chat et fit un sourire pour la photo.

Paul appuya sur le déclencheur, enroula le film, appuya encore. La lumière liquide qui inondait leur appartement cet après-midi-là semblait faite exprès pour mettre en valeur les méplats harmonieux du visage de sa femme. Prendre des photos avait toujours un excellent effet sur son humeur.

« *Alors, qu'est-ce que c'est ?*

– *Je vais te montrer. Attends-moi ici une minute.* »

Elle s'écarta de la fenêtre et courut dans le couloir jusqu'à leur chambre, Minette bondissant sur ses talons. Paul l'entendit farfouiller dans les papiers de leur secrétaire à rouleau, et elle réapparut. Elle tenait un papier.

« *Je vais suivre des cours avec onze anciens combattants – c'est le bureau des GI qui paie leurs frais d'inscription. Je vais être la seule femme, tu ferais bien de me tenir à l'œil, tu sais !* »

Paul prit le stencil qu'elle lui tendait pour mieux le lire.

« *Cordon bleu, tiens ? L'école de cuisine ? Tu vas suivre des cours culinaires ?* »

Julia éclata de rire.

« Oh, c'est bien mieux que ça. C'est un cours pour pro-
fessionnels. Pour chefs. *Quand j'aurai fini, je pourrai*
être restaurateur, *si je veux. On appellera le restaurant*
Chez Paulski, qu'en dis-tu ?

– Ça me va très bien. »

Il lui rendit la feuille d'inscription et la serra contre
lui. En lui rendant son étreinte, elle faillit lui fêler les
côtes.

« Je vais apprendre à cuisiner pour toi, mon mari. Non,
je vais maîtriser *la cuisine pour toi. Ah AH AH ! »*

Paul prit une autre photo au moment où sa femme sou-
levait le chat au-dessus de sa tête, à la grande conster-
nation de Minette.

« C'est peut-être exactement ce qu'il te faut, tu sais,
Julia ? »

Elle se tourna vers lui, le visage soudain songeur.

« Tu sais quoi ? Je crois que c'est probablement
vrai. »

Elle éclata de rire, et il l'imita.

« C'est peut-être un nouveau début pour ma femme ! »

… enfin, pas tout à fait

Il y a une chose que je ne cesse d'apprendre, c'est que les fins ne sont pas longues à venir et qu'elles ne surviennent pas non plus à votre insu. Parce que les fins n'arrivent jamais.

Une semaine avant la fin du Projet, j'ai acheté deux bouteilles de champagne. J'en ai ouvert une l'avant-avant-dernier soir, avec Sally et Gwen, pour une sorte de célébration finale anticipée. Je devais ouvrir la seconde pour la véritable célébration finale. Mais je ne l'ai pas fait, car ce n'était pas vraiment fini, pas tant que la dernière vaisselle n'avait pas été lavée, vous comprenez? Et nous n'avions pas fait la vaisselle ce soir-là. Ensuite, l'idée du pèlerinage de Julia avait germé, puis éclos, c'était donc vraiment la fin. Sauf qu'à ce moment-là il y avait eu la proposition de contrat de ce livre, et ça risquait de porter malheur de fêter ça avant que je sois payée, ou que je quitte mon emploi, ou que j'aie un chien, ou que je finisse le livre, ou…

Je mens comme je respire, évidemment. Nous avons bu la deuxième bouteille, bien entendu. Avez-vous lu dans les quelque trois cents pages qui précèdent un indice qui puisse vous faire croire que je laisserais une bouteille de champagne dans mon frigo sans l'ouvrir pendant une année entière? Non, bien sûr.

Pourtant, la question est importante. Pour un livre, c'est facile – de distinguer, non d'écrire, comme vous le constatez –, mais quelles sont les qualités requises pour déterminer la FIN quand il s'agit de la vie ?

J'ai passé un an à me préparer à ce moment, mais, pour on ne sait quelle raison, la réponse évidente ne m'est apparue que quand il était trop tard.

Je travaillais à mon livre ce vendredi matin – je travaillais tout le temps à mon livre à ce moment-là, quoique, pour être honnête, «me défoncer» serait probablement un terme plus approprié – quand le téléphone sonna. Je laissai s'enclencher le répondeur, comme d'habitude, et je ne faisais pas spécialement attention à la personne qui appelait.

«Julie ? Jules ? Tu es là ? Décroche si tu es là.»

Tout le monde connaît cette angoisse de la voix familière sur le répondeur, cette voix blanche de chagrin réprimé. C'est la voix que vous entendez à la suite des accidents, des divorces, des maladies, des décès. Je bondis sur le téléphone.

«Maman ? Qu'est-ce qui se passe ?

– Tu n'as pas entendu la nouvelle ? Oh, ma chérie, je suis désolée…»

Et elle se mit à pleurer.

Julia était morte la veille de son quatre-vingt-douzième anniversaire, paisiblement, dans son sommeil. Ma mère m'avait appelée à la minute même où elle l'avait appris à la radio ce matin-là en allant travailler. Encore dans sa voiture, sur le parking devant son bureau, elle sanglotait dans son portable.

«Ça doit être tellement atroce pour toi, me dit-elle. Après tout ce que tu as vécu.»

Je ne connaissais pas Julia Child. Je ne l'ai même jamais rencontrée. Elle a répondu à une lettre que je lui avais écrite, c'est vrai. «Merci pour votre gentille lettre», disait son message. Tapé à l'ordinateur, sur du papier à lettres portant l'en-tête officiel de Julia Child. «Je suis heureuse de savoir que j'ai eu sur vous une influence aussi positive. » Je n'ai aucune idée si c'est elle qui l'a effectivement écrit. La signature a l'air authentique, en tout cas.

Même si je l'avais connue, il n'y a rien de tragique à mourir paisiblement après une vie si longue, si riche et si généreuse. C'est la mort que nous souhaitons tous. (Ou alors, peut-être découvrir que vous avez une tumeur au cerveau en phase terminale et aller assassiner un certain connard ploutocrate qui détruit systématiquement la démocratie américaine, avant d'être abattu dans une auréole de gloire. Mais il se peut que ce ne soit qu'une idée à moi.)

Rien de tragique. Une occasion, plutôt, de célébrer une vie vécue avec une grâce suprême, bien qu'un peu maladroite. Je le compris immédiatement. J'étais très calme, et pas triste du tout, au début.

« Merci d'avoir appelé pour me le dire, maman. »

Elle renifla.

« Ça va aller ? Tu as besoin de quelque chose ? Et ton blog ? Tu vas écrire un message ? Tout le monde va être tellement triste… »

Sa voix se fêla à nouveau.

« Ça ira. Je vais écrire un petit message dans la matinée. Tu n'auras qu'à consulter le blog un peu plus tard, d'accord ? »

Je savais qu'il me fallait rédiger quelque chose sur mon blog, même si je n'avais rien écrit depuis des mois et des mois. Je savais que des gens viendraient voir si j'avais quelque chose à dire. Je voulais écrire pour Julia la meilleure, la plus drôle, la plus géniale des oraisons funèbres. Quand je me mis au travail, je pétais le feu, je peux vous le dire. Des idées me venaient, drôles, touchantes. Qui devenaient intelligentes, sensibles, tristes, reconnaissantes et joyeuses. J'étais intarissable.

Puis j'écrivis cette phrase : « Je ne peux à aucun titre me revendiquer de cette femme, sauf si quelqu'un qui était proche de la noyade peut se revendiquer de la personne qui l'a tiré de l'océan. »

Et je me mis à sangloter si fort que je dus m'arrêter d'écrire.

Il y a deux ans, j'avais vingt-neuf ans et j'étais secrétaire. Aujourd'hui, j'en ai trente et un et je suis écrivain. Je suis très bien payée pour rester chez moi en pyjama et taper sur mon iMac ridiculement luxueux, à moins que je ne préfère faire la sieste. N'hésitez pas à me détester. Je sais qu'à votre place je le ferais.

Eric et moi habitons toujours notre minable appartement de Long Island City (mais si ce livre se vend bien, nous ne moisirons pas ici). Désormais, c'est Eric qui a un boulot nul. C'est le même boulot, sauf qu'il a été promu. Mais tout est relatif, si bien que maintenant c'est son emploi qui craint. Cependant, nous avons désormais un chien, donc le boulot craignos d'Eric devient supportable. Le chien s'appelle Robert, pèse cinquante kilos et adore se coucher sur les gens. Il est accro aux os de poulet, mais à part ça il est parfait. Nous allons bientôt commencer à essayer de faire un bébé. Si nous arrivons à avoir un bébé aussi gentil que notre chiot, nous aurons vraiment de la chance.

Isabel a franchi le pas et épousé son boy-friend punk-rock. Ils habitent Bath et, le mois dernier, ils ont ouvert leur propre librairie indépendante ; ils vont essayer de faire un bébé, eux aussi. Ils sont si heureux que c'est dégoûtant, exactement comme l'avait prédit Isabel. Ne vous gênez pas pour les détester, eux aussi. Mais si vous passez un jour par Bath, vous devriez faire un saut jusqu'à leur magasin pour leur dire bonjour. Achetez mon livre tant que vous y serez.

Gwen est toujours dans l'industrie du film. Elle vient souvent dîner à la maison. On fume et on boit moins qu'avant, mais on rigole toujours autant. Plus, même. Sally va très bien et le type avec qui elle sort en ce moment s'appelle Simon, ce qui, je dois dire, est un soulagement. Mon frère a passé la période de l'élection présidentielle au Nouveau-Mexique, à essayer de faire élire John Kerry. Comme ça n'a pas abouti, il se demande ce qu'il va faire maintenant mais, s'il a quelques rêves irrationnels d'assassinat, il les garde pour lui. L'agence gouvernementale pour laquelle je travaillais a choisi un projet de mémorial pour les victimes du 11 Septembre 2001. Tout le monde le déteste, mais pouvait-on vraiment attendre autre chose ? Personnellement, je ne le trouve pas si mal. Nate le surdoué maléfique s'est marié, avec une fille vraiment adorable, d'ailleurs.

En gros, la vie est plutôt belle. Je veux dire, ce n'est pas mon vieux rêve de paradis de beaux mecs, mais c'est loin d'être nul.

Et tout ça grâce à Julia.

Je ne dis pas ça juste parce que mon blog sur elle m'a valu les quinze minutes de gloire qui m'ont donné la possibilité de négocier ce qui ressemble désormais à (touchons du bois) un abandon permanent de travail temporaire. (Je touche du bois encore une fois.) Cependant, si j'avais fait un blog sur, disons, David Strathairn ou Jason Bateman, je n'aurais probablement pas recueilli autant d'attention. (Sans vouloir vous vexer, les gars, vous savez que je vous adore. *Téléphonez-moi !*) Non, voilà ce que je veux dire :

Julia m'a appris ce qui est indispensable pour trouver sa voie dans la vie. Ce n'est pas ce que je croyais. Je croyais qu'il s'agissait uniquement, je ne sais pas, de confiance en soi, de volonté, de chance. Tous ces trucs-là sont nécessaires, évidemment. Mais il y a autre chose, quelque chose dont tous ces trucs-là se nourrissent.

C'est la joie.

Je sais, je sais, c'est vraiment un mot *détestable,* non ? Rien que de le taper, ça me fait grincer des dents. Je pense à des cartes de Noël ou à des bonnes femmes New Age des années soixante coiffées de capelines violettes. Et pourtant, c'est le mot qui convient le mieux pour décrire la satisfaction enivrante, presque violente, qu'on trouve dans le texte du premier livre de Julia Child. J'ai lu ses indications pour faire une sauce Béchamel, et on sent battre là-dedans le cœur d'une femme qui a trouvé sa voie.

Julia Child commença à apprendre la cuisine parce qu'elle voulait partager avec son mari le plaisir de manger, et qu'elle s'était découvert une passion tardive, mais dévorante, pour la bonne chère. Parce qu'elle était à Paris et ne savait pas quoi faire. Elle avait trente-huit ans. Elle avait trouvé l'amour, et c'était divin. Elle avait appris à bien manger, et c'était également génial. Mais ça ne suffisait pas. Elle pensait sûrement qu'elle ne trouverait jamais ce qui lui manquait si elle ne le savait pas encore à l'âge de trente-sept ans. Mais pourtant, dans une école de cuisine à Paris, elle l'a trouvé.

J'ai mis du temps à le comprendre, mais ce qui m'attirait dans *L'Art de la cuisine française*, c'est l'arôme profondément enfoui de l'espoir et de la découverte de l'épanouissement. Je croyais que j'utilisais le Livre pour apprendre la cuisine française, mais en réalité j'apprenais à détecter les portes secrètes de mes possibilités.

Parfois, si on veut être heureux, on doit s'enfuir à Bath pour épouser un rocker punk. Parfois, on doit se teindre les cheveux en bleu cobalt, ou vagabonder dans les îles lointaines de la Sicile, ou cuisiner en un an toutes les recettes de *L'Art de la cuisine française*, sans aucune raison précise. Voilà ce que Julia m'a appris.

Depuis environ un mois que Julia est morte, bon nombre de gens y sont allés de leur couplet du genre :

«Comment Julia a changé le monde», ou «Ce que Julia signifiait pour moi», ou, très rarement : «Pourquoi Julia n'est rien de tout ça». Ces affirmations ont un côté possessif : «*Moi*, j'ai vu Julia dans tel et tel restaurant», ou «*Ma* recette machin de Julia est vraiment géniale», ou «*Moi*, je n'ai jamais été d'accord avec l'opinion de Julia sur ceci ou cela»… Dieu sait que je suis coupable du même travers. On dirait que quelque chose, chez Julia, révèle l'égocentrisme des autres. Je suis en fait pire que n'importe qui, car je suis immédiatement sur la défensive dès que quelqu'un parle d'elle. J'ai tendance à croire qu'ils ne comprennent pas vraiment ce qu'il y a de si extraordinaire chez elle, qu'ils ne la *perçoivent* pas aussi bien que moi. Peut-on faire plus égocentrique ? Surtout que, pour autant que je sache, Julia a quitté ce monde en me prenant pour une petite salope inutile et prétentieuse.

Quand vous ne croyez pas en Dieu, la mort est ce qu'on fait de mieux comme FIN. Ce serait adorable, mais je ne crois tout simplement pas que Julia soit au paradis en train de déguster une sole meunière avec Paul. Je crois que son corps est enterré – sous une pierre tombale très cool, apparemment… je vous laisse deviner ce qu'est son épitaphe – et que le cerveau, le cœur, l'humeur et l'expérience qui firent de Julia ce qu'elle était se sont éteints. Tout ce qui en reste, c'est ce qui réside encore dans nos mémoires.

Mais c'est bien là une sorte de vie éternelle, non ? Et dans le cas de Julia, c'est ce qu'il y a de mieux. Quand j'étais au lycée, j'avais un prof d'art dramatique particulièrement mauvais. Comme c'est un sujet idéal pour un autre roman, je ne vais pas entrer dans les détails, sauf pour vous dire qu'il est mort et qu'il vit toujours dans ma mémoire, mais sous la forme d'un malheureux salaud, méchant et manipulateur. Pas vraiment l'éternité idéale.

Avec Julia, c'est différent. Au lieu d'errer dans un paradis à l'eau de rose en se demandant où acheter une vraie sole de Douvres, elle hante les appartements de mon cerveau en tambourinant sur une bonne vieille cuisinière Garland, en buvant du vin et en s'amusant comme une folle. Elle a des idées arrêtées et elle peut être têtue comme une mule, mais elle ne clarifie plus le beurre parce qu'elle a décidé que c'était trop chiant, vous voyez qu'elle continue donc à apprendre. Et puisque je lui ai fait une place, elle s'est dit que je n'étais pas une petite salope prétentieuse, après tout, et qu'en fait je suis une nana plutôt sympa. En tout cas, c'est ce que pense la Julia que j'ai dans la tête. Il y en a des milliers et des milliers, dans les cerveaux du monde entier, mais cette Julia-là, c'est la mienne.

Pratiquement tout ce qui a été écrit sur Julia depuis sa mort s'est terminé de la même façon. Y compris ce que j'ai écrit sur mon blog ce jour-là. C'est irrésistible. Ce fut sa signature pendant quarante ans. Et c'est écrit sur sa tombe, punaise. Mais je ne le répéterai pas. Non. Parce que même si c'est affectueux, c'est aussi, en fin de compte, vide de sens. Ça ne transmet pas tout ce que Julia a signifié pour moi – la Julia que j'ai encore dans la tête en ce moment même, qui le dit, en criant comme une écolière excitée : « Bon Aaa… »

Non. Disons seulement « FIN », et restons-en là.

Oh, et merci, au fait.

Merci pour tout.

Remerciements

Comme tous les auteurs, et particulièrement tous les auteurs débutants et complètement ignorants, je m'aperçois que j'ai un nombre infini de personnes à remercier. C'est la première fois que je me livre à ce genre d'exercice, et je suis sûre d'oublier quelqu'un, alors excusez-moi d'avance.

Merci à :

Eric, bien entendu ;

Papa, maman et mon frère Jordan ;

Hannah, Helen et Em ;

Les Deux Texans et tous leurs copains ;

Les six démocrates de mon ancienne agence gouvernementale – tout particulièrement Anita, John, Sharon et Katie, mais aussi Ben, Peter, Chris, Amy, David et… (attendez, ça fait plus de six, non ?) ;

Elizabeth Gilbert, qui m'a sortie du pétrin depuis l'Afghanistan, en moins de vingt minutes ;

Sarah Chalfant, qui m'a sortie du pétrin de nombreuses autres fois ;

Molly, qui m'a rappelé à la dernière minute les vertus de la contradiction ;

Judy Clain, qui a cru en moi ;

Eric Steel, qui a cru en moi, lui aussi ;

Et tous ceux qui ont lu mon blog, ne serait-ce qu'une fois, mais surtout ceux qui sont devenus pour moi une deuxième famille.

Retrouvez Julie Powell sur son blog :
http://juliepowell.blogspot.com/

Table

Table

COMPOSITION : PAO ÉDITIONS DU SEUIL

Cet ouvrage a été imprimé en France par
CPI Bussière
à Saint-Amand-Montrond (Cher)
en octobre 2009.
N° d'édition : 99795-3. - N° d'impression : 91615.
Dépôt légal : août 2009.

Collection Points

DERNIERS TITRES PARUS